剑来

27 风雪夜归人

烽火戏诸侯 著

浙江文艺出版社
Zhejiang Literature & Art Publishing House

001　第一章　逢雪宿芙蓉山

024　第二章　问我春风

050　第三章　春风得意

074　第四章　打更巡夜

096　第五章　山水颠倒风雪夜

125　第六章　夜归人

162　第七章　梦里求真

189　第八章　十一境的拳

213　第九章　无巧不成书

237　第十章　今日无事

第一章
逢雪宿芙蓉山

飞升城内,捻芯第一次登门宁府。刑官二把手来见飞升城现任隐官。

宁姚站在斩龙崖旧址那边。

除了宁姚,演武场上还有一个腰系古砚背竹箱的少女,正带着一个天真可爱雪白衣裳的小女孩一起飞奔,敲锣打鼓。

一个问:"我师父厉不厉害?怎么个厉害?"一个答:"我爹就是厉害,天下无敌的厉害……"

一个问:"等会儿我娘亲收拾你怎么办?"一个答:"我才不怕磕头,锣鼓在手天下我有。"

可是原本关系融洽相亲相爱的一大一小,突然说翻脸就翻脸,一个说:"你师父是我爹,所以我更亲近些。"一个说:"我先认的师父,你后认的爹,先来后到,你辈分还是要小些。"所谓的翻脸,其实也就是各敲各的锣鼓,比拼谁的响声动静更大。

捻芯觉得真是为难宁姚了,有郭竹酒这么个家伙,再摊上这么个从天而降的"女儿"。

宁姚好像不太介意这份吵闹,和捻芯点头致意。

捻芯来到宁姚身边,说道:"赵繇在郑大风那边喝过了酒,当下已经离开飞升城了,齐狩亲自相送出城,好像赵繇要去最西边,向守心寺僧人请教佛法。"

宁姚点头道:"估计是想兼修儒释道三教学问。"

大概是要走与齐先生一样的道路?

捻芯笑着不说话。

宁姚问道:"怎么了?"

捻芯说道:"我很好奇,为什么你当初独自游历数洲山河,偏偏会看中当时只是陋巷少年的陈平安。可以说说看吗?"

照理说,宁姚自幼就见识过剑气长城的种种剑仙风流,然后远游浩然天下,也该见识到不少年轻俊彦才对,书卷气、豪杰气、神仙气,肯定什么都见识过。

宁姚说道:"在你这边,他是怎么说的?"

捻芯摇头道:"陈平安从来不说这个。"

宁姚微微眯眼,有些笑意。

捻芯无奈,到底该说这对男女是神仙眷侣好呢,还是称为狗男女好呢!哪怕捻芯这种对男女情爱半点无感的缝衣人也觉得遭不住。所以她改口道:"我就是随口一问,你不用回答了。"

其实宁姚也没打算说什么。

两人一起散步,宁姚转头提醒郭竹酒道:"你们玩归玩,不许离开这里。"

郭竹酒使劲点头道:"出了半点差池,我提头来见师娘!"

小女孩将锣鼓丢在地上,双手叉腰问道:"谁的脑袋?"

郭竹酒斜了一眼小姑娘,以心声说道:"咱俩一伙的,你瞎拆什么台。"

宁姚不再理睬俩孩子的嬉戏打闹,捻芯这次破例现身宁府,肯定不是来闲聊的。

宁姚忍不住回头看了眼郭竹酒,郭竹酒立即挺直腰杆。

宁姚当然知道郭竹酒为什么不太愿意待在她自己家中,一样地,当年宁姚其实比郭竹酒还要过分,直接离家出走了。

郭竹酒哪怕回到家中,也多是在花圃忙碌,细致打理那些她每次远游从外带回的奇花异草,再不会棍扫一大片、剑砍一大堆了,好像人一长大,就会不舍得。

每次陈平安远游归家,一样会次次去添土,从无例外,都是一样的道理。

捻芯以心声和宁姚说道:"当年在牢狱中,陈平安与一头化名'霜降'的飞升境做了一桩买卖,霜降从陈平安那边挣了一枚谷雨钱,买下了半个自由身,答应会帮你一次,所以你先前远游之时,我差点儿就要捻开那盏灯芯,放出这头来自青冥天下的化外天魔。"

宁姚问道:"差点儿?"

捻芯点头道:"郑大风找到我,让我不着急做此事。此人好像对神道一事,颇为熟悉内幕。"

宁姚不愿多说郑大风的根脚,郑大风身为落魄山看门人,就算是半个自家人了,所以宁姚只是说道:"陈平安的家乡骊珠洞天,是天底下最深不见底的一个地方。你以后如果还和那里走出来的人打交道,早早习惯就好。"

捻芯笑道:"陈平安,郑大风,赵繇,我已经见过三个,确实都很古怪。"

宁姚说道:"关于这把仙剑天真,你不用替我担心,我跻身飞升境之前,肯定会让她乖巧些,到时候再去与'独目者'对峙。除了那头化外天魔可以暗中出手,我还会先向郑大风请教一些神道规矩。"

捻芯有些讶异:"我还以为你会拒绝外人的插手。"

宁姚摇摇头:"我又没觉得你们是外人。何况大道凶险,寻求助力,以防万一,没什么好难为情的。"

赵繇之流,才是外人。明知道自己和陈平安的关系,还单独来见她,如果不是看在齐先生的分上,宁姚不介意将赵繇送出飞升城。没有将赵繇一剑礼送出境,和宁姚当下心情不错也有很大关系。那半座剑气长城还在,他还在。

捻芯说道:"那我将那盏灯芯留在宁府?"

宁姚点头道:"随便。"

飞升城内外,自然无人胆敢以掌观山河神通窥探宁府。胆子不够,境界更不够。

捻芯取出那盏油灯,捻动灯芯后,一位白发童子飘落在地,先是呆滞,然后蓦然做泫然欲泣状,一次次振臂高呼道:"隐官老祖,武功盖世,术法通天,剑仙风流,豪杰气概,英俊潇洒,一诺千金,算无遗策……"

宁姚瞥了眼那个满脸涨红咋咋呼呼的小个儿马屁精,对捻芯说道:"你还是带回去吧。"

捻芯笑道:"反正有两个了,也不差这么一个。"

霜降见机不妙,立即乖巧万分,双手合掌,高高举过头顶,低下头朗声道:"小的愿为老祖道侣效犬马之力!"

宁姚伸手揉了揉额头,转头问道:"在牢狱里边,就是这般德行?"

捻芯摇头道:"比这还要过分,反正陈平安乐在其中。"

宁姚点头道:"那就留下吧。"

正好可以向霜降问些事情,用来打发光阴,不然总看那两本山水游记,也看不出花来,两部书上,一个藏藏掖掖,一个光明正大,如花似玉的女子倒是不少。

呵,还天地良心呢。

与蜃景城遥遥对峙的照屏峰上,一位名为陈隐的青衫剑客买下了整座山头上的所有酒楼客栈。他经常在此独自饮酒,欣赏月落日出,日落月起。

而在大泉王朝一处名为桃叶渡的地方,周密乘坐一条乌篷小舟,从袖中抖搂出一个棉衣圆脸姑娘,让她以桃花水煮茶。

桃叶渡渡船构造精致,船头雕刻有鹢首,因为大泉王朝曾是古泽国,百姓需要以鹢压胜兴风作浪的蛟龙水裔。中舱两侧打造有类似屏风的景窗，舱内颇大，可摆放不少书籍，后舱更设有炉灶睡铺，赏景饮酒，煮茶吃饭，下棋抚琴，都没有问题，算是麻雀虽小五脏俱全了。而这条水渡的桃花水、鳜鱼、桃花扇，都曾是大泉王朝达官显贵和山上谱牒女修的心头爱。

在赊月煮茶之时，周密伸手掐诀，随便翻检一条光阴溪涧，翻转光阴如翻书页一般简单。

当化名陈隐的斐然现身桃叶渡渡口，周密便微微一笑，将心神沉浸其中，站在斐然所在的那艘小舟之上，"昔年斐然"当然浑然不觉。

斐然约见之人是桐叶洲金顶观观主杜含灵，一个元婴境，比较识时务。

渡船停靠岸边，斐然起身却没有登岸，周密则站在小船尾端，双手负后，以望气之术打量起杜含灵之外的一行人。

斐然显然没有想到杜含灵这么不讲究，竟然擅自带外人前来此地，不过杜含灵立即作揖赔罪，主动和眼前这位来自癸酉帐的使者解释一番缘由。

桐叶洲北方地界，天阙峰青虎宫和金顶观，都是距离宗字头不远的大山头。只不过青虎宫已早早搬迁去往宝瓶洲老龙城，金顶观却和那些逃难的流民洪水一起顺流而下，杜含灵先是通过一个妖族剑修与驻扎在旧南齐京城的戊子帐搭上了关系，然后戊子帐牵线搭桥，让他和一个名叫陈隐的癸酉帐修士相约于桃叶渡。杜含灵大致了解过蛮荒天下的六十军帐，甲子帐为首，此外还有几个军帐比较惹人注意，比如甲申帐剑仙坯子扎堆，年轻修士极多，个个身份通天；癸亥帐负责海上铺路，己酉帐负责登岸后移山卸岭、开辟道路，各有一位王座大妖坐镇其中，分别是精通水法的绯妃和擅长搬山的袁首；还有那己未帐，领袖是剑仙绶臣，还出了个年轻十人之一的赊月；至于癸酉帐，相对名声不显。

周密会心一笑，无巧不成书。看来眼前众人，与那位隐官大人皆是故交。

不单单杜含灵道心出现一丝涟漪，其余诸人见着了斐然当下面容后，个个神色微变，遮掩不住，到底不如杜含灵隐忍。杜含灵不愧是位老元婴，最快恢复平常心，其实对方是不是昔年那个搅乱大泉庙堂走势的陈平安，关系并不大。他们这些人物，如今都在大泉王朝身居高位，一位监国的刘姓藩王，一位大泉王朝硕果仅存的国公爷，尤其高适真此人，看到斐然之后，脸色阴沉得可怕。

除此之外，他们这拨人中还有一对出身金顶观的山上师徒，是邵渊然和他师父葆真道人尹妙峰。龙门境的师父，结金丹的弟子。师徒二人当年都是龙门境修士，不是地仙，故而没能留在扆景城担任"京供奉"，只能去往边关为大泉刘氏监视姚氏铁骑，在那边喝了十多年的边关风沙。其中邵渊然瞧着面如冠玉，年纪轻轻，实则已经是知天命的半百岁数，至于他师父尹妙峰，更是两百岁还有余。

此外还有一个没那么显眼的城隍爷，是一州治所骑鹤城的州城隍。

庙堂藩王、国公，山上地仙修士，一地山水神灵，齐聚桃叶渡渡口，结果见到了一个打死都没想到的人物——"陈平安"。

斐然听过杜含灵的解释，笑着点头道："故人重逢，化敌为友，人生真是无常。"

随后斐然站在船头，杜含灵一行站在岸上，开始密秘商议一桩谋划。周密一一听在耳中。

至于周密真身，依旧坐在渡船当中，从赊月手中接过一杯茶水，笑道："煮茶就只是水煮茶叶。"

圆脸姑娘心不是一般大，先被拘押入袖，如今又和文海先生独处，依旧全然无所谓，不长记性，给自己倒满一杯后，随口说道："我就这手艺，保证能喝。周先生要是不满意，把斐然喊来好了，浩然风俗，他好像什么都精通。"

渡口船头岸上两拨人聊得比较顺利。

年轻道士邵渊然大概不清楚眼前陈隐境界比他想象的要高出很多，还有闲情逸致和他师父以心声闲聊，轻声笑道："师父当年曾说，深山常有千年树，人间少有百岁人，至多二十年，她就会人老珠黄，看来是师父错了。"

尹妙峰捋须而笑："确实有些古怪，兴许是大泉秘库当中有那旁门左道的仙家秘籍，能够让姚近之容颜常驻。要说姚近之没有偷偷修行，我是绝不信的。"光是当年金璜山神府和松针湖水神庙的两处产业，就不容小觑。大泉刘氏立国两百多年，珍藏无数，可惜被皇帝陛下搬去了第五座天下，不知道如今还能剩下几成家底。

一道剑光化虹而至，落在渡船船头之上。

周密笑道："来得早不如来得巧，坐下喝茶。"

斐然竟是撕去了那张面皮，恢复了本来面貌，沉声道："周密，你到底想要做什么?!"

周密反问道："不该是先问我到底做了什么吗？"

莲藕福地，众多天地异象层出不穷，雨后春笋般一起涌现。数十件天材地宝在山河形胜之地纷纷现世，或是远古遗落长剑突然间就剑光气冲云霄，或是千年古树蓦然结出仙家果实，仙气缥缈，蕴藉气数。这已经不仅是灵气充沛那么简单了，天材地宝引发光彩之处正是登山修道之人仙府选址最佳之地。山泽湖海之间，更有得天独厚的草木精魅应运而生，关键是它们会孕育出一点天然神光，成为一种类似山神水仙、土地河伯的存在，只差封正而已。还有许多享受人间香火数百年的祠庙神像，原本就只是泥塑木胎而已，哪怕有些属于地方淫祠，当下金身雏形都已形成，开始睁眼看人间。

崔东山施展出一门临摹山河、画卷铺地的仙人大神通，好照顾某些境界不高的，让他们看得更真切。

账房先生韦文龙两眼放光,双手在袖中飞快掐指,心算不止。

长命道友显然也心情不错,抿起嘴唇,笑眯起眼。

曹晴朗疑惑道:"小师兄?"

崔东山闲来无事,就原地踏步,耍袖子飞起,笑嘻嘻道:"你没有猜错,莲藕福地不但跻身了上等福地,还会一头撞到瓶颈上。历史上有此造化的福地,不多的,如果我没有记错,大概只有六座,比如符箓于玄一座下宗的百炼福地,都是许多山巅宗门筹备数百年的结果,为的就是让福地额外多出些福缘。寻常山头小打小闹,根本不做此奢望。"

原来落魄山自家人手段迭出,加上外人赠礼太多太大,使得一座刚刚晋升上等福地的莲藕福地,在不到半个时辰的短暂光阴里,就已经到达瓶颈。

其中光是渌水坑青钟夫人拿出的堆积如山的虬珠,就使得福地水运瞬间暴涨五成。此外,当年天下十人之争时国师种秋得到了一桩仙家福缘,是一幅《五岳真形图》。起先种秋为了提防俞真意,还试图销毁此物,后来按照陆抬的授意,打消了念头,这些年来一直交给曹晴朗保管。曹晴朗询问过种夫子和小师兄,一个当然愿意拿出来,一个说用了无隐患,所以莲藕福地就出现了无须四国帝王君主敕封的大五岳。至于元来的那份仙家机缘金书玉牒则被埋藏在一座高山的山根,高山同样拥有了浩然天下的山岳雏形,只是相较于《五岳真形图》显化的山头品秩低些。

落魄山竹楼后的一座小池塘变成了一座巨湖,一朵紫金莲花摇曳生姿,一缕缕紫金光彩缓缓流溢入湖,道气弥漫水面。

浮萍剑湖十八座湖泊之一,以及太徽剑宗的那座山峰都已落地生根,逐渐与天地契合。

此外还有趴地峰白云一脉祖师赠送的一座云海,桃山一脉赠送的一片桃林,太霞一脉赠送的一朵火烧云,还有指玄峰袁灵殿赠予的一盏白螺杯,落地后大如岛屿,是一处天然小道场。

裴钱皱眉道:"水满则溢,一旦到了瓶颈又破不开,会坏事。"

崔东山立即转头,朝裴钱竖起大拇指:"大师姐好眼光,有见地!"

周米粒终于有了用武之地,怀抱金扁担和绿竹杖,双手飞快拍掌却无声。

所谓的瓶颈,就是福地疆域终究大小有定数,昔年的观道观藕花福地在七十二福地当中本就属于地盘小的。一旦福地人间的天地灵气过多,就会过犹不及,除了会影响凡夫俗子的体魄和命理,还会引发种种天灾人祸。例如水运过重,就会导致江河波涛汹涌,洪涝千万里;或是一轮大日悬而不去,日精璀璨,光照万里,持续烧灼福地,动辄干旱个数年,炼杀万物;月魄浓郁洒落人间,又会使得阴冥鬼魅丛生,成群结队游弋夜间,或是拜月炼形一道的山泽精怪蜂拥而起,大肆横行人间。

月盈则亏,是大道至理。许多福地出现"飞升"之人,根源就在于此。这些天之骄子,是天地的宠儿,气运加身,所以某种意义上说,他们是不得不出,因此一旦强行滞留福地,要么被天道碾压,被视为试图篡位的乱臣贼子,沦落到一身气数重归天地,要么就顺势离去,故而就有了历史上一座座福地的水落石出。只是有些反而会招来横祸,比如剑气长城的最后一任刑官,就因为一人破开天地禁制,招来浩然天下修士觊觎,最终连累得整座福地被打得稀烂。

姜氏掌握的云窟福地,是出了名的地广人多。只是因为几场修行引发的浩劫,故而哪怕砸钱不断,云窟福地也从未到过瓶颈。而皑皑洲刘氏的寒酥福地,大概是人最少的一座福地,里面只有刘氏专门培养的一大拨常年劳作的采玉人。也有其他宗门的女子谱牒仙师会主动找到皑皑洲刘氏,成为不记名的采玉人,且不计工钱,毕竟所谓的采玉,就是常年跟雪花钱打交道,会大益修行。同时刘氏还拥有人数最多的一座福地——绿荫福地,这是一座刘氏一枚神仙钱都不砸入的下等福地,里面足足有九千万人口,一有修道之人侥幸跻身洞府境,就会被立即带离福地,外人只知道这是两位术家祖师供奉的要求。

崔东山当然留有后手,绝不会让福地瓶颈成为隐患。准确说来,是天底下只会经营福地的人物之一姜尚真对此早有准备。

崔东山望向脚下人间一处山清水秀的地方,那里有一棵柳树,树上挂有一幅卷轴。崔东山伸手一抓,卷轴被其握在手中,他解开缠绕卷轴的一根金色丝线,横放在身前,卷轴悬空,崔东山双指一抹,画卷瞬间摊开,画面不断横掠出去,最终露出一幅光是画纸本身就长达百丈的万里山河图。这是姜尚真赠送给福地的一份重礼,从白纸福地一位老祖师那里购得。这原本是姜尚真为云窟福地量身打造的画卷,落地生根之后,只要福地空余疆域足够广袤,被沛然灵气浸染个百来年,就会变成千真万确的山水。除此之外,先前被姜尚真圈禁起来的桐叶洲流民绝大部分都在宝瓶洲走出了福地,其中练气士几乎全部离开,却剩下二十余万的老百姓,不知姜尚真用了什么法子,多半威逼利诱皆有,二十余万老百姓最终选择留在福地,听候"老天爷"发落。

这是两桩名副其实的雪中送炭之举,万里山河画卷是如此,二十余万魂魄齐全的凡夫俗子更是如此,他们只要在此繁衍生息、开枝散叶,就能够将一座"白描"福地重新彩绘几分。

魏檗由衷赞叹道:"比起周供奉,我自愧不如。"

身为玉圭宗宗主和姜氏家主,姜尚真为落魄山可谓鞠躬尽瘁到了极点。当供奉当到这个份儿上,就连崔东山都想要送给周肥兄一块"义薄云天"的金字牌匾了。

好像不管做什么,姜尚真只要用心,就都很出类拔萃。唯一的"假公济私",就是姜尚真为自己留了一小块地盘,一截柳枝落地即成荫,大概是想要以后方便携美人来此郊游。

有了凭空多出的万里山河之后，原本大体上趋于凝固的福地灵气就又开始自然流转起来，往那些"空白"山河涌去。

朱敛笑呵呵道："周供奉确实是个妙人，人间少有。"

然后朱敛笑望向裴钱，裴钱有些疑惑。

朱敛解释道："周供奉当年和我一见如故，切磋了一门道法，旗鼓相当，但是最后输给了你，而且周供奉输得心服口服。"

裴钱想了想，嘀咕道："都什么跟什么啊。"

周米粒轻轻晃着小脑袋，算是跟裴钱敲了敲门打招呼，裴钱伸手按住她的脑袋，轻声道："别说老厨子胡说八道，没有的事。咱们竹楼一脉，个个以诚待人。"

裴钱早年的小账本上，划分出了许多阵营鲜明的小山头，比如她和暖树姐姐、小米粒，当然属于最最嫡传的竹楼一脉，看门一脉有郑大风和元来，骑龙巷一脉有石柔那些看铺子的，还有走桩散步梦游一脉……

崔东山说道："接下来捡钱算账一事，就有劳长命掌律和韦先生多跑几步路了，泓下回头带上云子一起帮忙，身在福中不知福，躺着享福不做事，当然不是个事。"

泓下轻声道："泓下领命。"

陈灵均说道："算我一个。"

崔东山笑望向这位走渎成功走路有点飘的陈大爷："那就算你一个？要不要拉上你那位本家兄弟一起？"

这趟北俱芦洲之行，陈灵均横穿一洲往返一趟，走渎走得可谓小心翼翼，可斩鸡头烧黄纸结识好兄弟的勾当倒是胆子贼大，半点不含糊。

陈灵均缩了缩脖子，一大步横移跨出，再一大步靠去，双脚并拢，于是就站在了暖树这个笨丫头身边，试探性说道："那还是算了，吧？"

崔东山不再理睬这个落魄山胆识所在的扛把子，先有"打架没赢过，吵架没输过"的老舟子，后有"我师兄是郑居中"以及"我与陈平安是至交好友"的柳赤诚，如今又有大骂阮邛不要脸、两次拍陆沉肩，还与斩龙之人称兄道弟的陈灵均，一个个都是人才，还是可遇不可求的那种。

这等看遍浩然天下也寥寥无几的豪杰人物，落魄山能够有其一，连崔东山都觉得挺有意思。

崔东山转去与曹晴朗说道："那条龙舟渡船可以拿来此地修补，如果你觉得刘重润那边合适的话，可以让她带着一些性子沉稳的嫡传弟子来这边拣选两三处山头修行，只是事先说好，甲子之内，除了刘岛主可以自由出入，嫡传们就不要随便走动了。"

崔东山抬起双手，抖了抖袖子，伸手指向两处："比如这两个地方，水运极多，就可以让给珠钗岛刘重润。"

一处是济渎灵源公沈霖赠送的一部分南薰水殿，还有就是一条龙亭侯李源赠送的溪涧。

那条名为翻墨的龙舟渡船先前返回牛角山渡口的时候，已经摇摇欲坠、破碎不堪，光是修缮所需神仙钱，其实就已经超过龙舟本身的价值。刘重润倒是想要买走这条龙舟，当不成山上渡船，就当是留个纪念，可以停泊在水殿内，不承想落魄山婉拒此事，说要修旧如初。刘重润本就是好心好意，想要让落魄山少些钱财损失，既然落魄山不介意，她也就懒得多此一举了。

但是在落魄山账房议事，对于远在别洲的云上城，以及近在眼前的珠钗岛，哪怕双方都是小仙家，其实也相当念他们的好。

曹晴朗点点头，没有异议。

落魄山想要在大争乱世和太平盛世都屹立不倒，想要有一份千秋基业，不但要和大宗门结盟，互利互惠，还要尽量让珠钗岛、云上城以及彩雀府这些暂时气候不显的仙家跟随落魄山一起壮大起来，而且绝对不能只以利相交。落魄山，钱要挣，香火情要挣，人心更要挣！

崔东山说道："我今天比较指手画脚，是例外，关于这座莲藕福地，以后都只会由着你拿大主意了。你愿意跟人商量就商量，不愿意就自己放开手脚去做。既然先生相信你，我就相信你，所以你不用介意我如何想，咱们平辈，没必要，只是你不要让先生失望。"

曹晴朗向小师兄作揖致谢，其实心情并不轻松。

崔东山突然对朱敛笑问道："我今儿行事比较出彩，老厨子不会不高兴吧？"

朱敛笑道："能者多劳嘛。做多错多尚且人莫怪，何况崔小先生是做多对多。"

崔东山收回视线，俯瞰人间："一直砸钱又砸钱，总算可以挣钱喽，时来运转，好兆头，大好兆头！"

世间每一座到达瓶颈的上等福地，就真是一个财源滚滚的聚宝盆了，手握福地的"老天爷"宗门、豪阀，只管尽情搜刮那些应运而生的天材地宝，带离福地。

一些福地的本土修道之人，也可以顺势打破樊笼，被带离福地，成为"天外"仙府的祖师堂谱牒仙师，这就是许多福地书籍上所谓的"得道飞升，位列仙班"。

这就是福地持有者，以天地灵气，或者说实打实的神仙钱换取一位位货真价实的神仙。而且此举，不损大道，不坏地利，不伤人和。

最后，朱敛拉着反正无事可做不如在此散心赏景的魏山君一起继续坐镇天幕，负责盯着那幅画卷，长命道友和账房先生韦文龙开始远游捡钱。

崔东山带着装钱、米老剑仙，以及一个可有可无的泓下，一起离开福地。

曹晴朗悄然去往南苑国京城。

童生，秀才，举人，状元，都是曹晴朗的功名。曹晴朗昔年参加南苑国科举，一路势如破竹，乡试得解元，会试得会元，殿试得状元，成为藕花福地历史上第一个连中三元的读书人。连夫子种秋都哭笑不得，这可是曹晴朗凭自己本事挣来的一连串功名。所以曹晴朗后来离开成了南苑国京城官场的一桩天大悬案。

当年在中土神洲礼记学官遇到师祖身份的文圣老先生，老秀才从种夫子那边听闻此事，大喜过望，差点儿没当场烧三炷香，说："了不得了不得，好一个青出于蓝而胜于蓝。咱们文脉牛气冲天啊，做学问的，下棋的，喝酒的，练剑的，写字的，练拳的，言语得体的，哪个不天下无敌，如今连唯一美中不足的功名一事上都扬眉吐气了！"

崔东山留在了落魄山，泓下战战兢兢跟在一旁。

裴钱和米裕则一起徒步去往牛角山渡口，一南一北，裴钱要乘坐渡船去南岳地界战场，米裕则走一趟北俱芦洲彩雀府。

商贸越来越繁华的牛角山渡口，曾是一个正儿八经名为包袱斋的仙家山头，大小建筑绵延成片，阁楼坊市皆有。当年包袱斋看走了眼，不看好大骊铁骑的南下，等于半卖半送给了披云山和落魄山，事后包袱斋不是不后悔，也想要高价买回去，但魏檗刚好以一场夜游宴款待了包袱斋贵客，在那之后就没有下文了。

米裕稍后会让魏山君先帮忙送其到北岳边境，然后隐藏气息，独自御剑跨洲北去，刚好顺路游览那座牵连两洲的跨海长桥。裴钱这次出门远游，没有手持行山杖背竹箱，那把狭刀祥符她也留在了落魄山，只是腰悬一块大骊刑部玉牌，以及另一侧腰间的叠放双刀。她会化名郑钱，乘坐一条大骊边军渡船南下。

裴钱打算先压境在金身境，用皑皑洲口音，拳法近似马湖府雷公庙一脉。

米裕对裴钱说道："自己小心。"

裴钱点点头："米剑仙也一样。"

米裕无奈。如今他一听到"剑仙"二字，就浑身不自在。

崖畔石桌那边，崔东山跷着二郎腿，随手施展术法，石桌画卷之上是大师姐和米老剑仙的身影。白衣少年崔东山优哉游哉嗑着瓜子，泓下都没敢落座。

崔东山斜了一眼这条元婴境水蛟："是不是要我跪地上求你挪步，你才肯把云子大爷请来这里？"

泓下施了个万福，赶紧御风去往灰蒙山。

先前离开福地重返落魄山的路上，泓下依旧没敢说话，其实她相中了一条位于松籁国境内偏远地带的江河，相较于沛湘当时选址狐国落脚处大大不如，毕竟后者还依着一条龙脉，只是潜龙不显而已。

若莲藕福地只是一座中等福地，或是跌跌撞撞跻身的上等福地，泓下作为一条元婴境水蛟，并不宜在福地修行，因为会瓜分走太多当地灵气和山河气数，如今则无妨了。

崔东山一眼看破了泓下心思，也没如何刁难她。如今福地水运浓郁到了叹为观止的地步，若是不加约束，没有水裔水仙、水族精怪之流汲取灵气在人身，小天地反而不妥。所以崔东山才会让泓下将那条金丹境云子一并带来，省得每天在灰蒙山青泥坡打滚，乌烟瘴气的，搞得别家仙师御风路过，瞧见了此景，误以为落魄山是个做剪径勾当的贼窝。

藕花福地当初被老观主一分为四，除了南苑国好似彩绘，其余人物山河皆如白描。崔东山心知肚明，这是臭牛鼻子老道送给他的一份重礼，好让绣虎借此"补道"，但是崔东山根本就没打算接受馈赠。

崔东山轻声道："就看老厨子的解谜本事喽。"

福地那边，长命道友比较眼尖，找到了一个先前连仙人山河画卷都未能显现的有趣存在，是个身形缥缈不易察觉的婀娜女子。女子是文运书香凝聚，大道显化而生，当下她正在脚下城池一处书香门第的藏书楼偷翻书看。虽然女子暂时不成气候，但是只要稍稍栽培，对于福地而言都是一本万利。

韦文龙心中惊喜不已，以心声和掌律长命说道："这等应运而生的稀罕存在价值连城，七十二福地，有据可查的，只有十七位。"

长命说道："主人不会答应的。"

事实上，她也不答应。

作为金精铜钱的祖钱显化，长命和这位文运显化的女子大道相近，天然相亲。就像在落魄山上，长命对暖树丫头从不掩饰自己的偏爱亲近。

韦文龙笑道："长命掌律想岔了。"

长命笑而不言。其实没想岔。不然你这韦账房，小心走路撞钱崴了脚。

陈灵均盘腿悬空，以此御风远游，跟在长命和韦文龙两人身后，这会儿没了那只大白鹅，陈大爷浑身舒坦，他老气横秋道："掌律姐姐，如今这莲藕福地的修道之人，有无金丹客啊？唉，就算有，如今也跟我差辈了。"

长命随口说道："至多三十年，就会出现五六个金丹客吧。"

渐次登山的修道之人，塑造金身的山水神灵，英灵鬼魅，山野精怪，都会大道争先，各有福缘。只不过如今就算有谁率先跻身金丹境，也没有额外的大道福缘馈赠，因为藕花福地历史上第一个真正意义上的修道之人湖山派俞真意，在藕花福地一分为四之前，就已结金丹。此人身在一座下等福地，却能连连破境，跻身金丹境地仙，可谓天才中的天才。所以如今的莲藕福地，哪怕有新的金丹客出现，关起门来偷偷自得几分是可以的，至于自夸就免了。

按照昔年落魄山供奉周肥的说法，俞真意就是臭不要脸，一个跑上山去修炼仙法的，却下山欺负习武练拳的，有这么欺负人的吗？

陈灵均突然一拍脑袋："我得去趟狐国帮好兄弟探路。长命姐，韦算盘，告辞告辞。"

陈灵均说走就走，他当真要去游览一趟狐国。障眼法他也会啊。陈大爷的元婴境又不是摆设。去看看能否帮那个最新结交的好兄弟陈浊流找个媳妇。

云霞山、狐国和大骊京畿北边的长春宫，都以女修众多著称。尤其是这座昔年清风城许氏砸下重金经营已久的狐国，更是出了名的英雄冢温柔乡。

沛湘施展神通，将狐国从清风城搬迁到落魄山后，狐国就天地隔绝，落地扎根在了福地，那个掉钱眼里爬不出来的魏大山君又加固了禁制，使得游历狐国或是在此修行的外乡人一个个无头苍蝇乱撞，狐国好不容易才将那些人安抚下来。那些狐魅尤物又痴情，又擅长吹枕头风，哪个豪杰敌得过。

陈灵均作为一个最早让年轻山主见识到镜花水月的"老前辈"，其实早早对狐国大小山头门儿清。

狐国有一山一庙，文运浓厚，历史上让许多绕路来此烧香的穷书生当真就科场得意、金榜题名了。陈灵均打算以后带着陈浊流一起来这边烧香，将那不太靠谱的名字"浊流"换成"清流"得了，多吉利，如今大骊官场的清流身份，值钱得很。至于如何先帮着兄弟讨要一个大骊本土士子身份，再去求魏山君呗，又不是没求过。披云山上有座林鹿书院，陈灵均什么都想好了，找个月黑风高山上人少的时间，他就去披云山偷偷拜会魏山君。

大概这就是陈灵均心心念念的"行走江湖，义字当头"，哪怕成为了一条元婴境水蛟，可在朋友那边打肿脸充胖子的臭毛病，这辈子都改不了。

好兄弟陈浊流什么都好，钱没几个，偏偏出手阔绰得顾头不顾腚，比自己更舍得打肿自己脸，唯独一件事太看不开放不下，就是没当成官老爷，平日里还喜欢文绉绉扯酸文，什么座上豪客，醉倒三千，颓然一老，书剑茫茫。听听，一看就是个对科举功名还贼心不死的落魄书生，他陈灵均能不帮忙？

朱敛临时起意，只留下魏山君一个人在天幕那边，自己和沛湘一同去往狐国境内，朱敛还喊上了陈暖树和周米粒。

沛湘施展障眼法，一行人落在一处属于沛湘的私人花圃，花圃名为越女腮。

古蜀地界多蛟龙，古越女子最多情。而天下多情，谁又比得过狐魅？

一座观景亭中铺有一张雪白颜色的象牙竹席，沛湘身穿一件贴身锦袍，外罩一件竹丝衣，跪坐在地。

周米粒有样学样，只是觉得别扭，还是学那老厨子盘腿而坐好了。

陈暖树征得主人沛湘同意后，在旁煮茶，亭中茶具齐备。竹炉汤沸火初红，清香熏袖小粉裙。

周米粒瞥了眼老厨子，一手持杯，一手虚托，低头喝了一口，一不小心喝多了，赶紧吐回去大半，这才点点头，故作内里行家："好喝。"

大概是觉得太过言简意赅，显现不出自己的学问，周米粒赶紧加重语气，补了两个字："极了！"

陈暖树莞尔一笑。

朱敛伸手去揉小姑娘的脑袋，小米粒一个歪头，抱怨道："吗呢吗呢，个儿都是给老厨子你摸矮了去的。我以前就是太好说话，以后除了好人山主，谁敢耽误我长个儿，我就凶谁！"

朱敛哈哈大笑。

沛湘神色萧索，不理会落魄山大管家和右护法的嬉戏打闹，她这个原本应该惊喜万分的狐国之主反而心有几分戚戚然，此刻她转头望向亭外，有些神色恍惚。

朱敛只是笑着饮茶。

沛湘收回视线，轻声喊道："颜放。"

朱敛微笑道："饮酒要有豪杰气，喝茶得是平常心。"

沛湘恼羞道："说得轻巧！"

朱敛问道："那你觉得小米粒轻不轻巧？"

周米粒赶紧挺直腰杆，虽然完全听不懂老厨子和沛湘姐姐在说什么，但是黑衣小姑娘这会儿刚要皱起眉头，就赶紧舒展眉头。

沛湘无奈道："小米粒可以心无旁骛，我是狐国之主啊，又是狐魅出身，红尘浸染多少年了，你如何让我平常心常在？颜放莫要强人所难。"

朱敛点头笑道："剑仙左右，北俱芦洲火龙真人，渌水坑青钟夫人，太徽剑宗刘景龙，浮萍剑湖郦采，齐渎灵源公沈霖、龙亭侯李源，桐叶洲玉圭宗宗主姜尚真，就连裴钱都是山巅境武夫，还有仙人境崔东山，至于莲藕福地的旧主人，更是东海观道观的老观主，十四境大修士……沛湘没有被吓得花容惨淡，其实已经很平常心了。"

沛湘脸色惨白，呼吸不稳，一只手的掌心轻轻抵住席子。

周米粒刚要说话，给老厨子使眼色，却发现暖树姐姐朝自己轻轻摇头，她赶紧闭嘴，继续低头喝茶。晓得嘞，老厨子是和沛湘聊碗口大的事情哩。

陈暖树给沛湘递过去一杯茶。

沛湘接过茶杯，向朱敛问道："落魄山是不是一早就清楚为何我要选那条龙脉？"

原本沛湘以为落魄山不会多想，只当是自己替狐国相中了一块山水相依、气运浓厚的风水宝地。但是现在沛湘知晓落魄山的真正底蕴后，才发现自己的那点城府心机，简直就是蒙学稚子大谈圣贤理，可笑至极。

落魄山太深藏不露了，太不显山不露水了，经营一座得手没几年的下等福地，层层递进，环环相扣，毫无缺漏，瞬间就将一座中等福地提升到上等福地的瓶颈。那么多的神仙钱,到底从哪里来?那么多的山巅人脉香火,又从何而来?一桩桩仙家福缘不要钱似的,如雨落福地。

朱敛点头道:"狐国替清风城许氏暗中收拢了不少文运,许氏又以嫡女与上柱国袁氏庶子联姻,我猜测多半会是一对双胞胎,男孩扶龙,女孩攀龙。许浑当然胆子没大到要去牵扯国运的地步,与绣虎比拼谋划,那是纯粹找死,但是这等锦上添花的事情,大骊宋氏即便知道了,也会乐见其成。反正文运依旧落在大骊王朝,若是能够落在宋氏,当然更好。这件事情,你其实不用有太多负担,在落魄山账房那边,这就真的只是一件小事。"

沛湘脑子一片空白,她只能痴痴地看着这个朱敛,原本以为自己与他已经近在眼前,原来朱敛还是远在天边的一个人。

周米粒听也听这些,就是不去记住,估计很快就会忘。听是右护法职责所在,记不住是哑巴湖大水怪眼界高、心比桌儿大。

朱敛收敛笑意,放下茶杯:"沛湘,既然入了落魄山,就要入乡随俗,以诚待人。"

朱敛指了指自己:"比如我可以理解你的防人之心,所以一直等着你自己开口道破内幕,但是你没有。"

朱敛又伸手指向沛湘:"等你至今,再帮你主动说破,两次了,我们落魄山还有个不成文的规矩,叫作'事不过三'。"

沛湘一脸疑惑,皱紧眉头,然后摇摇头,表示自己不理解。

朱敛笑道:"暖树,米粒,你们先离开片刻。"

两个小姑娘立即告辞离去,毫不含糊。

朱敛缓缓起身,身形佝偻,拳架依旧松松垮垮,笑眯眯道:"崔小先生临行之前说狐国藏着个小谜题,他要考考我,看我能否破解。"

沛湘抬起头,身后出现一条条狐尾,寻求自保而已。身在狐国小天地,是她的地盘不假,可别忘了,这座福地大天地又是归谁。

朱敛说道:"沛湘,最后给你一次机会,不然以后狐国之主就要换人了。放心,我们落魄山绝不过河拆桥,不但你不会死,可以依旧修你的道,狐国运势一样会蒸蒸日上,只是有些属于你自找的罪受,也别怪我拳重。"

沛湘眼眶通红,咬着嘴唇,以至于渗出血丝,她浑然不觉,只是委屈万分道:"朱敛,你到底想要我跟你说什么,可是我又能说什么?"

朱敛一语道破天机:"狐国和清风城的真正幕后牵线人!和正阳山祖师堂是否有牵连?!"

沛湘颓然倒地。只是当她心意微动,心念一起,就神魂震颤,竟是全然无法开口,痛苦不已,绝非作伪。

沛湘双手抱住脑袋，仍是竭力稳住道心和魂魄，她抬头望向朱敛，眼神复杂，恋恋不舍，愧疚悔恨，自怨自艾……

一个白衣少年突然出现在凉亭内，双指并拢，轻轻一戳沛湘眉心处。

崔东山背对朱敛，嬉笑道："老厨子，还真舍得辣手摧花啊，多学学我先生不行啊。"

沛湘如释重负，如获大赦一般，作为一位元婴境，她竟会大汗淋漓。她重新跪坐在凉席上，好似犯错的学塾蒙童，突然一下子需要面对两位夫子的责罚。

崔东山对沛湘施展了一门定魂术，只是相较一般的山上仙家定身术讲究多些，不是什么针对练气士的气府封山手段，而是专门用于压胜一个元婴境狐魅的心念，使得远在千万里之外的幕后人不至于循着脉络推衍出真相。

崔东山转头笑道："老厨子你差一丢丢就要打草惊蛇了。"

朱敛笑道："谜题已解一半？"

崔东山点点头："老厨子难怪能烧出一桌子好菜。"

将一座狐国拐骗到落魄山，隔绝在莲藕福地，既是无理手，手段下作得确实过分了，也算神仙手，毕竟实打实断去清风城一半财源。但如果朱敛沾沾自得，始终被蒙在鼓里，无法察觉到真正的隐患，长远来看，就会是胜负关键手，落魄山看似赚大，实则辛苦藏拙多年，却主动给对手递出一记昏手，说不定就会只赢了小块地利，却最终满盘皆输。不但输掉一座上等瓶颈福地，极有可能还要动摇落魄山根本，曹晴朗会对家乡愧疚，对自己失望，文圣人武宗师的种秋更会失魂落魄，而一直放不下一座心相寺的裴钱会很愤怒，裴钱的心境又会影响到暖树、米粒……落魄山会一点一点，人心大溃。

"想跑？"崔东山转头望向一处，伸手一抓，从狐国边境地带的虚空处抓取一物，将一粒神魂念头凝为一枚棋子，以双指轻轻碾碎，再伸手一握，往那沛湘额头重重一拍，重归原位，又有些许细微变化，"开玩笑，敢在我眼皮子底下耍那心念神通，给老子乖乖回去！"

崔东山最后双指弯曲，轻轻一记栗暴敲在沛湘眉心处。

朱敛默不作声。

难怪世人都羡神仙好，术法驳杂神通高。那个以秘术禁制沛湘心念的幕后人是神仙中人，崔东山能够将远遁无形的一粒心念拘回手中，玩弄于股掌间，并且重新交还沛湘，更是仙人手段。

朱敛突然聚音成线，和崔东山说道："顾璨寄过一封密信到披云山，托付魏檗转交落魄山。说他身边那个柴伯符与清风城许氏妇人，是师兄妹关系，柴伯符还知道他师妹其实另有隐秘师传，但到底是谁，顾璨在信上说柴伯符确实不清楚。所以我猜测许氏妇人和沛湘都是同一个人的棋子，只不过双方都不清楚此事，幕后人也由着她们内斗内耗多年，作为一层障眼法。"

崔东山笑眯眯不说话。

朱敛笑道:"人心如水,所以与人交心,就是涉水而行,或小河溪涧,清澈见底,或江河滚滚,浑浊不堪,或古井深渊,深不见底,一着不慎,就会淹死人。"

崔东山感叹一声,抬手用袖子擦拭脸颊:"有些事情,我晓得却说不得,更做不得,老厨子你厨艺好,多担待些。不然只会将原本脉络清晰的一桩事情变得混淆不堪。一旦潭水浑浊,就再难察见渊鱼了。"

从朱敛,到郑大风,再到魏檗,三人对于一件事情,极其默契,既放心崔东山此人的做事,又要小心此人的真正心思。

崔东山对此心知肚明,不觉得有任何不妥。事实上,崔东山反而历来坚信一座山头,本该如此,理该如此。

大家都是好人,标榜道德圣贤,或者大家都是势利小人,心中城府比仙府更深,都大不妥当。

崔东山望向亭外山水,喃喃道:"风起何地,雪落何处?"

朱敛随口笑道:"芙蓉山中?"

莲藕福地当中,有一座芙蓉山,与鸟瞰峰、春潮宫和湖山派,并称天下四大看云赏雪胜地。

崔东山无奈道:"我先前盯了那边半天,可惜没半点动静啊。老厨子你说愁人不愁人。"

第五座天下,在仙杖派和兵解山势力范围接壤处的僻静山水中,一个在青冥天下没有道官身份的山泽野修找到了另外一个暂无谱牒的同道中人。

一个年轻人,儒衫文士模样。

一个名为俞真意,貌若稚童,是在崭新天下悄悄跻身的玉璞境,却来自浩然天下,先去的青冥天下,再来的此地。

年轻文士,找到俞真意,后者正盘腿悬在一把长剑之上,缓缓呼吸吐纳,鼻孔和双耳中如垂有四条白蛇。

俞真意睁眼问道:"道友入山,所为何事?"

双方如今都身在道家地界,眼前男子却敢身穿儒衫,独自一人云游四方,已经很不合常理;看似不过龙门境修士的气象,却能够一路破开数道山水禁制,找到自己,当然更不合理。

那人笑道:"道友?喊我郑缓就行了,你我其实同乡,所以直呼姓名,不用客气。"

俞真意神色淡然道:"速速离开。"

自称郑缓的文士笑问道:"不走又怎样,打打杀杀,就不怕血溅一地,污了这一方清净水土?"

俞真意默不作声,仔细打量起这个胆气十足的陌生人。当初福地因为一个年轻谪仙人的关系,变故极大,丁婴身死后,他则趁势而起,最终成为藕花福地当之无愧的第一人,然后不再管任何山下事天下事,只是继续登高修道,放眼天下,能算敌手之人,不过魔教新教主陆抬一人而已。

至于那个与他分道扬镳、越行越远的武夫种秋,不过是俞真意没空去找南苑国的麻烦而已。俞真意结出一颗金丹之后,三次闭关,两次都被陆抬打断,最后一次,成功飞升藕花福地,只不过当时福地已经天翻地覆、山河变色,俞真意就更懒得理睬南苑国,至于什么唐铁意、程元山之流,更不值得俞真意上心。

俞真意最后一次闭关之时,天下悄然多出了一个籍籍无名的少年武夫,用剑,却不是剑修。

山中练剑数年,俞真意破境跻身元婴境之时,就是少年携剑下山之际。

少年初出茅庐的第一战,就是不知天高地厚直接问剑整个湖山派。

只不过这些风波,都可算俞真意的身后事了。俞真意根本不在意一个湖山派的荣辱存亡。

俞真意站起身,竟是打算直接御剑离去:"既然道友来了,那么我走便是。"

郑缓语不惊人死不休,微笑道:"走什么,你能走到哪里去,我只是顺便来看看老观主的手段之一,不针对你俞真意。此行真正目的,是看一个徒子徒孙去的,你认得他,是你们福地的谪仙人之一陆抬,出息不大,口气不小。我是担心到时候见着个不肖子孙没话可聊,所以拉上你,帮忙暖暖场,好与他叙旧。"

俞真意已经飘落在地,打了个稽首,低头弯腰,久久不愿起身,甚至没敢言语一个字。

文士郑缓。白玉京三掌教的五梦显化之一。

与修道之人的什么阴神远游出窍,或是阳神身外身,都不一样,要更加玄妙不可言。

如今这个郑缓,大概可算一个无境之人。

俞真意对谪仙人最是憎恶,所以对桐叶洲和浩然天下的了解并不粗浅。只是先前听闻对方自称郑缓,俞真意根本就没往这条脉络去想,毕竟俞真意根本不觉得自己值得一位白玉京掌教入山寻访。

"在小小福地,你这神仙老爷,是那一万,当然不用多想什么万一,只是这习惯,以后得改改了。不然站得高死得快。"

作为陆沉化身之一的郑缓,笑了笑,抬起手,手中凭空多出了一顶莲花冠,他随手搁放在自己脑袋上,问道:"我如今戴着不合适,不如借你戴一戴?"

俞真意弯腰更多,轻声道:"不敢。"

陆沉笑道:"打了个稽首就可以了,道门传下此礼,又不是让后世修道人膝盖软的一道法门,俞真意啊俞真意,你境界越高越怕死,难怪老观主瞧不上你,只是元婴境就让你滚蛋,好给旁人腾出位置。没关系,老观主不看好你,我倒觉得你是一块可造之材,回头我送你一桩机缘,不大不小,你刚好能接住。"

俞真意默不作声,尽量让自己心如止水,所行术法很简单,就是只牢牢记住对方是陆沉,其余一切言语都赶紧忘记。

陆沉见他应对之策还算不错,就不再为难一个辛辛苦苦修行出来的玉璞境了,他带着俞真意下山远游,去往靠近天地中央的一处地方。

俞真意感慨万千。

相传陆沉先后有五梦,分别梦儒师郑缓,梦中枕骷髅复梦,梦栎树活,梦灵龟死,梦化蝶不知谁是谁。后世为此解梦千万种。

俞真意在得到一块通关文牒离开青冥天下之前,老观主只是让他在第五座天下潜心修道,随遇而安。但是去往那道大门途中,俞真意翻阅过不少出自天下各大道脉的典籍,其中就有白玉京三掌教的诸多大道解析,唯一的共同点,大致都离不开陆沉的虚舟逍遥游。其中一本来自大玄都观的道书,描述陆沉更是奇怪,说陆沉此人,从不是任何人眼中所见的真正此人。在俞真意看来,有点类似佛家的见如来却非如来。又是一句典型的道家笼统语,让俞真意颇为无奈。至于此后,一路跟随书生郑缓或者说是掌教陆沉一起缩地山河,远游去往天地中央,更是让俞真意无奈至极。

俞真意都不敢御剑,只敢跟随陆掌教一起御风,免得不小心落个大不敬。白玉京三位掌教,大掌教被誉为道法最自然,道老二当然是那真无敌,陆沉则被说成天心最无常,按照大玄都观一贯不喜欢给白玉京半点面子的说法,就是陆沉脑子里在想什么,其实连他自己都不清楚。

这一天陆沉终于停下脚步,伸出一根手指,画了一个最寻常的破障符,身前便出现一道大门,他转头笑道:"马上就要重返家乡了,辛苦兜转,重新团圆,开不开心?"

俞真意说道:"对家乡并无牵挂。"

陆沉摇摇头,眼神怜悯:"其出弥远,其知弥少。"

俞真意诚心诚意道:"受教了。"

不出户知天下,不窥牖见天道。

陆沉带着俞真意走入这座尚未有人"飞升"的福地,突然一臂横扫,手背拍在俞真意脸上,后者脸上瞬间多出一张精莹耀眼的符箓,一闪而逝,竟让一位玉璞境修士呼吸不畅,好像直接跌境为洞府境。俞真意一个身形踉跄,好不容易才站稳脚跟,几座本命气府大门紧闭,不但如此,俞真意稍稍神念内视,惊骇万分,人身小天地内的多处洞府灵气先是凝滞为水,再结为金玉一般,纷纷坠地,所以他才会脚步沉重,如同孱弱稚子背负巨木,行走如负重登山。

两人身后那道大门已经自行合拢,陆沉缓缓前行,懒洋洋道:"老观主到底还是护短的,送给我那徒子徒孙的福地,只是中等品秩,你这玉璞境,庞然大物涉水而过,动辄牵引天象,岂不是要惊涛骇浪,咱们就俩人,你吓唬谁呢。赶紧适应一下洞府境,如果与山下凡夫俗子一般,由奢入俭难,还当什么修道之人。"

俞真意立即开始稳固道心,跟在陆沉身后。

陆沉问道:"知不知道为何圣人们亲水,要多过亲山?"

俞真意摇头道:"恳请掌教解惑。"

陆沉说道:"佛观一钵水,四万八千虫。老夫子临水而叹,逝者如斯夫,不舍昼夜。我那师父,也说水几于道,道无所不在。为什么呢?你看看,一说到水,三教祖师都很和和气气的,半点不吵架。你再回头看看,什么'夫礼者,乱之首'。三教争辩,吓不吓人?那你知不知道,在三教争论之前,青冥天下其实就已经和西方佛国各说各道、各讲各法了?白玉京和七大道脉宗门,输得最惨的一场,听说过吧?"

俞真意一离开藕花福地,就尽可能多翻阅青冥天下的道门典籍,当然知晓此事,说道:"十七场辩论,青冥天下全输了。那十七位真人,全部摘冠剃发为释,最终成为'戊午十七僧'。"

陆沉为俞真意道破天机:"早年天庭五至高,其中江湖共主,除了掌管五湖四海所有大渎江河,其实真正管辖的,还是那条光阴长河,每当有神灵消逝,尸骸化作天外星辰,神性便会融入光阴,汇聚成河。而我们人族魂魄,其实就是从此水中生化而出的。所以天地间,唯有人族体魄最近神灵,一旦修行,登高最快,让那些比人族历史更为悠久的妖族眼馋得只会吃吃吃,见人就吃。实则吃来吃去,还不是个一,不增不减,意义何在。就算吃出半个一,又能如何。"

陆沉只是在山林间缓行,并不御风,缓缓道:"我当年到了青冥天下,不着急去白玉京,只是闲来无事,专门收集佛家的偈子,文采斐然,既精莹骇目,又美不胜收。我曾亲眼见过青冥天下所剩不多的所有寺庙,也曾亲耳听过一位老僧佛唱一句'花落水流去,寂然天地空',再掷下拂子,敛目而逝。好一个生死昼夜,无有有无。"

说到这里,陆沉转头看着那个稚童模样的俞真意,嗤笑道:"再看看你,能比吗?你我道心之差,当真只是境界高低之别吗?"

俞真意虚心受教,细细咀嚼其中意思。再看眼前这位书生郑缓,只觉得对方悠游山林,一身古朴道气,如霁月光风,终然洒落。

陆沉使劲挥动袖子,响声清脆。

福地此时此景,约莫是小雪时节,地寒未甚。

俞真意小心翼翼说道:"陆掌教,我们是要去芙蓉山?"

貌若童子的俞老神仙,因为不敢御剑,只好背剑,个头矮,但是长剑长,就显得十分滑稽。若是斜背长剑,倒也还好,只是那位暂时化名郑缓的三掌教,偏要帮他笔直背剑在后。说一把剑都背不正,如何心正,心不正道不明,还练什么剑,修什么大道。

先前陆沉随手将莲花冠丢给俞真意,说让他帮忙戴着。陆沉说自己要以白云当冠冕,比较野逸脱俗。那顶莲花冠是白玉京掌教信物,俞真意当然不会傻乎乎真去头戴莲花冠,只是双手捧住。

陆沉说道:"不然你以为?"

俞真意点点头。修仙之后,俞真意子然一身,御剑远游四方,所以天下比较著名的风水宝地都在脚底剑下出现过。

估计陆掌教自有深意。

陆沉问道:"咱俩方向走错了?"

俞真意愣了愣,继续点头。

陆沉转身一袖子打在俞真意脑袋上,训斥道:"那你不早说?"

陆沉开始御风升空,让俞真意带路,去往远在数千里之外的芙蓉山。只不过俞真意并不清楚,眼前这位白玉京三掌教,既然并非真陆沉,那他手中所怀抱的莲花冠自然也非实物。

陆沉将书生郑缓留在第五座天下,一样要按照文庙规矩来,得压在玉璞境之下,就像当初去往骊珠洞天需要压境在飞升境巅峰。

陆沉有些怀念杨家药铺的那个老头儿,忍不住念道:"溪斜又山遮,花开又花落,云海掩日月,总赖东君主。"

陆沉摇摇头:"公沉黄泉,公勿怨天。"

俞真意早已习惯了这位白玉京三掌教的念念叨叨。比如陆沉会说一个人的有些言语,是插秧,是种树,是离离原上撒下的一大把草种子。

陆沉突然问道:"他喜欢隐姓埋名,在你眼皮子底下当个松籁国的秘书省校字郎?还开了间卖折扇、印章的铺子?"

俞真意答道:"确实如此,陆抬此人,古气高标,风流无双,所以被誉为朱敛之后的第二位谪仙人、贵公子。"

陆沉揉了揉眉心:"听得我脑瓜子疼。"

藕花福地一分为四,落魄山那座被改名为莲藕福地,是下等福地。俞真意所在却是上等福地,被老观主搁放在了青冥天下。

陆抬所在福地,以及少年、小白猿和年轻道士结伴游历的那座福地,两者都是中等品秩。

当下陆沉和俞真意做客的这座，在春嘉元年被那个背着巨大养剑葫的烧火小道童带到了第五座天下。

两人掠过青山绿水，高过白云黄鹤，终于瞧见了那座被誉为"云水天间"的芙蓉山，山脉似莲花，峰如株株芙蓉。

陆沉落地在芙蓉山地界外，继续带着俞真意跋山涉水，每逢云雾天气，行走在芙蓉山的山崖栈道上，便恍若置身仙境，仙人身在白云中。

继魔教太上教主丁婴之后，横空出世的谪仙人陆抬用了不到十年时间，就一统魔教各脉势力。陆抬相中了这座芙蓉山，开辟了一处避暑别业，成为藕花福地最负盛名的一处禁地。今天山上小雨渐沥，水雾朦胧，陆沉走上一条栈道，刚念完一句"小雨纤纤风细细，四肢由我任舒伸"，就被三人拦住了去路。

武夫陶斜阳，道士黄尚，术法武学兼修的桓荫。每一个在福地天下都是当之无愧的头等枭雄豪杰。他们都是陆抬在飞鹰堡收取的嫡传弟子，然后被带入这座福地，成为雄踞一方的魔道巨擘，二十余年来，不仅傲视山下王侯，连修道登山的神仙，一样斩杀极多。上一辈的天下十人，获得仙缘的，如春潮宫周肥、磨刀人刘宗等人，得以去往三人家乡所在的桐叶洲，此外哪怕留在福地当中真正算得上威胁的，也古怪万分，先有种秋突然消失无踪，后有天下第一人俞真意破境跻身元婴境，得以飞升离去。最后使得一座天下，再无谁能够与魔教抗衡。江湖门派不行，山上仙府不行，山下君主也不行。

陆抬的三个嫡传弟子当中，道士黄尚手段相对收敛，如今已是南苑国京城的国师，获封冲虚真人。

事实上陆抬百无聊赖，就让天下道门推举出四大真人，分别道号通玄、冲虚、南华、洞灵。

除了黄尚，湖山派一位俞真意嫡传，也位列其中。

天下没了俞真意，师尊陆抬就真正再无敌手，退隐山林，闲云野鹤一般，对福地根本没什么兴趣，完全交给三位嫡传去打理天下，只会偶尔去一趟南苑国京城，喜好雨雪天色，独自撑伞散步街巷中，哪怕是弟子当中，身为护国真人的黄尚都不得靠近，他们也绝不会去打搅师尊散心。只听说师尊又收了一个嫡传弟子，但芙蓉山对所有人而言都是禁地，踏足即死，陶斜阳三人也不例外，所以他们至今未能见到那个小师弟，如今有小道消息，说那个一人问剑湖山派的少年就是教主陆抬的关门弟子。

陶斜阳三人各在一国，只是不知为何突然被教主师尊飞剑传信，说让他们来芙蓉山待客。

如今已是中年面容的道士黄尚，与俞真意打了个稽首，毕恭毕敬道："晚辈黄尚，拜见俞仙师。"

陶斜阳伸手按住刀柄，斜靠栈道木栏，笑问道："俞仙师这是衣锦还乡？"

至于始终少年面容的桓荫，兴趣不在俞真意身上，而是那个笑意盈盈不知死活的儒衫书生。

俞真意不敢有丝毫轻举妄动，就只是背剑捧道冠，呆若木鸡一般。当然不是因为忌惮眼前三个晚辈，而是不清楚身边陆沉到底何种心思，俞真意不愿画蛇添足而已。

陆沉卷起袖子，大步前行，哈哈大笑道："小生郑缓，侥幸得见俞仙师，随侍一旁多年，学成一身好武艺不说，还习得几门道法仙术，刚好拿来与你们切磋切磋，你们是一起上，还是一个个来……"

陶斜阳虽然收敛力道极多，出手依旧快若闪电，一巴掌随随便便就拍在了书生郑缓脑袋一侧，郑缓直接从栈道摔落悬崖外，只传来渐渐嗓音低去的一长串连绵惨叫声，以至于连出手的陶斜阳都有些摸不着头脑，这就完事了？

俞真意依旧纹丝不动，感慨道："小子运气好，足可名垂青史。"

一瞬间，俞真意心知不妙，这会儿他才是洞府境修为！而白玉京三掌教好像完全没有现身的迹象，就这么"坠崖摔死自己"了？

山中小雨，半山腰栈道云雾弥漫，但是芙蓉山之巅，却是天清气朗的景象。

有一位白衣玉带的风流人物，姿容极其俊美，雌雄难辨，手持一把并拢起来的玉竹折扇，折扇竹骨两侧以行草分别铭文《还乡帖》和《黄花帖》，站在山顶赏景石台上，当真是玉树临风。山中修道之士，修养已成，神气清爽，绝无半点尘俗。

身后站着两个珠翠满头的娇俏美人。其中一人捧剑，金色剑穗上坠系着一枚荔枝冻质地的藏书印，边文"石出青田，我在青天"，天款"抬升"，底款"挽天倾"。

古人有解石之难难于上青天的说法，但是松籁国京城有一位年纪轻轻的篆刻大家，刀工精湛，超妙无双，好似剑仙以飞剑落笔。

另外一个侍女怀抱一只雪白瓷枕，是浩然天下的无忧枕样式，又名长命枕，寓意高枕无忧。有趣之处在于白瓷枕上除了烧造有一篇文字极多的赋文外，在"夏日景长世道平，天转暑光心长安"这句文字附近，竟然留有一抹腮红印痕，约莫是美人侧卧酣睡，腮红印瓷枕，这等风流婉转的旖旎画面，哪怕不曾亲见，也足够让人浮想联翩。

陆抬挥了挥折扇，两个符箓美人身形消散。

陆沉出现在山巅，笑道："可怜可怜。"

陆抬微笑道："可望不可即，真正可恨。"

然后陆抬将折扇别在腰间，毕恭毕敬作揖行礼："陆氏子弟，拜见老祖。"

陆沉问道："就是你要让陈平安当那中流砥柱？"

陆抬直起腰，重新拿起折扇，一脸无辜道："后世子孙的几句无心之语，有等于无的老祖都要怪罪几分？"

陆沉此刻，与那个在骊珠洞天摆摊解签的算命先生，或是随手丢给外人一个莲花冠的郑缓,都截然不同,神色淡然道:"你知不知道自己在做什么?"

陆抬打开折扇,轻轻扇动清风,上边写有一句"子孙陆抬来见祖师陆沉"。

早知道就该将两个名字的位置颠倒一下。

陆抬沉默片刻,笑问道:"都说老祖有五梦,各有大道显化无穷尽。此外又有心相七物:木鸡、椿树、鼹鼠、鲲鹏、黄雀、鹓雏、蝴蝶。不知道老祖能否让我见识其一?"

陆沉置若罔闻,只是转身走到观景台边缘崖畔,双手负后,眺望远山远水:"可怜绿荫福地男子刘材,可怜正阳山女子流彩。彩凤双飞翼,灵犀一点通,与你相见之时,就是别离之际,不过蓬蒿走马随风转。邹子不该拿你与我问道。"

陆沉蓦然而笑,转头嬉皮笑脸道:"什么祖孙不祖孙的,你太在意,我毫不在意,刚好抵消之。走走走,去你茅舍饮酒,太平民乐不愁米,丰年村酒味最佳。"

陆抬说道:"你再不现身相救,俞真意就要被人活活打死了。我那弟子桓荫,可是个顶能捡漏的人物。"

陆沉一拍脑袋:"差点儿忘了这茬。"

只是嘴上这么说,陆沉却全无出手相救的意思,只是跟着陆抬去往芙蓉山别业。其实芙蓉山别业与外界想象完全不同,就只是柴扉茅舍三两间。

柴门有犬吠声。陆抬抬头看了眼天色,陆沉则踮起脚尖,双手趴在柴门上边,对那条看门狗笑嘻嘻道:"蜀犬吠日,咄咄怪事。"

陆抬对那条狗说道:"陆沉,闭嘴。"看门狗立即乖乖匍匐在地。

陆沉哈哈大笑:"妙也妙也。不孝子孙肖祖师。"

这天芙蓉山好巧不巧,下雪了,陆沉就干脆逢雪宿芙蓉山。

陆抬去了山巅赏雪,陆沉坐在一条竹椅上,微笑道:"好个风雪夜。"

第二章
问我春风

宝瓶洲南岳之巅山君神祠之外,临时搭建出一片类似军帐行宫的粗糙建筑,大骊文武秘书郎、各国藩属武将在此川流不息,人人脚步匆匆,且都悬佩有一枚暂时被视为通关文牒的玉佩,是老龙城苻家老龙布雨玉佩样式。在一处相对僻静的地带,有老少四人凭栏远眺南方战场,都来自中土神洲,其中一位老者手攥两颗兵家甲丸,轻轻旋转,如小国武夫把玩铁球一般,他一手抓起布雨玉佩,笑道:"好绣虎,赚钱省钱花钱都是一把好手。姜老儿,省钱一事,学到没有?大骊战场内外,先前你我粗略算来,约莫三千六百件大小事,挣钱花钱居多,省钱一道不过两百七十三事,类似玉佩这样的小事,其实才是真正显现绣虎功力的关键所在,以后姜老儿你在祖山那边传道授业,可以着重说说此事。"

另外一个被称为"姜老儿"的老人,粗布麻衣,腰系小鱼篓,点点头,然后看着远处战场上层层叠叠的繁密布局,感慨道:"攻有立阵,守有坐镇,纵横交错,错落有致,皆契兵理,此外犹有兵书之外兵法之内的国家储才、合纵连横两事,都看得到一些熟悉痕迹,脉络清晰,看来绣虎对尉老弟果然很推崇啊,难怪都说绣虎年轻那会儿游学途中反复翻烂了三本书籍,其中就有尉老弟那本兵书。"

尉姓老者抚须而笑:"其余两本,略显多余了,估计只算添头,就是两碟佐酒菜,我那本兵书才是真正醇酒。"

不是这位中土神洲老修士经不起夸,事实上姓尉的老人这辈子得到的赞誉,书里书外都足够多了。

老人又诚心诚意补了一番言语："以前只觉得崔瀺这小子太聪明，城府深，真正功夫只在修身治学一途，当个文庙副教主绰绰有余，可真要论兵法之外，涉及实战，极有可能是纸上谈兵，如今看来，倒是当年老夫小觑了绣虎的治国平天下，原来浩然绣虎确实手段通天，很不错啊。"

两位老人都来自中土神洲兵家祖庭，按照规矩是风雪庙和真武山的上宗，那座与武运关系极大、渊源深远的祖山，更是天下兵家正宗所在。姜姓和尉姓老者当然就是当之无愧的兵家老祖。只不过姜、尉两人只能算是两位兵家的中兴祖师，毕竟兵家那部老皇历空白页数极多。

两位老人身边站着年纪轻轻的一男一女。男的是许白，由于精于象棋，有"少年姜太公"和"许仙"的美誉。少女名为纯青，身穿一袭细密竹丝编织的青色长袍，扎一根马尾辫，马尾辫绕过肩头，挂在身前，腰间悬佩竹刀竹剑。纯青来自竹海洞天，是青神山夫人的唯一嫡传，既是开山弟子又是关门弟子。

许白轻声问道："宝瓶洲山下山上，竟然都半点不乱，当真是人心可以大用？我们从北往南，一路行来，其间还特意沿海游历万里，好像连几个想要试图逃离宝瓶洲的修士都没有，岂不是怪事？不提桐叶洲，只说已算敢死敢打的扶摇洲和金甲洲，山上修士也远远做不到这种夸张地步，多有流窜修士成群结队偷偷离开一洲陆地。"

姜姓老人笑道："道理很简单，宝瓶洲修士不敢不能不愿而已。不敢，是因为大骊律例严酷，各大沿海战线存在本身就是一种震慑人心，山上神仙的脑袋，又不比凡夫俗子多出一颗，擅离职守，不问而杀，这就是如今的大骊规矩。不能，是因为各地藩属朝廷、山水神灵，连同自家祖师堂以及各地通风报信的野修，都相互盯着，谁都不愿被株连。不愿，是因为宝瓶洲这场仗注定会比三洲战场更惨烈，却依旧可以打，连乡野市井的蒙学稚子、游手好闲的地痞无赖都没太多人觉得这场仗大骊，或者说宝瓶洲一定会输。"

许白望向大地之上的一处战场，找到了一位身披铁甲的武将，轻声问道："都已经身为大骊武将最高品秩了，还要死？是此人自愿，还是绣虎必须让他死，好当个大骊边军表率，用以战后安抚藩属人心？"

姜姓老人微笑道："大骊边军的武将，哪个不是死人堆里站起来的活人，从宋长镜到苏高山、曹枰，都一样。如果说官帽子一大就舍不得死，命就值钱得不能死，那么大骊铁骑也就强不到哪里去了。许白，你有没有想过一点，大骊上柱国是可以世袭罔替的，而且未来会不断趋于文官头衔，那么作为武将头等品秩的巡狩使一职呢？大骊皇帝一直从未言说此事，自然是因为国师崔瀺从无提及。为何？当然是有巡狩使，或者是苏高山，或者是东线主将曹枰，轰轰烈烈战死了，绣虎再来说此事，到时候才能够名正言顺。想必大将军苏高山心里很清楚……"

许白忍不住说道:"可是苏高山如今不过五十多岁,就要人死战场,哪怕借此恩荫子孙,世代荣华,又如何能够确保巡狩使这个武勋往后继承几代人?人之常情,不得不忧……"

说到这里,许白自顾自点头道:"明白了,战死之后荣升武庙英灵,如那袁、曹两大上柱国一样,有高承、钟魁运转神通,不但可以在战场上继续统率阴兵,哪怕战死落幕,依旧可以看顾照拂家族几分。"

纯青说道:"崔先生,雄才伟略,洞悉人心。"

年轻时候的儒士崔瀺,其实与竹海洞天有些"恩怨",但是纯青的师父,也就是竹海洞天那位青山神夫人,对崔瀺的观感其实不差。所以虽然纯青年纪太小,从未与绣虎打过交道,但是对崔瀺的印象很好,故而会诚心诚意敬称一声"崔先生"。按照她那位山主师父的说法,某个剑客的人品极差,但是被那名剑客当作朋友的人,一定可以结交,青山神不差那几壶酒水。

许白突然瞪大眼睛。一个白衣少年从远处凫水而至,看似优哉游哉,实则风驰电掣,戒备森严的南岳山头好像见怪不怪,对此人故意视而不见,许白立即想起对方身份,是个云遮雾绕身份诡谲的存在,这个家伙顶着一连串头衔身份,不但是大骊南方谍子的领袖人物,还是大骊中部那座陪都和一条大渎的幕后督造使,虽没有任何一个台面上的大骊官身,却是个极其关键、地位超然的人物。

崔东山在一行四人身边继续凫水游弋,一脸毫无诚意的一惊一乍,嚷嚷道:"哎哟喂,这不是咱们那位象戏真无敌的姜老儿嘛,还是这般穿着朴素啊,钓鱼来啦,没有问题没有问题,这么大一水塘,什么鱼虾没有,有个叫绯妃的婆姨,就是顶大的一条鱼,还有尉老祖帮忙兜网,一个绯妃还不是手到擒来?怕就怕姜老儿腰间那只小鱼篓装不下……"

一个双鬓霜白的老儒士突然出现,一手按在崔东山脑袋上,不让他继续,崔东山砰然摔落在地,装模作样怒喝一声,一个鲤鱼打挺却没能起身,折腾了几下,摔回地面几次,好似最拙劣的江湖武馆武把式,却弄巧成拙,最后崔东山只得悻悻然爬起身。看得一向规矩恪礼的许白有些摸不着头脑,大骊绣虎好像也没有施展什么术法禁制,少年怎就如此狼狈了?

崔瀺以儒士身份向两位兵家老祖作揖行礼。两位先前言笑轻松的老人也都肃容抱拳还礼。

尊敬这个东西,求是求不来的,不过来了,也拦不住。

崔瀺微笑道:"姜老祖,尉先生,随我走走,闲聊几句?"

两位兵家老祖一同跟着崔瀺远去,只留下三个看似年龄相仿的年轻人,崔东山的"真实"岁数,如果从神魂剥离进入骊珠洞天开始计算,确实与纯青和许白相差不多。

崔东山趴在栏杆上，约莫万里之外，就是宝瓶洲最南端与大海的水陆交界处了。

如今除去一座老龙城的整个南岳地界，已经成为宝瓶洲继老龙城之外据守战的第二座战场，和蛮荒天下源源不断涌上陆地的妖族大军的战事一触即发。

南岳以南的广袤战场，山脉峰头皆已被搬运迁徙一空，大骊和藩属精锐早已集结在此，大骊嫡系铁骑三十万，其中轻骑二十五万，重骑五万，轻骑人与马一律身披水云甲，每一副甲胄上都被符箓修士篆刻有水花云纹图案，但不刻意追求细节上的精益求精。

大骊三十万铁骑主将苏高山，大骊王朝寒族出身，先前凭借赫赫战功，成功跻身大骊历史上首次设立的巡狩使，品秩官身与大骊旧上柱国头衔等同。

八十万步卒分成五大方阵，各大方阵之间，看似相隔数十里之遥，实则对于这种战争、这处战场而言，这点距离完全可以忽略不计。

足足八十万重甲步卒，从旧白霜王朝在内的宝瓶洲南部各大藩属国抽调而来。清一色的重甲步卒，按照不同方阵不同的驻守位置，披挂不同颜色的山文五岳甲，与浩然天下的山河社稷五色土相同。所有五色土，皆来自各大藩属山岳、储君山头，早年在不伤及国势龙脉、山河气数的前提下，在大骊边军监督之下，数以千计的搬山之属山泽精怪、墨家机关术傀儡和符箓力士合力开凿大小山脉，所得悉数交由大骊和各大藩属工部衙门统筹，其间又调动各藩属无数劳役，在山上修士的带领下，日以继夜铸造山文五岳甲。

三十万骑军分成五支骑军，轻三重二，位于步卒间距之内，与五大重甲步卒军阵形成山水相依的战场格局。

大将军苏高山列阵大军之中，手握一杆铁枪。三十年戎马生涯，他从一个寂寂无名的边军小卒，已崛起并荣升为一洲即一国的武官最高品。

苏高山高坐马背之上，回望一眼，可惜有南岳高山阻碍视线，不然一路北望，大好河山，尽收眼底，眼力所及之内外，皆是我大骊辖境山川国土。一介匹夫，人生至此，可谓生逢其时至极，死得其所至极。

苏高山一手轻拍刀柄，一手抬起重拍头盔，这位大骊边军当中唯一一个寒族出身的巡狩使，眼神坚毅，沉声低语道："就让苏某人为所有后世寒族子弟蹚出一条阳关大道来。"

在骑、步两军之前，此处战场最前方，犹有一线排开的拒马阵，皆由藩属国当中膂力惊人的青壮边军集结而成，人数多达八万；身后第二条战线，人人手持巨大斩马刀，两线上的人与各国朝廷签订军令状，担任死士，构建出前无古人后无来者的拒马斩马桩。

位于骑步和刀阵之间，是宝瓶洲的山上修士大阵，还有弓弩手十二万人，投石车一万两千架，大致以弧月形状排列，此外光是床子弩就有三千架，根根弩箭大如铁枪，去势若奔雷,声势不弱于地仙之外的中五境剑修飞剑。

在这条战线上,真武山和风雪庙两座宝瓶洲兵家祖庭的兵家修士担任主将。真武山修士最是熟谙沙场战阵,往往早就投身于大骊和各大藩属行伍,大多已经是中高层武将,列阵其中,除了陷阵厮杀,还需调兵遣将,风雪庙修士的厮杀风格则更类似游侠,多是各国边关随军修士。年轻候补十人之一的马苦玄身处此地战场,敕令出十数尊真武山祖庭神灵,并肩屹立在左右两侧。

披麻宗女子宗主、虢池仙师竺泉,佩刀篆文为"赫赫天威,震杀万鬼"。她与骸骨滩鬼蜮谷内的一位白骨剑修蒲禳并肩而立,后者身材修长,穿一袭漆黑法袍,施展出一门白骨生肉的障眼法,首次恢复生前真容,竟是一位英气勃勃的年轻女子。

竺泉笑道:"蒲禳,原来你生得这般好看啊,美人,大美人,大圆月寺那秃驴莫不是个瞎子,若是能够生还归乡,我要替你打抱不平,你舍不得骂他,我反正一个外人,随便找个由头骂他几句,好教他一个秃子更加摸不着头脑。"

竺泉言语刚刚落定,就有一僧一道腰悬大骊刑部头等太平牌联袂御风而至,分别落在竺泉和蒲禳左右一侧。正是小玄都观的真人和那位在大圆月寺不解心结、不得成佛的僧人。

僧人站在蒲禳身侧,蒲禳竟是撤去了障眼法,重新以白骨面容现世。

僧人只是转头望向她,轻声道:"成佛者成佛,怜卿者怜卿。若因此成不得佛,必须有一误,那就只好误我佛如来。"

蒲禳只是先转头再转身,竟是背对僧人,好像不敢见他。

竺泉跺脚道:"娘亲呀,酸得哟。"

老真人笑道:"竺宗主又大煞风景。"

竺泉一手按住刀柄,高高仰头望向南方,嗤笑道:"放你个屁,老娘我,郦采,再加上蒲禳,咱们北俱芦洲的娘们,不管是不是剑修,是人是鬼,本身就是风景!"

一大拨修士驻扎在南岳几条山脉之上,境界相对较低的练气士绝大多数身在南岳祖山,从山脚往半山腰一路蔓延而去,天地灵气浓郁充沛得直接凝为茫茫水雾,让一些下五境练气士好似"醉酒"一般。再往上,是一艘艘悬空的剑舟。

身穿蟒袍的藩王宋睦亲自坐镇南岳山巅神祠外的军帐。

老龙城一役,宋睦撤退极晚。藩王守国门。

南岳半山腰处,京观城英灵高承、桐叶洲书院君子出身的鬼物钟魁,站在一位双手正摸着自家一颗光头的老和尚身边。高承身后还有个孩子,孩子望向高承背影,喊了声"哥",然后告诉高承,主人崔东山到了南岳。高承对此置若罔闻。

南岳储君之山,两位十境武夫,李二和王赴愬并肩而立,此外还有同样来自北俱芦洲的鱼凫书院山长周密,与王座大妖托月山文海同名同姓,所以周山长在书院摆下一句"制他娘的怒",就带着一大拨书院儒生联袂南下宝瓶洲,不过周密让书院弟子都留在了中部陪都,自己独自南下,如今与好友李二以及老莽夫王赴愬,一起负责坐镇南岳储君山头。

在这座南岳储君之山地位仅次于山巅神祠的一处仙家府邸,老龙城几大姓氏势力目前都暂住于此,除了老龙城苻家、孙家、范家,正阳山几位大剑仙、老剑仙,还有清风城城主许浑,当下他们在不同的雅静院落落脚,老龙城少城主苻南华在和云霞山元婴境祖师蔡金简叙旧。

老龙城几个大姓家族都已搬迁出城,只是损失依旧不可估量。所幸大战之前,几条商贸路线积攒家底不薄。即便伤筋动骨,也还不至于一蹶不振,只要宝瓶洲守得住,一切好说,这本身就是一场要么赌大赢大、要么输了赔个精光的豪赌,再者大骊也由不得老龙城不答应。何况作为领头羊的老龙城苻家,表现得最为不遗余力,几大附庸姓氏自然只能打落牙齿和血吞,平日里还要挤出笑脸,摆出一副处之泰然的架势,不敢流露出半点怨气。毕竟万一真赢了这场大战,可就要一本万利了。

至于老龙城的那几条跨洲渡船,桂花岛和山海龟在内都早已迁徙去往宝瓶洲北部地带。

许氏夫妇二人,还有嫡子许斌仙,则与正阳山陶家老祖、护山供奉以及女子陶紫,一起秘密议事。

城主许浑如今已是玉璞境兵家修士,身披瘊子甲。早年有一位风姿卓绝的道姑云游清风城,亲自为许浑嫡子赐名许斌仙,寓意"文武双全山上人"。

正阳山与清风城双方的关系不仅仅是盟友那么简单,书房中在座几个,更是一荣俱荣一损俱损的密切关系。

许浑面无表情,望向惴惴不安前来请罪的妇人,语气并不显得如何生硬:"狐国不是一座城池,关了门,开启护城阵法,就可以隔绝所有消息。这么大个地盘,占地方圆数千里,不可能凭空消失之后,没有半点消息传出来。早先安排好的那些棋子,就没有半点消息传回清风城?"

许氏妇人摇摇头:"不知为何,始终未有半点消息传出。"

许浑微微皱眉:"那个叫颜放的外乡人,到底是不是朱荧王朝独孤氏余孽?"

许氏妇人小心翼翼说道:"朱荧王朝覆灭多年,形势太乱,那个剑修如云的王朝,早年又是出了名的山上山下盘根错节,高人逸士一个个身份晦暗难明。那个化名颜放的家伙,行事太过鬼祟,朱荧王朝许多线索断断续续,支离破碎,拼凑不出个真相,以至于至今都难以确定他是否属于独孤余孽。"

这倒不是妇人狡辩,比如旧白霜王朝山河,那个名为曹溶的下山道人,出现在老龙城战场后,施展出来的诸多玄妙神通,就让宝瓶洲修士大为吃惊,竟有这等神通广大的得道真人。虽然曹溶具体境界依旧难测，但是手段之玄、术法之高，完全可以视其为仙人。曹溶的一身道法，丝毫不弱于宝瓶洲的新晋大天君神诰宗祁真。曹溶的出现，使得宝瓶洲参战之人震惊之余，更多的是与有荣焉。我宝瓶洲，果然藏龙卧虎，山高不可攀，水深不可测。所以老龙城哪怕沦为战场废墟，暂时落入蛮荒天下畜生之手，宝瓶洲山上修道之人，和山下铁骑藩属边军，士气不减反增。这种仗，哪怕死人再多，可到底半点不憋屈不窝囊，所以有得打，完全可以打！

至于那个桐叶洲，真的是一捅就破，亏得早年将自家宝瓶洲视为小门小户，总觉得南边那个高门大户的邻居有多了不得，以至于众多山水邸报常有言语流转，说桐叶洲的金丹境可杀宝瓶洲元婴境，还真就有很多练气士信了，并且深信不疑。结果原来自家山河才是厚底子、大气魄。

可是对于如今的清风城而言，半数财源被莫名其妙截断挖走，而且连条相对准确的脉络都找不到，自然就没有半点好心情了。

"哪怕正阳山帮忙，让一些中岳地界本土剑修去查找线索，还是很难挖出那个颜放的根脚。"妇人泫然欲泣，拿起一块帕巾，擦拭眼角。

许浑摆摆手："那就再议。"

某些真正的内幕，还是关起门来自家人商议更好。

陶家老祖笑呵呵道："到现在为止，落魄山还是没有个人出现在战场。"

"可能有，但是没挣着什么名气。"许斌仙笑道，"好像就给了大骊军方一条龙舟渡船，也算出力？假仁假义的，做生意久了，都晓得收买人心了，倒是好手段。沾披云山魏大山君的光，凭借一座牛角山渡口，抱上了北俱芦洲披麻宗、春露圃这些仙家的大腿，如今竟然成了旧骊珠地界最大的地主，藩属山头的数量都已经超过龙泉剑宗了。"

正阳山那头搬山老猿一身白衣，身材魁梧，双臂环胸，讥笑道："好一个时来运转，使竖子成名得势。"

许斌仙忍不住说道："北岳披云山，委实是底蕴深厚得可怕了。只是之前魏檗摆明了是被大骊舍弃的，早先神位不过是棋墩山土地公，崛起得太过古怪，这等冷灶，谁能烧得。落魄山好运道。"

许氏妇人怯生生道："只是不晓得那个年轻山主，这么多年了为何一直没有消息。"

白衣老猿扯了扯嘴角："一个泥瓶巷贱种，不到三十年，能折腾出多大的浪花，我求他来报仇。以前我在正阳山，他不敢来也就罢了，如今出了正阳山，还是藏藏掖掖，这种胆小怕事的货色，都不配许夫人提及名字，不小心提了也脏耳朵。"

许氏妇人大概自认为是戴罪之身，所以今天议事，言语嗓音都不太大，柔柔怯怯的："我们还是小心为妙，山上意外多。若是那个年轻人没有涉足修行也就罢了，如今已经积攒出偌大一份家业，不容小觑，尤其是背靠大树好乘凉，与别家山头的香火情颇多，怕就怕那家伙这些年一直在暗中谋划，说不定狐国消失一事，就是落魄山的一记先手。加上那个运道绝好的刘羡阳，落魄山又与龙泉剑宗攀上了关系，亲上加亲一般，以后咱们处置起落魄山，会很麻烦，至少要注意大骊庙堂那边的态度。毕竟不谈落魄山，只说魏山君与阮圣人两位，都是我们大骊皇帝心中很重要的存在。"

老猿大笑不已，双掌交叠，轻轻捻动："真要烦那些弯弯绕绕的琐碎事，不如干脆些，正阳山和清风城分些战场军功给我，一拳打碎半座落魄山，看那小子还舍不舍得继续当缩头乌龟。"

一位不知是玉璞境还是仙人境的风流剑仙，中年面容，极为英俊，此人横空出世，白称来自北俱芦洲，山泽野修而已，在老龙城战场出剑之凌厉、剑术之高绝，令人叹为观止，战功极大，杀妖娴熟得好似砍瓜切菜，而且专门喜好针对蛮荒天下的地仙剑修。

拜剑台崔嵬，走过飞升台后，打破金丹境瓶颈，已是元婴境剑修，暂时对外宣称是披云山储君之山的客卿。他赶赴东岳辖境沿海，负责一处战场，出剑极快，杀妖极多。云林姜氏希望将其招徕为家族供奉，但是被用了化名的崔嵬婉拒。

远游境巅峰武夫种秋以北俱芦洲武夫身份，身在宝瓶洲西岳地界数年之久，现已经是风雪庙老祖的座上宾。

还是在老龙城战场，相传有个书简湖真境宗谱牒仙师、一个姓隋的女子金丹境剑修，出剑杀伐果决，对敌心狠手辣。关键是这位女子风姿卓绝，倾国倾城。据说连郦采和竺泉两位北俱芦洲女子宗主，都对她刮目相看。

这些不是山泽野修，就是来自北俱芦洲的人物，确实看上去都和落魄山没什么关系。

一个名叫郑钱的女子武夫，刚刚到达南岳储君之山，找到了曾经帮忙喂拳的前辈李二。其实她与清风城、正阳山几位当家人物距离很近了。

在这座仙家府邸外边，一个鬼鬼祟祟蹲在墙根、耳朵紧贴墙面的白衣少年，用脸蹭了蹭墙面，小声赞叹道："不谈道行拳脚，只说胆识一事，几个王座袁首加一起都没你大，应该认了你做那当之无愧的搬山老祖！也对，天底下有几个强者，值得我先生和师娘一起联手对敌还要搏命的。"

崔东山身旁还蹲着个青衣法袍的少女纯青，纯青深以为然，想起自己师父对那个年轻隐官以及飞升城宁姚的评价，点头道："佩服佩服，厉害厉害。"

那场群雄聚首的议事终于散场，崔东山背靠墙壁，盘腿而坐，以心声与纯青闲聊起来："青神山夫人为什么不等个十几年，好歹等你跻身上五境和山巅境，再让你离开竹海洞天？如今世道这么乱，天才最不值钱，说没就没的。夫人给我出了个大难题啊。事先说好，你必须给我好好活着返回中土神洲，别轻易跌境，更别随便死。"

于公于私，于情于理，崔东山都不愿意青神山夫人的唯一嫡传在宝瓶洲身死道消。

对于那位青神山夫人，崔东山还是很敬重的，信得过。当年崔瀺沦为整个浩然天下的过街老鼠，中土郁家、皑皑洲刘氏、竹海洞天都对崔瀺伸出过援手，而且郁泮水与刘聚宝，难免还有些人之常情的私心，希望绣虎既当朋友，又当个辅弼之人，唯独青神山夫人无所求，就只是瞧见了朋友落难，自家山头刚好有酒管够，仅此而已。

纯青蹲在一旁："山主师父说技击一道，止境武夫帮忙喂拳再狠，下手再重，到底不会死人，所以不如跟一个山巅境搏命厮杀来得有用。放心吧，我离开家乡之前，师父就与我约定好了，要么活着回去，以后继承青神山祠庙，要么死在外边，师父就当没我这么个弟子。"

崔东山点点头："是这么个理儿，你要是对上我先生，也就是我先生两剑外加一拳的事。而我先生在剑气长城的战场上，也遇到过几位同道中人，比如有望跻身王座的妖族剑仙绶臣，还有托月山百剑仙之首的斐然，两个剑修，都擅长抽丝剥茧，以伤换死，专门针对所谓的年轻天才。"

纯青问道："我与你先生，差距有这么大？"

隐官陈十一，年轻十人的最后一位。但是中土神洲公认一事，年轻十人与候补十人，存在着一条难以逾越的鸿沟。

纯青早已是远游境武夫，同时还是一位元婴境瓶颈练气士，精通五行术法、雷法符箓、刀剑技击、扶乩降真、驭鬼敕神，而且她还是位造诣极高的阵师，所以捉对厮杀、追踪、隐匿、远遁，无所不精。青神山夫人将少女纯青视若己出，亲自栽培，而且竹海洞天山巅好友遍天下，在短短十数年间，为纯青指点武学技击的止境宗师就多达四位。最可怕的地方还在于纯青如今才二十岁出头。早年跻身数座天下年轻候补十人之列时，她才十四岁，是年轻十人和候补十人当中最年轻的一个。

崔东山笑道："你跟我先生，差距其实不在境界上，准确说来，如果境界只是纸上算术，当年登榜之时，还是你稍高些。只不过山上厮杀，往往高下立判，生死一瞬，纯青姑娘所学驳杂且精通，当然是好事，和人分生死，可以打消很多意外，可惜遇上我那个最喜欢琢磨'万一'二字的先生，纯青姑娘还是会死。我说得直白，你别生气啊。"

纯青摇头道："不生气，就是有点不服气。"

崔东山笑嘻嘻道："我就喜欢纯青姑娘这种直爽脾气，不如咱们结拜当个异姓兄妹？咱俩在这里斩鸡头烧黄纸都成，都备好了的，下山行走江湖，缺啥都不能缺这礼数。"

纯青还是摇头："如此一来，岂不是矮了隐官一个辈分，不划算。"

崔东山拍胸脯道："好办啊，咱们认了姐弟。"

纯青忍不住转过头，看着满脸诚挚神色的"少年郎"崔东山，她一脸疑惑不解，是他傻啊，还是当自己傻啊。可是一个傻子，怎么来的仙人境修为？如果不是临行之前，兵家老祖姜太公以心声提醒她,此人是千真万确的仙人境修士,纯青都要误以为对方只是个地仙。不过从南岳祖山赶来采芝山途中,崔东山坦诚相见,还大骂了一通某人与绣虎早年在竹海洞天的胡作非为,纯青心中到底还是有些亲近的,至于崔东山为何一直强调崔瀺的人生巅峰只在少年时,纯青就完全想不明白了。

纯青看了崔东山好一会儿,可崔东山只是眼神清澈与她对视。纯青只好收回视线,转移话题:"希望以后有机会能跟你先生切磋剑术和拳法,分个胜负。"

崔东山小鸡啄米,使劲点头:"切磋好啊,你是不晓得不知道,我先生那可是出了名的温良恭俭让,谦谦君子,翩翩公子,尤其是与女子切磋拳法道术,一向最守规矩,从来点到即止。不过我先生忙得很,如今又尚未返乡,就算回了家,也一样不轻易出手,最喜欢讲理嘛,远远多过出手,寻常人就休想找我先生切磋了,但我跟纯青姑娘是啥关系,所以问剑问拳都没问题,我作为先生最器重最欣赏的得意弟子……之一,还是能够帮忙说上几句话的。"

纯青抱拳道谢一声,收拳后疑惑道:"点到即止?不需要吧。别的不敢多说,我还算比较扛揍。你可以让你先生只管全力出手,不死人就行。"

崔东山神色古怪,抬起袖子,擦了擦脸。

崔东山不愿死心,继续说道:"以后我带你走趟落魄山,回头弄个挂名供奉当当,岂不美哉。而且我家那邻居披云山,其实与竹海洞天有些渊源的,山君魏檗有片竹林,对外号称半座竹海洞天,还有什么小青神山的美誉,我苦劝无果,希望魏山君收敛点,魏山君只说自家竹林气象万千,称之为半座竹海洞天,怎就名不副实了。"

纯青倒是不太介意什么半座竹海洞天、大小青神山的说法,只是问道:"就是那个很喜欢办夜游宴的魏山君?"

崔东山仗义执言道:"胡说,什么喜欢办夜游宴,不许你冤枉我家魏山君,办夜游宴,是喜欢不喜欢的事情吗,哪次不是北岳地界山水神灵、谱牒仙师上杆子要为披云山道贺,魏山君能怎么办,盛情难却,难道要自顾清誉名声,不惜寒了众将士的心?"

崔东山大袖一挥,慷慨激昂道:"两袖清风魏山君,略收薄礼夜游宴,绝非浪得虚名!"

纯青小声问道:"你与魏山君有仇啊?"

崔东山侧过身子,身体后仰,一脸惊慌:"弄啥咧,纯青姑娘是不是误会我了。"

纯青说道:"我算是瞧出来了,你这个人,不实在。"

崔东山哀叹一声,突然又把脸贴在墙壁上,纯青好奇道:"那位气吞山河的正阳山搬山老祖,不是都已经跟清风城那边散了吗,你还偷听个什么?"

崔东山嘀咕道:"前边是称兄道弟的尔虞我诈,这会儿才是自家人关起门来的推心置腹,都很精彩的,他们又没说不许偷听,不听白不听。"

纯青说道："不厚道。"

崔东山委屈道："怎么可能，你去问问京观城高承，我那高老哥，我要是为人不厚道，能帮他找回那个失散多年的亲弟弟？"

纯青将信将疑，不过却说道："老法子，你借我神通一观，确实挺有趣的。"

崔东山笑容灿烂，双指并拢，虚拈一物，递给纯青。崔东山轻轻一放，纯青摊开手掌，掌上悬空寸余，有山水涟漪阵阵，再以一粒心神芥子游历其中，就可以亲耳听亲眼见，如身临其境，而且是和崔东山一起分心两观。

下榻于这座府邸里边的各路神仙，多是正阳山、清风城这类宝瓶洲宗门候补山头，不然就是距离宗字头还差一线的二流仙家门派，不过目前偌大一座庭院深深的府邸，境界最高的只是清风城许浑这么个新鲜出炉的玉璞境，而许浑只以杀力巨大著称一洲，其余术法神通和旁门左道其实并不擅长，当然察觉不到一位仙人境修士的隐秘窥探。何况如今崔东山比较喜欢放在台面上的身份之一，是大骊绿波亭二等谍子，公文、信物都有，此外崔东山其实还有一大堆头衔，比如老龙城符家的供奉兼迎亲郎、云林姜氏的客卿、北岳储君之山的香火使节，要啥有啥，啥都不缺。就算让崔东山一炷香内掏出个采芝山庙祝谱牒，崔东山一样拿得出来，山神王眷只会双手奉上。

崔东山他们脚下这座南岳储君之山名为采芝山，山神王眷曾是一国南岳大山君，成为大骊藩属国之后，采芝山降为南岳储君山，看似贬谪，实则是一种山上官场的巨大抬升，在一洲南岳地界，可谓一山之下万山之上。采芝山出产一种名为幽壤的万年土，是阴物英灵之属开辟自家道场的绝佳之物，也是修士养鬼一途梦寐以求的山上至宝。

一个中年面容的观海境练气士，刚好脚步匆匆路过墙角，瞧见蹲墙根的少年少女之后，他放缓脚步，转头数次，越看越皱眉不已，如此不讲究山上忌讳，既没悬佩大骊刑部颁发的太平牌，也没有老龙城铸造、交由藩邸分发的布雨佩，莫不是哪个小山头的祖师堂嫡传子弟，下山历练来了？可如今这采芝山上，规矩何等森严，况且这座鹿鸣府更是一洲山巅仙师齐聚之地，岂可造次，他们俩的师门长辈平日里都是怎么管教的，就由着俩孩子出来撒野？

这位出身大仙府停云馆的修士停下脚步，脸色不悦道："你们这是在做什么，来自哪座山头，到底懂不懂规矩？你们是自己报上名号，我去与鹿鸣府管事禀报此事，还是我揪着你们去见楚大管事？！"

崔东山一边偷听，一边瞪眼瞅着那个观海境老神仙。纯青伸手指了指崔东山，示意身边白衣少年做主。然后她站起身，蹲到了崔东山另外一边。

崔东山屁股不抬，挪步半圈，换了半边脸贴墙壁上，用屁股对着那个来自停云馆的百岁老神仙。停云馆修士中前三代的老祖师，都是骨头极硬的仙师，境界不算高，却敢打敢骂敢跌境，和无敌神拳帮差不多的作风，只是世风日下，一代不如一代，如今从馆主到供奉再到祖师堂嫡传,一个个谱牒仙师都是出了名的狗拿耗子。他们早年攀附朱荧王朝一个剑术卓绝、飞剑无双的老剑仙,如今好像又开始寻思着抱正阳山的大腿,靠砸钱靠求人,靠祖辈积攒下来的香火情,死皮赖脸才住进了这座鹿鸣府。而当年那个一路逃离书简湖的元婴境剑修,其实刚好就死在阮秀和崔东山手上。

停云馆观海境修士恼火不已,却未喊打喊杀,只打算去和担任采芝山山神祠庙祝的楚大管事告一状,纯青瞥了眼对方,观海境修士竟是当场消失无踪了,且毫无蛛丝马迹,半点气机涟漪都无,这就很古怪了,纯青只瞧见崔东山抖了抖袖子,估计是被收入上五境修士独有的袖里乾坤当中。

纯青好奇问道:"怎么做到的,一般仙人境运转神通,我都能察觉个大概。"

崔东山只是轻轻抬起那只雪白袖子,纯青凝神定睛一看,发现两串蝇头小楷一般的细微文字在法袍之上犹如两棵水草随水摇曳,文字是"日月笼中鸟,乾坤水上萍"。

纯青也曾精研符箓一道,顿时神采奕奕,问道:"你方才拘押此人,是用上了符阵?"

崔东山笑嘻嘻道:"没呢,抓个观海境,帮他砥砺道心,哪里需要如此兴师动众,就是向纯青姑娘显摆一下我的法袍,不比你身上那件青竹衣差吧?"

纯青不再言语。

正阳山三位离去后,许浑一直坐在书房内闭目养神,既不向妇人兴师问罪,也不开口言语。

他身上披挂的这件瘝子甲,和外界想象中类似神人承露甲的兵家宝甲其实截然不同。瘝子甲并非一件防御重宝,而是一件玄之又玄的攻伐之物,这使得许浑在跻身玉璞境之前,更加坐实了上五境之下第一人的身份。

嫡子许斌仙靠着椅背,从袖中取出一本在山上流传极广的山水游记,百看不厌。

许氏妇人缓缓站起身,欲言又止。

许浑睁开眼睛后,不见他如何出手,屋内就响起一记清脆耳光,妇人一侧脸颊瞬间红肿。

许斌仙抬起头,各看了眼爹娘,然后又低头翻书。

这位从未有过出手厮杀记录的年轻修士,腰间同一侧悬配有一把短剑和一把法刀,一条紫艾绶系挂在刀剑两端。

许氏妇人伸手覆住那边脸颊,并未现出半点愤懑神色,反而嗓音轻柔,以心声向丈夫提醒道:"还是隔绝天地吧,免得接下来谈事,被正阳山陶家老祖偷听了去,正阳山喜好暗中行事,一向百无禁忌,没什么是他们不敢做的。"

许浑嗤笑道:"当我的玉璞境是摆设吗?陶老贼不过元婴境,你傻他不傻。"

许斌仙继续翻书页:"小心驶得万年船,我总觉得正阳山处处透着古怪。"

许浑想了想,还是施展了一道清风城独门术法禁制,然后盯着妇人,脸色阴沉道:

"一座狐国,等于清风城半数财源,沛湘还是一个元婴境,狐皮符箓除了挣钱之外,更为清风城挣来山上人脉,此外狐国真正的意义,你不会不清楚,辛苦积攒了数百年的文运,许斌仙的姐姐,如今还在袁氏家族那边眼巴巴等着这份文运!"

许氏妇人默不作声,暗自垂泪。

许氏以嫡女嫁上柱国袁氏庶子,图谋极大,是奔着"文臣上柱国姓氏也要、武将巡狩使官职也拿"而去的。

许浑叹了口气,神色缓和几分:"坐下聊。你那师兄柴伯符,就这么凭空消失了?"

清风城名义上有许浑和狐国之主沛湘两大元婴境修士坐镇。其实许氏妇人还有个性情诡谲身份隐蔽的师兄柴伯符,道号龙伯,是一名山泽野修,行踪不定的老元婴,资历老,修为高,尤其精通水法,能够与书简湖刘志茂掰手腕,为了抢夺一本《截江真经》差点儿分出生死。

柴伯符此人倨傲至极,尤其擅长障眼法,在宝瓶洲历史上曾以各种姿容、身份现身各处。柴伯符也确实有眼高于顶的雄厚本钱,毕竟宝瓶洲没有几个修士能够先后与刘志茂、刘老成和李抟景交手,最后还能活蹦乱跳到今天。柴伯符腰间系挂的那条螭龙纹白玉腰带上面悬挂一大串玉佩和瓶瓶罐罐,更多还只是障眼法,真正的撒手锏还在于那条白玉带实则是一条从古蜀国仙府遗址得到的酣眠小蛟。当年正是因为这桩机缘,柴伯符才与刘老成结下死仇,甚至敢独自袭杀数位宫柳岛祖师堂嫡传,胆大心狠,保命手段更多。

许浑赢柴伯符不难,杀他不易。柴伯符私底下曾经多次秘密会见妻子,甚至还擅自传道嫡子许斌仙,许浑其实是起过杀心的。柴伯符这个道号龙伯的著名野修,和妻子是正儿八经的同门师兄妹,两人早年联手害死传道之人,各取所需,一起叛出师门,只不过两人的传道人也不是什么好鸟。最后柴伯符彻底走上闲云野鹤的野修道路,妇人则嫁入清风城。

如果不是柴伯符所传水法对许斌仙大道裨益极多,许浑绝不会对此人睁一只眼闭一只眼。

此外,柴伯符等同于半个清风城客卿,比如许浑一次闭关,恰逢狐国动乱,柴伯符出力不小,不然等到许浑出关,狐国就会是个稀烂的摊子。

妇人点头道:"师兄一向谨慎,当年分道修行之后,直到后来在清风城重逢,我其实就一直没见过他的真实面容。"

其实那个跟在柳赤诚身边的龙伯老弟,不是没有想过给清风城留下线索寻求援手,但是根本无须故意当睁眼瞎的柳赤诚出手,两次都被顾璨抓了个现行。至于下场,可想而知。落在比柴伯符更像野修魔头的顾璨手上,绝对不比在柳赤诚手上轻松。所以在之后的跨洲远游途中,龙伯老弟几乎已经是躺着装死了。柳赤诚、顾璨你们这对师兄弟,要么打死我柴伯符一了百了,此外跌境什么的就根本不算事,我辈修道人,境界攀升不就是拿来跌境的吗?

许浑突然问道:"先不谈内容真假,只按照这本游记上的描述,这个陈凭案如今大致身在何处、境界如何?"

许氏妇人轻声说道:"在馨竹湖,或者说书简湖,陈平安确实在青峡岛当过几年的账房先生,这个年轻人当时战力,大致可以按照一个金丹境修士计算。"

许浑皱眉道:"剑修?"

许氏妇人犹豫了一下:"要不要视为金丹境剑修,目前不好说。但是此人年纪轻轻,就城府深沉,擅长藏拙,这种货色,肯定不是什么易与之辈。当年我就觉得此人比刘羡阳更留不得。只是正阳山那边太过托大,尤其是那头护山老猿,根本瞧不上一个断了长生桥的废物,不愿意斩草除根。

"珠钗岛刘重润,如今就是金丹境修士,落魄山好像对刘重润十分礼敬,照理说可以推测出落魄山底蕴一二,但极有可能是落魄山故意为之的障眼法。唯一一个确凿消息,是前些年落魄山与玉液江水神府起了一场冲突,最后好像是披云山对此十分不满。从此,魏檗以山上官场手腕对水神府压制颇多。冲澹江水神李锦在州城隍宴席上一次酒后失言,说落魄山上有个纯粹武夫坐镇山头,是个有望跻身远游境的大宗师,负责传授后辈拳法。而玉液江水神娘娘,也曾私底下对落魄山怨怼极多,说若无披云山魏山君的庇护,她定要折损些功德,也会水淹落魄山。"

许斌仙突然插嘴笑道:"万一这两位江水正神,外加那个龙州城隍,其实早就被落魄山收买了去,故意演戏给咱们看,我们清风城与坐拥十大剑仙的正阳山,岂不是一直都在鬼打墙?"

妇人笑道:"老猿有句话说得不错,短短二十几年工夫,一个断过长生桥的年轻人,此后修行路上机缘再多,再顺风顺水,又能厉害到哪里去。我们担心归担心,吓唬自己就算了。鬼打墙?那本山水游记哪怕只有五六分真,这个落魄山山主,一直在宝瓶洲无头苍蝇一般乱逛,其实更是鬼打墙。既要实惠,又要虚名,再要艳遇,什么都要,一路上什么都舍不得,这种人,大道高不到哪里去。"

"不管如何,清风城跻身宗字头,才是最紧要事。"许浑死死盯住妇人,哪怕设置禁制,依旧以心声与她说道,"在这之外,狐国沛湘那边有些事情我从不过问,不代表我被蒙在鼓里。这场大战之前,宝瓶洲任何一个元婴境,何等金贵,再寄人篱下,沛湘都不至于对你一个龙门境如此忌惮!"

妇人脸色微白。

许浑摆摆手:"我只看结果,不问过程。"

返回正阳山自家一处雅静院落,陶家老祖立即施展神通,隔绝天地。

白衣老猿将陶紫护送至此,就自行离开了。白衣老猿作为正阳山唯一的护山供奉,地位尊崇,哪怕是陶家老祖这般在祖师堂坐头几把交椅的老剑仙,依旧需要处处以礼相待。更何况正阳山上,谁不清楚这头白衣老猿最宠溺陶紫,简直就是陶家这脉山峰一姓之护山供奉,陶家老祖自然为此颇为自得。

陶紫已经从早年初次游历骊珠洞天的那个小女孩,出落得亭亭玉立,白衣老猿告辞离去之时她刚落座,就又起身,一直将白衣老猿送到小院门口,魁梧老猿伸手拍了拍陶紫的脑袋,示意她不用这么客气,女子一双秋水眼眸眯成月牙儿。对这位打小就护着自己的猿爷爷,陶紫确实打心眼里亲近,视其为自家长辈一般,甚至许多言语,与自家老祖都未必说得,偏能毫无顾忌地向猿爷爷吐露心扉。

都不用陶家老祖"开门",白衣老猿一手推开山水禁制,径直大步离去。

陶家老剑仙眼神晦暗不明,亲近归亲近,这位护山供奉于自家一脉而言,是个可遇不可求的天然盟友,只是除了对陶紫之外,这头老猿确实太不讲究了,半点人情世故都不讲。

白衣老猿离去后,陶紫折返落座,轻声笑道:"猿爷爷一旦成功破境,必有一份额外仙缘在身,天大好事。"

陶家老祖笑着点头。

例如刘老成是宝瓶洲唯一一个上五境的山泽野修,冥冥之中就会有气运在身,庇护大道,如今果然成了真境宗的首席供奉,传闻跻身仙人境,跟上神诰宗大天君祁真的脚步,只是时间而已。风雪庙魏晋更是好似独占剑道气运的绝佳例子,如此看来,当年风雷园李抟景为情所困数百年之久,确实太过暴殄天物,太不知珍惜福缘了,不然李抟景只要破开元婴瓶颈,宝瓶洲历史上第一位本土仙人境剑仙他唾手可得。只不过如此一来,遭罪的就是正阳山了,所谓的开辟出十条登顶剑道,只会沦为宝瓶洲最大的笑柄。不然李抟景只需独自一人御剑登顶正阳山之巅,到时候谁敢上去送死?

白衣老猿打算去山巅神祠最高处赏景。

鹿鸣府门外墙根那边,纯青问道:"怎么说?"

崔东山立即起身,一本正经道:"既然不可力敌,只能避其锋芒!"

两人一起溜走了。

在一处临崖的观景凉亭,纯青踮起脚尖,眺望远方,尘土飞扬,黄沙万里,如潮水席卷而来。纯青皱眉道:"蛮荒天下要扰乱南岳战阵。你们大骊安置的那些御风修士,未必能够完全挡下对方冲阵。"

崔东山站在栏杆上,视线掠过那些现出妖族真身的庞然大物,多是地仙境界,还有一些天生身形巨大的山泽妖物,但是真正棘手的,是极远处一尊身后拖曳着琉璃光彩的远古神灵余孽,哪怕是崔东山都不敢说自己能够拦住对方前进的脚步。一场山上修士山下铁骑混杂在一起的战争,最关键就是双方相互压胜,不允许任何一个存在能够例外,比如崔东山一旦现身战场,必然会招惹来剑仙绶臣之流的刻意针对,就像之前绯妃出手,运转本命神通搬海冲击老龙城,宝瓶洲这边就有王朱现出真身,与之针锋相对,打消对方大部分的水法神通,先前白也仗剑扶摇洲,就属于最大的一个例外,所以文海周密不管付出多大代价,都会选择围杀白也。在这之前,白也剑斩王座曜甲,曜甲打杀周神芝,都是此理。

一场涉及天下走势的战争,任你是飞升境修士,甚至是十四境大修士,其实谁都无法做到力挽狂澜于既倒。真正能够决定战场胜负的,还是人心,唯有人心才是大势所在,山上神仙,山下铁骑,藩属边军,将相公卿,江湖武夫,市井百姓,缺一不可。

纯青下意识伸出双指,轻轻捻动青色袍子:"如此一来,妖族送死极多,付出的代价很大,但是只要打乱南岳山脚那边的大军阵形,蛮荒天下还是赚的。"

崔东山笑道:"崔瀺后手还是有一些的。"

白衣老猿没有碰到白衣少年和青袍少女,独自去往山巅,结果瞧见了三个纯粹武夫,其中还有个年轻女子,女子微皱眉头,独处一地,正眺望南方战场。

三人中的一人,白衣老猿认得,是旧骊珠洞天的李二,传闻此人曾经与宋长镜打过一架。至于其余两个,化名郑钱的裴钱,以及北俱芦洲年岁最大还曾走火入魔的止境武夫王赴愬,白衣老猿就不认识了。

白衣老猿嗤笑一声,一个九境武夫了不起吗?至于那个眼神闪烁不定的年轻女子,金身境,还是个藏藏掖掖的远游境?看样子,还是个耍刀的小娘们?

李二转过头,白衣老猿视而不见。

王赴愬啧啧说道:"李二,郑钱,有人半点不给你们俩面儿啊。搁咱们北俱芦洲,这不是问拳是个啥。"

李二说道:"人?"

白衣老猿终于转过头。

只不过白衣老猿突然脸色剧变,阴晴不定,再顾不得与一个莽夫李二计较什么。

因为一洲山河气运骤变,先是矗立起一尊身高万丈的披甲神人,身形缥缈,身负宝瓶洲一洲武运,转瞬之间就从大骊陪都掠到南岳地界,步步踩踏虚空,往南方飘荡而去。

而崔东山呆呆无言,突然开始破口大骂崔瀺是个王八蛋,后手后手,下棋有你这么先手就无敌的吗?臭棋篓子,滚你的蛋,敢站我跟前,跳起来就是一巴掌甩你脸上……

纯青一头雾水,只是她很快就知道缘由了。

原来此外又有一个面容模糊的文士穿一袭青衫,从齐渎祠庙现身,起先身形与常人无异,只是一步就缩地山河半洲之地,且蓦然就已万丈高,直接现身在旧老龙城废墟遗址上,一手按住那尊远古高位神灵的头颅,微笑道:"遇事不决,问我春风。"

南岳储君采芝山上，李二深吸一口气，远眺南方，对背影巍峨的青衫文士重重抱拳，遥遥致敬。

战场实在太过遥远，哪怕李二是止境武夫，终究没掌观山河的神通，加上老龙城旧址战场气象已经变得混乱不堪，瞧不见了。

在家乡骊珠洞天，李二是与齐先生喝过酒的，当时李二没想到齐先生会登门，家中只有几碗劣酒而已，好在齐先生不介意。

虽说眼前这个读书人，其实再算不得是真正的齐先生了，却不耽误李二抱拳致礼。

李二突然聚音成线跟裴钱说道："要信得过你师父，他与齐先生，都是真正的读书人，不是只会以德报怨。何况你师父这一脉，上一辈的恩怨，就没有让下一辈承受的习惯。"

文圣一脉，最讲道理。文圣一脉，也最护短。

文圣老先生护短，哪怕欺师灭祖的首徒崔瀺叛逃文脉之后，老秀才依旧护短，不惜自囚功德林。齐先生护短，左先生护短，齐先生代师收徒的小师弟也护短，以后文脉第三代弟子，也一样会护短。

若非如此，李二先前瞧见了那头正阳山搬山猿，早一拳过去了。当年这头老畜生追杀陈平安和宁姚时，横行无忌，就踩踏了李二的祖宅，李二当时蹲门口长吁短叹，担心出手坏规矩，被师父责罚，也会给齐先生以及阮师傅添麻烦，这才忍着。于是妇人骂天骂地，骂他最多，最后还要连累李二一家人去妇人娘家借住了一段时日，受了不少窝囊气。一张饭桌上，靠近李二他们的菜碟里边全是素菜，李槐想要站在板凳上夹一筷子"远在天边"的荤菜，都要被念叨几句什么"没家教"，什么"难怪听说你家槐子在学塾次次课业垫底，这还读什么书，脑子随爹又随娘的，一看就是读书没出息的，不如早些下地干活，以后争取给桃叶巷某个高门大户当那长工算了"……当时看着儿子默默收回筷子，屁股乖乖放回长板凳，憨厚汉子李二的心都快碎了。可毕竟是自家亲戚，一家四口还寄人篱下，打又打不得，骂又骂不过，真要硬着头皮大吵一架，最后还不是自家媳妇难做人，李二就只能受着。好在当时闺女李柳不管不顾，径直拿了一只空碗，走到舅舅他们桌子旁边，夹了满满当当一大碗荤菜放在弟弟身边，这才让李二心里好受许多。

裴钱轻轻点头，好不容易才压下心中那股杀意。

如果说师娘是师父心中的天上月，那么裴钱很清楚，齐先生对于师父意味着什么，是师父从不与人言说的心神往之。

裴钱先后看过师父两次心境，只是她从不曾对谁提及此事，师父对此其实心知肚明，也从来不说她，甚至连栗暴都没给一个。

裴钱这趟远游归来的心境，有点类似当年师父从书简湖归乡后的心境，师父都需要走一趟民风彪悍的北俱芦洲，用以压下心井的龙抬头，所以裴钱才会刚回落魄山就又远游南岳战场，反正在战场上，出拳不用计较什么对错是非，没什么轻重、生死的讲究，越重越好，敌死我活，很纯粹很简单。

在金甲洲战场上，裴钱对"身前无人"这个说法越来越清晰，其实就两种情况：一种是学了拳，就要胆子大，任你强敌在前，依旧对谁都敢出拳，故而身前无人，这是习武之人该有之气魄；二是习武学拳，要务实至极，要吃得住苦，最终一拳数拳百拳递下去，身前之敌，悉数死绝，更是身前无人。

裴钱聚音成线，好奇问道："这头正阳山护山供奉，境界很高，拳头很硬？"

瞧着不太像啊。以前在落魄山，裴钱通过各色山水邸报和一些山上小道消息，只晓得这头老猿是出了名的桀骜不驯、目中无人，在那十条剑道十剑仙的正阳山，都不太服管束，好像还一直要成为宝瓶洲历史上的第一头上五境妖族？既然如此，尚未上五境，怎的一身嚣张气焰，就好似一头王座大妖了？偷学了自家小米粒的走路嚣张不成？只是一想到师父和师娘在少年少女岁数时，需要联手对付这头老畜生，裴钱其实难免有些小怕。虽说出拳不含糊，无碍拳意巅峰，可到底会犯怵几分。

李二笑答道："凑合，当年还能靠着体魄优势跟藩王宋长镜切磋几拳，你不要太小看就是了。拳意要高过天，拳法要大过地，拳术得有一颗平常心，三者融合即是拳理。不过这是郑大风说的，李叔叔可说不出这些道理。"

裴钱点头道："李叔叔的拳理都在拳上，郑大风确实嘴上道理多些，只是拳却没有李叔叔好。师父曾经私底下与我说过，李叔叔虽然没读过书，但是书本外的道理很大，而且眼光更好，因为当年李叔叔就是最早看出我师父有习武资质的人，还想要送给我师父一只龙王篓和一条金色鲤鱼。我师父说可惜当时自己运气不好，没能接住这份馈赠，但是师父对此一直感恩在心。"

当裴钱说到自己师父时，神色就会自然而然柔和几分，心境也会趋于安宁平静。

李二憨厚咧嘴而笑，谈不上什么眼光不眼光的，当年就是看草鞋少年最顺眼，毕竟是看着对方长大的。当陈平安还是个孩子的时候，与杨家药铺打交道多，李二其实都看在眼里。有些时候杨老头还会让李二帮忙看着点陈平安上山采药。就像裴钱所说，李二是骊珠洞天最早看重陈平安的人，事实上李二对裴钱，这位陈平安的开山大弟子，印象也很好，小姑娘尊师重道，学拳吃得住苦，学武有成，拳法越高，反而越不轻易出拳，像谁？像他李二嘛。

王赴愬埋怨道："你们俩嘀咕个啥？郑丫头，当我是外人？"

裴钱笑了笑。

王赴愬问道："郑丫头，真不再考虑考虑，更换门庭，随我练拳？当了我的关门弟子，以后你就是板上钉钉的北俱芦洲女子武神。"

裴钱摇摇头，再次婉拒了这位老武夫的好意："我辈武夫，学拳一途，大敌在己，不求虚名。"

王赴愬愣了愣，气笑道："你那师父教你的狗屁道理？"

若是年幼裴钱，单凭王赴愬这句混账话，这会儿连王赴愬的祖宗十八代都被她在心中刨翻了，如今裴钱却只是心平气和说道："王老前辈，师父说过，今日我胜过昨日我，明日我胜过今日我，就是真正的练拳所成，心中先有此较劲，才有资格与外人、与天地较劲。"

王赴愬咦了一声，点点头，大笑道："听着还真有那么点道理。你师父莫不是个读书人？不然如何说得出这般文绉绉话语？"

裴钱点头道："我师父当然是读书人。"

王赴愬有些遗憾，这些天没少拐骗郑钱当自己的弟子，可惜小姑娘始终不为所动。

这个名叫郑钱的丫头，可了不得，也不说她的拳法根脚来历，却是个好似走火入魔一般的女子武痴，时时刻刻都在练拳，遇到李二后，主动跟狮子峰止境武夫讨要了四张古怪至极的仙家符箓，瞅着轻飘飘的一张符箓，实则分量极重，被裴钱分别张贴在手腕和脚踝上，用以压制自身拳意，砥砺体魄，所以乍一看裴钱，就像个学拳未曾遇到名师以至于走桩走岔了的金身境武夫。王赴愬对那符箓很感兴趣，只是李二这家伙脾气不太好，说花钱买不着，但是可以白送，前提是赢过他李二的拳，赢了，别说四张，四十张都没问题。王赴愬一想到狮子峰地界那场没规没矩的问拳，就一阵头大，还是算了吧。拳怕少壮，一个年轻小伙乱拳打死老师傅，算什么本事，老夫是气量大，容得晚辈放肆，不与你李二一个体魄神魂都位于巅峰的年轻人计较，不然老夫若是年轻个一两百岁，多挨你十几拳，再倒地不起，轻松得很。

王赴愬问道："你那师父，多大岁数？"

裴钱以诚待人："比我岁数大，比李叔叔和王老前辈年纪都小。"

王赴愬大为讶异，忍不住又问道："那就是他擅长压境喂拳喽？"

裴钱使劲点头："当然！"

王赴愬向李二问道："宝瓶洲当真有这么一号年纪轻轻的武学宗师？为何半点消息都无？连那皑皑洲都有个阿香妹子，名声传到我耳朵里，宝瓶洲离着北俱芦洲这么近，早该名动两洲山上才对。"

李二不客气道："跟你不熟，问别人去。"

王赴愬这位出了名的老莽夫立即脾气上头，搓手道："李二，找地儿打一架？"

李二说道："然后三五拳就躺地上，哼哼唧唧装死？"

李二确实不太会聊天，拆祖师堂才是一把好手。

王赴愬倒是不介意与李二问拳一场，只是如今身边有个郑钱，就暂且放李二一马。

裴钱以眼角余光瞥了一下白衣老猿，瞧着好像心情不太好？很好，那我心情就很不错了。剑仙如云的正阳山是吧，且等着。

王赴愬惋惜道:"可惜咱们那位剑仙酒友不在,不然老龙城那边的异象,可以看得真切些。武夫就这点不好,没那些乱七八糟的术法傍身。"

储君之山这边,武夫能看清楚的,只有南岳前方战场的异象横生。

凉亭内,纯青赶紧取出一壶青神山酒酿,喝了口酒压压惊,大骊王朝,或者说绣虎崔瀺,到底是如何才能够如此完整炼化一洲文武气运,最终化为己用?

凡人之躯,终究难以比肩真正神灵。此役过后,大概就不再是浩然天下修道之人的定论了。

那尊身高万丈的金甲神人,从陪都现身,手持一把铁锏,又有一尊披甲神人,手持一把大骊制式战刀,毫无征兆地屹立人间,一左一右,两位披甲武将,好似一户人家的门神,先后出现在战场中央,阻滞那些破阵妖族如过境蝗群一般的凶狠冲撞。

事实上这两位享受无数人间香火的武运神灵,正是大骊上柱国袁、曹两姓的老祖宗,一洲之地,山河各处,人人最熟悉不过的两张面孔。

两尊等同于飞升境的武运神灵几乎同时朗声道:"犯我国土者,斩之。""践我山河者,诛之。"

但是比这更匪夷所思的,还是那个一巴掌就将远古神灵按入大海中的青衫文士。青衫文士又一脚踩下,掀起滔天巨浪,将那原本仿佛无可匹敌的远古神灵踩入海床当中。

那个从天外做客浩然天下的高位神灵,想要挣扎起身,方圆千里之地皆是破碎流散的琉璃光彩,显现出这尊神灵惊世骇俗的巨大战力,结果却被青衫文士一脚踩入海底更深处。

两尊披甲武运神灵,被妖族修士无数术法神通、攻伐法宝砸在身上,虽然屹立不倒,可依旧会有些大大小小的神性折损。唯独老龙城那位青衫文士的法相,竟是完全无视那些攻势。他虽身在妖族大军集结的战场腹地,数以千计的璀璨术法、攻伐凌厉的山上重器竟然全部落空。简单来说,就是青衫文士可以出手镇压那头远古神灵余孽,甚至可以将那些光阴长河的琉璃碎片化为攻伐之物,碎片如一艘艘剑舟不断崩碎,无数道飞剑肆意溅杀方圆千里之内的妖族大军,但是蛮荒天下的妖族,却好像在与一个根本不存在的对手对峙。

这一幕让远离战场的纯青看得惊心动魄。比飞升境更高?岂不是十四境?照理来说,哪怕是那飞升境崔瀺,一样都会承载不住的,武运还好说,大骊宋氏武运昌盛,袁、曹两尊门神又随处可见,遍及一洲人间,但是文运一物,可不是什么随便装入箩筐就可以装满的物件,对于英灵生前的境界要求太高,实在太高了,连中土文庙四圣之外的所有陪祀圣贤都做不到,至于文圣在内四人,除去至圣先师不说,礼圣、亚圣和老秀才,这三位当然都有此"器量",只是三人各有道路远行,等于断绝了此路,不然儒家早就施展这等手段对敌蛮荒天下了。文庙一正两副三教主倒是都愿意如此行事，到时候桐叶洲一个十四境，扶摇洲再一个，南婆娑洲还有一个。

纯青再取出一壶酒酿，向崔东山问道："要不要喝酒？"

崔东山站在栏杆上，大笑道："喝啥酒，这会儿我就在喝酒啊，已经喝醉醉死老子了！"

崔东山高高举起手臂，蹦跳着一次次振臂高呼："师伯牛，师伯强，师伯猛，师伯才是真无敌……"

纯青心中了然，果然是那个齐先生。文圣一脉，除了最不显山不露水的刘十六，其实齐静春的两位师兄，浩然锦绣三事的崔瀺，练剑极晚却剑术冠绝天下的左右，更加声名卓著，老秀才最喜欢的反而是齐静春。而关于齐静春，更多是一些与学问深浅、修为高低都关系不大的山上传闻，比如白帝城城主郑居中破天荒愿意主动出城，邀请一个外人去往彩云间手谈一局。

崔东山突然沉默下来，转头对纯青说道："给壶酒喝。"

纯青丢给他一壶酒，崔东山揭了泥封，仰头大口灌酒，以至于满脸酒水。

那一袭青衫一脚踩在宝瓶洲老龙城旧址的陆地上，将那尊远古高位神灵禁锢在海床底部，后者每次只要挣扎起身，就会挨上一脚，庞大身形只会凹陷更深。宝瓶洲最南端海域，风卷云涌，大浪滔天，使得蛮荒天下原本衔接有序的战场阵势被齐静春一人拦腰斩断。

这一幕看得采芝山之巅的白衣老猿眼皮子直打战，他双拳紧握，差一点儿就要现出真身，好像如此才能稍稍心安几分。

青衫文士身形越发缥缈，好似一位山巅修士的阴神远游复远游，其中一尊法相先凝宝瓶印，再先后结说法、无畏、与愿、降魔和禅定五印，再在刹那间结出三百八十六印。

青衫文士如同儒家圣人口含天宪，却言说佛家语："作狮子吼。"

宝光流转天地间，大放光明，照彻十方。

另外一位青衫文士，则掐道门法诀，总计三百五十六印，印印皆符箓，最终凝为一道雷局。文士抬起一手，言语"雷池"二字，圣人言出法随，却以道家敕令之道搬转天机，一座巨大金色雷池在天幕处显化而生。

此人既好似佛家证果圣人现身人间，又好像符箓于玄和龙虎山大天师同在此施展神通。

雷局轰然入海，先前是以山水相依之格局拘禁那尊身陷海中的远古神灵余孽，现在再以一座天劫雷池将其炼化。

此外佛门将近四百法印，半数一一落地生根，使得大地之上密密麻麻的妖族大军纷纷凭空消失，落入一座座小天地当中。剩余半数悉数落在两洲之间的广袤海域，漩涡不断,可见海床,使得蛮荒天下的大妖疲于奔命,要么疯狂避难,要么试图填平那些打碎海上道路的漩涡。

南岳山头上,鸡汤老和尚抖了抖袖子,然后肩头蓦然一歪,身形踉跄,似乎袖子有点沉。

桐叶洲南端,玉圭宗祖山,一个年轻道士会心一笑,感慨道:"原来齐先生对我龙虎山五雷正法造诣极深,单凭拘押琉璃阁主的一座阵法,就能够倒推演化至此雷局,齐先生可谓学究天人。"

纯青又开始喝酒,山主师父说得对,山外有山,天外有天。

纯青虽然年纪小,但是归功于青神山的山巅香火情,以及自身的天赋异禀,故其所学驳杂,更有术法精纯之美誉,只是如今亲眼见了青衫文士的手段后,纯青就难于情了。不管首次走出竹海洞天的纯青如何谦虚,如何早早知晓天高地厚,可是眼中所见的壮阔画卷,还是让她心神摇曳,自惭形秽,总觉得自己好像这辈子都难以走到那座老龙城了。

崔东山大笑道:"纯青姑娘,别气馁啊,毕竟是我先生的师兄嘛,术法高些,很正常!"

纯青喃喃道:"那也太高了啊,学都学不来。"

崔东山拎着没几口酒好喝的酒壶,一路脚步横移,等到肩靠凉亭廊柱,才开始沉默。

齐静春早就是十四境了。合道,合什么道,天时地利人和?齐静春直接一人合道三教根柢!

当年一战,那是打不还手,只以本命字硬抗天劫、打消因果罢了。

崔瀺为何要自己去骊珠洞天,就是为防万一,怕真正惹恼了齐静春,激起他某些久违的少年心性,掀了棋盘,在棋盘外直接动手。死人不至于,但是吃苦难免,事实证明,的的确确,大大小小的无数苦头都落在了他崔东山一个人身上和……头上,先是在骊珠洞天的袁氏老宅跌境,好不容易离开了骊珠洞天,还要挨老秀才的板子,站在井底纳凉,好不容易爬上井口,又被小宝瓶往脑袋上盖印,到了大隋书院,被茅小冬动辄打骂就算了,还要被一个叫蔡神京的孙子欺负,一桩桩一件件,辛酸泪都能当墨汁写好长几篇悲赋了。

不过当时崔瀺对齐静春的真实境界也未能确定,仙人境?飞升境?直到崔东山和崔瀺一起重新翻检光阴长河图卷,无意间发现了齐静春和草鞋少年一起站在老槐树下的那一幕……

再联系之后齐静春安排的一切"身后事",例如远游莲花小洞天,与道祖坐而论道,最后为老剑条取来遮掩天机的一枝荷叶。

若是一位飞升境身死道消,只剩下残余魂魄,还怎么能够飞升去往青冥天下?齐静春又如何能够随便一指作剑,劈开斩龙台？齐静春又不是剑修,手中更没有称手兵器,就一指断去斩龙台,让同为坐镇天地的兵家圣人阮邛试试看？

崔东山蹲下身,脑袋斜靠亭柱,怀抱一只酒壶,一身雪白颜色,静止不动,就如山上堆出了个雪人。

中土文庙亚圣一脉圣贤,兴许忧心忡忡,需要忧虑千秋文脉的最终走势,会不会混淆不清,会有伤"正本清源"一语,故而最终选择袖手旁观,这其实并不奇怪。那么至圣先师,以及很早就对齐静春极为欣赏的礼圣,为何同样不出手拦阻？为何当时就有人希望齐静春能够去往西方佛国？

道理再简单不过了,齐静春只要自己想活,根本无须文庙来救。不是"逃禅"就能活,也不是避难躲入老秀才的那枚簪子就能活,而是齐静春只要愿意真正出手,就能活,还能赢。但是如此一来,齐静春倾力对敌,除了难免殃及一洲山河气运,骊珠洞天积累三千年的天道反扑、因果劫数,更要落地。

这就是绣虎与齐静春的大道根本分歧所在,按照崔瀺通过整整百年光阴不断完善的事功学说,为人为己,为天下为世道,齐静春好像都绝对不该如此选择。但是齐静春不愿如此算账,外人又能如何？

崔东山当时不信邪,反而落个里外不是人,在袁氏祖宅,一定要与齐静春比拼谋划,结果跌境不休,惨淡收官,一塌糊涂。

对于骊珠洞天所有的年轻人和孩子而言,齐静春逝世之后,宝瓶洲的武运如何？文运又如何？都不用去谈文运,只说武运,李二跻身十境,还有差点儿就要跻身十一境的竹楼老人,老龙城的郑大风,此后还有陈平安、裴钱、朱敛……

这就是齐静春的算账。

有我一人,比肩神明,不如世间凡人,心灯依次亮起千万盏。

世道好,独善其身,书斋治学,世道没那么好,兼济天下,舍生忘死,当仁不让。

崔东山突然一屁股坐在栏杆上,哀伤不已,以心声喃喃道:"齐静春到最后,还是将十四境修为留给了老王八蛋,还是当崔瀺是师兄。崔瀺这个挨千刀的,都这样了,还要设置那么个书简湖问心局,还要写那本山水游记,老王八蛋竟然也从来不跟我说这些,故意让我蒙在鼓里,什么都不知道。"

崔瀺确实隐瞒了很多事情。比如开凿齐渎一事,以及那几张字帖,崔东山只当是齐静春的一记后手。比如让王朱走渎成功,世间重新出现第一条真龙,大渎使得宝瓶洲水运暴涨,再加上一洲五岳,其实就是隐藏的一座山水阵法。崔瀺其实暗中炼化了一方水字印和一方山字印,整条大渎就是水字印,一点一点积土而成的大骊南岳则是一方山字印,或者严格意义上说来,是一方翻天印。最终钤印何方？正是那座老龙城旧址！会将包括整座老龙城旧址在内的广袤地界,也就是整个宝瓶洲的最南端山河一印砸碎,绝不让蛮荒天下登岸之后以气运浸染宝瓶洲一寸土地!

这等丧心病狂的行径,谁敢做?谁能做?浩然天下,唯有绣虎敢做。做成了,还能让山上山下只觉得大快人心。怕不怕?崔东山自个儿都怕。

这些崔东山都清楚,因为这些深远谋划,是神魂剥离的崔瀺与崔东山,自己与自己对弈,早早计算好的既定策略。所以这些年的奔波劳碌,崔东山心甘情愿很卖命。

唯独齐渎神祠内,藏着一个既像无境之人、又是十四境的"齐静春",崔瀺半个字都没有跟崔东山提及。

齐静春这个当师弟再当师伯的,连师兄和师侄都骗,这也罢了,结果崔瀺这个人竟然连自己都骗。

崔东山原本以为皇帝宋和诏告天下,大举兴建寺庙道观,依旧只是崔瀺在人心一事上下功夫,不承想一切作为,归根结底,都是为今天,都是为了让今天"齐静春"的十四境更加稳固。

那朵以宝瓶洲一洲之地作为花盆的金色莲花,加上让他崔东山厚着脸皮去邀请鸡汤老和尚,在更早之前,作为大骊铁骑南下的关键棋子,为何是北俱芦洲的天君谢实,由他南下朱荧王朝?为何有那场书简湖问心局?崔瀺这个臭不要脸的,连那位不在儒家文脉之内的老先生,儒释道三教,加上神诰宗、贺小凉、范家老舟子、白霜王朝山上修道的曹溶,其实早就都给一并算计了。

不过崔东山可以确定一事,齐静春注定不会与崔瀺多说一句话。

昔年文圣一脉师兄师弟两个,从来都是一样的臭脾气。别看左右脾气犟,不好说话,事实上文圣一脉嫡传当中,左右才是那个最好说话的人,比师弟齐静春好多了,好太多。

齐静春只是以自己落一子在棋盘上,崔瀺接手棋盘后,和整个蛮荒天下进行对弈之局,此后如何在一洲山河落下更多棋子,全凭绣虎本事。甚至连自己身死道消后茅小冬却只是大隋山崖书院的副山长,最终才让崔瀺接任山长,再带着书院重返七十二之列,都是齐静春早早算好的。

崔东山怔怔地坐在栏杆上,早已丢掉了空酒壶,脸上酒水却一直有。

知道了,是那枚春字印。

齐静春当年将此印送给了弟子赵繇,又被崔东山中途拦截,将其轻松"碾碎",使得一方春字印的春风道意四散天地间。而那一年整个浩然天下,因为一个人的逝世,天时极怪。

自己应该是被齐静春和崔瀺一起算计了。

崔瀺,齐静春,两个早已反目不再言语半句的师兄弟,这么多年来,就像是相互落子,却是身处同一阵营,共下一局棋,这当然更讲究两位棋手的棋力。最终两人与两座天下大势面对面为敌。

崔东山自言自语道:"曾有一年,春去极晚,夏来极迟。"

崔东山突然转头问道:"纯青,知不知道一个'春'字,有几笔画?"

纯青一头雾水:"难道不是九笔?"

崔东山又问道:"浩然天下有几洲?"

纯青无奈道:"明知故问,有九洲啊。"

崔东山点点头,喃喃道:"谁说不是呢。"

南岳山巅,被崔瀺敬称为姜老祖和尉先生的两位兵家祖师,在看过老龙城旧址的异象后,立即对视一眼。

崔瀺先前讨要了一大摞纸张,这会儿正低头一张张翻阅过去,都是去年中土兵家祖庭子弟在先前一场大考中的答题考卷。姜老祖给出的考题,很简单:如果你们是大骊国师崔瀺,如何让宝瓶洲应对来自桐叶洲的妖族攻势。崔瀺好似担任一场科举主考官的座师,每当看到措辞得当的语句,就心意微动,在旁批注一两行文字,崔瀺翻阅、批注都极快,很快就抽出三份,再将其余一大摞考卷还给姜老祖。

崔瀺微笑道:"这三人,以后只要愿意来大骊效力,我会让人护道几分。但是希望他们来了这边,别坏规矩,入乡随俗,一步一步来,最终走到什么位置,靠自己本事,至于万一谁年轻气盛,要与我大骊谈靠山什么的,意义不大,只会把山靠倒。丑话先与姜老祖和尉先生说在前头,倒吃甘蔗嘛。"

尉姓老者笑道:"这就完啦?"

崔瀺笑着反问道:"尉先生难道又编撰了一部兵书?"

言下之意,如果只是先前那本,他崔瀺已经读透,宝瓶洲战场上就不用再翻书页了。

姜老祖叹息道:"只论纸面上的底蕴,桐叶洲其实不差的。"

一旁尉姓老者笑道:"少了个绣虎嘛。"

不承想崔瀺摇摇头:"人力终有穷尽时,桐叶洲有两个崔瀺都不济事。"

修道之人的境界,在太平盛世会很有意思,却未必多有意义;等到了乱世当中,会很有意义,却又未必有意思。

姜老祖问道:"我很清楚,这个'齐静春'身上那些文运,只是你绣虎的障眼法。他当年是怎么做到的?"

崔瀺沉默许久,双手负后,凭栏而立,望向南方,突然笑了起来,答道:"也想问春风,春风无言语。"

尉姓老人神色凝重起来:"再这么下去,那个一直藏头藏尾的贾生,终于要第一次光明正大出手了。"

崔瀺身形消散，远游阴神即将重返陪都上空，只为两位兵家老祖师留下一句笑言："白帝城那杆奉饶天下先的旗幡子，早就该撤掉了。"

崔瀺阴神重返陪都上空，与真身合一。

今日不传道讲学，云海上空无一人，崔瀺抬起一手，悬起曾经破碎又被崔瀺重凝的一方印章，原本篆文"天下迎春"。只是被崔东山打碎后，印章上就只余下一个孤零零的"春"字。

林守一从陪都城外的大渎祠庙御风而来，他可能是如今大骊王朝的唯一例外，外人根本不敢在此时靠近云海。林守一能够临时担任齐渎庙祝，就已经很能说明一切。

林守一作揖行礼，然后正襟危坐在国师崔瀺、师伯绣虎不远处的云海上，轻声问道："师伯，先生？"

崔瀺说了一句佛家语："明虽灭尽，灯炉犹存。"

齐静春身已死，绝无任何悬念，只是大道却未消。他运转一个儒家圣人的本命字"静"，再以佛家禅定之法门，以无境之人的姿态，只保存一点灵光在"春"字印当中，存活至今，最终被放入"齐"渎祠庙内。

林守一热泪盈眶："先生有三个本命字？"

崔瀺点头道："前无古人，后无来者。"

崔瀺将那方印章轻轻一推，破天荒有些感伤，轻声道："去吧。"

浩然九洲，山间、水中、书上、人心里，人间处处有春风。

九道浩然春风，从宝瓶洲一处学塾内率先出现，其余浩然八洲一一拂起，无声无息汇聚在九处，最终八洲八道春风，齐齐来到宝瓶洲，萦绕青衫文士双袖旁。最终凝聚成一个本命字：春。

浩然两得意。白也诗无敌。春风齐静春。

万丈法相消逝不见，出现了一个双鬓霜白的中年儒士，望向桐叶洲某处。法相凝为一个"静"字。

绯妃以一记不弱于先前水淹老龙城的搬水神通，砸向那个身形渺小的读书人。文士双指并拢，以"齐"字一斩而下，破碎一头王座大妖的本命神通，再随手一挥袖，将一分为二的大海之水驱散更远。

三个本命字，一个十四境。

这个从不以术法神通、境界修为打架厮杀名动天下的文圣一脉嫡传，根本无视绯妃，读书人两袖春风，朗声笑问道："贾生何在？！"

第三章 春风得意

穗山之巅,老秀才和金甲神人并排坐在台阶顶部。

那位其实坐着都要比老秀才站着高的穗山正神问道:"也不看几眼宝瓶洲南边?这不像是你的风格。"

老秀才坐在那尊穗山正神右手边,好像这样就能躲着东宝瓶洲更远些,他摇摇头:"不看不看,一个人心肠再硬,心碎又能有几回。"

金甲神人突然举目眺望远方,惊讶道:"有个稀客造访穗山,老秀才你要不要见?如果你嫌他烦,我就不开门了。"

老秀才说道:"如果是文庙董、韩、朱这三位,你就说老头子亲自发话了,不要烦咱们至圣先师跟人打架。"

那三位儒家老夫子,正是浩然天下的三位正副教主,都是真正意义上的大家,于儒家道统文脉的薪火相传,均有大功。

儒家学问集大成者、文庙教主董老夫子,提出天人感应,整合繁杂文脉,除了为后世制定出三学宫七十二书院的框架,还在山下王朝设置太学、推广官学,并且为学宫书院儒生的修行,提出了一整套醇正法门。还使得后世皇帝君主,但凡遭遇天灾异象、发现治国过错,就要向天下人颁布罪己诏。历朝历代,各国帝王,颁发的每份罪己诏初稿原本,悉数被书院君子收入囊中,最终存放在中土文庙。

董老夫子最大的一桩壮举,就是差一点儿就罢黜百家,只是被礼圣拒绝了此事。这位文庙教主就退而求其次,以一己之力,评点诸子百家学问得失、根柢高下,世俗开国君主往往会为辖境一国百家姓氏制定出族谱品第,董老夫子却为"浩然百家"分出高下,其中名次垫底的术家、商家,对此也只能捏着鼻子认了。

不但如此,董老夫子推崇礼法合一、兼容并蓄,所以这位文庙教主的学问对后世诸子百家当中地位极高的法家和阴阳家影响最大。故而董老夫子被誉为"天下儒者宗"。

副教主韩老夫子和朱老夫子,一个梳理、重塑整个儒家的道统文脉,而且更加细分了君子、贤人的界线。韩老夫子天然与亚圣一脉最为亲近,甚至可以说亚圣在文庙地位的崛起,这位韩老夫子有一半功劳。另一个则别开生面,再起文脉一座高峰,演化"礼"为"理"。

老秀才这一脉学问,恰好与三位文庙正副教主都有大大小小的分歧。

董老夫子早已提出"正其道不谋其利,修其理不急其功",文圣一脉却推出了事功学问,最终引发了那场从幕后走到台前的三四之争。虽说事功学问是文圣一脉首徒崔瀺提出,但是儒家道统各条文脉,自然会视其为老秀才继"性本恶"之后,第二大正统学说,所以当时中土文庙都将事功学说视为老秀才本人学问的根本宗旨。此外由于崔瀺一直建议改"灭"为"正"字,更为妥当,惹来朱老夫子这条文脉的不喜,他们还以"恶"字拿来说事,并反过来质问崔瀺,你我双方文脉,到底谁更故作惊人语……

学生不认先生是先生了,可哪有先生不挂念学生的。

金甲神人当真有些佩服老秀才的胆识,以往平时就他们俩在穗山胡说八道也就算了,这会儿至圣先师可就在旁边坐着呢,老秀才也敢如此混不吝?

不承想那位老夫子微笑道:"我什么都没听见。"

反正老秀才有本事瞎说,就不怕秋后算账,自有本事在文庙扛骂。况且到时候一吵架,谁骂谁还两说。

金甲神人无奈道:"不是三位文庙教主,是白帝城郑先生。"

老秀才哈哈一笑,先丢了个眼色给身边好友,大概是信不过对方会立即开门,而是会让自己浪费口水,所以老秀才先伸长脖子,发现大门确实打开了,这才故意转头与金甲神人大声道:"郑先生?生疏了不是,老头子要是不高兴,我来担待着,绝不让怀仙老哥难做人。你瞅瞅,这个老郑啊,身为一位魔道巨擘,都敢来见至圣先师了,光凭这份气魄,怎么当不得魔道第一人?第一人就是他了,换成别人来坐这把交椅,我第一个不服气,当年如果不是亚圣拦着,我早给白帝城送匾额去了,龙虎山天籁老弟家门口那楹联横批,晓得吧,写得如何,一般般,还不是给天籁老弟挂了起来,到了郑老哥的白帝城,我只要一喝酒,诗兴大发,只要发挥出八成功力,肯定一下子就要力压天师府了……"

穗山正神打开大门后,一袭雪白长袍的郑居中从地界边缘一步跨出,直接走到山脚门口,就此停步,先与至圣先师作揖致礼,然后抬头望向那个口若悬河的老秀才,后者笑着起身,郑居中这才打了个响指,在自己耳边的两座山水袖珍禁制,就此打碎。

这位白帝城城主，显然不愿承老秀才那份人情。白费功夫的老秀才愣在当场，这个郑居中怎么如此臭不要脸，下次定要送他白帝城"臭棋篓子"四个大字。

金甲神人问道："还见不见？"

老秀才哀叹一声，点点头，被穗山正神伸手按住肩膀，两人一起来到山门口。

郑居中说道："我一直想要和两人各下一局棋，如今一个可以慢慢等，此外那位？若是也可以等，我可以带人去南婆娑洲或是流霞洲，白帝城人数不多，就十七人，但是帮点小忙还是可以的，比如其中六人会以白帝城独门秘术潜入蛮荒天下妖族当中，窃据各大军帐的中等位置，半点不难。"

老秀才一屁股坐在台阶上："算了算了，你就莫要往伤口上撒盐了，那两洲你爱去不去。"

反正是肯定会去的，说不定白帝城已经做了此事。

郑居中的行事路数一向野得很。

"看来文圣先生你的两位弟子，都没有回头路可走了。"

郑居中坐在老秀才身旁，沉默片刻，说道："当年和绣虎在彩云间分出棋局胜负后，绣虎其实留下一语，世人不知而已。他说自己师弟齐静春棋力更高，赢他崔瀺是赢他一人，不算赢过文圣一脉，所以我当年才会很好奇，要出城迎接齐静春，邀请他手谈一局。因为想要知道，天底下谁能让心高气傲如绣虎，也愿意自认不如外人。"

老秀才默不作声，但是郑居中说了一句谁都没想到的言语："可我一直觉得崔瀺在棋盘外棋力更高，当年输棋，尤其是没有流传开来的最后一局，棋盘纵横二十三道，崔瀺输棋，依旧是因为对弈双方的棋盘太小。哪怕到了今天，我还是如此认为。齐静春落子，终究是断断续续，散落各处，崔瀺此后既要独自落子，又要能够处处衔接棋盘上的既定棋子，处处后手接得上，最终使得整块棋盘同气连枝，此间大不易，一般人无法想象。"

老秀才还是不说话。

郑居中突然问道："当年董老夫子进入文庙之前，曾在乡野传道讲课，那位听闻经义颇不以为然的不速之客到底是一头寻常精怪的山野老狐，还是陆沉大道心相所化之一的……鼹鼠？"

老秀才轻声道："回头我帮你问问看。"

郑居中问道："老秀才真劝不动崔瀺改变主意？"

老秀才摇头道："弟子个个都太好，先生不忍心去说，说了也没用。"

郑居中站起身，这位白帝城城主会马上重返扶摇洲，这是他与崔瀺的一桩秘密约定。

崔瀺送给白帝城一位足可继承衣钵和大道的关门弟子，作为交换，郑居中需要拿一个扶摇洲的失而复得来换此人。

而那个郑居中确实想要好好栽培一番的嫡传弟子，正是在书简湖被崔瀺拿来问心陈平安的顾璨。

那场问心局，道心之砥砺，既在失魂落魄的陈平安，也在死不认错，但是学会尊重"规矩"的顾璨。

若是顾璨认得错，无非是大骊王朝或者宝瓶洲多出一个半吊子的读书人顾璨，心中偏不去认错却愿意在事情上改错，那么浩然天下就会多出一个白帝城顾璨，会让后世许多自认聪明的旁门左道、邪魔外道，真正知道何谓绣虎崔瀺、白帝城郑居中两人心中的真正魔道。

采芝山这处凉亭旁，欹松大百围，根在古崖缝间，枝叶横斜在观景亭额处，如仙师为小亭画眉，风起松涛阵阵山更幽，阳光透过古松枝叶，洒落在地，亭内细细碎碎的金色随风而动，作无声唱和，又有白衣少年与青袍少女坐在崖畔栏杆两端，好似一对神仙眷侣谪仙人。

崔东山身体蜷缩，脑袋靠着亭柱，又跟纯青要了一壶名动天下的青神山酒酿，这是竹海洞天青神宴最不可或缺之物，纯青这趟出门，没少带酒水，咫尺物里边，大大小小搁放了几百坛。山主师父说过，出门在外，若有相见投缘，不管是山下的江湖豪客，还是市井的贩夫走卒，都不用吝啬自家酒水。纯青动作轻柔，给神神道道的崔小先生丢过去一壶，只见白衣少年崔东山一个扭转脖子，以头顶住酒壶，再脑袋一晃，酒壶前倾下坠，以手接住。

纯青年纪不大，见识却多，可像崔东山这样的，她是真没见过。

崔东山揭了泥封，嗅了嗅，伸长脖子看了眼崖外，啧啧道："人间几人平地上，看我东山碧霄中。"

纯青说道："崔小先生都是仙人境了，往自己脸上贴金的事情就别做了吧。"

崔东山转头笑道："纯青姑娘会不会下棋？围棋象棋都行。"

纯青摇头道："会下，兴趣不大，下得不好。姜太公经常拉着许白下棋，尉先生不好插话棋局，会站在许白那边，希望许白赢棋，喜欢问我许仙这一手妙不妙，许仙那一棋绝不绝，我哪里知道好不好，怎么个好，所以有些烦人。到后来，尉先生只要一转头，我就立即点头，说对对对是是是，妙妙妙绝绝绝，本来以为尉先生见我如此敷衍，就该消停些，可到最后还是不管用啊。"

崔东山感叹道："纯青姑娘你还是吃了不够以诚待人的亏啊，只要到了咱们落魄山做客，你先去骑龙巷铺子那边待几天，与一位姓贾的老神仙学习言语之术，不出一旬光阴，肯定受益匪浅，功力大涨，从此无敌。"

纯青说道："算了吧，我对落魄山和披云山都没啥想法。崔小先生你如果能教我个立竿见影的法子，我就再考虑考虑要不要去。"

崔东山立即笑嘻嘻道："这有何难，传你一法，保证管用。比如下次尉老儿再烦你，你就先让自个儿神色认真些，双眼故意望向棋局做深思状，片刻后抬起头，再一本正经告诉尉老儿，什么许白被说成是'少年姜太公'，不对不对，应该换成姜老祖被山上誉为'老年许仙'才对。"

纯青疑惑道："真能成？"

崔东山道："那咱们打个赌，成了，你送我一百坛青神山仙家酒酿，不成的话，就当我欠你一百坛落魄山最著名的酒酿？到时候你去骑龙巷自取。"

纯青想了想，自己总共存了七百多坛酒水，输赢不过一百坛，数量是增是减，好像问题都不大。只是纯青就不明白了，崔东山为何一直怂恿自己去落魄山，当供奉、客卿？落魄山需要吗？纯青觉得不太需要。而且亲眼见过了崔东山的怪诞行事，再听说了披云山声名远播的夜游宴，纯青觉得自己就算去了落魄山，多半也会水土不服。

崔东山坐在栏杆上，晃荡双脚，哼唱一首佚名的《龙蛇歌》："有龙欲飞，五蛇为辅。龙已升云，得其处所。四蛇从之，得其雨露，各入其宇。一蛇独怨，槁死于野。"

纯青问道："是说骊珠洞天的那条真龙？"

崔东山却没有解释，只是转去碎碎念道："白诗苏词在，光焰万丈长。熔铸千万象，即是一文心。"

纯青突然说道："齐先生年轻那会儿，是不是脾气……不算太好？"

崔东山想了想："别说年轻时候了，他打小脾气就没好过啊。跟崔瀺没少吵架，吵不过就跟老秀才告状，最喜欢跟左右打架，打架一次没赢过，有些时候左右都不忍心再揍他了，鼻青脸肿的少年还非要继续挑衅左右，左右被崔瀺拉着，他给傻大个拖着走，还要找机会飞踹左右几脚，换成我是左右，也一样忍不了啊。"

纯青感叹不已。

崔东山自顾自说着些怪话。

隆冬时节，荷塘水涸，枯叶败尽，残枝横斜，再无擎雨盖之容，故而游鱼散尽。

半夜发雷，天转车毂，穷老翁睡难寐，恰逢稚子起惊哭，叹息声与哭啼声同起。

世路羊肠，鸟道已平，龙宫无水。雪落衣衫更薄，冷落了门外梅花梦，白发老叟拄杖看到忘言处，浑疑我是花，我是雪，雪与花并是我。

不如一起大睡去……

桐叶洲中部大泉王朝桃叶渡。

渡船之上，赊月依旧煮茶待客，只不过喝茶之人，多了托月山百剑仙之首的剑修斐然。

赊月对打打杀杀从不感兴趣，先后两场架都打得没头没脑，好没道理，而且都是对方一直在蛮横纠缠，两个王八蛋玩意儿，一个姓姜，一个姓陈，还都喜欢说些戳人心窝子的怪话，难怪能够成为好兄弟。姜尚真是个一肚子坏水的笑面虎，陈平安更是赊月这辈子都不想再见到的货色，年纪不大心眼多，如果境界与姜尚真相当，估计那个年轻隐官只会下手更狠。

斐然却是众多军帐当中唯一一个与赊月行事相近的，在海上得了芦花岛和一座造化窟，到了桐叶洲，斐然只是将蜃景城收入囊中。过了剑气长城，斐然好像从头到尾，就都没怎么打仗杀人死人，所以赊月觉得斐然可算同道中人。又一个所以，圆脸姑娘就从长颈锡制茶罐里边多抓了一大把茶叶。

片刻之后，瞅着茶叶约莫也该熟了，赊月就递给斐然一杯茶，斐然接过去，轻轻抿了一口，忍不住转头望向圆脸棉衣姑娘，赊月眨了眨眼睛，有些期待，问道："茶水滋味，是不是果然好些了？"

斐然无奈道："算是吧，饮茶不苦，确实不像话。"

赊月有些高兴，跃跃欲试道："我煮茶的手艺，其实比较一般，但是烧菜真是不错，这桃叶渡可以就地取材，我抓几条肥鳜鱼，清蒸红烧炖煮都可以，船上灶屋佐料也齐全，你和周先生尝尝鲜？米饭要不要？我咫尺物里边有几百斤仙家米，正愁吃不太完。"

周密笑着点头："行啊，想必总比喝白水吃茶叶好。"

赊月有些恼火："先前周先生抓我入袖，借些月色月魄，好伪装去往那月宫，也就罢了，是我技不如人，没什么好说道的。可这煮茶喝茶，多大点事儿，周先生都要如此斤斤计较？"

周密笑道："好好好，为喝茶一事，我与赊月姑娘道个歉。鳜鱼清蒸滋味好些，再帮我和斐然煮一锅米饭。其实臭鳜鱼，别有风味，今天就算了，回头我教你。"

赊月点点头，自顾自忙碌去了。赊月去到船头那边，要找几条啄食近水桃花更多的鳜鱼，煮茶这种事情，太心累还不讨喜。

斐然有些佩服这个姑娘的心比天大了，真是万事不上心只顾吃喝游玩啊。

先前赊月在桐叶洲镇妖楼外边被周密拘押入袖，生死不知，原来到最后只有斐然他一个外人担忧，赊月自己反而浑然不当回事。这么一位奇女子，不晓得以后谁有福气娶回家。

赊月忙去，斐然欲言又止，心中有太多疑问要问，却又不知从何问起，师兄切韵为何舍得赴死？在蛮荒天下，大妖何等惜命！

切韵赶赴扶摇洲战场之前，与斐然的那番笑谈原来就是遗言。

周密从袖中摸出一方印章，丢给斐然，微笑道："送你了。"

斐然接过去，并无玄妙。

在蛮荒天下自号老书虫的文海周密,最喜欢的一方私人藏书印,边款篆文极多:手积书卷三百万,天寒地冻我自娱。他年饱餐神仙字,不枉此生作蠹鱼。底款则是:饥不果腹老书虫。

只是这方印章,周密从不轻易取出钤印书籍。

斐然曾经跟随周密求学多年,见过那方印章两次,印章材质并非天材地宝,抛开主人身份和刀工款文不说,真要单论印章材质的价格,恐怕连寻常书香门第富家翁的藏印都不如。

当下斐然手中印章正是此物。

周密打趣道:"印章材质,是我昔年离乡路上随便拾取的一块山脚石,相较于白也赠剑,此物确实要礼轻几分。"

斐然心弦紧绷,如临大敌,问道:"周先生到底有没有想过打赢这场仗?!"

周密笑问道:"还真没想到斐然会是先有此问。"

时至今日,斐然还是百思不得其解,为何仙剑太白一分为四,白也竟然愿意将其中一份机缘送给自己这个蛮荒天下的异类妖族。斐然自认与白也毫无瓜葛,素昧平生,哪怕加上家乡的师承,一样与那位人间最得意没有半点渊源。师尊和代师收徒的师兄切韵,都从未去过浩然天下,白也也从未登上过剑气长城城头,事实上白也此生,甚至连倒悬山都未踏足半步。

周密为斐然解惑道:"白也以十四境修士递出的最后一剑,气象大乱,可能被他稍稍勘破几分天机,兴许是看到了某幅光阴画卷,场景是光阴长河的未来渡口处,所以知道了你在我心目中位置极为重要。"

斐然将那方印章轻轻放在手边几案上,说道:"周先生嫡传弟子当中,剑修极多。"

周密收徒,眼光独到,也愿意精心栽培,所以一众嫡传弟子当中,首徒绶臣和采瀅、同玄、桐荫、鱼藻,加上甲申帐流白,皆是剑修,并且都跻身了托月山百剑仙之列。只有新收的一个关门弟子,被赐姓改名为周清高的木屐才不是剑修。

周密笑道:"浩然儒生,自古藏书往往以外借他人为戒,有些书香门第的读书人,往往在家族藏书首尾训诫后世翻书的子孙,宜散财不可借书,有人甚至还会在家规祖训里边专门写上一句吓唬人的重话,'鬻及借人,是为不孝'。"

斐然说道:"劳烦周先生,有话就直说。"

周密摇摇头,双指并拢,轻轻一抹,出现了一幅好似尺牍的山水画卷。

天外战场。由无数颗星星凝聚而成的一座漩涡当中,出现了一条雪白光柱,仿佛天地间最为精粹的剑光,直奔那位护着整座浩然天下的中年书生而去。

这幅悬在周密和斐然之间的画卷,只是被些许大道真意的涟漪触及,便砰然而碎。

斐然脸色铁青。因为他内心深处,最仰慕浩然天下的礼圣!关于此事,斐然甚至在师兄切韵那边都从未提及半句一字。

周密笑容依旧,帮着斐然说出一番心声言语:"天地有序,人间有法,众生立命。万事万物,各行其道,相安无事。一切融洽!礼圣此举,当然值得钦佩。事实上,在这件事上,我当年与你几乎一模一样,一样最为尊敬礼圣。几乎。"

既然被周密看破,斐然就不再藏掖,沉声道:"在我眼中,儒家这位礼圣,才是三教所有圣人当中,最让我佩服之人。因为他希望天地万物、一切有灵众生,用一种相对最小的代价在浩然天下生存,繁衍生息,追求自由,修行登高,获得更多的自由,且在规矩之内,满足适度的兽性,人性逐渐趋于纯粹,最终近乎神性,却又非神性,有灵众生,还是有情众生。人间灯火,缓缓上移,渐次登高,强者庇护弱者,引领弱者,礼圣希望有朝一日,能够走出那个不增不减的既有之'一'。"

斐然最后直视周密,说道:"我从来不觉得你周密可以做得比礼圣更好。"

周密笑问道:"既然如此,注定做不到更好了,那为何不去换一条道路,走得更高?或者干脆打碎重建,从头再来,岂不是更加完善?一把钝刀子打杀万年,无缘无故的死人,莫名其妙的怨怼,冤魂厉鬼不得解脱,一个个不知所谓的修道之人,还要衍生出无穷无尽斩杀不绝的化外天魔,这些都只是不被世人知道罢了,其实比起一场干脆利落的手起刀落,要死的更多,麻烦更多。"

周密抬起一手,手刀一斩:"快刀斩乱麻,乱麻皆碎去,天地重归清明。"

斐然咬牙说道:"传闻那位至圣先师,觉得世间若是千人一面,便是最大的自私。"

周密收起手:"那你就凭本事来说服我,我在这里,就可以先答应一事,斐然可以既是新的礼圣,同时又是新的白泽,浩然天下的人族和蛮荒天下的妖族,由你来一视同仁。因为将来天地规矩,到底会变得如何,你斐然会拥有极大的权柄。除了一个我心中既定的大框架,此外所有脉络,所有细节,都由你斐然一言决之,我绝不插手。"

你斐然不是由衷仰慕礼圣吗?那你现在要不要抓住这个唾手可得的机会,自己来当?

斐然豁出性命不要,也要说出一句心中积攒已久的言语:"我根本信不过一个'大行问路斩樵之道'的周密!"

周密会心一笑:"拭目以待就是了。"

上古时代,礼圣亲自定天象、法地仪、设五量,观象授时,铸鼎立文,创制历书,是谓人族文明肇始。

被白泽敬称为"小夫子"的礼圣,首次确定了有据可查、有例可循的度量衡,计量长短,计算大小,测量轻重。此外还需要确定光阴刻度,勘验天地四方,以"掬"之法,斗量山海和光阴长河,测算天地灵气之多寡,订立天干地支、时辰、十二月与二十四节气。

度长短者,不失毫厘。命名五权,将五件器物分给五人,其中三人,即是诸子百家当中的阴阳家、术家、地理家的开山鼻祖。亲手铸造出人间第一枚铜钱和雪花钱。天成象,地成形,人成运,天、地、人各安其命,各行其道,又三才汇聚,道法融洽。大小、长短、轻重、高低、光阴、灵气,这些原本虚无缥缈的词语,在礼圣手中皆得以大道显化为一件件实物。

所以在文庙内部,礼圣也会被笑称为大账房先生,其中也有一位陪祀圣贤,被誉为小账房先生,挣的是实实在在的钱财,精于此道,不让商家专美于前。

周密游历蛮荒天下,在托月山和蛮荒天下大祖论道千年,双方推衍出万千可能,其中周密所求之事之一,不过是天翻地覆,万物昏昏,阴阳无凭,无知无识,道无所依,那才是真正的礼崩乐坏、瓦釜雷鸣。最终由周密来重新制定天象法仪,重作干支以定日月之度。在这等大道碾压之下,裹挟万事,所谓人心起伏,所谓沧海桑田,全部不值一提。

三人一起吃过了米饭就炖鳜鱼,周密放下碗筷,突然没来由笑道:"伏久者飞必高,开先者谢必早。"

当宝瓶洲那位只存一点灵光的青衫儒士笑问"贾生何在"之后,周密站起身,笑答道:"周密在此。"

周密自顾自说道:"确实得做点什么了,好教浩然天下的读书人知道什么叫真正的……"

话说一半,周密站起身,笑望向斐然和赊月。

赊月说道:"知道十四境的神仙打架,是何等搬山倒海,翻天覆地?"

斐然瞥了眼一旁的印章,轻声道:"是开卷有益。"

三教诸子百家,藏书三百万卷。

扶摇洲王座大妖白莹、蛮荒天下切韵恩师"陆法言",几乎同时缩地山河,来到桐叶洲一座桃叶渡,踩在水面之上。

周密一步跨出,与枯骨大妖白莹先行合道,再走向腰悬一支竹笛的青衫老者,三者合一,才是真正的"贾生",真正的文海周密。

昔年浩然有儒生,天资敏捷,年幼时读书便数行并下,且过目不忘,废寝忘食,日夜读书抄书,以至于形销骨立,大病一场痊愈后,开始转去修道,只为了有更长的阳寿,可以读更多的书,偏要以有涯求无涯。儒生开始在心中书山修道登高之时,身边没有传道人,手边无一本真正意义上的仙家秘籍,单凭心中所记的三教百家书籍,从浩然书海当中撷取精粹,将零零碎碎的只言片语硬生生拼凑出一部修行秘籍,在练气士留人境一步登天,跻身玉璞境。此后在心中显化出无涯学海,以阴神远游之姿,分出心神始终沉浸其中,精骛八极,心游万仞。在漫长的远游求学、修道生涯当中,继续大肆搜罗书籍,追问百家学问根本宗旨,不断扩大心中学海天地,以儒家学问,跻身玉璞境,却以道家"太虚为炉,日月为烛"之秘法,跻身仙人境,返璞归真,又转去精研佛家十六观想,最终选择白骨观,得以跻身飞升境,再复以心中驳杂学问合道十四境,秘密吞并切韵恩师。

如今蛮荒天下新补了几位王座,扶摇洲一役过后,老面孔的那拨王座其实所剩不多了。

在蛟龙沟与穗山遥遥对峙斗法不停歇的灰衣老者、托月山大祖。

擅自将王座抬升为第二高位的剑修萧愻,根本不介意此事的文海周密,剑客刘叉。

去往南婆娑洲海域的仰止,她要针对那座屹立在一洲中部的镇海楼,至于肩挑日月的醇儒陈淳安,则交给刘叉对付。

绯妃依旧位于宝瓶洲和桐叶洲之间的战场。

失去金甲拘束的牛刀,坐镇金甲洲。

大妖五嶽,和持一杆长枪、以一具高位神灵尸骸作为王座的家伙,都已身在南婆娑洲战场。

负责针对玉圭宗和姜尚真的袁首,这头王座大妖,也就是采芝山那边崔东山和纯青嘴上所说的"咱们那位正阳山搬山老祖的小弟"。

此外荷花庵主、黄莺、曜甲、切韵、白莹,再加上蛮荒天下那个十四境的"陆法言",都已经被周密"合道"。

在这其中,其实还有个金甲洲的飞升境人族完颜老景。

要知道作为周密阳神身外身的王座白莹,在蛮荒天下数千年间炼化妖族修士傀儡无数。

饥不果腹老书虫?文海周密也好,浩然贾生也罢,一吃再吃,确实饥肠辘辘得可怕了。

周密一走,赊月将碗筷放在小桌上,盘腿而坐,长呼出一口气。

斐然笑道:"你也会怕啊?"

赊月白眼道:"我又不傻。装不怕,没问题;真不怕,做不到。"

姜尚真、陈平安再加上个周先生,读书人一个鸟样,都可怕。

斐然还真没办法反驳。

赊月突然问道:"仙家米,炖鳜鱼,鱼汤拌饭,滋味咋样?"

斐然无奈道:"不错。"

他方才哪有心情吃饭喝汤。

只说亲眼见到传道恩师,让他斐然作何感想?还怎么去恨周密?师父已是周密了。何况连师兄切韵都是周密了。事实上,若是将来大局已定,周密完全可以还给斐然一个师父和师兄。但是斐然都不敢确定,将来之斐然,到底会是谁。直到这一刻,斐然才有些理解那个离真的可悲之处了。

赊月有些遗憾:"好歹是个读过书的,也没句文绉绉的好话。"

斐然躺在船头，好像他的人生从未如此心气全无、颓然无力。

赊月说道："别想太多，吃饱喝足走得远。"

斐然说道："很羡慕你。"

斐然坐起身，覆上那张有些戴习惯了的面皮，赊月只是瞥了一眼，就大怒："把茶水和米饭、鱼汤都吐出来！"

斐然打算御风升空，要看一看那场大战。一场极有可能是十四境……巅峰的捉对厮杀。

一瞬间，斐然和赊月几乎同时身体紧绷，不单单是因为周密去而复还，就站在斐然身边，更在于船头另外那边，还多出了一个极为陌生的青衫文士。然后两个读书人，各自将斐然和赊月收入自己袖中。

周密笑道："在我面前不告自取，死了都会活过来。"

齐静春说道："书看遍，全读岔。自以为已经惟精惟一，内圣外王，所以说一个人太聪明也不好。"

周密提议道："你舍不得半座宝瓶洲，我舍不得半座桐叶洲，不如都换个地方？哦，忘记了，如今的齐静春，心起一念都很难了。"

天地转换，两人身处一座浩瀚书海当中。

周密说道："转益多师是吾师。"

齐静春哦了一声，淡然说道："那我替历代先贤对你说句话，去你娘的。"

于是下一刻，两人又重返船头两端。

周密似乎早有谋划，除去两人所立渡船依旧毫无变化，此外所有天地，连同一条载船的桃叶渡，桃叶渡所在的大泉王朝，桐叶洲，浩然天下，仿佛都化作了一片太虚境地，唯有日月悬空作两盏灯烛，照彻之下，犹如一叶虚舟，两位仙人联袂蹈虚空，一同跨过千秋万古之光阴长河。

一幅幅走马观灯图在渡船上变化不定，绽放出光阴画卷独有的七彩琉璃色，映照得对峙的两个读书人熠熠生辉，恍若两尊寂然无心的远古神人。

齐静春站在浮舟一端，环顾四周，看倏忽出现、蓦然消逝的众多光阴画卷。这位青衫文士，其实生前远游不多，算是文圣一脉嫡传当中，走过山河最少的一个。年少求学，少年治学，后来只是陪着想要转去练剑的师兄左右一起散心，游历过一趟中土神洲，不过短短数年光阴，其实也未曾去过太多山水形胜之地，再之后便是文脉遭遇浩劫，叛出文圣一脉道统的绣虎崔瀺最终选择宝瓶洲，成为大骊国师，齐静春则看似与之反目成仇，针锋相对，直接带着文圣一脉的两个记名弟子茅小冬和马瞻，三人一同赶赴宝瓶洲，在大骊王朝京畿之地开创儒家七十二书院之一的山崖书院，处处事事掣肘崔瀺。在那之后，齐静春又担任骊珠洞天坐镇圣人一甲子。

周密一样在打量四周,探查一些微妙的大道显化以及泄露的天机,很快就被他发现了蛛丝马迹。在那些光阴画卷的间隙,有星光点点的微妙异象,如烛火飘摇,哪怕灯烛远去,原地却依然有丝丝缕缕的微弱火光残存,最终勾连成一条路线清晰的道路,就像是一条承载光阴流水的河床。若是放在桐叶洲的真实山河当中,这条道路就是起始于扶乩宗喊天街桓家飞鹰堡,由西及东。北晋国与大泉接壤处,埋河水神庙,桃叶渡,照屏峰,北去天阙峰渡口,由南往北,其中以观道观旧址作为最重要的中枢渡口。

周密虽说奇怪齐静春为何不做半点遮掩,但反正暂时闲来无事,便随口道破天机:"这条陈平安当年走过桐叶洲的路线,就是师兄崔瀺帮你选择的'船锚'灯火?所以半点不怕我先前在扶摇洲驾驭光阴长河针对十四境白也的手段?也就是说,如今齐静春心中仅存数念,其中一个大念头,便是你那师弟陈平安?看来你们两人的师弟,也未曾让两位师兄失望,游历途中,有意无意,心念颇重,好似在与某人共游山河。这个最终成为你们文圣一脉关门弟子的读书人,估计他自己都没有意识到,自己生平著述第一书,便是这部山水游记,好个无巧不成书,恰好与今日齐静春远游桐叶洲遥遥呼应。"

齐静春浑然不觉,只是在那边打量光阴画卷。

周密不认为这是齐静春的手笔,多半还是那头绣虎的谋划,毕竟崔瀺行事更加功利。

难怪齐静春一现身,就敢将战场选择在桐叶洲这个已算周密囊中物的大天地,因为退路都已经被师兄崔瀺和师弟陈平安合力铺好了。

这条退路上又像有稚子嬉戏,无意间在地上搁放了两根树枝,人已远走枝留下。又像是一条陋巷道路上的泥泞小水滩,有人边走边放下一块块石子。

如今的齐静春,比较古怪,既无身躯皮囊,也无真实魂魄。可虽是个一切实物皆空空荡荡的无境之人,却又有十四境修为。所以齐静春不太能够分心起别念,不然就自己打破这种玄之又玄的境地了。简而言之,就是齐静春早已画地为牢,只存下几个可以称之为信念的想法,其余全部斩尽,化作傀儡,这么多年来,齐静春始终将自己拘押在某一截光阴长河中,此间煎熬,世上几人能懂,不超过一手之数,三教祖师、崔瀺、周密。此外十四境,哪怕修为足够,但是对于光阴长河的了解,终究不如他们五人透彻。

所以齐静春其实很容易答非所问,自说自话,一切都以几个残存念头作为所有立身之本。一旦多出念头,齐静春就会折损道行。

故而双方接下来这场厮杀,与以心中诗歌合道的白也大不相同,仗剑白也是心中诗篇不用尽,就一直是修为巅峰,眼前齐静春十四境的境界,却只会越来越"下山"。

齐静春都不着急,周密当然更无所谓。

周密突然笑道:"知道了你所依,骊珠洞天果然因为齐静春的甲子教化,曾经孕育出一位文武两运融合的金身香火小人。只是你的选择,算不得多好。为何不挑选神仙坟那尊更合适的泥塑神像,偏要挑选破损严重的这一尊?道缘?念旧?还只是顺眼而已?"

同样是圣人一般的言出法随,被周密一语道破天机后,齐静春身后便自行显现出一尊隐秘法相,是一尊彩塑斑驳、金身破碎不堪的五彩披甲神人,却头别玉簪。铠甲鳞片连绵,甲胄边缘饰有两条珠线,连串宝珠颗粒圆润饱满,断臂极多。齐静春以一种另辟蹊径的法门,依托金身小人凝聚出来的山河气运,达到一种暂时重塑完整魂魄的境界,再以一尊道门灵官神像作为栖身之所,又以佛性稳固"魂魄",最终契合"明虽灭尽,灯炉犹存"这句佛理。

这既是儒家读书人孜孜不倦追求的天人合一,也是佛家所谓的远离颠倒梦想、断除思惑、住此第四焰慧地,更是道家所谓的蹈虚守静、虚舟空明。

齐静春始终对周密的言语置若罔闻,他低头望向那条相较于大天地显得极为纤细的道路,或者说陈平安昔年游历桐叶洲的一段心路。齐静春稍稍推衍演化几分,便发现昔年那个背剑离乡又归乡的人间远游少年,有些心路是在开怀,是与好友携手游览壮丽山河;有些是在伤心,例如飞鹰堡街巷小路上,亲眼目送一些孩子的远游;有些是难得的少年意气,例如在埋河水神府,小夫子说顺序,说完就醉倒……

本不该另起念头的齐静春,微笑道:"心灯一起,夜路如昼,天寒地冻,道树长春。小师弟读了好些书啊。"

齐静春强行打破自己当下某种程度上所谓的精诚心境,喃喃道:"先生太忙,崔瀺太狠,左右太偪,年纪太小,担子太重,天底下哪有这么劳心劳力的小师弟。"

齐静春也不看周密:"是不是欣喜且奇怪,我会如此自毁道行,教了你何谓惟精惟一,我却又主动退出此境。你这种读书人,别说做到,懂都不会懂。知道你不信,这一点跟当年刚到骊珠洞天的崔东山很像。不过你也别觉得自己和绣虎是同道中人,你不配。崔瀺再离经叛道,那也是文圣一脉的首徒,还是浩然书生。"

周密笑道:"又不是三教辩论,不作口舌之争。"

齐静春一笑置之,先抬袖一挡,将周密心相大日遮掩,我不见,天地便无,身为这方天地主人的周密你说了都不算。

再双指并拢,齐静春如从天地棋罐当中拈起一枚棋子,原本以日月作烛的太虚夜幕顿时只剩下明月,被迫显现出一座无涯书海,月光映水,一枚雪白棋子在齐静春指尖迅速凝聚,好似一张宣纸被人轻轻提拽而起。整座无垠书海水面瞬间漆黑一片如墨池。

齐静春松开手指,白子静止悬空,又将明月遮掩,齐静春转去拈起一枚黑子,使得原本仿佛墨池的天地气象重现光明,变成只剩下大日照彻、雪白一片的景象。

齐静春说道:"皆碎。"

悬在他身边的黑棋白子，一个轻轻磕碰，砰然而碎。周密先前悄然布置的两座天地禁制，就此破开，荡然无存。

周密微微皱眉，抖了抖袖子，同样递出并拢双指，指尖分别接住两个轻描淡写的黑白文字，是在周密心湖中大道显化而生的两个大妖真名，分别是荷花庵主和王座曜甲的真名。

周密同样还以颜色，摇摇头："山崖书院？这个书院名字取得不好，天雷裂山崖，因果大劫落顶，以至于你齐静春躲无可躲。"

齐静春一躲，大道因果就会殃及整座骊珠洞天，还要连累整座宝瓶洲的山河气数，如今一国即一洲的大骊王朝的文武气运会减少三四成，那么蛮荒天下的妖族大军如今应该身在陪都附近了，而不是被硬生生阻滞在南岳地界上。不过绣虎崔瀺依旧是不太介意此事，无非是收缩战线，使得一洲防御阵形更加紧密，最终屯兵在那条多半会改个名字的中部大渎两岸，死守陪都。一旦如此，蛮荒天下折损更少，却反而让周密觉得更加棘手。

"那我就听命古人，敕令鬼神磨山崖。"

周密言语落定之时，四周天地虚空之中先后出现了一座白描的宝瓶洲山河图，一座尚未前往大隋的山崖书院，一座位于骊珠洞天内的小镇学塾。

三处景象皆是周密的心相假象，却极有可能是十四境齐静春的心湖真相。

这等不落实处半点的术法神通，对任何人而言都是莫名其妙的白费功夫，唯独对付如今的齐静春反而有用。

一尊尊远古神灵余孽脚踩一洲山河，瞬间陆沉，一场疾风骤雨落在山崖书院，掩盖琅琅书声，一颗凝为骊珠的小洞天被天劫碾压崩裂开来。

齐静春由着周密施展神通，打杀他自以为是的三个真相，笑道："蛮荒天下的文海周密，读书确实不少，三百万卷藏书，大小天地……嗯，万卷楼，天地不过寥寥三百座。"

周密点头道："不算什么本事，只是难免念旧。"

齐静春笑问道："就这么无头苍蝇乱撞？是舍不得祭出压箱底的手段，不愿让我见一见师弟在你心中的形象，还是在担心谁做更长远的谋划？"

周密笑答道："又不是学塾夫子与蒙童，学生有问，先生解惑。"

照理说周密已经察觉到了那条灯火心路，第一个打杀的就该是剑气长城的年轻隐官。周密通过离真在对岸年复一年的观察、对话和挑衅，事后再反过来翻检离真和"陆法言"一近一远所见的两条光阴长河景象，对陈平安的了解不算浅了。何况还要加上一个周密的嫡传弟子剑修流白。当初甲子帐设置的山水禁制，本就是"陆法言"或者说是周密的手笔，年轻隐官不见天日，周密看他却完全无碍，一言一行、一举一动，甚至心境变化，都无缺漏。只不过美中不足的是陈平安不知是误打误撞运道好，还是谨小慎微慣了,让周密无法找到一个他的心扉切入口,不然周密阴神远游的落脚之地就是陈平安的心湖,以年轻隐官的人身小天地,帮周密隔绝剑气长城大天地,"陆法言"迟早有一天会成为一个新的陈平安。

这桩谋划,周密不敢说一定能成,可只要陈平安一着不慎,就会满盘皆输。

而在此期间,那部山水游记其实坏事极多。那部山水游记本该成为崔瀺和周密各展神通的一记共同神仙手,当时周密之所以授意离真交出此书,让困居一地无聊至极的陈平安借阅一番,就因为周密觉得这会是个打破僵局的契机所在,至少会让陈平安心境出现涟漪,不承想反而使陈平安道心更加坚韧,好像只不过翻书一遍,就立即察觉到了绣虎崔瀺的用心。

读书人逃得过一个"利"字牢笼,却未必逃得出一座"名"字天地。所以离真交出那本山水游记之时,周密其实早就在陈平安之前先行炼字六个,将四粒灵光隐匿其中,分别在第四章的"黄""鸟"和"鱼""龙"四个文字之上,这是为了提防崔瀺。除此之外,还有"宁""姚"二字,更分别藏有周密剥离出来的一粒神性,是为了算计陈平安的心神,不承想陈平安从头到尾,炼字却未将文字放入心湖,只是以伪玉璞境神通收藏在袖里乾坤当中。

当时已经沦为周密合道阴神的"陆法言"破例现身,前往城头与陈平安闲聊,其中一事,就是彻底打消那些灵光和神性,再借助光阴长河的倒转逆流使陈平安浑然不觉。

不过由此可见,绣虎是真不把这个小师弟的命当一回事,因为只要任何一个环节出现纰漏,陈平安就不再是陈平安。又或者那部游记上"陈凭案"和"罄竹湖"的问心局,也算崔瀺一种匪夷所思的护道?那么早就让一个少年置身于人心鬼蜮险象环生、本我道心随时会崩溃的处境当中?

萧愻身上法袍是三洲气运炼化,左右出剑斩去,就等于斩在先生身上,左右依旧说砍就砍,出剑毫不犹豫。齐静春又是如此的十四境。再加上剑气长城的年轻隐官陈平安,宝瓶洲的绣虎崔瀺。文圣一脉嫡传弟子,都不用谈什么境界修为,怎么修的心?都是什么脑子?

周密有些由衷佩服,撤去那三座徒劳无功的心相天地。

周密双手负后:"如果不是你的出现,我好多隐藏后手世人都无从知晓,输了怪命,赢了靠运。齐静春只管放眼看。"

这座一望无垠的无涯书海,看似完整如一,实则纵横交错,而且不少大小天地都玄妙重叠,错落有致,在这座大天地当中,连光阴长河都不复存在,只是失去两道既是天地禁制又是十四境修士的"障眼法"后,就出现了一座本来被周密藏掖掖的阁楼,接地通天,正是周密心中的根本大道之一。阁楼分三层,分别有三人坐镇其中,一个形销骨立的青衫白骨读书人,是失意贾生的心境显化;一个相貌清癯腰系竹笛的老者,正是切韵传道之人"陆法言"的容貌，寓意着文海周密在蛮荒天下的新身份；最高处顶楼是一个约莫弱冠之龄模样的年轻书生，但是眼神幽暗，身形佝偻，意气风发与暮气沉沉两种截然不同的气象轮流出现，如日月交替，昔年贾生，如今周密，合而为一。

齐静春根本无须举目远眺，那处阁楼景致就已纤毫毕现。第一层书籍堆积如山，摆放颇有讲究，很花心思，其中一座书山正是穗山形制。周密除了用书山摆放出一幅出自三山九侯先生笔下的天下最古老的五岳真形图，还异想天开，炼字无数，数以千万计，在阁楼第一层矗立起了九座雄镇楼，其中以镇剑楼和镇白泽最为用心堆积，所选书籍大有学问。阁楼第二层，一张金徽琴，残局棋局，几幅字帖，一本专门收集五言绝句的诗集，悬有文人书房的楹联，楹联旁斜挂一把长剑。

齐静春不理会周密，只是好似心游万仞，随意翻看那三百万卷书。

以静字凝神，以春风翻书。

三百余座高高低低、交错重叠的大小天地，大大小小、歪歪斜斜搁放的先贤书籍，有不少都是齐静春生前未曾有机会翻阅的古籍孤本。

周密微笑道："生平最喜五言绝句，二十个字，如二十位仙人。如果刘叉只顾自己的感受，一次都不愿听命出剑，就只好由我以切韵姿态帮他问剑南婆娑洲醇儒。我心中有显化剑仙二十人，刚好凑成一篇五言绝句，诗名《剑仙》。

"远古时代总计十人，其中陈清都、观照、龙君三人活命最久，各自都被我有幸亲眼见过出剑。后世剑修剑客十人，依旧无高下之分，各有各的纯粹和风流，白玉京余斗、最得意白也、敢去天外更敢死的龙虎山祖师赵玄素、如今敢来桐叶洲的当代大天师赵天籁、舍得借剑给人的大玄都观孙怀中、独自游历蛮荒天下的年轻董三更、差点儿就要跟老瞎子问剑分生死的陈熙、大髯豪侠刘叉、最不像亚圣一脉读书人的阿良，还有出身你们文圣一脉的左右。

"此外，无善无恶心性自由的萧愻、大道可期的飞升城宁姚、未来的刘材，以及被你齐静春寄予厚望的陈平安，都可以算作候补。"

齐静春好像难得有在听周密的言语，只不过依旧分心翻书不停歇。

周密望向阁楼顶楼的那个年轻的贾生。

顶楼内，一只香炉放在一部书籍之上，书籍又放在一个草编蒲团之上。

周密自言自语道："人间不系之舟，斩鬼斫贼之兴吾曾有。天地缚不住者，金丹修道之心我实无。"

齐静春看了眼阁楼："你选择以书与世为敌，与古作伴，与天为友，只是看着人心自由罢了。不要觉得中土文庙接纳了太平十三策，就当真万世太平了。做不到的。"

崔瀺年轻时代师授业，曾经有一语，说一个真正的强国，是在太平盛世有侵略别国的实力，却选择相安无事，是一国之内耕读传家、人心凝聚，是人与人之间的互为卯榫，是每个远游人与家乡人从未人心疏远，是让更多不曾读过圣贤书的人，都在做不知书也达理的事。

老秀才悄悄站在门口，轻轻拊掌而笑，好像比赢了一场三教辩论还要高兴。那是左右第一次主动提出今天可以喝酒。

老秀才那天喝酒后，心情格外好，也借着酒劲，一脚踩在长板凳上，高高举起手臂，洒了酒水都不顾，兴高采烈说了一番言语，是先生的一场自问自答。什么叫赤子之心？其实是与所做之事壮举与否，与一个人年纪大小都关系不大，无非是有人过河拆桥，有人偏要铺路修桥，有人端碗吃饭放筷骂娘，有人偏要默默收拾碗筷，还要关心桌凳是否稳当。有人觉得长大是世故圆滑，有人偏觉得成长是可以为己为人承受更多的苦难。有人觉得强者是无所拘束，是一种唯我独存的纯粹自由，有人偏觉得我要成为强者，是因为我要为这个世界做点什么！

那也是左右第一次说明儿也可以喝酒，不过补了一句："让小齐摆摊挣钱去，我和师兄负责配合暖人气，傻大个别凑热闹，只会吓跑客人。"

许多被春风翻过的书籍，都开始凭空消失，周密心中大小天地，瞬间少去数十座。

换成是一位上五境剑修，估计哪怕是倾力出剑，且不耗半点灵气，都要出剑数年之久，才能打消如此多的天地禁制。

周密似乎有些无奈，道："借此分心起念，读书人窃书当真不算偷吗？"

齐静春瞥了眼阁楼，周密一样想要借助他人心中的三教学问砥砺道心，以此走捷径打破十四境瓶颈，就此更上一层楼，登楼更登天。周密想一人高过天。

至于那些所谓的藏书三百万卷，什么大小天地，一座心相三层阁楼，都是障眼法，对于如今的周密而言，早已可有可无。

周密摇头道："不太容易。"

齐静春微笑道："蠹鱼食书，能够吃字无数，只是吃下的道理太少，所以你跻身十四境后，就发现走到了一条断头路，只能吃字之外去合道大妖，既然如此费劲，不如我来帮你？你这天地参差不齐，巧了，我有个本命字，借你一用？"

周密摇头道："借那'齐'字就算了，我怕被召陵许君拼了身家性命不要，联手崔瀺，坏我道行。不过是被你吃掉三百万卷藏书，兼并所有天地，再一同彻底消散在浩然天地间，还是我再吃掉一个可遇不可求的十四境，打破瓶颈，你我双方，确实可以一赌。"

齐静春终于开始第一次翻检三教书籍，先挑孤本善本，然后读或未读过，都一并被春风翻过，一本本书籍就此消失，融入十四境齐静春大道中。

周密微皱眉头。

齐静春翻书一多，身后那尊法相就开始渐渐崩碎，身边左右两侧则出现了两位齐静春，模糊身形逐渐清晰。一个宝相庄严，一个身形枯槁，居中之齐静春，依旧是双鬓霜白的青衫文士。

周密渐渐松开眉头。

等齐静春吃书足够多，任由对方"三教合一"，在周密心中立教称祖便是。

齐静春还真就一鼓作气翻完再"借走"了三百万卷藏书。

周密突然心弦紧绷，二话不说，首次全力施展神通，三百六十五座气府，皆有蛮荒天下大妖、剑气长城剑修、神灵余孽转世，他们早已悉数被周密炼化为本命物，负责坐镇各大人身洞天福地之中。

原来周密合道，将自己魂魄、肉身都已彻底炼化出一副洞天福地相衔接的气象。故而周密本身，已经等于是一座当之无愧的崭新天下！一旦齐静春在此天地三教合一，哪怕跻身十五境，肯定并不稳固，而周密先手，占尽天地人，齐静春的胜算确实不大。但是周密如何都没有想到这对师兄弟，竟然会来这么一记失心疯的无理手。

齐静春的十四境确实撑不了太久，但是那头绣虎一旦跻身十四境？借助周密的三百万藏书，双方境界选择以一旧换一新呢？

宝瓶洲中部陪都那边，"绣虎崔瀺"一手抬起，凝为春字印，微笑道："遇事不决，还是问我春风。"

而身在桐叶洲周密心相中的这个"齐静春"，突然摇头，放声大笑道："贾生计谋，果然让人失望。"

采芝山凉亭内，崔东山喝过了纯青姑娘两壶酒，有些过意不去，摇晃肩头，屁股一抹，滑到了纯青所在栏杆那一端，从袖中抖搂出一只竹编食盒，伸手一抹，掬山间水汽凝为白云作案，打开食盒三屉，一一摆放在两人面前，既有骑龙巷压岁铺子的各色糕点，也有些地方吃食。纯青挑选了一块杏花糕，一手拈住，一手虚托，吃得笑眯起眼，十分开心。

一旁崔东山双手持吃食，歪头啃着，好似啃一小截甘蔗，吃食酥脆，色泽金黄，崔东山吃得动静不小。

纯青问道："是那个书上说'入口即碎脆如凌雪'的油炸馓子？"

崔东山指了指身前一屉，含糊不清道："来历都是一个来历，二月二咬蝎尾嘛，不过和你所说的馓子还是有些不同，在我们宝瓶洲这儿叫麻花，藕粉的便宜些，什锦夹馅的最贵，是我专程从一个叫黄篱山桂花街的地方买来的，我先生在山上独处的时候，爱吃这个，我就跟着喜欢上了。"

无法想象，一个听老人讲老故事的孩子，有一天也会变成说故事给孩子听的老人。

当年老槐树下，就有一个惹人厌的孩子孤零零地蹲在稍远的地方，竖起耳朵听那些故事，却又听不太真切。一个人蹦蹦跳跳回家，在路上却也会脚步轻快。从不怕走夜路的孩子，从不觉得孤独，也不知道何谓孤独，就觉得只是一个人，朋友少些而已，却不知道，其实那就是孤独，而不是孤单。

不单单是年少时的先生如此，其实绝大多数人的人生，都是这般不遂心愿，过日子靠熬。

崔东山拍拍手掌，双手轻放在膝盖上，很快就转移了话题，嬉皮笑脸道："纯青姑娘吃的杏花糕是我们落魄山老厨子的家乡手艺。好吃吧，去了骑龙巷，随便吃，不花钱，可以全部都记在我账上。"

崔东山突然沉默起来，低下了头。

纯青在片刻之后才转过头，发现一位青衫文士不知何时已经站在两人身后，凉亭内的绿荫与稀碎金光一起穿过那人的身形，此时此景此人，名副其实的"如入无人之境"。

纯青想要跳下栏杆，落入凉亭与这位先生行礼致敬，齐静春却笑着摆摆手，示意小姑娘坐着便是。

崔东山没有转头，闷闷问道："被你们如此戏耍，周密肯定气得不轻，崔瀺逃得出来吗？"

齐静春点头道："事已至此，周密只会审时度势，两害相权取其轻，暂时还舍不得与崔瀺鱼死网破，一旦在桐叶洲遥遥打杀齐静春，崔瀺不过是跌境为十三境，返回宝瓶洲，这点退路还是早有准备的。周密却要失去已经极为稳固的十四境巅峰修为，他未必会跌境，但是一个寻常的十四境支撑不起周密的野心，数千年长远谋划，所有心血就要功亏一篑，周密自然舍不得。我真正担心的事情，其实你很清楚。"

崔东山说道："我又不是崔瀺，你与我说什么都白搭。齐静春，你别多想了，留着点心念，可以去见见裴钱，她是我先生、你师弟的开山大弟子，如今就在采芝山，你还可以去南岳祠庙，与变了许多的宋集薪聊聊，回了陪都那边，一样可以指点林守一修道，唯独不用在我这边浪费光阴和道行，至于我该做什么不该做什么，崔东山心里有数。"

齐静春笑道："我就是在担心师侄崔东山啊。"

骂架无敌手的崔东山，破天荒一时语噎。

齐静春始终站在少年少女身后，崔东山自顾自道："人间景色总是看不够的。"

崔东山蓦然怒道："学问那么大，棋术那么高，那你倒是随便找个法子活下去啊！有本事偷偷摸摸跻身十四境，怎就没本事苟延残喘了？"

齐静春摇头无言。不知不觉，原本只是双鬓霜白的中年面容儒士，此刻头发已经白过少年衣袖，是一种枯无生机的惨白色。

崔东山喃喃道："先生要是知道了今天的事情，就算他年回乡，也会伤心死的。先生在人生路上，走得多小心，你不知道谁知道？先生很少犯错，可是他在意的人和事，却要一错过再错过。"

崔东山察觉到身后齐静春的气机异象，抬起头，却还是不愿转头："那边还是动手了？"

齐静春点头道："大骊一国之师，蛮荒天下之师，双方既然见了面，谁都不可能太客气。放心吧，左右、君倩、龙虎山大天师都会动手。这是崔瀺对扶摇洲围杀白也，送给周密的回礼。"

崔东山皱眉问道："萧愻竟然愿意不去纠缠左呆子？"

齐静春解释道："萧愻看不惯浩然天下，一样看不惯蛮荒天下，没谁管得了她的随心所欲。左师兄应该答应了她，只要从桐叶洲归来，就与她来一场干脆利落的生死厮杀。到时候你有胆子的话，就去劝一劝左师兄，不敢就算了。"

崔东山不置可否，只是松了口气："好像将三百万卷藏书变成了贴门上的春联，用来辞旧迎新。也就你想得出来，做得出来。"

齐静春摇头道："是崔瀺一个临时起意的想法，按照我的原先意愿，本不该如此行事。我最初是要当个临时门神的……罢了，多说无益。也许崔瀺的选择会更好，也许希望是这样。"

崔东山说道："所以你到最后，还是选择相信崔瀺。"

齐静春突然说道："既是如此，又不仅仅如此，我看得比较……远。"

崔东山说道："一个人看得再远，终究不如走得远。"

齐静春笑道："不还有你们在。"

落魄山霁色峰祖师堂外，已经有了那么多张椅子。既然如此，夫复何言。

从大渎祠庙现身的青衫文士，本就是向齐静春暂借十四境修为的崔瀺，而非真正的齐静春本人，为的就是算计周密的补全大道，既是阴谋，更是阳谋，算准了浩然贾生会不惜拿出三百万卷藏书，主动让"齐静春"稳固境界，使得后者学究天人、钻研极深的三教学问在周密人身大天地当中大道显化。最终让周密误以为可以借此合道，借助坐镇天地，以一位类似十五境的手段神通，以自身天地大道碾压齐静春一人，最终吃掉使得齐静春成功跻身十四境的三教根本学问，使得自身天道循环，更加衔接紧密、无一缺漏。一旦成事，周密就真成了三教祖师都打杀不得的存在，成为那个数座天下最大的"一"。

而想要蒙骗过文海周密，当然并不轻松，齐静春必须舍得将一身修为都交予与其恩怨极深的大骊绣虎。除此之外，真正的关键，还是独属于齐静春的十四境气象。这个最难伪装，道理很简单，同样是十四境大修士，齐静春、白也、蛮荒天下的老瞎子、鸡汤老和尚、东海观道观老观主，相互都大道偏差极大，周密同样是十四境，眼光何等毒辣，哪有那么容易糊弄。

但是文圣一脉，绣虎曾经代师授业，书上的圣贤道理，怡情的琴棋书画，崔瀺都教，而且教得都极好。对于三教和诸子百家学问，崔瀺本身就研究极深。加上崔瀺是文圣一脉嫡传弟子当中，唯一一个陪同老秀才参加过两场三教辩论的人，一直旁听，而且身为首徒，崔瀺就坐在文圣身旁。所以镇压那尊试图跨海登岸的远古高位神灵，崔瀺才会有意"泄露身份"，以年轻时齐静春的行事作风，数次脚踩神灵，再以闭关一甲子的齐静春三教学问清扫战场。

齐静春的一部分心念，也确实与崔瀺同在，以三个本命字凝聚而成的"无境之人"作为一座学问道场。

只不过如此算计周密，代价就是需要一直消耗齐静春的心念和道行，以此来换取崔瀺以一种匪夷所思的"捷径"跻身十四境，既借助齐静春的大道学问，又窃取周密的书海，用作修缮、砥砺自身学问，所以崔瀺的最大心狠之处，就在于没有将战场选在老龙城旧址，而是直接涉险行事，去往桐叶洲桃叶渡小船和周密面对面。

自然不是崔瀺意气用事。

最好的结果，就是当下的处境，齐静春还有些心念残余存世，依旧可以出现在这座凉亭，来见一见不知该说是师兄还是师侄的崔东山。与此同时，还能为崔瀺重返宝瓶洲中部陪都的大渎祠庙铺出一条退路。

最坏的结果，就是周密看破真相，那么十三境巅峰崔瀺，就要拉上光阴有限的十四境巅峰齐静春，两人一起和文海周密往死里干一架，一炷香内分胜负，以崔瀺的脾气，当然是打得整个桐叶洲陆沉入海都在所不惜。宝瓶洲失去一头绣虎，蛮荒天下留下一个自身大天地破碎不堪的文海周密。

反正两者，崔瀺都能接受。

此刻凉亭内，青衫文士与白衣少年，谁都没有隔绝天地，甚至都没有以心声言语。

纯青尴尬至极，吃糕点吧，太不尊敬那两位读书人，可不吃糕点吧，又难免有竖耳偷听的嫌疑，所以她忍不住开口问道："齐先生，崔小先生，不如我离开这儿？我是外人，听得够多了，这会儿心里边打鼓不停，心慌得很。"

崔东山好似赌气道："纯青姑娘不用离开，正大光明听着就是了，咱们这位山崖书院的齐山长最君子，从不说半句外人听不得的言语。"

齐静春身形一闪，竟然坐在了崔东山身旁栏杆上，转头望向这个其实并不陌生的白衣少年。

崔东山目不斜视，只是远眺，双手轻轻拍打膝盖，不承想齐静春好像脑壳儿进水了，看个锤儿看，还没看够嘛，看得崔东山浑身不自在。崔东山刚要伸手抓起一根黄篱山麻花，不承想就被齐静春捷足先登拿了去，齐静春开始吃起来。崔东山小声嘀咕："除了吃书还有点嚼头，如今吃啥都没个滋味，不是浪费铜钱嘛。"

齐静春说道："方才在周密心中，帮着崔瀺吃了些书，才知道当年那个人间书院老夫子的感慨真有道理。"

崔东山知道齐静春在说什么。原来世上有这么多我不想看的书。

崔东山轻声道:"其实也有人说过。"

齐静春也知道崔东山想说什么。我不想再对这个世界多说什么。

所以少年崔东山这么多年来,说了几大箩筐的怪话气话玩笑话,唯独真心话所说不多,大概只会对几个人说,屈指可数。先生陈平安除外,好像就只有小宝瓶、大师姐裴钱、莲花小人儿和小米粒了。

齐静春笑着收回视线。其实崔瀺少年时长得还挺好看,难怪在未来岁月里,情债姻缘无数,其实比师兄左右还多。起初是当年先生学塾附近的沽酒妇人,只要崔瀺去买酒,价格都会便宜许多。后来是书院学宫里边偶尔为儒家子弟授课的女子客卿,以及许多宗字头仙子,都会变着法子向崔瀺求一封书信,或是故意寄信给文圣老先生,美其名曰请教学问,先生便心领神会,每次都让首徒代笔回信,女子们收到信后,小心翼翼装裱为字帖,好好珍藏起来。再后来阿良次次和崔瀺游历归来,都会哭诉自己竟然沦为了绿叶,天地良心,姑娘们的魂儿,都给崔瀺勾了去,竟是看也不看阿良哥哥了。

纯青小声提醒道:"齐先生。"

齐先生心念一多,道行折损就多。

齐静春转过头,伸手按住崔东山脑袋,往后移了移,让这个师侄别碍事,然后向纯青笑道:"纯青姑娘,其实有空的话,真可以去逛逛落魄山,那里是个好地方,山清水秀,人杰地灵。"

纯青点点头:"好的!听齐先生的。"

崔东山满脸悲愤道:"纯青,你咋回事,我费了九牛二虎之力,都没能把你拐骗去落魄山,怎么姓齐的随口一说,你就爽快答应了?!"

纯青眨了眨眼睛,有 说一,实诚道:"你这人不实在,可齐先生是君子啊。"

齐静春望向桐叶洲那边,笑道:"不得不承认,周密虽然行事乖张悖逆,可独行向上一路,确实惊骇天下耳目心神。"

崔东山突然心神一震,想起一事,他望向齐静春那份衰弱气象,道:"扶摇洲和桐叶洲都是蛮荒天下版图。难道方才?"

齐静春点点头,证实了崔东山的猜测。

崔东山叹了口气,周密擅长驾驭光阴长河,这是围杀白也的关键所在。

看来是已经掰过手腕了,齐静春最终没有让周密得逞。

崔瀺哪怕跻身十四境,也注定无此手段,更多的是增加那几道筹划已久的杀伐神通。

齐静春站起身,要去见一见小师弟收取的开山大弟子,好像还是先生帮忙挑选的,小师弟定然劳心极多。

崔东山欲言又止。

齐静春伸手按住崔东山的肩膀："以后小师弟如果还是觉得愧疚，又觉得自己做得太少，到那个时候，你就帮我跟小师弟说件事，说一说那个金色香火小人儿契机从何而来。"

崔东山嗯了一声，病恹恹提不起什么精气神。

齐静春突然使劲一巴掌拍在崔东山脑袋上，打得崔东山差点儿没摔落在凉亭内。齐静春笑道："早就想这么做了。当年跟随先生求学，就数你煽风点火本事最大，我跟左右打了九十多场架，至少有八十场是你拱火而起的。先生后来养成的许多臭毛病，你功莫大焉。"

崔东山怒道："告刁状呢？喜欢记账本呢？我先生和大师姐的这些习惯，都是跟谁学的？"

齐静春会心一笑，一笑皆春风，身形消散，如人间春风来去无踪。

崔东山喃喃道："怎么不多聊会儿。"

纯青默默吃完一屉糕点，终于忍不住小声提醒道："那位停云馆的观海境老神仙咋办？就这么关在你袖子里边？"

崔东山白眼道："你在说个锤儿，就没这么号人，没这么回事！"

这小娘们真不厚道，早知道就不拿出那些糕点待客了。

纯青说道："到了你们落魄山，先去骑龙巷铺子？"

崔东山立即谄媚道："必须的。"

纯青突然善解人意地说道："还要不要喝酒？"

崔东山沉默起来，摇摇头。

在采芝山之巅，白衣老猿独自走下神道，但他总觉得不太对劲。这位正阳山护山供奉迅速环顾四周，又无半点异样，奇了怪哉。

裴钱瞪大眼睛，那位青衫文士笑着摇头，示意她不要作声，而是以心声询问她有何心结，能否与师伯说一声。

南岳山君祠庙外，宋集薪独自坐在一座临时搭建起来的书房，揉着眉心，这位位高权重的大骊藩王突然站起身，向先生作揖。

大骊陪都外的齐渎祠庙内，林守一刚要收起《云上琅琅书》下卷，青衫文士笑着落座，让林守一取来纸笔，他来做文字批注。

附近一座大渎水府当中，已成人间唯一真龙的王朱看着那个不速之客，满脸倔强，高高扬起头。

龙须河畔的铁匠铺子，刘羡阳在打盹，心神正在游历一场惊世骇俗的古战场，并不知道身旁一张小竹椅上坐着一位同样闭目养神的齐先生，正在为他最后护道一程。

小镇学塾那边，青衫文士站在学堂内，身形逐渐消散，齐静春望向门外，好像下一刻就会有个羞涩腼腆的草鞋少年，壮起胆子开口言语之前，会先偷偷抬起手，手心蹭一蹭老旧干净的袖子，再用一双干净清澈的眼神望向学塾内，轻声说道："齐先生，有你的书信。"

第四章
打更巡夜

陆沉做客芙蓉山,风雪夜中,坐在门外竹椅上安静赏雪,茅屋草堂檐下匍匐着一条老狗,趴着的陆沉偶尔抬头看一眼坐着的陆沉。

陆沉看了一眼那条老狗,打趣道:"莫不是邹子又在看我?"

客大压主,身为主人的陆抬反而去到了山巅的观景台。陆抬从咫尺物当中取出一张白玉床榻,一手持名为白螺、与酒泉杯齐名的仙家酒杯,一手持金色长柄的雪白麈尾,一边饮酒,一边以麈尾轻轻拂去雪。

斜卧白玉榻,肘抵白瓷枕,谪仙在此处,无人伴我白螺杯。

陆抬醉眼蒙眬,以麈尾打散无数鹅毛雪,举杯朗声道:"有若大颠者,高材能动人。"

嗓音变得轻柔,陆抬放下麈尾和酒杯,盘腿而坐,双手笼袖,细语喃喃道:"无人伴我。"

除了三个已在芙蓉山中款待贵客的嫡传弟子,他还有一个还在江湖远游的关门弟子,少年被陆抬在山水谱牒上取名为"近知",有名无姓。

陆抬送给孩子一把竹剑,竹剑上有他以刀刻的"夏堆"两个极小的楷字。当那孩子第一次握剑的时候,陆抬就大笑着告诉弟子,你一定要成为剑仙、大剑仙。

陆抬除了传授这名关门弟子一门道法心诀、几个拳桩外,就什么都不教了,只是一口气丢给孩子足足三十二部剑谱。

其实陆抬在藕花福地这么多年,性情还是很散淡,什么魔教教主,什么问鼎天下第一人,都是闹着玩,所以如今境界才是元婴境,这还是福地飞升到青冥天下后,牵引天地气象,他顺势而为破的境。不然按照陆抬自己的意愿,反正俞真意已经不在了,他这个陆地神仙金丹客,还能当很多年。

认真上心事只有两桩:一是配合夫子种秋一起传授曹晴朗学问,再就是精心挑选、收取关门弟子,教他练剑。

陆抬闲来无事,便摊开手掌,掌观山河,看俞真意的处境。芙蓉山景象尽收眼底,陆抬每有心念所及,山河便随之显化在视野,只要他稍稍凝神,便是栈道栏杆上某处的积雪痕迹都会纤毫毕现。山下俗子寿不过百年,谁不艳羡云上神仙客。

寻常元婴境施展这门神通,消耗灵气心神颇多,而且很容易惹是生非,一旦被窥探之人境界不低,很容易被顺藤摸瓜,只不过陆抬出身中土阴阳家陆氏,学识驳杂,旁门左道的术法神通其实知晓极多,只是以往始终不太愿意主动去学。当一个人的见识过高后,往往容易生出怠懒之心,反而不如一知半解、懵懂之人那么拼搏奋进。

习武,读书,修行,一辈子都顺风顺水的俞真意,大概这辈子都不曾如此狼狈过。

那位白玉京三掌教好似挖坑不埋,将俞真意丢给了三个境界不低的晚辈。所以风雪夜之前,在栈道那边,练气士境界被压制在洞府境的俞真意需要一人面对三个各怀心思的敌对之人,尤其是那个不显山不露水的少年面容桓荫,最让他忌惮。

纯粹武夫陶斜阳,刚刚跻身远游境武夫。

南苑国护国真人黄尚,是呼风唤雨的金丹客。

桐叶洲飞鹰堡出身的桓荫,金身境武夫体魄,龙门境练气士,且是一位深藏不露的剑修。

反观俞真意,作为昔日藕花福地继丁婴之后的天下第一人,如今虽身为上五境修士,唯一的倚仗却只剩下一副远游境武夫体魄,只是转道修行将近三十年,他早已习惯了以山上的术法神通镇压打杀山下武夫,拳脚难免生疏几分。

俞真意绝对不愿意在这种时候与那三人厮杀,因为自己绝无半点胜算,关键是那位好似一人千面的三掌教,绝对不介意他俞真意的生死,至于陆抬那个家伙,肯定更不介意芙蓉山多出一具无须掩埋的尸体。

俞真意为了逃过一劫,可谓绞尽脑汁。他凭栏而立,气定神闲,先与黄尚叙旧,指点对方一番道法修行上的缺漏。俞真意玉璞境修为不在,眼光还在,故居高临下,黄尚修行路上的得失他一览无余。

俞真意又询问了如今这座福地这座湖山派的山门近况,担任南苑国护国真人的黄尚,显然是陆抬三个嫡传弟子当中对俞真意最为尊敬的一个,有问必答,看似帮着拖延了不少光阴。只不过真相是黄尚悄悄以心声跟陶斜阳和桓荫说道:"俞真意可杀。"

陶斜阳聚音成线,跟两个师兄弟笑道:"武运归我,所以俞真意必须死在我手上,除此之外,所有仙家机缘,于我而言连鸡肋都不如,你们只管自己算账去。事先说好了,谁敢坏我好事，事后出了师尊别业地界，我会与……桓师弟单独切磋一番。"

桓荫神色自若，以心声笑问道："为何不是找黄师兄的麻烦？"

陶斜阳冷笑道："找他麻烦，你小子会伺机捡漏，说不得连我们俩一起宰了，反正师尊收了关门弟子，对于我们的死活，一个都不在意了。我专心杀你，咱们黄国师肯定不会插手，只会袖手旁观，继续当他的护国真人，忧国忧民去。"

桓荫反驳道："师兄错了，师尊其实自始至终，就对我们三人的死活从不上心。我们存在的意义，只是师尊的一门观道手段罢了。"

黄尚微微不悦："桓荫你这番话，大逆不道，我会据实禀报师尊。"

桓荫嗤笑道："黄大真人愿意讨骂去，随便你。到时候被师尊当个傻子看待，别怪师弟没提醒。"

事实上，三个师兄弟"坦言"之外，私底下各有各的对话。好一个各怀鬼胎。

所幸俞真意本身就是实打实的纯粹武夫出身，在涉足修行之前，武道一途就走在种秋之前。倒不是种秋资质不如俞真意，而是种秋太过分心，去当什么南苑国国师，真是贪心不足。世人所谓的文圣人武宗师，其实只会耽误种秋的武道登顶，不然那场十人之争，俞真意在成为仙人下山之时，种秋其实也该破开那个无形的天地瓶颈，得以跻身金身境。

俞真意虽然不知道这三人在聊什么，却早已心知肚明，今天一场恶战注定避无可避，眼前三人毕竟不是昔年好友种秋。

俞真意一边向黄尚询问湖山派和松籁国朝堂形势，以及他们那个小师弟问剑湖山派的过程，一边将怀中那顶作为白玉京掌教信物之一的莲花冠收入袖中一枚方寸物当中。与此同时，俞真意取出一顶形制有几分相似却是银色莲花的道冠，随手戴在自己头上。这个动作，俞真意做得极快。这时，俞真意背后长剑微微颤鸣，好似察觉到了对方三人心中的杀机，这份异象，使得原本已经准备拔刀出鞘的陶斜阳稍稍改变了心意，不着急出手斩去俞真意那颗大好头颅。双手已经藏在袖中、拈出两张金色符箓的黄尚，也不着急施展师尊传授的独门秘术为符胆"湛然点睛，雷霆大作"。

一张雨龙符，所绘蛟龙，鳞髯毕现，龙王张须。一张扬眉符，却绘有一把飞剑，蕴含沛然剑意，攻伐力道，相当于金丹境剑修的一记飞剑。

杀俞真意，黄尚当然不会吝啬本钱，反正都赚得回来。

陶斜阳有些眼馋俞真意背后那把长剑，虽是山上仙家物，只不过身为武夫宗师，多一把称手的神兵利器，谁会嫌多。只不过暂时分账，是陶斜阳杀人，刀剁俞真意头颅，桓荫取走剑，黄尚则分走那顶道冠。

俞真意当下所背长剑是他和种秋早年一起联手斩杀谪仙人时，夺来的一把遗物，剑身两侧分别刻古篆七字铭文："秋水南华大宗师"和"山木刻意逍遥游"。长剑是法宝品秩,要逊色于那顶银色道冠。

黄尚瞥了眼俞真意头上那顶道冠,确实觊觎已久,只是本以为这辈子再见道冠都难,更别提将其收入囊中了。不承想世间缘法,如此妙不可言。自己不但亲眼再见道冠,而且还有机会亲手将其戴在头顶。只是一想至此,黄尚立即收敛心神,哪怕自己得手,也应该交给师尊才对。说不得师尊到时候一个开心,就会随手赏赐给自己,若是师尊不愿,黄尚也绝不敢多想。三个弟子当中,确实数黄尚最为老实本分,他也算不得什么性情阴沉之辈,只不过当了多年国师,自会越来越杀伐果决。

这顶银色莲花冠在藕花福地名气极大,作为福地最大的仙缘重宝,最早的主人是以一人杀九人的武疯子朱敛。朱敛在少年时便被世人誉为谪仙人、贵公子,这顶道冠其实为朱敛增色不少。然后在南苑国京城,朱敛力竭身死之前,将道冠随手丢给了一个躲在战场边缘试图捡漏的年轻人,那个人名叫丁婴。

一统魔教,天下无敌,再让位,成为魔教太上教主。丁婴当时凭本事凭胆识凭机缘,一口气捡了两个天大的大漏,一个是朱敛的大好头颅,一个便是这顶银色莲花道冠,既得武运又得仙缘。等到丁婴身死,莲花道冠最终辗转到了俞真意手上。于是这顶莲花道冠几乎成了福地天下第一人的身份象征。

桓荫所想,则是如何以师尊所传鬼道秘法将俞真意魂魄炼制为一尊阴神傀儡,如此一来,就等于自己身边多出一位地仙侍从。桓荫还是喜欢那种操控他人、万事万物都是自己手中牵线木偶的感觉,对于真正的打杀搏命,他其实兴致缺缺。当然真要动手攫取利益,桓荫也绝不含糊,比如今天围杀俞真意。

俞真意蓦然而动,一步掠出栈道,背后长剑自行出鞘,风驰电掣般御剑远遁。

"堂堂俞真意,不战而逃,传出去都没人信。"陶斜阳大笑不已,取出一沓师尊赠予的山河缩地符,却是去往俞真意远遁相反的方向。

黄尚祭出一叶符箓扁舟,桓荫掐剑诀,将山雾凝出一把长剑,和师兄黄尚一同追杀俞真意。

师兄弟三人早已商议妥当,今天每一处战场,都确保至少有师兄弟两人合力打杀俞真意,另外一人遥遥压阵,绝不让俞真意有各个击破的机会。

此后一场场恶战,险象环生,没有了玉璞境,俞真意虽岌岌可危,却始终以层出不穷的修士术法、以匪夷所思的破局之道,硬生生为自己一次次赢得一线生机。俞真意纯粹以远游境武夫,外加一把佩剑和一顶道冠,成功逃脱包围圈十数次。远逃,被追杀,隐匿气机,藏身于芙蓉山僻静山水中,再被桓荫找到蛛丝马迹,配合黄尚以开山渡水之术强行破开障眼法,再逃,且战且退。从头到尾,俞真意一言不发,倒是陶斜阳打得凶性毕露,酣畅淋漓,找到机会,不惜与俞真意互换一刀一剑。

芙蓉山入夜后有了那场风雪。

俞真意鏖战已久，无论是灵气、体魄还是心神，皆已是强弩之末，只得祭出压箱底手段，使得陶斜阳三人毫无征兆地置身于一座荷花塘小天地。

一身血迹的俞真意御剑摇晃，整个人摔落在崖巅，差点直接晕厥在积雪中，他道冠歪斜，小天地再无支撑，自行打开禁制，身后是三个追杀至此的陆抬嫡传弟子，或武夫"覆地"远游，或修士御风。

陆抬眯起一双桃花眸子，挥了挥麈尾，示意桓荫三人不用对俞真意不依不饶，就此收手作罢。

陆抬瞥了眼丧家犬一般的俞老神仙，转头对三个弟子笑道："不错不错，理当有赏。各回各家等着去。"

三人恭敬还礼，各自离开芙蓉山。

一袭雪白长袍的陆抬斜卧在那张被他命名为白玉京的白玉榻上，支颐见千里。

俞真意对于今天这场无妄之灾，好像没有任何怨言，貌若童子的老神仙，只是神色平静，坐起身后，先横剑在膝，再扶正道冠，开始呼吸吐纳，休养疗伤。

陆抬突然一个忍俊不禁，看着坐忘形骸的俞真意："此中有真意，俞辨已忘言。原来是呆若木鸡。"

陆沉缓缓登山而行，手持一根随手打造的青竹行山杖，来到山巅后，笑道："这都被你发现了？"

看似赞誉，实则贬低。

陆抬心情一下子变得无比糟糕，自己一直想要见一见老祖陆沉，结果如何？自己早已见到，对面不相识。至于眼前的书生郑缓，亦是陆沉大道显化其中之一。

陆抬问道："五梦七心相，其中青冥天下有那个道教白骨真人，很好猜。那么鹓雏呢？又是哪个？被你带来了青冥天下，还是一直留在了浩然天下？或者，在那个我曾经走过的桐叶洲？"

鹓雏发于南海，而飞于北海，非梧桐不止，非练实不食，非醴泉不饮。古圣贤为此注释：此物亦凤属。

按照常理，桐叶洲当然是最适合陆沉安置这份大道分身的最佳道场。

醴。昔年陈平安身穿法袍金醴。那件法袍陈平安得自蛟龙沟，那条元婴境蛟龙又得自海上一座仙家洞窟，传闻是龙虎山一位天师府黄紫贵人的遗物。一位天师府仙人为何会与家族决裂，最终兵解在海上？至死都不愿返回龙虎山？

烦不烦人？一旦深思这些脉络，陆抬就会烦心至极。未必真是陆沉的伏线千里，可是谁不怕那万一？以前是陈平安怕，陆抬半点不怕，等到陆抬见到了陆沉，就不由得变得开始怕了。

"青袍美少年，黄绶小神仙。桃花色似马，榆荚小于钱。你瞧瞧你听听，扶乩宗喊天街的榆钱,小神仙送少年赴官,这不就当了剑气长城的隐官了?"陆沉答非所问,自说自话,随便挥动手中青竹杖,搅乱四周风雪,"少年剑气近,豪侠万人敌。怒目时一呼,万骑皆辟易。"

道不行,乘桴浮于海。

早年在家乡浩然天下,陆沉让不记名弟子的舟子帮忙撑船,两人一同泛舟出海远游,陆沉当然登岸游历过那座观道观。

至于宝瓶洲,陆沉自然也是去过的,古蜀蛟龙、神水国、女鬼石柔那一脉,魏檗珍藏的那颗紫金莲种子,都是陆沉随缘而给,任由自行生发之人事。事实上,浩然九洲,陆沉都逛过,只是嬉戏人间,虚舟逍遥,没有什么所谓的山上痕迹、仙家事迹流传开来罢了。

就像早年骑龙巷压岁铺子有个小掌柜,名叫石春嘉,羊角辫,小小年纪就擅长做买卖,站在柜台后边的板凳上打小算盘,噼里啪啦,令人眼花缭乱。她随身携带的那个袖珍玲珑的小小金算盘是她年幼时抓周得来的。事实上,那个小算盘,就是陆沉偷偷送给石家的。

只不过这些随心所欲的行径,也不独独陆沉会做,比如萧愻跻身十四境后,就将身上那件周密炼化三洲残余浩然气运生成的法袍丢到了大海之中,就此沉入海底,静待有缘人,不知几个千百年,才会重新现世。而桃叶渡斐然,一番权衡利弊过后,同样没有收下周密赠送的那枚藏书印,而是丢入了大泉王朝桃叶渡水中。不过陆沉和他们的不同之处就在于陆沉能放就能收回。

陆沉站在崖畔,丢了那根青竹杖,青竹杖落地后化作一条青色龙脉,山脊就此斜卧芙蓉山边缘,好似已经存在千万年。陆沉转头对陆抬笑道:"别小看你家老祖,我并不会刻意针对谁,唯一一次破例,还是为了大师兄,不得不跑去骊珠洞天当那恶人。此外福祸无门唯人自召,仅此而已。当时我在小镇摆算命摊子,借助一位客人,手掌反复,收放过一桩小福缘,所以是向齐静春表露过心迹的。齐静春当然看见了,也心领神会了。"

陆抬沉声道:"但是当你要算计一件事情的时候,就可以一口气算计很多人。"

"我又不是儒家子弟,喜欢自缚手脚,恰恰相反,我来人间一趟,就是为了可以在那条夜航船上,能够随便伸懒腰。"

陆沉对陆抬摇摇头,眼神怜悯,啧啧笑道:"你连这都不懂,道怎么说,又能与我说什么道、说道什么?你看看你,天生的道胎之身,何等稀罕,结果就是在这螺蛳壳里做道场,当小神仙,当真很逍遥吗?至于你的阴神,我倒是觉得比你真身更妙些,早知道我就该去找那人,不来找你了。"

陆抬其实早已阴神出窍远游,留在了青冥天下,而且一线牵引,恰如藕断丝连,使得陆抬既知第五座天下藕花福地事,也知青冥天下事。

陆抬如今不过元婴境,却能够不受两座天下的禁制,道胎阴阳鱼体质就是如此玄妙，几近道祖所言的"不出户知天下"，又类似岁除宫洞中龙张元伯、山上君虞俦这两位仙人境大修士。两人当初只是阴神远游倒悬山，就在鹳雀客栈跟随守岁人密谋了一桩大事，如果无此手段，就绝对无法做到此事。阴神与真身，由于远隔一座天下，相互间再无牵连，几乎等于是两个人了，直到阴神归窍，才心神合一。

陆沉继续说道："至于所谓的不窥牖见天道，你资质再好，依旧离得还是太远，光凭一个不近恶不知善，不太够啊。怎么办呢？"

陆抬冷笑道："不劳你费心。这会儿你还是照顾一下俞木鸡的道心吧。"

陆沉转头望向那个凭着一点道性灵光在福地兜兜转转数千年的俞真意，笑着宽慰道："你还是你，我还是我，就此天人别过。不单单是你，书生郑缓亦是如此，除去五梦，其余所有心相都是如此。"

俞真意脸色惨白。

"当臭牛鼻子老道决定将此生之你，命名为俞真意的时候，就证明咱们那位老观主已经看破真相了，不然也不会故意将那把漆园古人的故物佩剑送到你手上。老观主喜欢一直盯着福地头顶的那座莲花小洞天，与我师尊较劲，其实就一直在人间看着他呢。"陆沉打了个响指，将俞真意方寸物当中掌教信物莲花冠的假象打散，"你以为自己戴不得？其实是不是错了？"

俞真意无言以对，大汗淋漓，一股令人窒息的天地虚妄之感，如大雪堆满俞真意心湖。

陆沉又伸出手指虚点俞真意眉心处："睡去，一觉醒来，俞真意还是俞真意，此后就真的只是俞真意了。福祸得失，浑然不觉。"

陆抬心气一坠再坠。

陆沉的所有言语，所有看似风马牛不相及的胡说八道，都让陆抬备感疲倦。

在青冥天下，有个原本名声不显的年轻女冠，相遇后对阴神远游的陆抬一见钟情。当然是她一厢情愿。

其实双方真要掰扯师承渊源，确有些弯来绕去的浅淡关系，女冠是柳七和曹组两人在青冥天下一起收取的唯一嫡传弟子，出身在那座词牌福地。

双方相逢之时，女冠还不到二十岁，修道更是没几年，她之前在柳筋境停滞多年，后一步跻身玉璞境。这让她一举成为数座天下的年轻十人之一。

弟子学师父嘛。浩然词人柳七郎，正是天地间将练气士第三境柳筋境变成"留人境"的大修士。

浩然贾生，虽然是世间第一个做到这等壮举的练气士，但却是后来柳七真正仔细解析此道此举，才将后世修士一步登天直接跻身玉璞境变得真正可行。

而陆抬的两位师父之一，邹子之外的那位，与柳七、曹组都曾是同游人间的挚友。

陆抬按照恩师邹子的吩咐，将来离开福地之时，需要完成一场阴神远游。至于去哪里，见什么人事，师父都没讲，其实都无所谓，万事随缘而已。用师父的话说，就是命由天作，福自己求。

陆抬之所以会游历那座词牌福地，源于一桩浩然天下的山巅秘闻，传闻远古那位月老手中翻检的书是一本姻缘簿子。而那本姻缘簿子，至少有半部极有可能就落在了柳七手上。这也是柳七为何会悄然离开浩然天下的根源所在。

陆抬的那尊出窍阴神，如今在青冥天下，与那个名叫袁潆的少女，在一处临水的郡城市井中一起办了家酒楼，距离鱼市不过两里路。陆抬每天清晨时分就会亲自去挑选江鲜，还会有亲手烹煮的闲情逸致，至于那个姑娘，反正修行无须费劲，乐得陪着陆抬一起挣钱，两人不是道侣胜似道侣。

青冥天下与浩然天下是迥异的风土人情，山下道官无数，而且都在庙堂和公门，与世俗百姓杂然而处，故而仙师不难求，倒是那些动辄被朝廷封禁的山珍江鲜实实在在一鲜难求。

除此之外，在郡城渡口有个被王朝正统认可的仙家渡口，若有美妇人、妙龄女身着彩服靓装途经此地，必招致风雨，以劲风沙砾磨损女子妆容。

这也是陆抬为何愿意选择此地落脚的原因。陆抬不太喜欢长得太好看的女子。

陆沉来到白玉榻坐下，陆抬则已起身挪步。

陆沉自言自语道："南方鹓雏，北冥有鱼。只要我愿意，我能够让陈平安一颗道心一碎再碎，就此伤彻心扉千百年。但是如此一来，意义何在？以境界压人罢了。一个少女尚且说得出一句'大道不该如此小'，何况是我。实不相瞒，事情很多，我很忙的。如你这般出身豪阀，资质卓绝，故而少年早发，成名极早，当然很好，可若是有谁大器晚成，更是殊为不易。我从不相信什么神仙种的说法，只要修心足够，就是真人。"

陆抬缓缓道："人间大美，天地幽微，万物明理。大道百化，至人无为，可以观天。"

陆沉起身大笑道："总算说了句陆氏子弟该说的言语，不虚此行。"

陆抬似有所悟，灵光乍现，一样大笑不已："唬人！一直在与我故弄玄虚！你若是舍不得心相七物会有违道心，说不定都要就此跌境！这更说明你尚未真正看破全部五梦，你分明是要那心相七物帮你——勘破梦境！尤其是化蝶一梦，我师父说此梦最最让你头疼，因为你自己都舍不得此梦梦醒……所以当年齐静春才根本不担心你这些伏笔，这些看似玄妙无比的手段！"

陆抬摇摇头："我也真心不觉得你能碎陈平安心境。"

"我陆氏子孙，终于有个脑子稍稍随老祖的人了。"陆沉轻轻拍掌，眯眼点头而笑，"想一想白帝城郑居中的手段，再想一想天下福地众生，又想一想白纸福地，最后，你有没有想过，你我皆可梦寐，梦自己梦他人梦万物，万一其实此刻你我皆在不知是谁的梦中呢?"

陆抬摇摇头,一言不发。

陆沉收起手掌,微笑道:"记住啊,以后一定要好好说话,尤其是跟读书人说话的时候,客气一点。多学学那个被你心心念念的陈平安,你看他的长辈缘,就比你好很多。我当年就很看好他,还教他写字来着,他不认我这个先生,我还是认他这个弟子的嘛。以后等他到了青冥天下,一定会很有趣,极有意思。"

陆沉突然摆出一个滑稽可笑的金鸡独立,伸出一指指向天幕,大喊道:"一梦千秋,剑飞万里。天干物燥,小心火烛!"

陆抬皱眉道:"你作妖呢?"

陆沉收起手,学那市井武把式,又摆出个气沉丹田的姿势:"一场久违的风雪夜,就是让人神清气爽。"

陆抬已经完全恢复心境,笑嘻嘻问道:"老祖还不带着俞真意一起滚蛋?不如带上那条陆沉一起走,就当是不肖子孙孝敬老祖的见面礼。"

陆沉笑容玩味:"青袍黄绶,其实挺般配的。"

陆抬脸色阴沉。

陆沉叹了口气:"所以说你以后要多读书啊,如今陈平安就比你会说话多了。搁在当年骊珠洞天的高手榜上,陈平安都能把杏花巷马兰花、泥瓶巷寡妇,还有李槐他娘亲,分别挤下一个名次了。小镇民风淳朴,确实名不虚传,我当年那是亲身领教过的。"

一个竹杖芒鞋的老人,身边跟着一个背箱书童和一个背行囊的侍女,侍女行走时,有瓶瓶罐罐的相互串门声响。

一行三人来到大玄都观,老人瞥了眼跃跃欲试的书童和侍女,有些无奈,轻轻点头后,侍女从袖中摸出一份早就准备好的拜帖,递给那位道观看门人。拜帖寻常青竹材质,寻常笔墨书写,却偏偏不写名讳,只是用浓墨重笔写了句"我书造意本无法"。

背剑女冠接过拜帖,书法一道,非她擅长,只是瞧着力气挺大,全用正锋,用墨淋漓,她翻来倒去看了两遍,都没能瞧出门道,愣了愣,最终只能确定不是自家道观的什么熟人,只得客客气气对那老人说道:"道观如今闭门谢客,对不住了。"

看着风尘仆仆的老人,女冠有些不忍心:"若是认识观主,哪怕远远打过照面,我就帮忙通报一声。除此之外,真没办法进入道观。"

女冠春晖,本名韩湛然,实打实的玉璞境修为,正是被陆沉怂恿去给青翠城姜云生当干娘的那位。

按照自家观主祖师爷的说法,大玄都观的看门人不是谁都能当的,必须是好看的女子,留得住客,还必须是个能打的,拦得住人。

看老人气象，是个龙门境修士，至于书童和侍女，甚至都不是修道之人。

　　当然，老者也可能是深不见底的世外高人，只不过在青冥天下，连白玉京三掌教都不敢擅闯大玄都观，所以境界什么的，在这儿谁都别太当回事。

　　少年大喜，咳嗽一声，从袖中取出一张袖珍卷轴，摊开些许，露出卷首"西园雅集"四字，和春晖小声提醒道："当世三大雅集，其中之一，就是这幅画卷所绘，仙子姐姐总该知道吧，居中之人，就是我家先生。"

　　少女嘀咕道："先生不小心反客为主，你瞎炫耀什么。"

　　他们两人打赌，大玄都观是否听说过自家先生的名号，一个靠拜帖书法，一个靠雅集图卷。

　　一位老道人大步跨过门槛，爽朗大笑，也不行道门稽首礼，而是很江湖气地使劲抱拳："有失远迎，有失远迎！蓬荜生辉，蓬荜生辉！"

　　女冠春晖有些疑惑。到底是何方神圣，竟然能让观主祖师亲自出门迎接？一座青冥天下，撑死了双手之数。

　　老道长埋怨春晖道："姑奶奶唉，愣着做什么啊，还不赶紧收下拜帖和图卷，再去备好笔墨，记得取三刀最上等的仙杖山宣纸，还有我从岁除宫那边借来的那方歇龙砚，先前不是不小心丢了嘛，今儿是个良辰吉日，再去翻找，说不定不小心就又能找到了，还有我从百花福地买来的生花笔，与那书画舟墨锭，一并拿来。到时候你亲自在旁研磨，红袖添香嘛，你还真别觉得委屈了，天大的荣幸，比跑去白玉京当那陆沉的干娘要强多了，真要说起来，湛然你这名字取得好，难怪能有今日福缘，算了算了，你不开窍，我自个儿来……"

　　其实不用女冠春晖如何作为，老道长言语之时，手疾眼快，早已经有一手的双指拈住了那张拜帖，侍女死死攥住青竹拜帖另外一端，死活不愿意交出去，本来就只是拿出来晒晒太阳而已，不送人的。老道长另外一手已经抓住那幅画卷，书童则双手抓住卷轴一端，身体后仰，好像在跟老道长拔河，书童跟随先生远游了半座青冥天下，就从没见过这么不要脸的道人。

　　老人站在台阶边缘，笑道："两物送给孙观主就是了。"

　　侍女和书童只得不情不愿松开手，然后退到先生身旁，老道长孙怀中笑哈哈将两物收入袖中，这个苏子，也太客气了，登门就登门，送什么礼。

　　两个孩子对视一眼，再不约而同忧心忡忡望向自家先生，担心他真要被老道人拐骗去写满三刀宣纸。

　　不过仙杖山宣纸、岁除宫歇龙砚、百花福地的生花笔，以及那早已失传的书画舟墨锭，这四件文房凑一起，确实罕见。

　　女冠春晖百思不得其解，难道是名动两座天下的远游客，曾经为浩然天下留下一个留人境修行捷径的柳七？不像啊，传闻柳七郎风流倜傥，年轻俊美，绝非眼前老人这般沧桑容貌。难道又是循着蛛丝马迹，来找虎头帽孩子的高人隐士？没几天工夫，大玄都观就打了两场群架了，当然是一方单挑一方围殴。关键是道观这边打完架，都不晓得打架的缘由是什么。道观掌律祖师爷一声令下后，反正闹哄哄一拥而上就是了，上五境带地仙压阵，地仙修士喊下五境晚辈们摇旗呐喊，回来的时候，小道童们一个比一个兴高采烈，说着师祖这一拳很有道法，师伯那一脚极有神意，不过都不如太师叔祖那一剑戳人腔沟的豪侠风采……春晖对此早已见怪不怪，毕竟她自己当年就是这么过来的，类似小道童们嘴上那位太师叔祖的刁钻一剑，大玄都观总计有十八招，遥想当年，春晖还是少女时，无意间就为自家道观开创了其中一招。

孙怀中感慨道："心似已灰之木，身如不系之舟，真好，妙绝，能写出这般言语的苏子，难怪文章会独步天下。咱们这儿，说实话，连看家本领的青词绿章都写得不如浩然天下的读书人，都怪白玉京不争气啊。"

远游至此的苏子，笑着不答话。

春晖大为惊讶。浩然天下的那位苏子？！此人何时远游青冥天下了，又为何没有半点消息流传开来？

青冥天下对浩然天下诸子百家学问其实颇为陌生，毕竟这里以道法独尊，罢黜两教百家。比如这个苏子，春晖就只知道学问大，是那边的天下词宗，在无形中，与白也和柳七都有些大道之争，尤其是同在浩然天下的白也与苏子，大道之争更加明显。可至于苏子到底写了哪些诗篇，春晖就两眼一抹黑了。诗篇在青冥天下既无流传，她也不算如何感兴趣。

孙怀中抚掌而笑："眉山苏子，天水白仙。同在异乡，山来就水，苏子见白仙！我这巴掌大小的道观，真是柴门有庆，与有荣焉。"

苏子无奈道："孙道长言重了。"

孙怀中一脸不乐意："苏子矜持了，见外了不是？走，咱哥俩把臂言欢喝酒去，拉上白也一起，这家伙如今酒量惊人……"

苏子被老观主孙怀中拉着胳膊往大门里边拖曳，生怕那三刀宣纸以及歙龙砚、生花笔派不上用场。

孙怀中这位青冥天下铁打不动的第五人，道门剑仙一脉的执牛耳者，和山水邸报上边所写的"道法深邃，气象森严""沉默寡言，惜字如金"，判若两人。

孙怀中碎碎念叨："白也酒量好，可惜架子大，说世间能劝他喝酒之人，就一只手的数，他倒是没说是哪五个，里边有苏子是最好，咱哥仨直接喝起来，没有的话，就过分了，更该喝酒……"

苏子当然清楚白也绝对不会说这种话。

浩然天下后世文人，其实至少有半数，关涉诗词之争，也就是更喜欢白仙还是更喜欢苏仙的争执。直到苏子亲笔写了一份足可流芳千古的《白仙诗帖》，直白无误流露自己对白也的钦佩，情形才稍稍好转，不承想还是有些推崇苏子的仰慕者，见既然苏子都发话了，那就不吵双方诗词高低了，转而去盛赞苏子的书法，说白也之所以没有传承有序的字帖真迹传世，肯定是字写得不行，然后对白也推崇无比的，还真极难找到白仙的墨宝，没办法，就只能开始说你们苏子书法，简直就是石压蛤蟆，奄奄一息，不然就是黑熊当道，森然可怖……白也反正好友寥寥，又在孤悬海外的岛屿闭关读书，可以全然不介意此事，只是苦了桃李满天下的苏子，不胜其烦。山上传闻，苏子干脆带着两个由文运显化而生的书童"琢玉郎"和侍女"点酥娘"，一同出门远游，去洞天福地躲清静。只是谁都没想到苏子这一远游，就干脆飞升来到了这座青冥天下，最终在一座不被纳入七十二福地之列的诗余福地，又名词牌福地，找到了更早联袂飞升远游的柳七、曹组两人。

女冠春晖与苏子打了个稽首。

几乎是侧着身被拖过门槛的老夫子苏子只能微笑点头当作还礼。

过了大门，孙怀中喊上春晖一起，然后直接施展缩地山河神通，带着所有人来到一处道观禁地。

茅屋一栋，四周遍植桃树，门前有座小池塘，铺以青砖作为散步小径。

孙怀中故意隔绝天地，欺负虎头帽孩子和俩剑修境界不够，毕竟再过百余年，这样的机会就没了。

背书箱的少年书童和背着锅碗瓢盆大行囊的少女，都看到了一个虎头帽孩子和两个年轻人，两个年轻人一个胖子、一块黑炭。少女视线更多是看那个可爱的孩子，少年则是看那两个都背剑在身后的年轻剑修。书童和少女两人虽是自家先生苏子的文运显化，天生就身负地仙神通，同样也可修行，只不过都被苏子施展了障眼法，同时主仆三人都有意压制了境界，故意以俗子姿态，徒步游历山河。事实上，少女点酥已是元婴境、小说家修士；少年琢玉则是元婴境剑修。两人驻颜有术，其实岁数都不算小了。只不过世间精怪之流，尤其是极其罕见的文运显化之类，只要涉世不深，沾染红尘越少，心智往往开窍就越少。

琢玉以心声向点酥问道："哪个是白先生？胖乎乎的？黑乎乎的？"

点酥漫不经心道："白先生诗无敌，和他是什么模样没关系。"

虎头帽孩子双手负后站在水塘边，一旁那个胖子求着他帮自己刻一方印章，说以后好跟陈平安显摆。在这之前，同样在大玄都观修行的胖子没少烦虎头帽孩子，求他教自己几手绝世剑法，不成，带着文房四宝来求几幅墨宝，还是不成，现如今只求三两个字，也就心满意足了，不承想还是不成。

见虎头帽孩子不理睬自己，胖子就说："以后陈平安万一真来跟白先生求证，白先生就不点头不摇头,如何?"

虎头帽孩子扯了扯帽带,点点头,算是答应了。

皮肤黝黑的年轻人嗤笑一声。胖子立即保证道:"董黑炭,以后你在大玄都观,有我罩你,吃喝不愁,绝不花钱,绝不让你离了剑气长城就破例。"

董画符蹲下身,轻轻将石子丢到水塘里。胖子则坐在地上,叼着草根。

一不小心提起家乡,反而没什么话想说了。

如今董画符身份落在了白玉京那边,只不过没入谱牒。

坐镇剑气长城天幕的道家圣人,正是白玉京五城十二楼之一的神霄城城主。所以董画符没有任何犹豫,倒悬山飞升到白玉京地界后,他二话不说,就选择留在了神霄城练剑。

就凭老圣人临终那三个字,董画符就认定了神霄城,要在此修道、练剑。不认什么青冥天下,也不认什么白玉京。

董黑炭这趟出门只是来看看好朋友,因为晏胖子选择在大玄都观修行,老观主孙怀中见到了那件咫尺物后,又询问了一些陈道友在剑气长城那边的事迹,老道长十分开怀,看晏琢这个胖子就更加顺眼了。孙怀中吹嘘自家道门剑仙一脉天下无敌,什么威逼利诱都用上了,将故意一惊一乍十分捧场的晏胖子留在了自家道观。晏琢直到那一刻才明白陈平安的用心良苦。

这座大玄都观门槛其实很高的,更是青冥天下所有剑修心神往之之所在。而这位老观主孙怀中又是出了名的性情古怪,看人顺眼与否,从不看境界、出身、靠山这些虚头巴脑的,只看第一眼有无眼缘。更何况老道长还是一座天下的第五人。

当年剑气长城的十六位剑修通过倒悬山"飞升"到青冥天下,领头人是老元婴程荃,当时程荃背了一只棉布包裹的剑匣。

程荃最后选择了与大玄都观齐名的岁除宫作为落脚处,担任了供奉,入了宗门的山水谱牒,却和其余年轻剑修一样,暂时都未加入道官谱牒。程荃将那个剑匣搁放在了鹳雀楼外一条大水中央的歇龙石上。

十六人中在城头捡到一根拂尘木柄的少年剑修跟随董画符待在神霄城。其实总共有九人留了白玉京修行,只是各自散入五城十二楼。其余的,跟程荃和晏胖子一样各凭喜好选择落脚点。

白玉京对这拨来自剑气长城的剑修,破例给予了一份极大的自由。

程荃到了岁除宫,才知道倒悬山那座开了两三百年的鹳雀客栈,原来和岁除宫鹳雀楼有如此渊源。那个年轻掌柜,正是宫主吴霜降一人之下的守岁人,只是和其余四人不同,至今全无消息。此外客栈厨子、杂役四人,化名都姓年,而且都是以阴神之姿远游浩然天下倒悬山,其中化名年窗花的少女,更是宫主吴霜降的嫡女。

一座开在倒悬山陋巷深处的小小客栈,一飞升境,两仙人境,两玉璞境。

董画符当时跟着程荃到了岁除宫,程荃要谈正事,他就和晏胖子一起闲逛,不看白不看。

倒悬山迁徙到青冥天下之后,岁除宫有人出了大价钱,买下了鹳雀客栈周边方圆数里地的所有建筑,道号洞中龙的仙人张元伯以移山之术,将建筑全部搬到了鹳雀楼附近。

董画符两人中途遇到了脾气不太好的少女,少女表面上和晏胖子客套寒暄,实则绵里藏针,瞧他们两个鼻子不是鼻子眼睛不是眼睛的,晏胖子嘻嘻哈哈,假装不在意,董画符什么脾气,董家剑修又是什么脾气,觉得这娘们恁大年纪了,还这么小家子气,就顶了她一句:"你这鹳雀客栈牛气什么,有本事开到陈平安家乡去,要么都打不过,要么都打不过。"

少女一头雾水。吵架就怕这个,对方明明说了句顶不中听的话,偏偏不晓得在说什么。

陈平安嘛,她当然知道,是鹳雀客栈的常客,后来又成了剑气长城历史上最年轻的隐官。山上君虞俦的道侣,也就是那个化名年春条的妇人,当年就特别喜欢背剑少年陈平安的眼神,说干净得让她都不忍心大半夜去敲门,问客官要不要添棉被。等到后来听说陈平安莫名其妙当了隐官,妇人那叫一个悔青了肠子,说早知道如此,昧着良心也要说客栈闹鬼,怕死个人,让姐姐在屋子里边躲躲。

到最后三人好歹只是拌嘴斗法,没真正动手,不过约了一场架,以后再打。

董画符算是帮陈平安约的,那个岁除宫小婆娘答应得很爽快。

如今两人身在大玄都观,其实董画符和晏琢都有意无意不去聊家乡,至多聊一聊宁姚和陈平安、陈三秋和叠嶂。

他们两个,加上宁姚、陈三秋、叠嶂、董不得、郭竹酒、范大澈,各自远游,分散四方。

可其实除了陈平安,其他所有人身边好歹都有朋友。

白也沉默片刻,突然问道:"要刻什么字?有想好吗?"

晏琢大概完全没想过这位白先生竟会答应此事,抬起头,一时间有些茫然。

董画符提醒道:"一方印章再大,能大到哪里去,扇子题款更多。大玄都观的桃木很值钱,你都在这边修行了,做把扇子有什么难的,再说你床底下不就已经偷藏了一堆桃木'枯枝'吗?"

晏琢气不打一处来,大骂道:"老子是拉着你去地上捡树枝,至多掰些不易察觉的纤细桃枝,咱俩好合伙做买卖,五五分账,没让你直接砍倒么大一棵桃树,害得老子只好连根带树一起搬回去藏着,这几天睡觉都提心吊胆,如果不是那棵树离白先生住处近,暂时无人察觉,不然这会儿咱俩就要被那个笑面虎老观主吊在树上喝西北风了!

你是不知道孙观主的为人，跟陈平安绝对是一路人……"

董画符双臂环胸："反正我觉得孙观主挺厚道的，待客热情，一见面就问我湛然姐姐好不好看，我就入乡随俗，照实说了，在那之后，湛然姐姐每次看到我笑容就多了。"

晏琢双手抱头，对对对，被你说成"腚儿圆好生养"的春晖姐姐，是不好拿剑砍你这个客人，我如今可是大玄都观正儿八经的谱牒仙师了，以后怎么办？

董画符一拳砸在晏琢胳膊上，说道："白先生还等你话呢。"

晏琢想了想，挠挠头，抬头对白也说道："不如白先生随便写就是了，我等会儿回去，马上做好一把桃木扇子送过来。"

白也说道："印章刻字。"

晏琢刚要言语，突然有只手搭在他肩头上，有个嗓音带着笑意，在他背后响起："晏琢，扛那么大一棵桃树跑来跑去的，肯定不轻松吧，别看咱们大玄都观一棵桃树瞧着不高不大的，但加上那么多碍事的枝丫，至少得有几千斤重呢，不如让贫道帮你揉揉肩？等会儿还要做几百把扇子好卖钱，千万别累着啊，耽误晏大爷修行，让贫道怪心疼的。以后别大半夜做这种事情了，天黑走路，容易不小心撞到树枝，事后还要误以为挨了闷棍。"

晏琢身体紧绷，哭丧着脸。听听，这是人说的话吗？这是一位德高望重的老观主祖师爷该说的言语吗？

白也转过身，对苏子行拱手礼，苏子亦是如此。双方相视一笑，只在不言中。

就像白也没有去过中土穗山，其实他也从未见过这位和家乡相距不远的眉山苏子。

至于《白仙诗帖》，白也当然听说过，是从老秀才那边听来的。真正让白也欣赏的，当然不是苏子那幅字帖上对自己的溢美之词，而是苏子作为读书人的心性。就算没有白也，换成其他人侥幸早苏子几百年生在人间，然后走在了苏子身前道路上，想必苏子一样会坦然诚然，再为那人写一帖，同样会自贬几分。

苏子豪迈，故而诗词书画文章共风流。千载之下，文风才情风骨生气皆凛然。

至于另外那边，晏琢一个身形下沉，肩头歪斜，转身站起，脚下生风，绕到孙怀中身后，双手揉肩，行云流水，谄媚问道："老观主，这是陈平安教我的手法，力道合不合适？"

孙怀中冷笑道："放你个臭屁，我那陈道友铁骨铮铮，言语诚挚，有一说一，没你这么个墙头草。"

晏琢悻悻然就要收回手，不承想孙怀中怒道："有气力砍桃树，没气力揉肩膀？娘们唧唧的，半点不爽利。"

董画符冷不丁说道："砍树跟我没关系，我那天晚上就没出门。"

孙怀中微笑点头，赞叹道："这就很像陈道友了。"

孙怀中突然开怀大笑道："好嘛，柳七和曹组也来了，不来则已，一来就凑堆。湛然，你去将两位先生带到这儿来，白仙和苏子，果然好大面儿，贫道这玄都观……怎么说来着，晏大爷？"

晏琢答道："三年不开张，开张吃三年。"

女冠春晖领命，刚要告辞离去，董画符突然说道："老观主是亲自出门迎接的苏老夫子，却让湛然姐姐迎接柳、曹两人，读书人容易有想法，进门笑嘻嘻，出门骂大街。"

孙怀中抚须沉思，觉得董黑炭说得有些道理："头疼，真是头疼。我这会儿腿脚泛酸，走不动路。"

春晖就有些犹豫，柳、曹两人既然能够从浩然天下联袂飞升远游青冥天下，境界也好，名望也罢，都当得起大玄都观的贵客。按照董黑炭的说法，若是祖师厚此薄彼，确实有些不妥。按照以往观主老祖的做法，倒也简单，假装不在，一切交由徒子徒孙去头疼。只是今天苏子在场，观主祖师处境好像就比较尴尬了。

此刻大玄都观门外，有一个年轻俊美的白衣青年，腰悬一截折柳，用仙家术法在纤细柳枝上以词篇铭文无数。正是在浩然天下山下和龙虎山天师齐名的柳七。

凡有妖魔作祟处必有桃木剑，凡有井水处必会唱诵柳七词。

皇祐五年，浩然柳七，辞高去远，浅斟低唱，相忘江湖。倚红偎翠花间客，白衣卿相柳七郎。

柳七身旁站着一个黑衣男子，而立之年的面容，身材修长，一样风流倜傥，斜背着一把油纸伞。

曹组，字元宠。此人亦是浩然天下山上山下众多女子的共同心头好。

在浩然天下，词一向被视为诗余小道，简而言之，就是诗歌剩余之物，难登大雅之堂，至于曲，更是等而下之。所以柳七和曹组到了青冥天下，才干脆将他们无意间发现的那座福地直接命名为诗余福地，自嘲之外，未尝没有积郁之情。这座别名词牌福地的秘境，开辟之初，就无人烟，占地广袤的福地现世多年，虽未跻身七十二福地之列，但山水形胜，钟灵毓秀，是一处天然的中等福地，不过至今依旧少有修道之人入驻其中，柳、曹两人好似将整个福地当作了一处隐居别业，也算一桩仙家趣谈。两位的那个嫡传女弟子，能够一步登天，从留人境直接跻身玉璞境，除了两份师传之外，也有一份得天独厚的福缘傍身。

大玄都观今天比较出奇，竟然连门房都没有一个，就这样将两位远道而来的客人晾在了门外大街上。

柳七微笑道："元宠，你觉得老观主今天会露面吗？还是……身体有恙托病不出？"

天下词牌将近九百个，柳七一人便首创一百四十余个，为后世词人开辟道路极多，在这件事上，便是苏子都无法和他媲美。

曹组玩笑道:"不管见不见我们,我反正都是要去跟老观主嘘寒问暖的。"

白衣柳七,对曹组而言,亦师亦友,双方关系,类似早先白也和刘十六的入山访仙。

大玄都观祖师爷孙怀中,曾经先后两次远游浩然天下,一次最终借剑给白也,一次是在青冥天下闷得慌,纯属无聊就出了一趟远门,加上也要顺便亲手了去一桩落在北俱芦洲的陈年恩怨。游历他乡期间,孙怀中对眉山苏子的仰慕发自肺腑,但是对于两位同为浩然词宗的文豪其实观感一般,很一般,所以哪怕柳七和曹组在自家天下居住多年,孙怀中也没有"去打搅对方的清净修道",不然换成是苏子的话,这位老观主早去词牌福地十几趟了,这还是在苏子闭门谢客的前提下。事实上,孙怀中游历浩然天下的时候,就对柳七和曹组颇不待见,磨磨唧唧,扭扭捏捏,胭脂堆里打滚,什么白衣卿相柳七郎,什么人间闺阁处处有曹元宠,他刚好最烦这些。

别看孙怀中平时言语"平易",事实上也曾说过一番风流雅言,说文章之乡,诗乃头等富贵门户,至词已家道中落,尚属殷实之家,至曲则彻底沦为乡之贫者矣。所幸词有苏子,浩荡磊落,天地奇观,仙风神气,直追白也。此外七郎、元宠之流,无非是弯腰为白仙磨墨、低头为苏子递酒之大道儿孙辈。

这种狠话一说出口,可就覆水难收了,所以让孙怀中怎么去迎接柳、曹两人?实在是让他破天荒有些难为情。以前孙怀中觉得反正双方是老死不相往来的关系,哪里想到白也先来道观,苏子再来做客,柳、曹就跟着来秋后算账了。

董画符丢了个眼色给晏胖子。晏琢立即将功补过,跟孙怀中说道:"陈平安当年为人刻章,给扇面题款,恰好跟我提及过柳、曹两位先生的词,说柳七词不如眉山高,却足可誉为'词脉源流',绝不能等闲视为倚红偎翠醉后言,柳先生用心良苦,由衷愿那人间有情人终成眷属,世上花好月圆人长寿,故而寓意极美。元宠词,别开生面,艳而不俗,功夫最大处,早已不在雕琢文字,而是用情极深,既有大家闺秀之风流蕴藉,又有小家碧玉之可爱可亲,其中'促织儿声响,吓煞一庭花影'一语,真真异想天开,想前人之未想,清新隽永,楚楚动人,当有'词中花丛'之誉。"

孙怀中抚须而笑,轻轻点头:"好好好,'词源''花丛'两说,妙不可言,深契我心。陈道友这番真知灼见,果然是与贫道不谋而合,不谋而合啊。"

孙怀中很快咳嗽几声,改口道:"实不相瞒,当年我和陈道友相逢于北俱芦洲,一路同游,相见恨晚,煮酒论文豪时,这番言语其实是我最先有感而发,不承想就被隐官大人借鉴了去。好个陈道友,当真是所过之处,寸草不生。罢了罢了,我就不与陈道友计较这等小事了,谁说不是说呢,斤斤计较这个,白白伤了道友情谊。"

董画符翻了个白眼。

春晖问道:"观主,怎么讲?"

到底是交由她去待客柳、曹二人,还是观主你老人家亲自出门迎接啊?

孙怀中瞪眼道:"湛然啊,还愣着做什么,赶紧跟我一起去迎接柳、曹两位词家圣手啊。怠慢贵客,是咱们道观门房的待客之道?谁教你的,你师父是吧?让他用那看家本领簪花小楷抄写《黄庭经》一百遍,回头亲自送去岁除宫,咱们道观不小心丢了方砚台,没点表示怎么行。"

春晖毫不犹豫替恩师答应下来,反正是师父他老人家劳心劳力,和她关系不大。

老观主这会儿已经胸有成竹,再无半点为难神色,脚下带风,一个缩地神通,带着春晖去往大门外,与那两位词坛宗师道出了一番诚挚之言,和晏琢说的一字不差。说得白衣柳七笑而不语,黑衣曹组忍俊不禁。

天水白仙注定不会说此话,眉山苏子先前就和两人在诗余福地见过面,诗词唱和颇多,苏子吹笛饮酒,乘月而归,应该也不会有此语,难不成真是他们"误会"孙道长了?

茅屋草堂池塘畔,苏子觉得先前那番点评挺有意思,笑问道:"白先生,可知道这个陈平安是何方神圣?"

既然能够被老观主称为陈道友,难不成是浩然家乡的某位高人隐士?

白也习惯性扯了扯帽带,道:"是那个老秀才文脉的关门弟子,年纪极轻,人很不错,虽然我没见过陈平安,但是老秀才在第五座天下曾经念叨个不停。"

苏子点点头:"那我这趟返乡后,得去见见这个年轻人。"

白也摇头道:"如果没有意外,他如今还在剑气长城那边,苏子不太容易见到。"

苏子微微皱眉,疑惑不解:"如今还有人能够据守剑气长城?那些剑修,不是举城飞升到了崭新天下?"

白也点点头:"就只剩下陈平安一人,他担任剑气长城隐官,这些年一直留在那边。"

苏子笑道:"一个年轻外乡人,在最是排外的剑气长城,能够担任隐官?光凭文圣一脉关门弟子的身份,应该做不成此事。"

董画符随口说道:"陈平安珍藏着一枚小暑钱,他特别中意,篆文好像是'苏子作诗如见画'?陈平安当年信誓旦旦,说是要拿来当传家宝的。"

白也叹了口气。老秀才这一脉的某些风气,那个关门弟子陈平安,可谓集大成者,而且青出于蓝而胜于蓝,毫不生硬。

苏子略微讶异,不承想还有这么一回事,事实上他和文圣一脉关系平平,交集不多。他自己倒是不介意一些事情,但是门生弟子当中有不少人因为绣虎当年点评天下书家高低一事,遗漏了自家先生,所以颇有怨言。而绣虎偏偏行草皆精绝,所以一来二去,就像那场白仙、苏子的诗词之争一样,让这位眉山苏子颇为无奈。苏子还真没有想到,文圣一脉的嫡传弟子当中,竟会有人由衷推崇自己的诗词。

晏胖子悄悄朝董画符伸出大拇指。这个董黑炭说话,从来不说半句废话,只会画龙点睛。

白也以心声询问："苏子是要与柳、曹一起返回家乡？"

苏子点头道："我们三人都有此意。太平气象，诗词千百篇，终究只是锦上添花，值此乱世，晚辈们刚好学一学白先生，遂约好了要一起去扶摇洲。"

说到"晚辈"二字，大髯青衫、竹杖芒鞋的眉山苏子，看着身边虎头帽孩子，老夫子有些不遮掩的笑意。

白也点头道："一点浩然气，千里快哉风。苏子此次返乡，确是一篇好文。"

柳七和曹组现身此地后，立即向白也作揖行礼，至于虎头帽孩子什么形象，并不妨碍两人心中对白仙的敬意。白也拱手还礼。在白也心中，词一路途，柳七与曹组都要矮上苏子一头。

事实上曹组心中对白也推崇备至，几乎到了无以复加的地步。曹组甚至专门篆刻有一枚自用藏书印，正是"白仙诗余"四字，并且郑重其事地将其钤印在自家诗集扉页上。所以很难想象，曹组会只因为见到一个人，就如此拘谨，甚至都有些全然无法隐藏的腼腆神色。曹组看着这位自己心向往之的诗仙白也，竟是有些面红耳赤，三番两次欲言又止，看得晏胖子和董黑炭都觉得莫名其妙，见到白先生，这家伙至于如此心情激荡吗？

所以说，白也这般读书人，在哪里都是自由，都是风流，白也见古人见圣贤，或是古圣贤、后世人见他白也，白也都还是千古一人的白仙。

孙怀中看着那四人，感慨道："今天大玄都观这场桃林雅集，白仙、苏子、柳词源、曹花丛，有幸四人齐聚，不比那四把仙剑齐聚逊色半点了，完全犹有过之，是道观幸事，更是天下人的幸事。老道若是不以拓碑手法，为后世留下这幅千古风流的画卷，简直就是千古罪人……"

白也转头望去，孙怀中立即哈哈笑道："白老弟只管放千百个心，你依旧是浩然白也十四境的模样，无须白老弟多说，老道我行事最是老到了。而且肯定等到百余年之后，大玄都观再与外人言说此事。"

大髯苏子和柳七、曹组三人几乎同时以心声提醒孙怀中："各来一幅。"

孙怀中对他们埋怨道："我又不是傻子，岂会有此纰漏。"

晏琢则与董画符以心声言语道："陈平安要是在这儿？"

董画符想了想，说道："马屁飞起，关键是真诚。白先生的诗，柳七的词，曹组的丹青，苏子的笔墨，老观主的钤印，一个都逃不掉。"

杨家药铺。

李柳将渌水坑青钟夫人留在了海上，让这头飞升境大妖继续负责看顾衔接两洲的那座海中桥梁，她则独自返回家乡，找到了杨老头。

老人大口大口抽着旱烟，眉头紧皱，那张苍老脸庞上布满褶皱，里边好像藏着太多太多故事，而且也从没有与人诉说一二的打算。

云雾茫茫，缭绕整座铺子，便是如今的崔瀺，都无法窥探此地。

李柳问道："桂夫人来过这里了？"

杨老头点点头。

老龙城那位桂夫人，是昔年月宫故友。桂夫人与那些神灵转世还不太一样，作为最纯正的月宫种，流落人间后，早年因为礼圣求情，她虽然身份特殊，却依然并未像真武山那些远古神灵一样被中土兵家祖庭拘禁起来，所以万年以来，桂夫人其实一直冷眼旁观世间的起起伏伏，世道好坏，与她无关。只不过上次桂夫人造访此地，她身边跟了个老舟子，是那位陆沉的不记名大弟子，好像在大骊京畿之地，他遇到了一个名叫白忙的青衫读书人，莫名其妙就结结实实挨了一顿打，老舟子估计是认出对方的真实身份了，嘴上没少骂，半点不怵，反正你有本事就打死我。而且老舟子还是恪守那个曾经名动天下的老规矩，只动嘴不动手，动手算我输。

李柳又问道："她呢？"

杨老头说道："阮秀跟你不一样，她来不来都一样。"

李柳换了一个话题："你好像就没走出过这里，不为李槐破个例？好歹最后见一面。"

弟弟李槐和娘亲都是凡夫俗子，只是后者让老人头疼，前者却让杨老头宠溺，所以一些个虚无缥缈的福缘，杨老头就真如李槐玩笑话中的棺材板，一股脑儿丢给了李槐这个兔崽子。杨老头就像一个自知大限已至的市井迟暮老人，将李槐当自家晚辈看待的，此外李二、郑大风，以及新收嫡传弟子苏店、石灵山，哪怕加上之前的那拨弟子，例如成为大骊中兴之臣的曹、袁两家老祖，甚至连阮秀、李柳，以及马苦玄，都和李槐没的比。正因为李槐不在局中，杨老头反而给机缘给福运，给得半点没负担。既然有人命好，就会有人命不好，自古历来如此，后世千年万年，还是会如此。

杨老头摇头道："有什么好多说的，该说的早就说了。"

说是这么说，但是李柳却清楚感受到了老人的那份伤感。好像小门小户里边一个最普通的老人，没能亲眼看到孙子出息，就会遗憾。只是杨老头的架子端在那儿，她又不好多说什么。

李柳坐在摆放在厢房门外的一条长凳上，尽可能多陪陪这位老人。

杨老头笑道："终于有了点人情味了。"

李柳双手十指交错，抬头望向天幕。

龙泉剑宗祖山上，宗主阮邛今天亲手做了一大桌饭菜，女儿阮秀、弟子董谷、徐小桥、谢灵、刘羡阳都在。宗门在旧山岳那边建立山头洞府后，就很少有如此碰头齐聚的机会了。

刘羡阳一边给阮师傅殷勤夹菜，一边转头对阮秀笑道："秀秀姑娘，以食为天。"

阮秀微微一笑，下筷不慢。

董谷几个其实都很佩服刘羡阳这个在山水谱牒上的"师弟"，在师父这边什么话都敢说，什么事都敢做，就连小镇沽酒的妇人，刘羡阳都敢开师父阮邛的玩笑，换成董谷或徐小桥，借他们十个胆子都不敢如此造次。其实真要按照进入师门的先后顺序，早年被南婆娑洲醇儒陈氏暂借去的刘羡阳，应该是他们的师兄才对，只是惫懒货刘羡阳是真心不介意这个，他们也就不好多说什么了。

刘羡阳独自守着山外的铁匠铺子，闲是真闲，除了坐在檐下竹椅上打盹之外，经常怀揣着大兜树叶，蹲在龙须河畔，将树叶一一丢入水中，看那叶叶"小舟"，随水漂荡远去。经常一个人在岸边，先打一通虎虎生风的王八拳，再大喝几声，使劲跺脚，咋咋呼呼扯几句"脚底一声雷、飞雨过江来"之类的，装模作样一手掐剑诀，另外一手搭住手腕，一本正经默念几句"急急如律令"，将漂浮在水面上的树叶，一一竖立而起，拽几句类似"一叶飞来浪细生"的书上酸文。

在山上吃过饭，刘羡阳一路打着饱嗝徒步下山，等他回到河畔铺子，已经入夜。路过小镇的时候，听到了打更的声响。一夜五更，刘羡阳听到的是戌时第一更。

更夫巡夜，提醒世人，日出而作，日落而息。其实在以前骊珠洞天的小镇，是没这讲究的。

结果刘羡阳看到个朋友，正坐在竹椅那边喝酒，是窑务督造官大人，出身大骊京城篪儿街的曹耕心，算是刘羡阳结识的朋友当中当官最大的一个了。

刘羡阳屁颠屁颠一路小跑过去，曹督造弯腰捡起一只搁在脚边的酒壶，本就是留给刘羡阳的，轻轻抛去，笑道："再晚一刻钟出现，我就要不告而别了。"

刘羡阳接过酒水，坐在一旁，笑道："高升了？"

曹耕心点点头，使劲揉脸颊，无奈道："算是吧，还是跟姓袁的当邻居，一想到那张打小就喜怒哀乐动也不动的门神脸，就心烦。"

这么多年来，曹督造始终是曹督造，那位从袁县令变成袁郡守的家伙，却已经在去年升官，离开龙州官场，去了大骊陪都的六部衙门，担任户部右侍郎。

许多大的王朝往往都会设置陪都，陪都衙门官员品秩至多降一品，甚至官身与京师相同。陪都多是上了岁数的勋贵的养老之地，他们以"陪都事简"之名被打出京师，或往陪都任职，挂个荣衔虚职；陪都亦是一些京官的贬谪去向，朝廷算是对其尽量保全颜面。

只不过大骊王朝与此不同，无论是陪都的地理位置，还是官员配置，都表现出大骊宋氏对这座陪都的极大倚重。陪都的六部衙门，除了尚书依旧选用稳重老人，其余各部侍郎全是袁正定这样的青壮年官员。而且陪都诸司权柄极大，尤其是陪都的兵部尚书,直接由大骊京师尚书担任,甚至都不是庙堂群臣预料的那般,交由某位新晋巡狩使武将担任此职。只说兵部奏请、铨选之权柄,事实上就已经从大骊京师南迁至陪都了。陪都历史上首位国子监祭酒,由北岳披云山的林鹿书院山长担任。

曹耕心以心声说道:"关于你和你朋友的本命瓷,有些新眉目了。"

刘羡阳点点头,抿了一口酒:"欠你一个人情。"

骑龙巷压岁铺子那边,石柔哼唱着一首古蜀国流传下来的残篇歌谣:白云在天,丘陵自出,道里悠远,山川间之,将子无死,尚复能来。

如今铺子里边多了个帮忙的小伙计,会说话却不爱说话,就像个小哑巴,没客人的时候,孩子就喜欢一个人坐在门槛上发呆,石柔反而喜欢,她也从不吵他。

孩子每天除了按时定量练拳走桩,好像学那半个师父裴钱,同样需要抄书,只不过孩子性子倔强,绝不多出一拳,多走一步,抄书也绝对不愿多写一字,纯粹就是敷衍了事。裴钱回来之后,他好拿拳桩和纸张换钱。至于那些抄书纸张,都被这个昵称阿瞒的孩子,每天丢在一个竹篓里边,填满竹篓后,就全部挪去墙角的大箩筐里边,石柔打扫房间的时候,弯腰瞥过竹篓几眼,蚯蚓爬爬,弯弯扭扭,写得比小时候的裴钱差远了。

石柔很喜欢这样平静祥和的生活,以前独自一人看着铺子,偶尔还会觉得太冷清,多了个小阿瞒,就刚刚好了。铺子里边多了些人气,却依旧安静。

如今小镇越发繁华,石柔喜欢买些文人笔札、志怪小说,用来打发光阴,一摞摞都整齐搁在柜台里边,偶尔小阿瞒会翻看几页。

今天铺子生意一般,石柔和阿瞒一起各看各书,阿瞒站在小板凳上,还需要踮起脚尖才行。

阿瞒突然将那本文人笔记横移几寸,伸手抵住书页,石柔转头一看,看到了书上前贤的一句话:人之初,天下通,人上通。且上天,夕上天,天与人,且有语,夕有语。

石柔莞尔一笑,只不过察觉到了不妥,如今自己是怎么个姿容面貌,她当然心里有数,遂赶紧收敛神色,跟阿瞒轻声解释道:"去了山上修行仙术的那些神仙老爷,都相信在很久很久之前,天地相通,神人共居,怎么说呢……打个比方,就跟如今咱们市井走门串户差不多,只不过有些门户门槛高,就像小镇福禄街和桃叶巷,一般人轻易去不得,敲门也不会有人应的,可是咱们这骑龙巷自然是门槛不高了。不过那些天人相通的道路,到底在哪里、是什么,书上就传得很玄乎喽,有说是飞升台,有说是一棵大树,有说是一座山岳,反正也没个准话。"

孩子点点头,大概是听明白了。

龙泉剑宗山上,阮秀一个人走到山巅崖畔,一个身体后仰,坠落悬崖,一一看过崖上那些刻字:天开神秀。

第五章
山水颠倒风雪夜

黄昏里,宝瓶洲一个偏隅小国,清源郡仙游县县城内,一座武馆外边,来了个云游四方的年轻道士。年轻道士自称和徐馆主是好友。年轻道士脚踩一双千层底布鞋,干干净净的模样,手持一根绿竹行山杖,身后背剑匣,露出两把长剑的剑柄,一把桃木材质,再斜挎一个包裹。

桃木剑嘛,武馆门房认得,天桥的说书先生讲过,山上修行仙法的道士每逢下山游历,不管是不是龙虎山天师府的道士,大都喜欢背一把桃木剑做样子。

门房是个刚进武馆没几年的弟子,因为最近这么多年外边世道不太平,就跟对方要了通关文牒,事实上这位武馆弟子斗大字不认识几个,不过是做做样子罢了,如今外乡人游历县城,无论是过路租赁马车、驴骡,还是在客栈打尖歇脚,早早就会被衙役、巡捕仔细盘查,所以根本轮不到一个武馆弟子来查漏补缺。

门房还了那份关牒,说去通报一声。年轻道士笑着点头,耐心等待。

这趟跨洲远游,一路南下,宝瓶洲差不多都是这样的光景,别说山上修士见谁都跟防贼似的,山下老百姓也都很谨慎。就连如今州郡县城中的更夫巡夜,衙门那边都会在更夫身边安排人手跟着,防止有歹人流窜犯案。除此之外,各地文武庙、城隍庙这些年的夜间也都开着门,因为朝廷早已下令,地方上每一座大小祠庙,都需要保证香火不绝,遂让地方各级衙门专门派人去"点卯"敬香,大半夜起床的老百姓,怨言有些,可其实就是鸡毛蒜皮的拉家常,倒也谈不上如何有怨气,反正每家每户隔三岔五才轮到一回。

再者县城有钱人,还轮流开了夜宵铺子,不会让老百姓白跑一趟,一些个家里贫困的孤苦人家，反而喜欢衙门此举，故而夜间烧香，越发心诚。每天都会有学塾老夫子以及有功名的举人秀才四处奔走，各姓各家的祠堂老人，甚至是一些古稀老人，都拄着拐杖，帮着安抚人心，大体上都说如今外边打仗打得厉害，可只要打赢了，从那个大骊宋氏铁骑，再到自家朝廷，都会在赋税一事上有所补贴，皇帝老爷是发了公文的，绝不欺人，只要熬过去，就是百年不遇的好日子了。所以如果谁敢在这会儿不守规矩，不但国法要管，衙门律例要管，祠堂家法也要管，会被清出族谱。老百姓未必懂什么国法，可是一族家法，尤其是族谱除名的厉害，自然是谁都一清二楚的。

徐远霞快步走到大门口，瞧见了门外的年轻道士，爽朗大笑，他跨过门槛，一把按住张山峰的肩膀，微微加重力道："好家伙，身子骨硬朗得都快赶上徐大哥了。"

担任门房的武馆弟子有些疑惑，师父他老人家很久没有这般高兴了。师父交友广泛，喜欢散财，来武馆蹭吃蹭喝的客人不少，但是有些笑声是从师父嘴里跑出来的，江湖上的待客之道就只是这样了，可是今天的笑声，好像是从师父眼睛里冲出来的。

徐远霞一把搂过张山峰，以手掌轻拍他后背三两下，这才松开手，后退几步，点头道："还是好模样，有徐大哥年轻那会儿一半的俊俏。"

见着了久别的徐远霞，张山峰一时间说不出话来。

在山上，习惯了师父、师兄们的容貌不变，当张山峰看着眼前的这个……老人，一下子就神色恍惚起来。

徐远霞腰杆挺直，双鬓灰白，还刮掉了络腮胡子。张山峰都快要认不出来了。

依旧容貌如旧的张山峰这才记起，眼前这位曾经的大髯豪侠，不知不觉，已经半百岁数，还有余头了。

这就是山下武夫和山上炼师的差异之所在。

纯粹武夫，若是能够跻身炼气三境，勉强驻颜有术，可如果始终无法跻身金身境，容貌就会逐渐老去，和世俗百姓无异，会鬓毛衰，也会白满头。

张山峰收起思绪，抱拳道："徐大哥！"

徐远霞拉着张山峰跨过门槛，低声埋怨道："山峰，怎么就你一人？那小子再不来，我可就要喝不动酒了。"

张山峰无奈道："我这次乘坐披麻宗渡船，需要路过牛角山渡口，结果在落魄山也没能瞧见陈平安，上次他去北俱芦洲，我又刚好没在山上。"

徐远霞宽慰道："没事，不用强求，你们还年轻。"

说到这里，徐远霞大笑道："都还年轻。"

徐远霞回到家乡后，就开了这么一家武馆，其实徐家是地方郡望，只不过徐远霞早年离家太久，又是旁支，所以就算是自立门户了。武馆小本经营，这么些年也没教出什么特别成才的弟子，武馆那些亲传弟子、再收弟子，也是差不多的光景。生意不至于惨淡，但也没在江湖上闯出多大名声。不过不算起眼的武馆,在这偏隅小国的武林中,尤其是在有心人看来,并没有那么简单,因为陆陆续续有些传闻流传开来,说拳法不精的徐师傅认得几位山上仙师,而且以前徐师傅当边军的时候,官场上也攒下了几份可有可无的香火情。徐远霞其实挺烦这些瞎话,老子有个屁的朝廷香火情,老子拳法不精?好歹是个六境武夫,不算差了吧。

只不过怨不得外人如此捕风捉影,事实上徐远霞返乡之后,就一直没拿武夫境界当回事,不但刻意隐藏了拳法高低,就连破境跻身六境一事,一样没有对外多说一个字。不然一位六境武夫,在类似徐远霞家乡这样的偏隅小国江湖中,已经算是最拔尖的江湖名宿了,只要愿意开门迎客,与山上门派和朝廷官场稍稍打好关系,甚至有机会成为一座武林的执牛耳者。只不过越是小地方,拳术一高,江湖恩怨就多,水浅王八多,人情是非最烦人。

徐远霞私底下写了本山水游记,删删减减,增增补补的,只是始终没有找书商刊印出来。

平生豪气,消磨在酒里,就留给昔年走过的那座江湖好了。

只有与真正的朋友重逢,这位昔年孑然一身走过千山万水的大髯刀客才会真心想要喝酒。

酒桌上,一名武馆亲传弟子给徐远霞拿来酒的时候,有些奇怪,师父其实最近些年都不太喝酒了,偶尔喝酒,也只能算浅尝辄止,更多还是喝茶。

张山峰的登门礼物是几罐茶叶,在上一处名为安吉的仙家渡口购买,渡口旁有座金光寺,寺庙所植茶树叶白如玉脉翠绿,价格不贵。徐远霞当时收下茶叶,笑得不行,说巧了,如今自己还真喜欢喝茶,茶叶产自邻近家乡仙游县的安溪,却不是什么仙家茶叶,有点家底的门户都买得起喝得上。回头让陈平安自己挑茶喝,安吉也好,安溪也罢,反正都是好茶好名字。

遥想当年,相貌,酒量,拳法,学问……陈平安那小子什么都不跟徐远霞和张山峰争高低,唯独在名字一事上,陈平安要争,坚持说自己的名字最好。

"徐大哥,怎么还光棍着呢?这就不像话了啊。"张山峰抿了一口酒,打趣道,"以前咱仨可是都说好了的,以后等你还乡,找个漂亮姑娘,娶妻生子,都要认我和陈平安当干爹的,小棉袄的女儿当然得有个,再来俩儿子,一个跟我学龙虎山外门道法,一个跟陈平安学拳练剑。"

徐远霞白了一眼,自顾自大碗喝酒,没劝张山峰多喝,酒桌上劝他人豪迈,自己不豪杰嘛。"我也想啊,只是一拖再拖,就给耽误了。山峰,你这喝酒法子,文绉绉的,当是喝茶呢,连陈平安都不如啊。"

去他的酒桌豪杰,喝酒不劝人,有个啥滋味。

徐远霞喝高了，张山峰也喝醉了。

徐远霞听了张山峰的一些山上传闻后，感慨说那剑气长城是恩怨分明之地，报仇雪恨之乡，绝非藏污纳垢之所。

张山峰举起酒碗，说："可以陪徐大哥走一个。"

张山峰突然问徐远霞："陈平安如今多大岁数了？"

醉醺醺的徐远霞晃了晃脑袋，说："记不清了，咱们可以先走一个。"

再不是大髯豪侠的徐远霞，彻底醉倒在酒桌之前，他望向门外，喃喃言语："欲买桂花同载酒，终不似少年游。我老了，少年呢。"

张山峰趴在桌上，醉眼蒙眬打着酒嗝，说："别一个不小心，下次再见面，陈平安就要比咱们个子都要高了。"

花有再开日，年年如此；人无再少年，人人这般。唯有桃李春风一杯酒，总也喝不够。

一个棉衣圆脸姑娘，路过铁符江，走到龙须河，发现水中多有树叶。她最后看到了一个蹲在河边撒叶作船的男人。看着二十岁出头的模样，但因为对方是个修道之人，真实岁数肯定不止。

刘羡阳转过头，看见这个面生的姑娘后，立即笑容灿烂起来，麻溜儿起身，开始介绍自己："小生姓刘名羡阳，本土人氏，自幼寒窗苦读，虽然尚无功名，但是读过万卷书，行过万里路，志向高远，小有家底，小镇那边有祖宅，位置绝佳……"

这位陌生面孔的圆脸姑娘瞅着有些迷糊啊，是听不懂话里的意思呢，还是根本就听不懂话呢？不是大骊本土人氏？所以听不懂官话？

果然，姑娘开口问道："这是哪儿？"

浩然天下的大雅言。

刘羡阳误以为圆脸姑娘是游历宝瓶洲的别洲仙子。如今宝瓶洲诸子百家当中，多有别洲年轻练气士找机会游历四方，龙州作为旧骊珠洞天遗址，当然是一处必选之地。

刘羡阳年少离乡远游求学时，路上早就见过山巅仙家阁楼，佳人独立，彩带飘远，类似这样的仙家画面见过不少了。见多了，好像也就那样。风景是极美的，可都是别人的。但是眼前这个衣着朴素的圆脸姑娘，当她软糯言语时，或是眨巴眨巴一双水润大眼眸时，却也是相当好听好看的。

刘羡阳笑答道："宝瓶洲，龙州。"

圆脸姑娘错愕。怎么来了宝瓶洲，刚好是她最不想来的一个地儿。

她就是赊月。

先前在桐叶洲桃叶渡，莫名其妙被拘押到了袖中，在袖里乾坤山河中，赊月刚煮了一锅仙家米，还没吃着，就发现自己重见天日了，又莫名其妙被丢到一座陌生山头，她就只好问了句，那锅米能不能还她，却没有半点回应，赊月只好跟着脚下那条道路，随便逛荡起来，于是走过三江汇流的一处繁华小镇，一直走到了这边。因为在这边有一处山头，瞧着月色好像天然就比较浓郁，都不是那种仙家收拢天地灵气的神通术法，所以赊月就比较好奇了。

赊月说道："我叫余倩月，来自中土神洲。"

棉衣圆脸姑娘对自己这个灵机一动的说法比较满意，这就是行走江湖该有的机敏和老到了。

刘羡阳赞叹道："姑娘好名字。"

赊月犹豫了一下，问道："你是读书人？"

刘羡阳也犹豫了一下，脸色诚恳，沉声说道："可以不是。"

原本都想好了一些说法，比如什么"粗缯大布裹生涯，腹有诗书气自华"，看来是用不上了。

可以不是？不愧是读书人。那就肯定是了呗。

赊月转身就走。她打算找个僻静山头煮饭吃去，最好谁都瞧不见我。

刘羡阳屁颠屁颠跟上，离赊月有四五步远，不敢唐突佳人。他侧身而走："倩月姑娘，就几步路了，真不去咱们槐黄县城看看？骑龙巷有个名叫压岁铺子的好地方，糕点好得能当饭吃，价格还便宜。"

赊月摇摇头，刘羡阳只好停步。

赊月突然紧皱眉头，一口气问了三个问题："刘……公子，你听没听过落魄山？这里离着落魄山远不远？不近吧？"

刘羡阳点头道："不近……的吧。"

陈平安的落魄山离河边的铁匠铺子，真不算近。

赊月松了口气。她最后没让刘羡阳跟着，打算去趟小镇，她身上神仙钱和金银都是有些的，不会说这儿的官话方言，反正买东西多给钱就是了，至于什么骑龙巷的压岁铺子，她是绝对不会去的，但是那座山头，还是要去远远看一眼的。

刘羡阳也没过多纠缠这个远道而来的倩月姑娘，只是提醒她在这儿不要随便御风远游，因为有规矩在，还是个性情古板的铁匠师傅订立的。赊月向刘羡阳真诚道了一声谢，她当然不会轻易御风，这个名叫龙州的地方，太过神异，山水灵气都充沛得过分了，加上不大的地盘上，竟然聚集了那么多香火鼎盛的神灵祠庙，若是在桐叶洲，赊月倒也不会如何忌惮，井水不犯河水的，谁真要招惹她，她也不介意还回去，只要不是姜尚真那种脑子有毛病的，她谁都不怕，但是在这山河小小、古怪多多的宝瓶洲，赊月觉得自己走在哪里都不安稳。如果赊月不是纯粹的妖族出身，她肯定被丢在哪里，就站在哪里一动不动。

刘羡阳回了铺子那边,继续在檐下竹椅上打盹,神游万里。

赊月在县城那边随便逛了逛,然后就去往那座月色极多的山头,在山门口那边,遇到了个第一眼瞧见了就喜欢的小水怪。

黑衣小姑娘端了一张小竹椅坐在山门牌坊底下,另一边斜靠着金色小扁担和绿竹行山杖,好像小姑娘要与家伙什一起当门神。

这个黑衣小姑娘每天早晚两次独自巡山,一路飞奔过后,就会赶紧来山门口这边守着。

余米远游去了北俱芦洲,裴钱回了家又下了山,所以如今的哑巴湖大水怪,每天大清早好像已经不用给谁当门神了,每天都是一人巡山,不过让景清去灰蒙山、黄湖山这些藩属山头各自挑了一株花草树木,种在了落魄山上。

白云为什么不用修行就能飞。溪水跑那么远的路会不会累。风过树梢的时候,树叶是不是就会被吵醒了。鱼儿吃荷花哟,山河无恙唉,世道平顺,国泰民安。

只是如今的周米粒,有个都不好意思和暖树姐姐诉说的小忧愁了。

按时点卯的香火小人儿被气坏了,说不知道咋回事,竟然有人说咱们落魄山的护山供奉竟然就只是个洞府境的小水怪。周米粒没怎么生气,当时只是挠脸,说自己本来就境界不高啊。在这之后,遇到暖树姐姐和景清他们,她还是会叽叽喳喳个不停,只是独处的时候,黑衣小姑娘不再那么喜欢自言自语了,成了个喜欢抓脸挠头的小哑巴。

以前的小姑娘,会去找老厨子,说我跟裴钱学了绝世拳法,你个儿高,先让我三招。打完收工,跑了。如今的小米粒,会经常去看着那几只储钱罐,她和裴钱,还有暖树姐姐各算各的,都是小白瓷罐。

如今的龙州窑,不再是大骊宋氏的御用窑,在山下享有盛名。

以前周米粒是一根根手指算着天数,如今是 根根手指算年数。所以周米粒开始练字,裁剪春联红纸,写了些类似"春夏秋冬,四季平安"的小字条,一张张贴在储钱罐上边。

这会儿的小米粒正一个人偷偷犯愁着呢,然后她就瞧见了那个登门做客的圆脸姐姐。

赊月改变了主意,向那个小姑娘远远问道:"你会说中土神洲大雅言吗?"

周米粒其实早就在偷偷瞥那个脸蛋圆乎乎的可爱姐姐了,她赶紧起身抱拳行礼,然后飞快跑到赊月跟前,蓦然站定:"晓得嘞晓得嘞,就是还不太会说哩。"

赊月笑了起来,一个让洞府境而且还是个山泽精怪当门房的仙家门派,底蕴应该不会太深,不过挺好啊,眼前这个小姑娘多可爱。赊月第一时间就对这个山头印象大好,都愿意让一个小水怪当门房,肯定风气很好。

于是赊月问道:"这里是?"

"啊?"小米粒挠挠脸,似乎没想到这个姐姐竟然会不知道自家山头的鼎鼎大名,没有关系,自个儿说给这个姐姐听,职责所在,还能小立一功,回头跟裴钱邀功去。所以小米粒挺起胸膛,踮起脚尖,双臂环胸,一本正经道:"我家就是落魄山了!我家好人山主姓陈,姐姐晓不得,知不道?"

宝瓶洲,落魄山,山主姓陈。月色洒落人间,此地仿佛占据最多。

赊月脸色僵硬,默默抬起双手,都没敢使劲拍脸,只是轻轻覆在脸颊上。没这么欺负人的。

南婆娑洲海外战场,蛮荒天下妖族屯兵极多,却依旧不着急侵袭陆地。

听说宝瓶洲最南端的老龙城旧址地界已经彻底破碎,是被绣虎崔瀺以无上神通,用一枚规模不输倒悬山的山字印砸碎的。南岳战场上,大骊铁骑和藩属边军联手山上仙师,更是成功阻滞了登岸的妖族大军,至今不退。

浩然天下的历史上,从来没有一处战场,从来没有一场战争,能够打得一洲山河寸寸碎去,构成真正意义上的"山河陆沉"。宝瓶洲却做到了。

如此一来,中土神洲随之对醇儒陈淳安的非议愈演愈烈。

山河陆地与海外妖族,两军遥遥对峙,哪怕是笼罩着一种风雨欲来的窒息氛围,可在很多中土神洲"袖手谈心性"的士子书生眼中,集结了众多山上势力的南婆娑洲明明大有一战之力,御敌"国门之外",最终在陈淳安带领下,如此死气沉沉,战场上毫无建树,就只会等着蛮荒天下迟迟未有大动作的攻伐,好像换成是这些意气风发针砭时事的中土读书人身在南婆娑洲,早就临危一死报君王了。

剑气长城女子大剑仙陆芝丢了一张文字内容乌烟瘴气的山水邸报,皱眉不已。

春幡斋剑仙邵云岩笑着解释道:"陆先生,其实中土读书人不全是这样意气用事的。只不过很多时候,能够让咱们瞧见的,往往会是些龌龊人糟心事。"

邵云岩习惯敬称陆芝一声"先生"。事实上陈淳安在女子剑仙这边,亦是如此称呼。

倒悬山梅花园子旧主人酡颜夫人头戴幂篱,遮掩她那份绝色,这些年她始终扮演陆芝的贴身婢女。酡颜夫人的柔媚笑声从薄纱里透出:"天底下反正不是聪明人就是傻子,这很正常,只是傻子也太多了些吧。别的本事没有,就只会恶心人。"

酡颜夫人对作为家乡的浩然天下,其实没有半点好感。

邵云岩微笑道:"记得隐官大人说过,天底下最愿意被一叶障目的人,就是读过书、读书还很多的人。记得酡颜夫人的梅花园子,好像藏书颇多?"

酡颜夫人立即哑然。

春幡斋和梅花园子都被年轻隐官搬去了剑气长城，猿蹂府也被剑气长城的避暑行宫直接拆成了个空架子。只有一座倒悬山水精宫，与剑气长城没有半点香火情，直接被小道童姜云生拱翻坠海，最终落入一头大妖之手。

邵云岩和这个对浩然天下心怀怨怼的酡颜夫人之间的不对付，已经不是一天两天了。邵云岩以前觉得避暑行宫安排自己留在陆芝身边自己可能会无事可做，现在邵云岩越发笃定一事，如果任由酡颜夫人在陆芝这边每天胡说八道，看似说的都是道理，实则全是偏激言语，时日一久，是真会出事的。

酡颜夫人倒不是真心有意要在陆芝这边煽风点火，实在是有些时候忍不住。被邵云岩拐弯抹角提醒后，酡颜夫人其实这会儿有些内心惴惴，委实怕极了那个手狠心黑的年轻隐官。

酡颜夫人赶紧转移话题，说道："陆先生，齐老剑仙来南婆娑洲了。"

陆芝点头道："多半是死了那条心，不再惦念第五座天下，所以准备多积攒些功德，在浩然天下开宗立派，这是好事。"

邵云岩说道："好像还有两个剑气长城的晚辈，陈三秋和叠嶂也都游历至此，因为暂时没打仗，先前他们又没能遇见陆先生，就先去拜访大潦水了。"

陆芝说道："到时候你们俩在战场上，尽量多护着陈三秋和叠嶂，我可能会顾不过来。"

邵云岩轻轻点头，酡颜夫人施了个万福。

进入浩然天下的剑修，除了郦采、蒲禾这些游历剑仙收取的嫡传弟子，几乎都是年幼年少岁数，一方面孩子们尚未成长起来，另外一方面他们的传道恩师哪怕离开剑气长城后，依旧都没少出剑。这其中就有北俱芦洲郦采、金甲洲宋聘、流霞洲蒲禾、皑皑洲谢松花等等。

离开剑气长城的其余剑仙和剑修，更是无一例外，都重返战场，只不过将战场从剑气长城换成了浩然天下的各洲，几乎没有任何一个选择冷眼旁观，任由大势倾颓。南婆娑洲，如今就有先后转战于扶摇洲和金甲洲的齐廷济，一直镇守南婆娑洲的陆芝和出剑老龙城的米裕。此外地仙剑修当中，又有从中土神洲一起赶赴南婆娑洲的陈三秋和叠嶂，以及离开落魄山去往东岳战线的崔嵬。

这其实是一件深思之后极为值得深思的一件事。

南婆娑洲有陨落在剑气长城的外乡剑仙元青蜀。所以先有陆芝、春幡斋剑仙邵云岩，后有谢松花，再有陈三秋和叠嶂，到达南婆娑洲第一件事，都是去拜访元青蜀所在的宗门大潦水。大潦水开山祖师名为龙澄，奉节郡人氏，曾在潦水当中寻见一有神人守护的石盒，龙澄最终获得石盒当中的五方古老玉印，文字却非后世通用篆籀，龙澄仅拿一枚留在了自家山头。在这之后，不过观海境修为的龙澄，一路跋山涉水跨洲远游，赶赴中土神洲。将其余四方印章全部赠予文庙，四方印章再被一位副教主亲自送往南婆娑洲镇海楼。

陆芝突然问道："知道元青蜀在酒铺那边的无事牌上写了什么吗？"

邵云岩摇头笑道："这真没注意。"

酡颜夫人斜瞥一眼邵云岩，与陆芝嫣然笑道："我知道，是那'此处天下当知我元青蜀是剑仙'。"

陆芝盯着酡颜夫人："你真知道？"

陆芝的言下之意是，千百份惹人厌烦的山水邸报，抵得过元青蜀在异乡不惜生死的递剑吗？！

酡颜夫人脸色微变，怯生生道："奴婢现在记起来了，是真知道了。"

一个身穿雪白长袍的俊美青年突然现身，和陆芝并肩而立，说道："黄童战死在了宝瓶洲南岳战场。"此生练剑，极少有忧愁思绪的陆芝，仍是忍不住叹了口气，转头望向宝瓶洲那边。

齐廷济一伸手，将那封随风飘远的山水邸报抓在手中，翻阅起来，说道："董三更最后一次为剑仙喝酒送行，好像就是为太徽剑宗剑仙黄童。"

齐廷济也丢了邸报，双手负后，眯眼而笑："等着吧，如果被那周密得逞，浩然天下打输了还好说，万事皆休，谁都没什么可说的了；可要是打赢了，这帮为数不少的半吊子读书人，还要骂下去，骂得只会更起劲。一个个神采飞扬'早知道'，骂陈淳安不作为，甚至会骂宝瓶洲死人太多，绣虎手段半点不仁义。"

陆芝默不作声。他们有脸说，我陆芝没耳听，他们开心就好。

青冥天下。

柳七、曹组尚未离去，大玄都观又有两个客人联袂造访，一个是狗能进某人都不能进的，一个则是当之无愧的稀客贵客。

孙怀中蓦然大怒道："这个狗陆沉真是一块牛皮糖。"

女冠春晖有些头疼。

老观主孙怀中对她说道："湛然，去跟他说我不在观内，正在白玉京和他师尊把臂言欢，爱信不信，不信就让他凭本事闯入道观，来找白仙斗诗，与苏子斗词，他要是能赢，我愿赌服输，在白玉京外边给他磕三个响头，保证比敲天鼓还响。贫道最重脸面，言出必行，天下皆知，一口吐沫一个钉，任由他陆沉趴地上抠都抠不出来……"

董画符说道："老观主措辞，注意些火候。家乡曾经有人说过，言语即出剑，用力过猛容易拧到腰，还会被剑气绷开裤裆。"

孙怀中问道："阿良讲的？这个狗日的说话，果然还是有点嚼头啊。"

董画符嗯了一声。

孙怀中突然抚须沉思道:"如果只有陆沉还好说,他身边跟了个喜欢冤枉好人的讨债鬼,就有些棘手了。"

青冥天下,白玉京之外,大玄都观、岁除宫这样的山巅宗门,屈指可数。岁除宫宫主吴霜降最后一次闭关,沉寂多年,终于出关。由于不问世事数百年,吴霜降跌出了最新的青冥天下十人之列。此次吴霜降收敛气象,主动寻访大玄都观。

孙怀中当然头疼,这个吴霜降,性情乖张得过分了,好时绝好,不好时,那脾气犟得厉害。

能让孙怀中都感到头疼的人不多的,比如对方至少得能打,很能打。不然就老观主这出了名的"好脾气",早就教对方如何学自己做人了。

孙怀中忍不住问道:"湛然,你师父一百遍《黄庭经》抄写得如何了?"

女冠春晖无奈道:"观主,我这不是还没说吗?"

孙怀中大怒道:"堂堂仙人境,喜欢成天捣鼓些铜钱、蓍草,还最擅长占梦,吴宫主大驾光临,就该早早备好重礼,这都算不到,测不准?你那师父,外人不是都说他早已'感而遂通,与天地准'吗?还敢说什么天底下真正参透那部经书的人只有两个,他算其中一个,邹子加上陆沉,才能算一个?本事不大,口气不小,这都哪来的歪风邪气,害得我这么多年,每次瞧见他这个师侄,都跟见着了师兄似的,恨不得次次主动稽首。"

春晖无言以对。为尊者讳,既为恩师,更为观主,她就不多说什么了。受着呗,不然还能如何。自家道观就这么个门风。要知道这些溢美之词,可都是观主老人家你喝高了,对山中好友胡乱吹嘘的,春晖她恩师素来为人谨慎,哪敢如此自夸。自家观主祖师这番"好心"替自家晚辈扬名的吹嘘,春晖的恩师当时听说后,汗都流下来了。

果然在那之后的修行路上,师尊每次出门远游,都会磕磕绊绊,有小道消息说,白玉京三掌教陆沉,说定要与春晖师尊教请教,所以专门请人蹲守道观地界,只要春晖的这位传道人出门,就肯定会在远游路上闹点不大不小的幺蛾子。

春晖恩师,尤其精通占梦,修道之地,悬挂一幅画卷,上边书写的内容是帝王君主、诸侯士大夫和庶人的"噩梦",听师父说出自浩然天下一个叫贾生的读书人。春晖很小就看过那幅画卷,也没觉得有多大学问,不知为何师父却很看重。春晖只觉其中天子梦噩则修道、大夫梦噩则修官,其实与青冥天下的风土人情挺契合的。

一个嗓音竟是直接打破道观数座山水禁制,在所有人心湖间激起涟漪:"孙观主在不在无所谓,我是来找柳七、曹组的。"

孙怀中嗤笑一声,真不把第五人当回事是吧。

但是柳七却婉拒了孙怀中和苏子的同行出门,只是和好友曹组一起告辞离开,去见那位岁除宫宫主。

吴霜降中年男子面容，相貌平平，但是在上五境修士眼中，这位宫主气象外显，身后一尊等人高的法相身形缥缈，与真身大致重叠，虽小有偏差，但更显异象，法相却不见真容，赤天衣，紫结巾，立于云雾中。

这显然是吴霜降一只脚踏入传说中的十四境、却又未真正跻身此境的独有异象。

按照常理，吴霜降这会儿是不该离开岁除宫的，可他既然还是来了，就绝对不是小事了。

吴霜降这一生的修道历程充满了传奇色彩，所以年轻候补十人当中，那个同样姓吴的幸运儿才会沾光，有了个"小吴"的美誉。

吴霜降开门见山道："我要借那半部姻缘簿子一用。"

吴霜降已经知晓道侣的隐匿之地，半靠自己的演化推衍，半靠倒悬山鹳雀客栈带来的那个消息。

她既是道侣吴霜降故意为之的心魔衍生，又是一头吴霜降远游天外天时亲手拘押在心湖中的化外天魔。吴霜降以此大逆不道的无上神通，硬生生让道侣"活"在自己心中。但是在吴霜降一次闭生死关、试图破境的关键时刻，道侣筹划多年，终于找到一个机会，乘隙而逃。最终藏匿在大玄都观一个道人袖中，一起去往浩然天下。所以吴霜降对大玄都观的观感好坏可想而知。

老观主孙怀中在吴霜降这边束手束脚，未尝没有心虚的成分。以至于都忘记了借没借过的一方砚台，那也叫事吗？吴宫主财大气粗，岁除宫坐拥一座大洞天，手握两座福地，缺这玩意儿？

一旁陆沉举起双手："今日事，与我无关，更不掺和。"

陆沉跟吴霜降是好友，与柳七郎也相熟，他一些个乱点鸳鸯谱的本事，还是跟曹元宠学的。

柳七摇头道："吴宫主应当知晓真相，何必强人所难。"

因为一旦答应下来，就等于曹组会沦为岁除宫的阶下囚。

柳七是货真价实的飞升境，挚友曹组却不然，是一个大道原本已经腐朽命不久矣的"伪飞升"。曹组在远游之前，真实境界其实始终停滞在玉璞境，甚至都不是仙人境。柳七得到半部姻缘簿子，就赠送给了之大道契合的挚友，曹组成功炼化了姻缘簿子，才跻身仙人境，真身才能够被柳七收入袖中，以假象之姿飞升——柳七破开天幕，曹组尾随其后，联袂飞升至青冥天下。不但如此，那座词牌福地，更是柳七为好友量身打造的一处修道之地，为的就是让曹组借助文运能够跻身飞升境。

柳七的打架本事在几座天下的飞升境修士当中半点不低，甚至可以说相当之高。毕竟是历史上首位真正参透"留人境"所有玄妙的修士，只是世人更多看重柳七郎的才情和词章。

如果柳七能够自己炼化那半部姻缘簿子，说不得如今数座天下就要多出一位十四境了。

十四境合道大不易，苏子就因为早有白仙在前头，便大道断绝，最终止步飞升境，只是苏子生性豁达，看得开而已。

吴霜降说道："说了是'借'。我不是某人，喜欢有借无还。"

今天一个不小心，明天一个不认账，后天就要倒打一耙，骂人栽赃泼脏水。

早年吴霜降和孙怀中有过一番坦诚相对的言语，老道长愤懑不已，在岁除宫跳脚说："我是那种人吗？好歹是一观之主，小有道法，薄有名声，你别冤枉我，我这个人吃得打，唯独最受不得丁点儿委屈……"

吴霜降说："你当然是。"

所以双方去天外天狠狠打了一架，外界众说纷纭，好事者都扯到了大道之争，其实缘由没那么复杂。

柳七还是摇头："我和元宠一起来此，当然要一同返乡。"

吴霜降脸色淡漠："你们来，没问过我；你们走，就得问我了。刚好趁此机会，将礼数补上一补。若是打烂了大玄都观的瓶瓶罐罐，我来赔就是了。"

柳七笑道："既然宫主痴情至此，这半部姻缘簿子，我看根本就不需要。"

吴霜降说道："你说了不算。"

曹组突然说道："我留下就是了。"

陆沉在一旁小声感慨道："世俗之君子，岂不悲哉。"

门口那边，孙怀中刚露面现身，身边跟着个本该在白玉京神霄城练剑的董画符。老观主实在是受不了这个吴霜降，抖搂威风去别处，别在我家门口咋咋呼呼，不打一场不行了，刚好陆沉在这边，这家伙本该坐镇天外天，都不用他和吴霜降如何破开天幕，可以省去些气力。

不承想陆沉抬起手臂，以迅雷不及掩耳之势，将一幅卷轴丢到道观高墙内。丢完，陆沉撒腿就跑，还不忘扭头喊道："董黑炭，记得早些回家哈。回头小道得空了，教你画符。"

董画符说道："不学。"

陆沉已经消失无踪。

孙道长摆摆手，示意身旁的春晖不用紧张，那陆沉没耍什么花样。

老道人将卷轴从院墙那边取回，打开绳结，画卷自行铺展开来。

老观主笑骂了一句。

那是一幅陆沉不知道从哪里叨来的《螺壳作法图》。

董画符伸长脖子一看，款识文字挺多，念道："世上一种貌小之人竟于螺蛳壳内大作其水陆道场,又有大厨房搬出丰盛筵席,主人与宾客横七竖八,旁观者亦沾沾自得也……"

一个虎头帽孩子站在门槛里边,只是看着那个吴霜降。

吴霜降与之对视,突然洒然一笑:"若是白也将来愿意陪我走一趟浩然天下,今天半部姻缘簿子的去留,我都随意,等得起。"

白也点头道:"随意。"

吴霜降自言自语道:"不知道她为何偏偏喜欢白也诗篇,真有那么好吗?我不觉得。"

一位芒鞋竹杖的大髯文士笑道:"我们喜欢的未必就真好,不喜欢的未必就一定不好,吴宫主以为然?"

吴霜降变了神色,不再剑拔弩张,笑道:"与她不一样,我由衷喜欢苏子词篇多年矣。"

苏子大笑点头道:"那是真的好。"

孙怀中低声道:"白也,先前曹元宠仰慕你,这会儿吴宫主仰慕苏子,怎么我觉得你输了半筹?毕竟吴宫主境界高些。"

白也只是转身径直走回修道之地。吴霜降则陪着苏子三人,一起悠悠然远游天幕。

苏子收起侍女点酥和书童琢玉,柳七则让好友曹组干脆去往袖里乾坤,明显依旧信不过这位吴宫主。

在草堂外的池塘边,白也和老观主孙怀中缓缓而行。

白也说道:"其实观主不用这么麻烦。"

那座围有桃林的池塘,以及远处好似一座园林假山的小山头,其实都是孙怀中施展神通后的袖珍山河,水极深,山极高,而且一把极好长剑显化而生的白鹿始终守在崖畔,白鹿身上挂着一件青色法袍,池塘名为桃花潭,长剑铭文"白鹿",法袍名为青崖。

好像一切就只为了那句诗文:"且放白鹿青崖间,须行即骑访名山。"

孙怀中说道:"天地何其大,修道岁月何其久,能让贫道敬重之人,已然不多。若说如吴霜降、曹元宠这般'仰慕'的某人,又能有几人?白也,你不用想太多,喜欢的就拿走,不喜欢的就搁放,反正贫道只是私心作祟,想让这人间更美好罢了。"

让人意外,阮秀今天带着董谷、徐小桥和谢灵,一起离开龙泉剑宗祖山,来到龙须河畔的铁匠铺子。

见过了刘羡阳,董谷和徐小桥会立即去往牛角山渡口乘坐长春宫渡船,重返大骊京畿旧山岳地界,谢灵则去找自家老祖、北俱芦洲的道家天君谢实。

先前师父阮邛在饭桌上云淡风轻地提了一嘴：大骊已经着手准备帮助龙泉剑宗设立下宗。比起正阳山、清风城依旧还是宗门候补，至今尚未真正落地生根，龙泉剑宗确实可谓大骊宋氏当之无愧的心头好。

董谷和徐小桥、谢灵一起御风落地，但是阮秀没有露面，董谷说师姐在石崖那边散心，等会儿再散步过来。

在规矩森严的宗门谱牒上，董谷是阮邛的开山大弟子，不知为何，阮秀的名字始终没有载入其中，但是龙泉剑宗嫡传和再传弟子，都习惯将阮秀视为大师姐，当然那个谢灵喜欢称呼她为秀秀姐。所以这次开辟下宗，董谷三人都觉得师父是要让师姐担任下宗宗主。

刘羡阳坐在竹椅上，正在翻看一份山水邸报，看得他揪心。所以董谷几个到了铺子后，刘羡阳头也不抬，就只是招招手，示意他们随便坐，反正都是自家地盘。董谷三人也没觉得有什么，就刘羡阳这种都敢跟师父嘻嘻哈哈没个正行的性子，若是对他们殷勤客气了，肯定就是这家伙憋着坏呢。

徐小桥瞥了眼刘羡阳手中的邸报，忍着笑。

董谷以心声向师弟谢灵提醒道："你悠着点，羡阳等会儿肯定要拿你开刀。"

说来就来，刘羡阳抬起头，望向小模样还挺水灵的谢师弟，眼巴巴问道："你给了多少钱？"

谢灵愣了一下。

徐小桥解释道："是问给了山上邸报多少神仙钱，才能跻身榜单，刘师弟好去送钱。"

谢灵笑着没说话，坐在竹椅上，双手轻放在膝盖上，丰神玉朗，神仙姿容。

在骊珠洞天，小镇土生土长的年轻人多有好相貌。

一方水土养育一方人，除了桃叶巷谢灵，督造官署出身的大渎庙祝林守一、年轻候补十人的杏花巷马苦玄，还有归乡一趟却又离乡远游的泥瓶巷顾璨，都是出了名的皮囊出彩。

当然还有如今成为藩王宋睦的宋集薪，以及福禄街大门户的读书人赵繇，都是在少年时就已经极为英俊。

近期宝瓶洲山上跟风，评选出了自家的年轻十人，年龄必须是四十岁以下，龙泉剑宗嫡传剑修谢灵就得以跻身其中。

刘羡阳又低下头，眼神呆滞，犹不死心，翻来覆去看那山水邸报，最终也没能找到自己的名字，对此骂了一句娘，因为他今年刚好四十一岁。

刘羡阳比陈平安大两岁，年少时和人报年龄，喜欢说虚岁。可好像年纪一大，就不再提虚岁，喜欢只讲周岁了。

刘羡阳倒不是有些在意虚名，而是……很在意。

老子辛辛苦苦凭真本事挣来的修为境界，你们这些睁眼瞎，凭啥计较这一两岁的小事？先前数座天下的年轻十人和候补十人两份邸报，都有那第十一人，加上一个刘大爷，不过就是几笔的事情，你们会掉钱啊还是咋的。

不过就阮师傅那脾气，就算刘羡阳符合年龄，估计也会难得地拿出大骊王朝首席供奉的身份帮着压下。真是如此，刘羡阳倒是真半点不介意，阮师傅别的不说，做人这一块真挑不出啥不好的。

毕竟刘羡阳所练剑术，太过古怪。按照阮邛的说法，在跻身上五境之前，你刘羡阳别着急出名，反正早晚都有，晚福更好。

说来奇怪，阮邛虽然既有风雪庙这个"娘家"靠山，又以兵家圣人身份稳坐大骊宋氏供奉头把交椅，可事实上他一直只是玉璞境。当年大骊铁骑南下之前，倒没什么，如今宝瓶洲高人隐士、山巅大佬，层出不穷，却依旧几乎无人质疑阮邛的首席供奉头衔，大骊两任皇帝、国师崔瀺、上柱国和巡狩使在内的文武重臣，对此都极其默契，没有任何异议。

山君魏檗、披云山林鹿书院几位正副山长，尤其是陈平安的那座山头，落魄山上下，从老厨子到裴钱，更是谁见到阮邛都客客气气的，而且绝不敷衍。尤其是那个陈灵均，每次见着了阮邛就跟老鼠见猫差不多。

刘羡阳收起邸报，转头望向谢灵，一本正经感慨道："谢灵，你是剑修，快剑好练慢剑难，以后一定要多坚持啊。"

谢灵点点头，深以为然。

董谷和徐小桥师兄妹两个，先看了一眼笑容玩味的刘羡阳，再对视一眼，都没说话。

刘羡阳看着徐小桥，笑嘻嘻问道："徐师姐想啥呢？"

右手无大拇指的女子笑道："和刘师弟想法相反吧。"

刘羡阳叹了口气，懒洋洋背靠椅子。

清风城许氏早年从杏花巷马家手中买下了一座龙窑窑口。那个与一位琼枝峰仙子结为神仙道侣的卢正醇，前些时候还故意衣锦还乡了一趟。连那宋搬柴都成了大骊藩王，找谁说理去。

阮秀离开石崖，走过石拱桥，从河畔那边缓步走来，谢灵立即起身，与阮秀闲聊了几句，才远离几步，御风远游。

秀秀姐在来时路上，私底下向他传授了一门好像全然没有根脚的剑术，这让谢灵十分开怀。

秀秀姐虽然对万事万物都漠不关心，可好像对自己，终究是有些不同的。

事实上，阮秀早就教了董谷一门远古妖族炼体法门，更教了徐小桥一种敕神术和一道炼剑心诀。

至于谢灵这边,阮秀只是在御风途中无意间想起此事,觉得自己好像不能太偏心,才随便给了这个心比天高的师弟一门剑术,品秩不高,只不过相对适合谢灵修行。

董谷和徐小桥也同时告辞离去。

阮秀没坐在那几张竹椅上,而是从屋子里边搬了条凳子落座,轻声道:"恭喜跻身元婴境。"

刘羡阳挠挠头:"没头没脑的,破境没道理。"

阮秀其实知道真相,是那位齐先生的关系,却没有跟刘羡阳说破。

刘羡阳递过一把瓜子,阮秀摇摇头。

刘羡阳自顾自嗑瓜子,没来由随口说道:"如果光阴长河可以倒流的话,秀秀姑娘重新走一遍骊珠洞天,是不是会过得更开心些?"

阮秀想了想,答道:"不能作此想。"

青衣女子,还是扎了一根马尾辫。这么多年来,偶尔会扎成麻花辫,反正大体上是变化不大的。

刘羡阳点点头。

阮秀说道:"其实抓鱼没那么难。"

刘羡阳笑道:"对我们来说,小时候会比较难,大了后,也还好,我跟陈平安,还有小鼻涕虫,其实水性都不差。"

刘羡阳突然说道:"当年被误认为是督造官私生子的宋掇柴、宋集薪这个名字,好像是宋煜章帮忙取的?"

阮秀摇摇头:"不清楚。"

从来不感兴趣。

刘羡阳用脚尖在地上写了个"帝"字,再写了个"薪"字,然后自顾自说道:"在南婆娑洲求学的那些年里,我喜欢跟一个同样是外乡人的许夫子问东问西,那位许夫子比较擅长解字,只要带酒去请教,就肯定知无不言言无不尽,所以我跟着学了些皮毛。当时我什么都不懂,就什么都敢问,闹着玩,就让神神道道的许夫子解字算命,我的、陈平安的、宋集薪的,不承想许夫子顺着脉络,说了一大通,当时听得我一知半解,就没当真,也没多想。"

比如"帝"若只以象形字去解,就会让后世人如坠云雾,所以那位许夫子另辟蹊径,先以手指蘸酒水,在桌上先写"帚"字,将其解为捆束的柴薪,再往祭祀一事上去靠拢,还和刘羡阳说了铸炼阳燧。许夫子学问极大,涉猎极多,其中又谈及《论衡篇》,说那柴垛集聚,若是再有一把阳燧古镜,借此向天取火,便是在远古时代,人族在统祭天上诸神时,此亦为最高规格的祭祀之一。

于五月丙午日中之时，天下长日之至，阳气极盛之时，郊之祭，大报天而主日，配以月。

许夫子当时和刘羡阳笑言，说自己有两个好友，一个姓王，一个姓郑，对此都有注疏，几个人各执己见，早些年还吵得厉害，只是后来都被列为禁书，流传不多。

许夫子最后说这些老皇历，只是读书人闲来无事的纸上学问事了。

刘羡阳心中叹息一声。五月初五，刘羡阳，宋集薪。

刘羡阳转头说道："和秀秀姑娘是好朋友，有些话我就不多说了。不然阴阳怪气的，我自己都讨厌。"

阮秀摇摇头："其实没关系，既然是朋友，多说些也无妨。"

刘羡阳沉默起来："有些怀念当年的光景了。"

阮秀坐了片刻，起身离去。

重新走到那座曾经悬挂老剑条的石拱桥，阮秀坐在石桥上，脚下就是潺潺而流的龙须河。

远古天下，人族蝼蚁，其实人人皆在光阴长河当中，多少小鱼碧水中。

对于阮秀而言，确实"抓鱼不难"，动辄便可烹海煮湖，炼杀万物。当年水火之争，是以"李柳"落败告终。所以之前李柳去神秀山见阮秀，双方"此生"唯一一次闲聊，其实都不算和气。阮秀还说过李柳不会做人。

阮秀沉默许久，突然抬头望向天幕，神色淡然："好久不见，持剑者。"

她与生而知之的李柳不同，以后只会更加不同。

阮秀轻轻抖了抖手腕，手腕上盘踞有一条酣眠火龙。

于五月初五，选江心炼镜阳燧，以取天火，大炼五行，照彻天下。

巡夜打更，是为了告诫人间，天干物燥，小心火烛。

有用吗？

一个名叫陈浊流的外乡书生在长春宫用飞剑寄了一封信给落魄山，然后逛过了大骊京城，一路徒步南下，慢悠悠游历到了小镇骑龙巷的压岁铺子，见到了掌柜石柔和名叫阿瞒的小伙计，在他掂量钱袋子挑选糕点的时候，隔壁草头铺子的掌柜贾晟又过来串门了。如今老神仙身上的那件道袍比先前素朴多了，毕竟如今境界高了，法袍什么的都是身外物，太过注重，落了下乘。陈浊流瞥了眼老道士，笑了笑，贾晟察觉到对方打量的视线，抚须点头。

陈浊流离开压岁铺子后，去了趟杨家铺子，没能见到杨老头，有些遗憾，早知道当年就来这边聊些老皇历了。

陈灵均急吼吼御风赶来，先前收到飞剑密信，那个好兄弟说今天会准时赶到小镇，双方在骑龙巷铺子碰头。陈灵均提前一个时辰下了山,腰间一口气悬挂了三枚剑符,是下山临行之前,向小米粒和傻暖树各借了一枚,到时候好将自己那枚送给陈浊流。借?借什么借,半点不阔气。到了压岁铺子,等了差不多一个时辰,只嗑瓜子也不是个事儿,百无聊赖的,陈灵均就逗性情孤僻的小阿瞒,说学什么拳走什么桩,太费劲,我传你一个本家不轻易外传的高明拳法,名叫蜈蚣蹦,在门外这条骑龙巷演练此拳,那是绝佳。可阿瞒只是站在柜台后边的板凳上翻书看,根本不理睬陈灵均。

陈灵均就双手负后,去隔壁铺子找老友贾晟唠嗑,拍胸脯说要让贾老哥见一位新朋友,在约好时辰的一炷香后,陈灵均蹲在铺子门口,依旧苦等不见陈浊流,就跑回压岁铺子,问石柔今儿有没有见到个背书箱的读书人,石柔说有的,一个时辰前还在铺子买了糕点,然后就走了。陈灵均一跺脚,施展障眼法,御风升空,在小镇上空俯瞰大地,依旧没能瞧见那个朋友的熟悉身影。奇了怪哉,莫不是自己先前光顾着御风赶路,没往山中多看,使得双方刚好错过了,其实一个出山一个入山?陈灵均又火急火燎赶往落魄山,但是问过了小米粒,好像也没瞧见那个陈浊流。陈灵均蹲在地上,双手抱头,长吁短叹,到底闹哪样嘛。

其实陈浊流当下身在黄湖山,坐在茅屋外边晒太阳。

斩龙之人,到了水边,没有斩龙,就像渔夫到了水边不撒网,樵夫进了山林不砍柴。

无妨。只需要耐心等着,接下来就会有更怪的事情发生,陈浊流这次是绝对不能再错过了,那可是一桩万年未有之壮举。

既然杨老头不在小镇,走出了万年的画地为牢,那么当下龙州就只有陈浊流一人察觉到了这个端倪,披云山山君魏檗都做不到,这不是北岳山君境界不够的缘故,哪怕是他"陈浊流",也是凭着在此多年"隐居",循着蛛丝马迹,再加上斩龙因果的牵扯,以及心算演化之术,才推衍出了这场变故的微妙迹象。

只是他有些好奇,那头绣虎知不知道此事?

蛮荒天下,十万大山中一处山巅茅屋外,老瞎子身形佝偻,面朝那份被他一人独占的万里山河。

他当年曾经亲手剜出两颗眼珠子,一颗丢在浩然天下,一颗丢在青冥天下。

"眼前"的山河万里,空无一人。太干净,太干净了。

一条老狗匍匐在门口,微微抬头,看着站在崖畔的老家伙,"也不摔下去,干脆摔死拉倒",这样的小小失望,它每天都有啊。

老瞎子问道:"知不知道为何当年阿良刻字,离开了剑气长城,却没有返乡?"

堂堂飞升境的老狗,晃了晃脑袋:"不清楚。"

老瞎子骂道:"真是狗脑子!"

老狗半点不憋屈，只是很想说"不然咧，还能是啥，老瞎子你倒是喜欢说瞎话。咱俩要是境界互换一下，呵呵"。

阿良离开倒悬山后，直接去了骊珠洞天，再飞升去往青冥天下白玉京，在天外天，一边打杀化外天魔，一边跟道老二掰手腕。跻身十四境剑修之后，依旧没有去往家乡所在的中土神洲，而是直接回到了剑气长城，然后就被镇压在了托月山之下。托月山即两座远古飞升台之一，曾被三位剑修问剑，斩去那条原本有望重开天人相通的道路。所谓的天地通，归根结底，就是让后世修道之人，去往那座昔年神灵万千的破碎天庭。那处遗址，谁都炼化不成，就连三教祖师，都只能对其施展禁制而已。

老瞎子伸手抓着一侧的干瘪脸颊："就阿良那德行，如果没有破境，能不去家乡老友那边……假装吹牛？那家伙还不得来上一句'十四境的剑修，没什么了不起的'，肯定会这么说的。撅个屁股，就知道他吃了啥。"

那条看门狗点点头，恍然道："知道了，阿良是有家归不得，丧家犬嘛，读书人反正都这样，其实咱们那位天下文海，不也差不多。别处天下还好说，浩然天下如果有谁以剑修身份跻身十四境，整个天外的远古神灵余孽，不管历史上站在哪个阵营，极有可能都会疯狂涌入浩然天下。难怪老秀才不愿弟子左右跻身此境，太危险不说，而且会闯下大祸，这就说得通了，那个羊角辫小丫头当初跻身十四境，看来也是周密嫁祸给浩然天下的手段。"

老瞎子讥笑道："倒不是猪脑子。"

老狗无可奈何，骂吧骂吧，老瞎子你就只会欺负一条忠心耿耿的自家狗。

老瞎子你说你守着个十四境吃干饭呢，去跟托月山大祖痛痛快快干一架啊，赢了，整个蛮荒天下都是你的地盘，要不然就去中土文庙那边撒泼啊，肯定帮你把十万大山这点家业看得好好的。

托月山大祖和文海周密为何舍得让萧愻这么个天别管我、地别管我的家伙，一个连陈清都也管不住的上任隐官，在英灵殿合道十四境？原来除了让蛮荒天下多出一份顶尖战力之外，另有图谋。老狗一想到这些弯弯绕绕，就头疼得厉害，然后立即觉得老瞎子其实人挺和蔼的了，若是真会一个脚打滑，摔落山崖，半死就行。

老瞎子转头看了眼剑气长城，又瞥了眼托月山，再想起如今蛮荒天下的推进路线，总觉得处处不对劲。

一个十四境大修士，其实有无一双眼珠子，还真不碍事。只是人间万年教人没眼看。不过一些个年轻人，老瞎子不管嘴上如何损人，心底还是欣赏的，只是这样的人太少，而且一个个下场好像都不太好。

老瞎子破天荒有些唏嘘："是该收个顺眼的嫡传弟子了。"

老狗战战兢兢道："别是那个隐官大人就成，那家伙瞅我的眼神就不正，瞧啥瞧呢，跟盯着一盘菜似的。"

越说越气，这条老狗扬起头颅，伸出一只爪子，在地上轻轻一划拉，只是刨出些许痕迹，显然没敢闹出太大动静，言语语气却是愤懑至极："要不是家里边事情多，实在脱不开身，我早去剑气长城砍他半死了，飞剑是没有，可剑术什么的，我又不是不会。"

老瞎子嗤笑道："龙君都砍不死他，你凭什么？剐下肉当佐酒菜，撑死咱们那位隐官大人？"

老狗重新匍匐在地，唉声叹气道："那个贼头贼脑的老聋儿，都不知道先来这儿拜山头，就绕路南下了，不像话，主人你就这么算了？"

老瞎子毫无征兆地出现在老狗旁边，抬起一脚，重重踩在它背脊上，一连串嘎嘣脆的声响如爆竹炸裂开来。老瞎子一手揉着下巴："你偷溜去浩然天下宝瓶洲，帮我找个名叫李槐的年轻人，然后带回来。做成了，就恢复你的自由身，以后蛮荒天下随便蹦跶。"

老狗开始装死。相较于什么自由身，当然还是保命要紧。这会儿跑去浩然天下，尤其是那座宝瓶洲，狗肉不上席？肯定被那头绣虎炖得烂熟。

老瞎子一脚踹飞老狗，自言自语道："难不成真要我亲自走趟宝瓶洲，有这么上杆子收弟子的吗？"

斐然被周密留在了桃叶渡。

离别之际，周密好像受伤不轻，一位十四境巅峰竟然都变得脸色微白。

当时周密身上有凌厉至极的剑气和雷法道意残余，还有一份挥之不去的古怪拳罡。

斐然随手手了那枚藏书印后，先回了一趟军帐，不知为何，甲子帐木屐，或者说周密的关门弟子周清高，早已经在那边等候，他说接下来会与斐然一起游历桐叶洲，然后再去那座芦花岛造化窟。斐然其实很欣赏这个年轻人，只是不太喜欢这种牵线傀儡、处处碰壁的糟糕感觉，但是周清高既然来了，肯定是周密的授意，至于斐然本人是什么想法，不再重要。

斐然只问了一个问题："大泉王朝这座蜃景城下场会如何？"

周清高笑答二字："依旧。"

斐然就带着周清高重返照屏峰，然后一起南下，斐然落在了一处人间荒废城池，两人一起走在一座草木茂盛的石拱桥上。

青衫背剑、覆盖面皮的斐然停步站在石桥弧顶，问道："既然都选择了孤注一掷，为何还是要分兵东宝瓶洲和南婆娑洲，拿下其中一洲，不难的。按照如今这么个打法，已经不是打仗了，是破罐子破摔，扶摇洲和金甲洲不去补上后续兵马，一股脑儿涌向宝瓶

第五章　山水颠倒风雪夜

洲和婆娑洲,这算什么?各大军帐,就没谁有异议?只要我们占据其中一洲,随便是哪个,打下了宝瓶洲,就接着打北俱芦洲,打下了南婆娑洲,就以一座金甲洲作为大渡口,继续北上攻打流霞洲,那么这场仗就可以继续耗下去,再打个几十年一百年都没问题,我们胜算不小的。"

尤其是宝瓶洲,以大骊陪都作为一洲南北的分界线,整个南方沿海地带处处都有妖族疯狂涌现。

周清高说道:"我先前也有这个疑惑,但是先生未曾回答。"

斐然伸手抹过玉白色桥栏,手心满是尘土,他沉默片刻,又问道:"托月山大祖,到底是怎么想的?"

周清高想了想,摇头道:"我没敢向先生询问此事。"

斐然最后问道:"为何不跟在你先生身边?"

周清高还是摇头:"先生吩咐,学生照做。不该问的,就一句不问;不该想的……就尽量少想些。"

斐然转过身,背靠桥栏,身体后仰,望向天空。

空荡荡的天,空落落的心。

斐然修道小成之后,其实习惯了一直把自己当成山上人,但依旧将家乡和浩然天下分得很开就是了。所以为军帐出谋划策也好,需要在剑气长城战场上出剑杀人也罢,斐然都没有任何含糊。只是战场之外,比如在桐叶洲,斐然不说与雨四、涅滩几人大不一样,哪怕是和身边这个同样内心神往浩然天下百家学问的周清高,依旧不同。

周清高笑道:"我不喝酒,所以不会随身带酒,不然可以破例陪斐然兄喝一次酒。"

斐然摇摇头:"算了,愁酒喝不得。"

如果说人生就是用年月日作为砖石,铺成的一座拱桥,那么山下市井的凡夫俗子,而立之年,至多不惑之年,差不多就走到了拱桥最高处。行走其中,在桥上可以回头看,却没有回头路可走。所以小时候着急长大,长大后害怕年老。登山修道的练气士,看似没有这份处境,事实上一旦日渐神魂腐朽,又破境无望,只会比山上俗子更加煎熬。

斐然突然笑了起来:"咱们那位隐官大人,名叫陈平安,却好像最是意难平啊。这么一想,我的心情就好多了。"

斐然取出两壶酒,丢给周清高一壶,冷不丁问道:"桐叶洲没什么好逛的了,不如跳过造化窟,咱俩直接去剑气长城,拜访隐官大人?"

周清高犹豫不决,斐然一拍他的肩膀:"先前那次路过剑气长城,陈平安没搭理你,如今都快盖棺定论了,你们俩肯定有的聊。只要关系熟了,你就会知道,他比谁都话痨。"

周清高点点头,抿了口酒,笑道:"那就试试看,前提是你必须保证我不会被他打死。"

斐然笑道:"好说。"

剑气长城城头之上,一个龙门境的兵家修士妖族气喘吁吁,握刀之手微微颤抖。

登上城头之前,他就和那个大名鼎鼎的隐官大人约好了,双方就只是切磋刀法拳法,没必要分生死,若是他输了,就当白跑了一趟蛮荒天下的最北边,下了城头,就立即打道回府。那个隐官大人竖起大拇指,用比他还要地道几分的蛮荒天下大雅言称赞说做事讲究,久违的豪杰气概,所以完全没问题。

于是这场架,打得很酣畅淋漓,其实也就是这个兵家修士独自在城头上出刀劈砍,一袭鲜红法袍的年轻隐官就由着他砍在自己身上,只是偶尔随手抬起藏在鞘中的狭刀斩勘格挡一二,不然显得待客没诚意,容易让对手过早心灰意冷。为了照顾这条好汉的心情,陈平安还故意施展掌心雷法,使得每次刀鞘与刀锋磕碰在一起,就会绽放出如白蛇游走的一阵阵雪白闪电。

以狭刀拄地,陈平安看着那个收刀停手的家伙,笑眯眯问道:"砍累了吧,不然换我来?"

那个妖族修士立即扬起胸膛,豪气干云道:"不累不累,半点不累!且容我缓一缓,你急什么。"

陈平安微笑道:"你这客人,不请自来就登门,难道不该敬称一声隐官大人?我可是等你很久了。"

妖族修士毫不犹豫喊道:"隐官大人。"还补了一句:"名不虚传,好拳法!"

陈平安突然茫然四顾,只是瞬间又收敛心神,对妖族修士挥挥手:"回吧。"

妖族修士倒也不是真傻:"不杀我?"

陈平安笑道:"你是生平第一次登上城头,而且也从没到过战场,说不定你这辈子都没机会靠近这边了,杀你做什么。"

妖族修士收刀后,抱拳道:"略逊一筹,隐官大人确实拳高。"

陈平安一手按住刀柄,一手揉着眉心,斜眼看那个言语颇为谦虚、神色更是诚恳的客人:"回了家乡,就说自己打赢了隐官,如果有外人问我,我会帮你圆场,承认此事。"

妖族修士有些难为情,低声道:"这不太好吧。"

陈平安抓起手中斩勘,妖族修士见机不妙,立马御风远遁。那个脑子不太拎得清的"大妖"离去后,陈平安仰起头,发现下了一场大雪,毫无征兆可言。

风雪浮云遮望眼。

在今天之前,还是会怀疑。不晓得还有无机会重游故地,吃上一碗当年没吃上的鳝鱼面。不知道还有无机会重返故乡,再吃上一顿百吃不厌的冬笋炒肉,会不会桌上酒碗又被换成酒杯。会不会在夏天被拉去吃一顿火锅。会不会还有老人骗自己，一物降一物，喝酒能解辣，让他几乎辣出眼泪来。

这么些年，在拿到那本山水游记后，自己既在辛苦等待这一天的到来，可又好像担心这一天的到来。

刹那之间，天地气象大乱，以至于整座剑气长城都震动不已，陈平安竭力稳住心神。

山水颠倒，一位青衫儒士站在城头上，转头望向陈平安："你可以回了。"

陈平安取出碧玉簪子，别在发髻间，一步跨到城头上，蹲下身："能不能先让我吃顿饭喝壶酒，等我吃饱喝足，再做决定？"

崔瀺点点头："大事已了，皆是小事。"

陈平安一屁股坐在城头上，后仰倒去。说要吃饱喝足，却没吃饭没喝酒，只是那么躺在地上，瞪大眼睛，怔怔看着夜幕风雪："让人好等，差点儿就又要熬不过去了。"

崔瀺突然笑道："神仙坟那三枚金精铜钱，我早就帮你收起来了。"

这是对那句"千年暗室，一灯即明"的遥相呼应，也是造就出"明虽灭尽，灯炉犹存"的一记神仙手。

人生道路上，善行兴许有大小之分，甚至有真伪之疑，唯独粹然善心没有高下之别。

崔瀺没来由想起了一番言语：君子养心莫善于诚，至诚则无他事矣。惟仁之为守，惟义之为变化代兴，谓之天德。寥寥两句，便一语道破"心诚""守仁""天德"三大事。

只是老秀才道理讲得太多，好话数不胜数，藏在其中，才使得这番言语显得不那么起眼。

老秀才在市井寂寂无闻时，便与最早相依为命的学生唠叨过这番话，最终好不容易和其他道理一起搬上了泛着浅淡油墨香味的书，刊印成册，卖文挣钱。其实当时老秀才都觉得那书商脑子是不是进水了，竟然愿意版刻自己那一肚子的不合时宜，事实上那书商真心觉得会卖不动，会亏本，只是某人好说歹说，加上那位未来文圣开山大弟子的一顿劝酒，才版刻了可怜巴巴的三百册，而私底下，光是学塾几个学生就自掏腰包偷偷买了三十册，还成功怂恿那个财大气粗的阿良一口气买下了五十册。当时学塾大弟子最为得力，对阿良诱之以利，说这可是初版初刻的善本，刊印不过三百，本本可谓孤本，以后等到老秀才有了名声，售价还不得至少翻几番。当时学塾里边年纪最小的弟子以茶代酒，说和阿良走一个走一个，还让阿良等着，等以后自己年纪大了，攒出了一两片金叶子、几颗大银锭，就走江湖，到时候再来喝酒，去他的茶水嘞，没个滋味，江湖演义小说上的英雄豪杰不喝茶的，只会大碗喝酒，酒杯都不行。那是文圣一脉先生学生，在钱财事上最为捉襟见肘的一段岁月。

师兄弟几个,和那个浪荡不羁的阿良喝酒是开心事。但是在那之前,崔瀺独自一人跟那个满脸红光的胖子商喝酒时,觉得自己这辈子,尤其是在酒桌上,就从没那么低三下四过。仿佛把绣虎一辈子的谄媚神色、言语,都预支在了一顿酒里。年轻人站着,兜里有几个臭钱的胖子坐着;年轻书生双手持杯,喝了一杯又一杯,那人才笑哈哈端起酒杯,只是抿了一口酒,就放下酒杯去夹菜吃了。

老秀才可能至今都不知道这件事,也可能已经知道了这些鸡毛蒜皮,只是难免端些先生架子,讲究读书人的斯文,不好意思说什么,反正欠开山大弟子一句谢,也就那么一直欠着了。又或者是先生为学生传道授业解惑,学生为先生排忧解难,本就是天经地义的事情,根本无须双方多说半句。

陈平安听闻此语,这才缓缓闭上眼睛,一根紧绷的心弦终于彻底松开,脸上疲惫神色尽显,很想要好好睡一觉,呼呼大睡,睡个几天几夜,鼾声如雷震天响都不管了。

大雪纷飞,却不落在两人城头处。如仙人修道山中,暑不来寒不至,故而山中无寒暑。

先前陈平安犹然担心那个万一,万一这个崔瀺还是那周密的手段,那么十多年的不眠不休不吃不喝岂不是功亏一篑。

陈平安完全不清楚周密在半座剑气长城之外,到底能够从自己身上图谋到什么,但道理很简单,能够让一位蛮荒天下的文海如此算计自己,一定是谋划极大。

复杂事往简单了去想,是拆解,是切割,就像一剑破万法,而将简单事往复杂了去想,是缝补,是搭建,是打造小天地。

陈平安年幼时在家乡藏三枚铜钱的事,极其隐秘,那个周密再神通广大,也无法知晓。

绣虎确实比较擅长洞悉人性,一句话就能让陈平安卸去心防。

崔瀺转头瞥了眼躺在地上的陈平安,说道:"年轻时分,就暴得大名,不是什么好事,很容易让人自以为是而不自知。"

陈平安点点头,表示认可,本就是个可对可错的道理,只是由崔瀺来说,就比较有理。许多道理,是旁人看似与你只说一两句话,事实上是拿他的整个人生在讲理。有没有用,且听了,又不亏钱。若有赚,就像白喝一碗不花钱的酒水。

陈平安知道这头绣虎是在说那本山水游记,只是心中难免有些怨气:"走了另外一个极端,害得我名声烂大街,就好吗?"

陈平安倒是不担心自己名声受损什么的,终究是身外事,只是落魄山上还有那么些心思单纯的孩子,若是被他们瞧见了那部乌烟瘴气的游记,岂不是要伤心坏了。估计以后回了家乡山上,有个姑娘就更有理由要绕着自己走了。

崔瀺笑道:"名声总比山君魏檗好些。"

陈平安睁开眼睛，有些忧心，疑惑道："此话何解？"

崔瀺说道："一回便知，不用问我。"

陈平安以狭刀斩勘撑地，竭力坐起身，双手不再藏袖中，而是伸出手使劲揉了揉脸颊，驱散那股子浓重睡意，问道："书简湖之行，感受如何？"

一把狭刀斩勘，自行矗立城头。

崔瀺再次转头，望向这个小心谨慎的年轻人，笑了笑，答非所问："不幸中的万幸，就是我们都还有时间。"

陈平安询问的是当年崔瀺去往落魄山，故意伤口上撒盐，问年轻山主的一个小问题。崔瀺所答则是当时大骊国师的一句感慨言语。

陈平安深吸一口气，站起身，风雪夜中，天昏地暗，好像偌大一座蛮荒天下就只有两个人。

终于不再是四面八方、天下皆敌的困顿处境了。哪怕身边这位大骊国师曾经设置了那场书简湖问心局，可这位读书人到底来自浩然天下，来自文圣一脉，来自家乡。马上相逢无纸笔，凭君传语报平安，报平安。可惜看样子崔瀺根本不愿多说浩然天下事，陈平安也不觉得自己强问强求就有半点用。

崔瀺随口说道："心定得像一尊佛，反而会让人在书上写不出仙人的话语。所以你们文圣一脉，在立言一事上，靠你是靠不住了。"

陈平安轻声说道："不是'你们'，是'我们'。"

崔瀺好像没听见这个说法，不去纠缠那个"你""我"的字眼，只是自顾自说道："书斋治学一道，李宝瓶和曹晴朗都会比较有出息，有希望成为你们心中的粹然醇儒。只是如此一来，在他们真正成长起来之前，护道一事就要更加劳心劳力，片刻不可懈怠。"

陈平安伸出一根手指，轻轻抵住那根相伴多年的碧玉簪子，不知道如今里边隐藏了什么玄机。

犹豫了一下，陈平安依旧不着急打开碧玉簪子的小洞天禁制，去亲眼验证其中内幕，还是重新散开发髻，将碧玉簪子放回袖中。

双袖中滑出两把曹子匕首，陈平安下意识握在手中，已经无须怀疑崔瀺身份，只是陈平安在剑气长城习惯了用某一件事某个心念，或者是某个动作，勉强定心神，不然杂念琐碎，一个不小心，拘不住心猿意马，心境就会是"野草繁芜、大雨时行"的场景，使得心路泥泞不堪，白白消耗掉许多心神意气。

突然发现崔瀺盯着自己，陈平安说道："宝瓶打小就需要身穿红衣裳，我早就留心此事了，早年让人帮忙转交的两封书信上，都有过提醒。"

两封信，都提及此事。一封让捻芯转交宁姚，一封转交给陈平安心目中的未来落魄山山主学生曹晴朗，再让曹晴朗和李希圣主动言说此事。

崔瀺说道："就只有这个？"

显然在崔瀺看来，陈平安只做了一半，远远不够。

陈平安疑惑不解，崔瀺微微不悦，破例提醒道："曹晴朗的名字。"

陈平安越发皱眉，葫芦里卖什么药？

"观身非身，镜像水月。观心无相，光明皎洁。"崔瀺摇摇头，似乎有些失望，抬头望向蛮荒天下那两轮明月，缓缓道，"急处回光，着力一照，云散晴空，白日朗耀！我还以为你离乡远游这么多年，身边都有了个名叫'晴朗'的学生，剑气长城又有佛家圣人坐镇天幕，怎么都该读书读到此处，我实在不知道你翻书来读书去，到底看了些什么东西。"

陈平安似有所悟，也不计较崔瀺那番怪话。

崔瀺收回视线，抖了抖袖子，嗤笑道："扫踪绝迹，当下清凉。真性湛渊，如澄止水，恬澹怡神，物无与敌。只要你在书上见过这些，哪怕你只稍稍知晓此中真意，何至于先前有'熬不过去'之说，心境如瓷，破碎不堪，又如何？难道不是好事吗？前贤以言语铺路，你大步走去即可，临水而观，低头见那水中月碎又圆，抬头再见本相月，本就更显光明。隐官大人倒好，迷迷糊糊，好一个灯下黑，了不得。不然只要有此心思，如今早该跻身玉璞境了，心魔？你求它来，它都未必会来。"

陈平安在心中小声嘀咕道："我脑子又没病，什么书都会看，什么都能记住，还要什么都能知道，知道了还能稍解真意，你要是我这个岁数，搁这儿谁骂谁都不好说……"

崔瀺神色玩味，瞥了眼一袭披头散发的鲜红法袍，好像在说一句："怎么，当了几年的隐官大人，在这城头飘惯了？"

陈平安立即说道："现在懂得这几句佛偈，也不算迟，好事不怕晚。"

揣摩他人心思一道，陈平安在崔东山那边收获颇丰。

陈平安突然记起一事，身边这头绣虎好像在自己这个岁数，脑子真要比自己好不少，不然不会被世人认定一个文庙副教主或是学宫大祭酒已是绣虎囊中物了。

崔瀺说道："左右原本想要来接你返回浩然天下，只是被萧愻纠缠不休，始终脱不开身。"

陈平安松了口气，没来才好，不然左师兄此行，只会危机重重。

崔瀺望向南方远处的十万大山："天下人事，历来如此，做不到就是做不到，心有余而力不足，是不是山上人，是了山上人，有几境高，差别不大。凡夫俗子有凡夫俗子的事不可为，修道之人有修道之人的无可奈何。所以你错过了很多。"

陈平安问道："比如？"

崔瀺只是说道："很多。"

崔瀺重复道："很多。"

之前，刘叉在南婆娑洲问剑日月；上任隐官萧愻在桐叶洲剑斩飞升境苟渊；白也去往扶摇洲,一人四仙剑,剑挑数王座;解契之后,王朱在宝瓶洲走大渎成功,成为人间第一条真龙;杨老头重开飞升台;北俱芦洲剑修南下驰援宝瓶洲;老夫子坐在穗山之巅,力压托月山大祖;礼圣在天外守护浩然。在这之后,又有一桩桩大事,让人目不暇接。其中小小宝瓶洲,奇人怪事最多,最为惊骇心神。如今还有亚圣在托月山断后,崔瀺山水颠倒,身在剑气长城,与之遥相呼应,昔年一场文庙亚圣和文圣两脉的三四之争,落幕时却是三四合作。这大概能算是一场君子之争。

陈平安蹲在城头之上,双手握住那把狭刀:"错过就错过,我能怎么办。"

崔瀺笑道:"借酒浇愁亦无不可,反正书呆子左右不在这里。"

饮酒的乐趣,是在醉醺醺后的陶然境界。酒能醉人,几杯下肚,酒劲大如十一境武夫,使人层层卸甲。

善饮者为酒仙,耽溺于豪饮的酒鬼,喝酒一事,能让人跻身仙、鬼之境。所以绣虎曾言,酒乃人间最无敌。

陈平安说道:"我以前在剑气长城,不管是城内还是城头喝酒,左师兄从来不说什么。"

崔瀺嗤笑道:"这种色厉内荏的硬气话,别当着我的面说,有本事跟左右说去。"

陈平安扯了扯嘴角:"我还真敢说。"

别说喝酒撂狠话,让左师兄低头认错都不难,只要先生在身边。

崔瀺问道:"还没有做好决定?"

陈平安说道:"再想想。反正还是好事不怕晚。"

崔瀺倒是没有再说什么挖苦言语,因为能够理解年轻人的心境,想回家乡去,又不太敢回去。

曾经崔瀺也有此复杂的心思,所以才有了被大骊先帝珍藏在书桌上的那幅《归乡帖》,归乡不如不还乡。

崔瀺似乎有感而发,看着这方陌生的广阔天地:"一个人能做的,终究有限。不管是谁,都会有一条界线存在。言语,行事,心思,都概莫例外,任你打烂了身边的条条框框、大小规矩,看似自由纯粹,实则不然,既然不能重建秩序,无序本身就是一种极大的禁锢,远远称不上真正的随心所欲,翻手天地无,抬手天地起,才是大自由。哪怕让天地万物归一,却不能以一衍化万物,依旧不是真正的自由。"

崔瀺轻轻跺脚:"一脚踩下去,蚂蚁窝没了。儿童稚子尚可做,有什么了不起的。"

"相反地,"崔瀺抬起右手一根手指,轻轻一敲左手背,"知道有多少个你根本无法想象的小天地,在此一瞬,就此消亡吗?"

崔瀺笑意玩味:"谁告诉你天地间唯有灵众生是万物之首?如果不是我脚下某条大道,我自己不愿也不敢也就不能走远,不然世间就要多出一个再换天地的十五境了。

你可能会说三教祖师不会让我得逞,那比如我先成文庙副教主,再去往天外?或是干脆和贾生里应外合?"

陈平安知道崔瀺在说什么。瓷人,会诗词曲赋,会下棋会修行,会自行琢磨七情六欲,会自以为是的悲欢离合,又能自由转换心境,随便切割情绪,好像和人完全无异,却又比真正的修道之人更非人,因为天生道心,无视生死。看似只是牵线傀儡,动辄支离破碎,命运操控于他人之手,但是当年高高在上的神灵,到底是如何看待大地之上的人族?一个谁都无法估量的万一,就会令山河变色,而且只会比人族崛起更快,人族覆灭也就更快。

陈平安小心翼翼问道:"宝瓶洲守住了?"

崔瀺一笑置之,明知故问。

陈平安不再询问。

陈平安不着急返回宝瓶洲,崔瀺觉得自己想说的,也说得差不多了。

一时间崔瀺有点不知道该说什么。毕竟身边不是师弟君倩,而是半个小师弟的陈平安。君倩心无旁骛,喜欢听过就算,陈平安则思虑太多,喜欢听了就记住,嚼出几分滋味来。

不过崔瀺难免有些不快,林守一尚且敢当面质问自己。你不是很能说吗?才拐骗得老秀才那么偏袒你,怎么这会儿开始当闷葫芦了?

陈平安似乎心有灵犀,说道:"这些年来,没少骂你。"

话说一半。另一半是:没少打你。

反正后来自己的学生崔东山也算半个崔瀺。

崔瀺点点头,好像比较满意这个答案,难得对陈平安有一件认可之事。

崔瀺第一次直呼年轻人的名字:"陈平安,不要觉得就只有我们在为这方天地做事。并非如此,远远不是如此。

"就像你,的的确确、实实在在做了些事情,没什么好否认的,但是在我崔瀺看来,无非是陈平安身为文圣一脉的关门弟子,以浩然天下的读书人身份,做了些将书上道理搬到书外的事情,天经地义。你我自知,这还是求个心安理得。将来吃亏时,不要因此与天地索求更多,没必要。

"壮举之外,除了那些注定会被载入史册的功过得失,也要多想一想那些生生死死、名字都没有的人。就像剑气长城在此屹立万年,不应该只记住那些杀力卓绝的剑仙。"

崔瀺远望,视线所及,风雪让道,他穷尽目力,遥遥望向那座托月山。

仿佛看到了多年以前,一位身处异乡的浩然读书人,和一个灰衣老者在笑谈天下事。后者对读书人说道:"请去最高处,要去到比那三教祖师学问更高处,替我看看真正的大自由,到底为何物!"

周密作揖行礼,答以四字:"岂敢不从。"

崔瀺仰头望天。天下太平了吗?大概是太平了。那就可以高枕无忧了吗?我看未必。

崔瀺收起思绪。

陈平安抬起双手,绕过肩头,施展一道山水术法,将头发随便系起,如有一枚圆环箍发。

陈平安眉眼飞扬,意气风发,神色再不落魄:"想好了。老子要搬山。"

昔年在牢狱之中,陈平安曾经对一头飞升境的化外天魔说了句真心话:"我们要成为强者,要为这个世界做点什么。"做点舍我其谁的事情。

崔瀺笑眯眯道:"怎么说?"

陈平安沉声道:"当剑侍也好,沦为剑鞘也罢,一剑过后跌境不休,都随意了,我要问剑托月山。恳请师兄……护道一程?"

崔瀺点头道:"很好。"

刹那之间,陈平安被施展了定身术一般,下一刻,陈平安毫无还手之力,挨了崔瀺一记诡谲道法,竟是当场昏厥过去。崔瀺坐在一旁,身旁凭空出现一位身材高大的女子,看到陈平安安然无恙之后,她似乎有些惊讶。她蹲下身,伸手摩挲着陈平安的眉心,抬头问绣虎:"这是为何?"

崔瀺双手轻拍膝盖,意态闲适,说道:"这是最后一场问心局。能否青出于蓝而胜于蓝,在此一举。"

第六章
夜归人

风雪夜里,一袭鲜红法袍随手打开山水禁制,走出一处洞窟,他站在门口,转头望去,崖刻"造化窟"三字。芦花岛?曾经隐匿有一头飞升境大妖的造化窟?举目远眺,大雪尚未停歇,雪花大如席,天地间有大美,已是雪中千里白,更兼月色十分圆。

先前陈平安做了三个梦,然后醒来,到底是醒了,还是刚刚入梦?

陈平安开门后,涟漪激荡。这座风声鹤唳的海上仙家府邸立即察觉到异样。

剑光、宝光纷纷亮起,破开夜幕,几个眨眼工夫,从不同方位掠向造化窟,十数名修士围了上来。

陈平安立即伸出手指轻轻一点法袍,鲜红法袍瞬间和白雪同颜色,他又往脸上覆盖了一张少年面皮。

陈平安伸手去接雪花,好像需要借此确定是否还在梦中。

修士结阵,如临大敌。一个元婴境剑修御剑悬空,居中为首,更是神情凝重,就怕是在海上流窜犯案的隐匿大妖,要在此孤注一掷。这些年里,海上大小仙府、门派的覆灭数量,竟然比大战期间还要多,都是那些从五洲陆地躲入海中的妖族修士作的祟。

高冠老者身边还有两个年轻男女,亦是剑修,金童玉女一般,不当神仙眷侣可惜了。

三个剑修腰间都以金色长穗系着一枚玉印,古老篆籀,水纹,雕琢有一把袖珍飞剑。

一下子见到这么多的人,是多少年都没有的事情了,竟是让陈平安有些不适应,他握住雪花，手心清凉。

陈平安已经认出那三个剑修的根脚，是芦花岛的外乡人。按照玉印形制去辨认身份，当是南婆娑洲大澻水的宗门谱牒嫡传。

仅凭三人今夜现身，陈平安就推断出不少形势。

芦花岛和雨龙宗是一处衔接倒悬山旧址和桐叶洲的枢纽重地，竟然只有一位元婴境剑修坐镇其中，而且还是从南婆娑洲跨海至此，是不是可以说，天下当真太平了？故而南婆娑洲不但成功守住了一洲山河，大战落幕后，犹有余力抽调修士跨海驻守？那么自己这三梦，到底梦了多久，蛮荒天下的上五境大妖何在？难不成都已被浩然天下绞杀殆尽？不然雨龙宗和芦花岛这样的重地，必然有杀力出众的上五境修士负责把守，而且至少得有两三位。若是处于收官阶段，以飞升境大修士领衔，二三十位上五境联袂截断妖族去路，都不过分。

果然如崔瀺所说，自己错过很多。可世道到底是安稳了。

三位剑修都发现少年的眼神变得柔和起来，尤其是视线望向他们三人的时候，尤其……亲近。年轻女子剑修下意识往老者身边靠了靠，行踪鬼祟的少年生得一副好皮囊，不承想却是个浪荡子。

少年身材修长，头别玉簪，身穿白袍，只是身形有些不易察觉的微微佝偻。瞧着约莫是金丹境气象。

元婴境老剑修依旧不敢掉以轻心，以略显生疏的中土神洲大雅言询问道："何人？"

少年却用桐叶洲雅言笑答道："桐叶洲玉圭宗二等客卿曹沫，远游至此，多有叨扰。对造化窟神往已久，本来想偷偷来偷偷走，只是一个没忍住，不小心触发了禁制。"

一位芦花岛老人立即以桐叶洲雅言问道："既然是玉圭宗客卿，可曾去过云窟福地？"

陈平安就等这个了，点头道："自然，云窟十八景都逛过。"

当年在避暑行宫，偶尔闲暇，就会翻阅那些尘封已久的各类秘档，对桐叶宗和玉圭宗都不陌生。

那位芦花岛老人笑道："既然曹仙师游历过云窟福地，那么理当知晓云门渡口处的烂绳亭，亭外所卖何物？老妪卖物有何讲究？"

陈平安抬起手，手中多出一把玉竹折扇，轻轻敲击手心，嗤笑道："身为客卿，也会逛那坑骗外人几枚雪花钱的烂绳亭？我丢不起这人。曹某人游历云窟福地，只去黄鹤矶饮三碗月色酒，再去云笈峰白云堆里睡一觉，拂晓时分，以白芦帚扫云，曹某人收拢白云入袖，没有那一斤的约束，次次三斤，价格还可以打六折，羡慕不羡慕？"

芦花岛老人被唬得不轻，信了大半。尤其是这少年面容的桐叶洲修士身上那股子气焰，让老人觉得实在不陌生。早年桐叶洲的谱牒仙师都是这么个德行，那样子让人恨不得往对方脸上饱以一顿老拳。岁数越年轻，眼睛越是长在眉毛上边。不过好在如今桐叶洲修士里边，这类货色绝大多数都滚去了第五座天下。

大瀼水老元婴以心声言语道："虎臣，你先确定一下对方是不是妖族。"

一旁那个名为虎臣的嫡传弟子遵从师命，立即祭出一面本命古镜，心中默念道诀，一手持镜，一手掐诀，轻轻拂过镜面，其声冷然。古镜上铭刻有"古镜照神，体素储洁，乘月反真""一轮明月蕴真法，森罗万象不能藏"两圈铭文，两串金色文字开始旋转起来，流彩熠熠。

陈平安依旧以合拢折扇敲打手心，仰头眯眼望去，是浩然六大照妖镜门类之一的素月镜。看那年轻修士泄露出来的心神气息涟漪与掐诀雷法迹象，应该是配合雷法旁门当中的神雷一道术法，专门用来压胜妖族和山泽精魅，以及杀伐古怪鬼物和祀典不正的淫祠神灵。

年轻剑修虎臣高高举起手臂，所持古镜，激射出一道璀璨光亮，澄莹洞彻，笼罩住造化窟门口的白衣少年。

陈平安神色自若，只是轻轻攥紧手中玉竹折扇。

在那些修士眼中，少年纹丝不动，只是任由莹白镜光照耀在身。白衣如雪，少年郎，美风仪。

陈平安微笑道："这位道友，你这面素月古镜，其实被你家师长施展了障眼法，真身是品秩更高的猕猴观古捞月镜吧？这可是一件能当半仙兵用的法宝，我若是一头玉璞境妖族，也藏匿不得真身了，难怪道友不过龙门境修为，就能够在此历练，原来是手握重宝，成竹在胸了。道友年纪轻轻，就已是大瀼水嫡传剑修，又有此攻守兼备的仙家法宝，曹某人当以我辈金丹客视之。"

结成金丹客，方是我辈人。

陈平安笑着抱拳，晃了晃，同时酸溜溜拽文道："梦时捞取水中月，亲与猕猴观占风。"

年轻龙门境虎臣收起古镜。虽然面无表情，实则内心神动不已，差点儿都以为此人是嬉戏人间和晚辈开玩笑的自家祖师或是自家大瀼水的客卿了，不然如何能够一语道破天机。

那位芦花岛老金丹似乎已经相信了陈平安身份，无奈道："咱们这造化窟里边真没剩下什么仙家机缘了。"

白衣少年好像是混不吝的性子，坦诚道："如果不亲眼见过，总归是不死心的。"

老金丹说道："曹仙师擅自潜入芦花岛，还触发了造化窟禁制，坏了我们师门规矩，需要走一趟祖师堂。"

只听少年笑道："问话也问了，照妖镜也照了，去祖师堂喝茶就不必要了吧。"

来自南婆娑洲大渎水的元婴境老剑修说道:"已经坏了一次规矩,奉劝曹仙师还是要守一次规矩。我们飞剑传信神篆峰,等得到了答复,自会放行。在这之前,曹仙师不妨就在芦花岛做客几天。"

陈平安无奈道:"我只是玉圭宗的客卿,曹沫这个名字又不在神篆峰的山水谱牒上边,大乱一起,又去不得第五座天下,就只好躲了起来。如今世道太平了,才敢下山游历。"

众多修士就没一个脸色好看的。从先前防贼一般的视线,变成了毫不掩饰的唾弃鄙夷。

骨头极硬的玉圭宗怎么收了这么个客卿。莫不是那桐叶宗的客卿吧?

那个女子剑修说道:"客卿信物呢?!"

只见少年眨了眨眼睛:"玉圭宗姜宗主当年邀请我和陆舫一起去往神篆峰助阵,我怕死,没敢去,就飞剑传信玉圭宗,交还了那枚珍圭。"

芦花岛老金丹微微讶异:"陆剑仙难道不曾兵解离世?"

少年似乎有些后悔自己的言多必失,不再言语,只是两拨修士虎视眈眈,他犹豫了半天才说道:"陆舫曾经和我一起游历藕花福地,都在鸟瞰峰修行,只不过我更早离开福地。"

老金丹显然对玉圭宗和桐叶洲极为熟悉,这会儿开始和大渎水三位剑修以心声交流。

老金丹最后说道:"最后一个问题,劳烦曹仙师说一说那位陆剑仙,恳请知无不言言无不尽,并且一定要慎言,我与姜宗主、陆剑仙都在一张酒桌上喝过酒!"

少年有些恼火,转过头,伸长脖子:"你们烦也不烦?!你们怎么不干脆打死我算数?来来来,用飞剑往这边砍,好个大渎水剑修,如此行事跋扈,亏得姜宗主私底下和为情所困的陆剑仙煮酒论英雄,说你们南婆娑洲一众剑仙当中,曹曦之流,给他提鞋都不配,唯有大渎水元剑仙,才是人与剑共风流,当得起他的一杯敬酒。"

三位大渎水剑修立即神色和悦几分。自家宗门,自家师长,能够被玉圭宗宗主如此敬佩,岂能不让人由衷开怀。只是他们眼神深处又有几分黯然神伤。

大渎水总计五脉,并非全部剑修,只有一脉传自剑仙元青蜀。

元婴境老剑修一挥袖子,似乎觉得这个贪生怕死之徒太过碍眼,该早早滚蛋。

陈平安将玉竹折扇别在腰间,再一次对三位剑修遥遥抱拳,御风离开芦花岛,去往桐叶洲,先去玉圭宗看看。

姜尚真还活着,还当了玉圭宗的宗主?不愧是落魄山的记名供奉。

在芦花岛,陈平安什么都没有多问。该知道的,总会知道。不想听说的不想知晓的,肯定也拦不住。

那位大骊水元婴境老剑修隐匿气息,以水遁之法遥遥跟踪自己,陈平安假装不知。

只是一炷香过后,陈平安心念微动,运转五行之属本命物的那枚水字印,施展了一门辟水神通,转瞬之间就逃出了那位元婴境老剑修的视野。

老剑修返回芦花岛,说道:"应该不是什么妖族,但我们还需要分别飞剑传信雨龙宗和玉圭宗,曹沫此人深藏不露,多半是一位元婴境修士,而且极其擅长水法,难怪能当上玉圭宗的客卿,多半是真的觊觎造化窟而来。"

女子剑修愤懑道:"桐叶洲这种人最多!逃命的能耐,天下第一!如今倒好,没仗打了,一个个雨后春笋般冒出来占便宜,随便打杀几个中五境妖族,就敢让书院记录战功。"

芦花岛老剑修感慨道:"说句难听的,贪生怕死,躲在山中,总好过当年那些依附妖族畜生大肆为恶的王八蛋。"

老剑修冷笑道:"偌大一座桐叶洲,十山九空,见势不妙,跑了大半,活该如今被宝瓶洲南下修士大举渗透,还有脸成群结队去中土文庙讨要公道?换成我是那文庙圣贤,早一个大嘴巴甩过去了。"

芦花岛老金丹,没来由想起了当年那个奇奇怪怪的青衫剑客,是蛮荒天下的妖族,还是大名鼎鼎的托月山百剑仙之首斐然,却护住了芦花岛,一个人都没死,劫后余生的感激只能深埋心底,没办法说半个字,其实这些年里,芦花岛没少挨白眼,只比雨龙宗和桐叶宗稍好几分,这份委屈,找谁说理去?好像也没法说一句。

陈平安行走在海上,风雪又起。风雪茫茫,茕茕孑立,四顾全疑在玉京。

陈平安当下袖中多出了一件咫尺物,也没什么好忧虑的,是崔瀺赠送的,并未设置山水禁制。

环顾四周,确实并无修士窥探之后,陈平安这才摘下碧玉簪子。

陈平安打破脑袋,都没有想到会是这么回事。

当他心神沉浸其中时,发现破碎小洞天里边住着一帮剑气长城的孩子,都是剑仙坯子,大的七八岁,小的四五岁。这些孩子相互间都很熟稔了,毕竟在碧玉簪子里边的小洞天相依为命。

小洞天辖境不大,麻雀虽小五脏俱全,除了屋舍、山水草木、锅碗瓢盆、柴米油盐酱醋什么的都有。甚至还有一块用以磨砺飞剑的斩龙崖,斩龙崖有山水祠庙外边柱础大小,价值连城。

咫尺物中有三艘符舟渡船,其中一艘还是流霞舟。陈平安则挑选了一条相对简陋的符箓渡船,大小可以容纳三四十人。陈平安将那些孩子一一带出小洞天,然后重新别好碧玉簪子。

一个双手负后的男孩高高扬起脑袋,微微皱眉:"你是何方神圣?隐官何在?"

"我就是陈平安。"陈平安蹲在地上,伸手揉了揉眉心,"报名字。"

五个小男孩,何辜、程朝露、白玄、于斜回、虞青章。

四个小女孩,贺乡亭、姚小妍、纳兰玉牒、孙春王。

下五境剑修七个,洞府境剑修两个,白玄和纳兰玉牒。

陈平安说道:"第一,不许对任何人说自己的家乡。接下来我每天都会教你们宝瓶洲和桐叶洲两种雅言。"

何辜双臂环胸,气呼呼道:"凭啥不说家乡,丢你脸啊?怎么当的隐官大人,早知道就把你名次垫底了。学什么雅言,不稀罕学!"

亏得他将巅峰十剑仙里边的老聋儿扔到一旁,换成了年纪轻轻、境界还不高的隐官大人。

于斜回轻轻点头,老气横秋道:"我辈剑修,言语都在问剑上。"

陈平安没理睬孩子的抱怨,继续说道:"第二,以后好好练剑。没了。就两点要求。"

何辜又不乐意了,瞪眼道:"啥?没啦?怎么当的隐官大人,我家里长辈都说你算计多,脑子贼灵光,尤其是读书不学好,坑人最擅长,都能在城头上参与巅峰十剑仙的议事了,就你不是剑仙,我娘亲问靠啥,我爹说还能靠啥,靠一张骗死人不偿命的嘴呗。咋个今儿话不多,你该不会是一个假的隐官大人吧?"

读书不学好,坑人最擅长?我那酒铺,出了名的价格公道童叟无欺,我那坐庄,更是出了名的人有钱挣、个个能分赃。

陈平安站起身,笑眯眯一栗暴敲下去,小刺头何辜抱住脑袋,只是没恼火,反而点点头,稚嫩脸庞上满是欣慰:"难怪我爹说二掌柜是个狗日的读书人,翻脸比翻书还快,看来是真的隐官大人了。"

陈平安哑然失笑,肯定是押注押输的,不是托儿,怨不得我。

陈平安想了想:"加上一点,以后喊我曹沫,是化名,或者曹师傅。我暂且当你们的剑术护道人。以后你们跟我到了家乡,入不入我的山门,随缘,不强求。"

这些从此就要远游异乡的孩子,许多与亲人离别的伤心伤肺,大概都在碧玉簪子里边慢慢消受了。

他们是离乡,唯独自己却是归乡。

"那咱们击掌,走一个。就当相互认识了。"

陈平安眼神温柔,弯下腰,伸出手掌,和孩子们一一击掌。有些孩子板着脸,原地杵着,不抬手不击掌,陈平安也不介意。

陈平安站在渡船一端,一边驾驭符舟御风,并不高出海面太多,一边头疼,本以为子然一身游历桐叶洲,哪里想到会是这般闹哄哄的光景。

孩子们有些趴在船栏上窃窃私语，有些已经盘腿而坐，开始温养飞剑。

"好大的水啊，都看不到尽头。你说有多深？要是把咱们家乡的长城往这儿一丢，咱们是站在水面上，还是在水底下？"

"问隐官……问那曹沫去，他读书多，学问大。"

符舟掠海，其间陈平安远远发现了一拨出海的芦花岛采珠客，便给符舟施展了障眼法，绕道而行。

只是这符舟渡船远游，太吃神仙钱啊。陈平安仰头望去，希冀着蹭上一条由西往东的跨洲渡船，比起自己驾驭符舟跨海远游，前者显然更划算些。而且这拨孩子，既然来到了浩然天下，难免需要和剑气长城以外的人打交道，渡船相对安稳，其实是一个很好的选择，只可惜陈平安不奢望真有一条渡船路过，毕竟桐叶洲在历史上太过闭塞，没有此物。

陈平安取出养剑葫，系在腰间，轻轻拍了拍酒壶，老伙计，终于又见面了。再将学生崔东山赠送的那把玉竹折扇倾斜别在腰间。

陈平安坐在船头那边，向孩子们问了些碧玉簪子里边的情况。

那个名叫纳兰玉牒的小姑娘，条理清晰，嗓音清脆，竹筒倒豆子般将这些年的"修行"娓娓道来。

光阴流水的流逝速度，里边慢，外边快，名副其实的别有洞天。所以这九个孩子，在碧玉簪子这座破碎小洞天里边练剑不算久。

陈平安沉默许久，突然问道："今儿宵夜，咱们要不要吃炖鱼？海鱼跟江鲜的滋味，还是不一样的。"

何辜最不认生，大大咧咧道："不太想，不过可以凑合着吃。"

于斜回补了一句："这隐官当的，毫不霸气。直接发号施令不就完了。"

丁斜回又加了一句："这儿可没外人，不用喊你曹沫。"

陈平安笑了笑，于斜回立即举起双手："就你规矩多。行行行，曹沫，曹师傅，曹大爷，行了吧。"

陈平安叹了口气。怎么有点像当年身边跟着个李槐？

陈平安运转水法，凝聚出一根仿佛碧玉材质的鱼竿，再以一丝武夫真气凝为鱼线、鱼钩，也无鱼饵，就那么远远甩出去，坠入海中。然后开始闭目凝神，凭借那根纤细鱼线的细微震颤寻觅水中游鱼。

姚小妍赞叹道："曹沫很神仙唉。"

纳兰玉牒一挑眉头，扬扬得意道："那当然，不然能让我姐那么死心塌地仰慕隐……曹师傅？！我姐辛苦攒下的所有神仙钱，都去晏家铺子买印章、纨扇和《丽剑仙印谱》了。她去酒铺那边喝酒，都多少次了，也没能瞧见曹师傅一次，可她每次回了家，还是很开心。爷爷说她是鬼迷心窍了，我姐也听不进劝，练剑都懈怠了，经常偷偷练字，临摹扇面上的题款，鬼画符似的。"

姚小妍轻声道："咱们啥时候可以见到婉婉姐啊？"

纳兰玉牒叹了口气："难说喽，只晓得我姐跟着晏胖子他们去了倒悬山。"

陈平安睁开眼睛，右手持竿，左手摘下养剑葫，仰头喝了一口酒。

久违的酒水滋味，是自家铺子的烧刀子。

可能是太久没喝了，可能是没有酱菜佐酒的缘故，可能是没有一碗葱花面等着下筷子，所以只是喝了那么一小口，就辣得让人几乎掉眼泪，肝肠打结。

人生路上，会遇到很多一别过后再不重逢的匆匆过客，可是人心间，过客却可能是某人的久住之人。还会笑颜，还会高声言语，还会同桌饮酒醉醺醺，还会让人一想起谁，谁就好像在与自己对视，不言不语却让人无话可说。

陈平安缓缓转过头，望向那些或叽叽喳喳闲聊，或沉默不语练剑的孩子。

梦好像是真的，真的好像是做梦。大概这就是书上所谓的恍若隔世。

陈平安不敢多喝酒，转过头，对那些好像来自城头的小麻雀们，喊了一声："喂。"

正在闲聊的孩子们齐刷刷转过头，就连练剑的几个也都竖起了耳朵。

陈平安笑道："到了浩然天下，以后谁敢欺负你们，我就打死他们。"

白玄问道："如果在桐叶洲遇到个仙人境，甚至是飞升境，你肯定打不过。"

白玄喜欢双手负后，佯装大人。

陈平安笑着摇摇头。桐叶洲本土修士当中，多半是没有飞升境了。至于仙人境，打不打得过，可以让他试试看。

只是如今留在桐叶洲的上五境修士，既然当年没走，还活了下来，那就都是当之无愧的豪杰或是枭雄了。能别打就别打，和气生财。

当陈平安不再需要与半座剑气长城合道时，既是失去了倚仗，同时又是挣脱了牢笼。至于崔瀺是怎么做到的，天晓得。

因为捻芯的缝衣手段，承载大妖真名的缘故，陈平安就等于一直在练拳，无处不在，时时刻刻都会被天地大道无形压胜。

人身小天地，筋骨血肉，经脉气府，再到魂魄，好似整座万里山河小天地，无一例外，都在承受一种玄之又玄的重压，都在震颤不已，都有数位大宗师在毫不留情凶狠喂拳，淬炼陈平安的体魄。这种熟悉的感觉，亦是一种久违的……心安。

所以先前在造化窟，一打开那道山水禁制，陈平安是一个不慎，没能适应天地气机，硬生生"跌境"到了金丹境气象。不然以陈平安的谨小慎微，不至于让那些修士察觉到行踪。

从遇到崔瀺，到莫名其妙置身于芦花岛造化窟，反正处处透着诡谲，入乡随俗，习惯就好。

这会儿，就需要陈平安施展障眼法，刻意伪装成一位金丹境地仙了。

白袍少年，仰头狠狠灌了一大口酒，高高举起养剑葫，喃喃笑道："酒有别肠，不必长大。"

姚小妍怯生生问道："鱼呢？"

陈平安猛然提竿，将一条巴掌大小的游鱼从水中拽出，摔在渡船上。

孩子们一个个面面相觑。就这？不是一条小山似的大鱼儿？

程朝露立即跑去抓小鱼，结果挨了同伴一句"小狗腿"。

在小洞天里边，都是程朝露烧火做饭炒菜，厨艺不错。

于斜回小声说道："何辜，我还是觉得他是个假的隐官，咱们悠着点啊，可别被卖了还帮忙数钱。"

孩子们多似小鸡啄米附和。

陈平安想起一事，从咫尺物当中取出一件细密竹丝编织而成的湛青色法袍，穿在身上，又揭下先前面皮，覆上一张中年男子的面皮。同时收敛练气士所有气机，展露出金身境的武夫气象，在腰侧悬佩狭刀斩勘，伸手一抓，凝聚水运化作一顶斗笠，戴在头上。名副其实的刀客曹沫。

而且如今陈平安的障眼法，涉及人身小天地的运转，不是仙人境修为，还真未必能够勘破真相。

白玄坐在船头，依旧双手负后，嗤笑道："假个大头鬼，这还不算隐官大人？咱们剑气长城，有几个剑修每天更换面容形象，甚至会乔装打扮成娘们去战场捡漏？"

纳兰玉牒点头道："我姐说了，那会儿的隐官大人，可花枝招展了，比她要好看、更有女人味哩。"

陈平安继续钓鱼，一边手持养剑葫小口饮酒，一边笑眯起眼，轻声言语道："古驿雪满庭间，有客策马而来，笠上积雪盈寸，侠客下马登堂，雪光映照，面愈苍黑。饮酒至醉无言，掷下金叶，上马忽去横短策，冒雪斫贼不休，不知姓名。"

于斜回等了半天，都没有等到下文，就又开始习惯性拆台，问道："第二条鱼呢？"

陈平安没好气回了一句："催催催，催个锤儿，鱼儿呼朋唤友，喊它家老祖宗来，赶路不需要时间啊。"

陈平安突然仰起头，竭尽目力望向远方，今夜运道这么好？还真有一条去往桐叶洲的跨洲渡船？

只不过在这之前，好像还需要跟一位仙人境修士打交道，对方风驰电掣远游而来，以一门秘术牵连水运，帮助探查方圆百里的水域动静，大概是依旧找不着水遁的曹沫，犹不死心，然后就发现了这条符舟渡船。仙人境女修化虹而至，却没有落在渡船上，而是与渡船相隔百余步,并驾齐驱,向陈平安提醒道:"你带着这么多孩子,夜游海上,多加小心。"

陈平安愣了愣,放下鱼竿,起身抱拳笑问道:"前辈不怀疑我们身份?"

那位仙人境女修笑道:"雨龙宗一带,周边大小妖族都已经被我杀绝了,怀疑你们做什么。"

何况一条泛海渡船,十个人,其中还有那么多孩子,如此招摇过市,山上怪事本就多,她早已见怪不怪。芦花岛那边是小心起见,以防万一,才飞剑传信给她。

陈平安便不再多说什么。

女修突然问道:"你当真认得姜尚真?"

陈平安眼神真挚,道:"我自然认得姜宗主,可那花心萝卜就未必认得我了。"

女修微笑点头,就此御风离去。

在这之后,陈平安陆陆续续有些收获,程朝露这个小厨子手艺当真不错。

陈平安夹了一筷子鱼肉,再端着一碗米饭,背对孩子们,低头吃着,不知为何,好像一直在那边扒饭,所有孩子都犯迷糊,一碗饭能吃那么久吗?

程朝露和姚小妍收拾着炖锅碗筷,一个是真心喜欢做这类杂务,一个是小小年纪就立志要当个相夫教子的贤妻良母,至于练剑一事,对于剑气长城的剑仙坯子而言,就跟吃喝拉撒差不多平常,谁都不会懈怠,这就跟浩然天下的山下读书人想要考取功名差不多,都是一种天经地义的事情。

陈平安起身递了碗筷给程朝露,然后抬头望去,还真是一条远游去往桐叶洲的跨洲渡船,是楼船的形制样式,四周灵气萦绕,仙气缥缈,如壁画上的一位位彩衣女子衣袂裙带飘荡云海中。陈平安再稍稍凝神定睛细看,果然,渡船壁面上以仙家丹书之法彩绘有一位位山上高人点睛的飞天龙女、水仙电母,栩栩如生。陈平安在造化窟那边吃一堑长一智,立即收起视线,果不其然,其中一位壁画龙女好似察觉到外人的遥遥窥探,刹那之间,她视线游弋,只是未能循着那点蛛丝马迹,找到相距极远的这条海上符舟,片刻之后,壁画龙女收敛眼眸神光,重归寂然,唯有彩带依旧飘摇,拖曳至百丈外。

陈平安扶了扶斗笠,再伸手摩挲着下巴,渡船这道极为高明的山水阵法能够让渡船在远航途中,路经灵气稀薄之地,或是穿过雷电云雨时,不至于太过颠簸,好看,瞧着就很仙气,也很实用,可以天然压胜云雨雷电。

渡船隶属于某个女子修士居多的宗门?不然不差那几笔,雨师、雷君、云伯这类神灵都该彩绘壁面之上,效果更佳。

照理说雨龙宗早已沦为废墟,修士死伤殆尽,难道是当年倒悬山那座水精宫主人云签,并未在三洲之地扎根,就此自立门户开枝散叶,而是带了那拨修士重返宗门,已经开始着手重建雨龙宗?这条渡船是云签机缘所得,还是与人购买而来?还是说这条渡船来自南婆娑洲,或是更加遥远的扶摇洲,所以才会中途路过此地？陈平安在心中迅速盘算婆娑、扶摇两洲的宗门仙家,那两洲的跨洲渡船,陈平安其实都不陌生,早年在春幡斋,面对面打过交道的渡船管事都不少。

陈平安有些犹豫,要不要驾驭符舟靠近那条御风不算太快的跨洲渡船,但还是担心剑气长城这拨涉世未深的孩子会在渡船上发生意外,与仙师们起了纷争,陈平安倒不是怕招惹麻烦,而是怕……自己没轻没重的,一个收不住手。

能让一个九境巅峰、山巅瓶颈的纯粹武夫都会不小心收不住手,归根结底,自然还是收不住心。

陈平安可以让一个登城挑衅的妖族修士安然返回南边的家乡,只因为对方跟浩然天下没半点仇怨,他来城头找乐子也罢,找死也罢,陈平安刚好拿来解闷,可如今却未必听得进几句来自"家乡人"的糟心话,未必经得起"家乡人"所做的一两件糟心事。

何辜见曹师傅怔怔出神,问道："想啥呢？瞧见了漂亮女子就挪不开眼,魂不守舍啦？"

于斜回补充道："换我年纪再大些,估计也会心动。人之常情。怪不得曹师傅多看几眼,反正不看白不看,手又没往那姐姐身上摸去。"

陈平安笑道："好看女子千千万,一切都作白骨观。"

纳兰玉牒这小女孩,竟是当场取出了笔纸,呵了一口气,就在纸上记下了这句话,然后手腕一抖,全部消逝不见。

陈平安有些讶异,竟然还是个颇有家底的小姑娘？都有方寸物傍身了？

纳兰玉牒,姓氏是纳兰,这让陈平安验证了心中的一个小猜测,他忍不住瞬间便思绪远去千里,能让光阴长河都无法拘束的大概就是心念了。

先前那位化虹而至的仙人境女子修士多半是担负起了如今雨龙宗海域的巡查职责,陈平安其实看她腰间那枚霞光流溢的香囊佩饰,加上她一身赤黄气象如朝霞初升,就已经猜出了她的身份。女子修士来自流霞洲,更是松霭福地之主,名葱蒨,擅长炼化天地各色云霞,据说跟北俱芦洲趴地峰一脉的太霞元君李好是好友。

天下太平了吗？好像是的。

这是崔瀺先前所说,也是陈平安当下心中所想。

陈平安早就察觉到了自己的心境问题,习惯性想太多。在城头上,独自一人,四面八方,天下皆敌,由不得还挑着隐官担子的陈平安不多想。一旦想少了,着了道,一着不慎满盘皆输,除了自己身死道消,还会连累整个浩然天下的大势走向向蛮荒天下偏移几分。何况只要能不死,陈平安哪里舍得死,还有那么多想要去见的人散落在天地四方,等着自己去一一重逢。

陈平安问道："要不要乘坐跨洲渡船？"

九个孩子，除了三个从头到尾都不太喜欢说话的贺乡亭、虞青章、孙春王，其余都雀跃不已，想要见识见识，一点都不考虑隐官大人的钱袋子。

陈平安提醒道："除了先前说过的两点，到了渡船上边，再记得注意隐藏你们的剑修身份，反正只要不主动惹事，其余都没什么好顾虑的，想练剑就在屋内潜心练剑，想赏景就出屋赏景，百无禁忌。"

陈平安驾驭符舟，往那艘跨洲渡船激射而去，快若雷光，转瞬之间就已掠出百余里，追上了那条彩带飘荡的渡船。大小两艘渡船相距一百多丈，陈平安以中土神洲大雅言朗声道："能否让我们登船？"

跨洲渡船那边不能算是毫无反应，出门赏景的山上炼师寥寥无几，无须渡船那边出声，都已经迅速返回住处。然后渡船栏杆四周水雾升腾丈余高度，等到云雾散去，浮现出一把把符箓长剑，青竹材质，苍翠欲滴，绿意莹澈，且剑身皆有丹书敕文，是脉络繁多的符箓一道斩妖一支。关键还是那数以千计的符剑使用的是竹海洞天出产的青竹，道意蕴藉，天然压胜山川鬼魅湖泽精怪，虽非青神山那十棵祖宗竹的近支，但如此数量的青竹符剑肯定天价，绝对不是任何一艘跨洲渡船都能够购买再炼化的，况且竹海洞天历来极少对外贩卖青竹，任由一茬茬一山山的青竹年年腐朽，竹花开化青泥，也绝不以此挣钱。那么只剩下一个可能了，那位从未走出洞天、从未在浩然天下现身的青神山夫人，主动贱卖了竹海洞天的海量青竹，甚至可能是直接赠送给中土文庙。所以将来有机会的话，一定要去竹海洞天游历一番。

一艘跨洲渡船剑气森森，天地肃杀。

当年去往倒悬山的跨洲渡船，管事多是杀伐手段不弱的元婴境地仙，甚至会有上五境修士或隐或现，帮忙押运货物，以防万一。

那些渡船外壁的彩绘女子一一现身，身姿婀娜，高三到四丈不等，各自手持一把青竹材质、炼法品秩更高的符剑，剑尖指向符舟中武夫装扮的中年男子。中年男子头戴斗笠，一身青衫，腰悬狭刀系酒壶。

跨洲渡船那边，渡船修士和大多乘客都在打量这艘横空出世的符舟，一群小娃儿没啥看头，更多注意力还是落在了那个中年男子身上。

陈平安抬起一手，笑道："我可以任由青竹符剑割伤手掌，以此验明身份再登船。"

何辜唉声叹气道："半点不霸气。"

于斜回点头道："窝囊得很。"

一个身穿墨色法袍的渡船管事站在船头，手持一对铁锏，大髯却小脸，倒是有几分书卷气，言语却豪气，简明扼要，就说了三个字："滚远点。"

陈平安高高举起手，手指间夹住一枚谷雨钱，还了三个字："不差钱！"

管事说道："一剑手心，一剑眉心，乐不乐意？"

陈平安点头道:"无妨无妨,只是恳请渡船这边小心些力道,别戳穿了。"

陈平安又笑呵呵补了一句:"宁肯错杀不错放的勾当,太伤阴德,咱们都是正儿八经的谱牒仙师,别学山泽野修。"

那彩绘龙女似乎得了渡船管事的心声敕令,果真递出两剑,剑光骤然划破夜幕,又倏忽收回。龙女收剑过后,低头望去,剑尖之上有两粒鲜血凝聚而成的珠子,剑尖微微震颤,来自斗笠汉子手心、眉心的两滴鲜血砰然而碎,一位水仙姿容、地祇气息的彩裙女子又以秘术将鲜血重新凝聚,显然没有察觉到异样。彩裙女子和龙女一起倒持竹剑,兴许这就算是和斗笠汉子示好几分了,毕竟对方此举极有诚意,将鲜血交予炼师勘验身份可不是什么递交通关文牒那么简单。

陈平安一招手,将两滴鲜血收入手心。

那位管事神色和悦几分,问道:"你们是从哪里冒出来的?"

陈平安选择以心声答道:"得知流霞洲葱蒨前辈道法无边,已经将作乱妖族斩杀殆尽,雨龙宗地界可谓海晏清平,再无隐患,我就带着师门晚辈们出海远游,逛了一趟芦花岛,看看一路上能否遇见机缘。至于我的师门,不提也罢,走了的,去了第五座天下,留下的,也没几个老人了。"

那管事心一紧,好家伙,竟是个假装纯粹武夫的元婴境修士!狗日的,多半是桐叶洲修士无疑了。要么是兵家修士,要么是……剑修,否则体魄不至于如此坚韧如武夫宗师。对方心声极为清晰,显然是渡船两层山水禁制对其修为影响不大,若是一位金丹境地仙,心声言语传到渡船,让自己听个真切倒也不难,只是声音却绝对不会如此清晰。

陈平安手掌轻轻一拍青衫,一袭法袍起涟漪,绽放出一阵阵青翠雾霭,主动打破些许障眼法,显露出身上法袍的竹丝衣质地,出自青神山。

乘坐桂花岛去往猿蹂府的刘幽州当初身上就穿有一件竹丝衣。这类法袍,又有"清凉境地"和"避暑胜地"的美誉。

尤其是修行木、水两法的练气士,对青神山竹衣法袍的青睐,不亚于世间修士对方寸物、咫尺物的追求。

没有一个妖族修士,会将青神山竹衣穿戴在身。除非是一头道法高深的仙人境大妖,只是如今天上悬镜,上五境妖族修士,尤其是仙人境,一旦离开海底,休想隐匿气息。

高悬的大镜是一柄传说中的开妆镜。

若是碰上更加擅长掩藏气息的飞升境大妖,这艘彩衣渡船,自认倒霉,认栽便是。无非是个力战而死的下场,只不过大妖一旦泄露踪迹,也就必死无疑了。自有雨龙宗旧址的驻守修士帮忙报仇。

除了流霞洲仙人葱蒨,金甲洲女子剑仙宋聘,还有来自中土神洲的一位飞升境,亲自镇守蛟龙沟地界。

那位管事抱拳道:"得罪了,请登船。"

陈平安抱拳还礼,笑道:"山上风大,小心驶得万年安稳船。"

若是陈平安先以青衫竹衣示人,估计今夜就别想登船了。这就是人心。

那管事笑了笑。倒是个会说话的。

陈平安向渡船要了三间屋子,陈平安自己一间,小姑娘和男孩子各住一间。

陈平安就一个要求,屋子必须相邻,神仙钱好说,随便开价。至于彩衣渡船是否需要和客人商量,腾出一两间屋子,陈平安加钱用以弥补仙师们就是了,总不至于让仙师们白白挪步,教渡船难做人。

天底下姓钱的人最多。事情办得相当顺遂。一来如今山上的神仙钱,越发金贵值钱,再者彩衣渡船也有几分行事退让的意思。做山上买卖的,小心驶得万年船,当然不假,可"山上风大"一语更是至理。

陈平安双指掐剑诀,同时运转五行之金本命物,帮着两间屋子都圈画出一座金色剑池,免得孩子们的闲聊对话,不知不觉就被渡船上吃饱了撑着的好事者以术法随意窥探。

陈平安本想再拈出几张符箓张贴在窗口、门上,不过想了想还是作罢,免得让孩子们太过拘谨。

这条渡船落脚处是桐叶洲最南端的一处仙家渡口,距离玉圭宗不算太远。

陈平安回到自己屋子,要了一壶彩衣渡船独有的仙家酒酿,喝了半壶酒后,以手指蘸酒水,在桌上写下一行字:河清海晏,时和岁丰。

上一次去往桐叶洲,乘坐的跨洲渡船是条拥有数座秘境的吞宝鲸。

如今倒悬山没了,陆抬现在也不知身在何方。

在剑气长城,陆抬若是以"刘材"的身份现身,会让陈平安的心境雪上加霜。可如今既然返乡了,陈平安就不至于如何畏缩。

陈平安习惯性在窗口张贴一张祛秽符,开始走桩,要尽快熟悉这方天地的大道压胜。

这就是合道剑气长城的后遗症,在蛮荒天下会被压胜,到了浩然天下一样如此。这对于纯粹武夫是天大的好事,别说走桩,或是与人切磋,就连每一口呼吸都是练拳。可是对于修道之人而言,处境就比较尴尬。如果陈平安没有那份武夫底子,仅是剑修,估计这会儿已经趴在地上了。不过只要熟悉了浩然天下的大道运转,影响会越来越小,但是一旦与人搏命,还是会有诸多意外。简而言之,如今陈平安等于半个妖族修士置身于浩然天下的圣人小天地。

陈平安闭上眼睛,似睡非睡,缓缓走桩,在剑气长城看门这些年,靠着水磨功夫,练拳三百余万。打算返回落魄山之前,再练五十万拳。所以曾经想也不敢多想的练拳千万,还是大有希望的。

左右两间屋子中的孩子暂时都没有出门,陈平安就继续安心走桩。

拂晓时分,彩衣渡船缓缓悬停,说是路过了芦花岛最大的一座采珠场,会停留一个时辰,可以向芦花岛修士购买各色明珠。

渡船乘客只要手持一把青竹符剑,就可以御风去采珠场临时搭建的仙家渡口,但是渡船这边会有人带队,谁都不许擅自离开,独自远游,不然就别想重新登船了,既然喜欢胡乱逛荡,干脆就独自一人逛荡去桐叶洲。

陈平安走出屋子,去往船头,却没有要去采珠场的想法,就只是站在船头,想要听些修士闲聊。

他先前想要购买几份山水邸报,渡船那边的答复很干脆利落,没有,要是嫌钱多,渡船管事写得一手绝妙的簪花小楷,可以临时写一份给他,不贵,就一枚谷雨钱。

这明摆着是欺负一位桐叶洲修士了。

浩然九洲,桐叶洲修士的名声多半已经烂大街了。

不去采珠场开销神仙钱,在彩衣渡船上边也有一桩足可怡情的山上事可做。

渡船悬停位置极有讲究,下方深处有一条海中水脉途经之地,里面有醴水之鱼可以垂钓,运气好,还能碰到些稀罕水裔。只不过想要享受这份渔翁之乐得额外给钱,向渡船租借一根仙家秘制的青竹鱼竿,半个时辰,一枚小暑钱。

陈平安见船栏旁已经有三三两两的渔翁,就花了一枚小暑钱,有样学样,坐在栏杆上,抛竿入海,鱼线极长,一小瓷罐鱼饵总算不用花钱,不然渡船的这本生意经就太黑心了。

陈平安叹了口气,以前崔东山经常在自己身边胡言乱语,说那白纸黑字,大有深意,每一个文字,都是一个影子。这么多年过去了,直到现在,陈平安也没想出个所以然来,只是觉得这个说法确实有深意。

陈平安抬起头,望向夜幕,风雪渐大。地之去天不知几千万里,日月悬于空中,去地亦不知几千万里。

陈平安突然很想去天幕看一看,御风御剑也行,驾驭符舟渡船也可。只不过一想到那些孩子还在船上,他就暂时打消了这个念头。

垂钓之余,陈平安心思还是放在那些修士的对话上,只不过没什么嚼头,都是些琐碎事,不涉及天下形势。

陈平安现在最大的担心是自己身在第四个梦境中。别是那白纸福地的手段。

小说家精心打造的那座白纸福地,最大的玄妙就是福地内的有灵众生,虽是一个个白纸傀儡,却当真有灵,能够按照繁杂的脉络,各自有所思有所为,和真人无异。唯一的差异，就是福地纸人哪怕是修道之士，对于光阴长河的流逝毫无知觉。所以陈平安当然会担心，自己从跨出芦花岛造化窟的第一步起，此后所见之人皆是白纸，甚至干脆就是一人所化，所见之景皆是传说中的一叶障目。

天地茫茫，身在其中，仿佛一个好酒之人喝了个半醉醺醺，既没醉死拉倒，也不算真正清醒，然后有人在旁，笑问你喝醉了吗，能不能再喝……如何不教人怅然若失。

这种事情，师兄崔瀺做得出来，何况浩然三锦绣的大骊国师也确实做得到。

崔瀺和崔东山最擅长的事情，就是收放心念一事，心念一散化作千万，心念一收就寥寥几个，陈平安怕身边所有人突然某一刻就凝为一人，变成一位双鬓雪白的青衫儒士，都认了师兄，打又打不过，骂也不敢骂，腹诽几句还要被看穿，意不意外，烦不烦人？

有修士大笑一声，猛然提竿，成功钓起了一条醴水之鱼，说是鱼，其实是红色大鳖模样，水盆大小，四眼六脚，有明珠缀足上。那人剥下六粒珠子，再将醴水之鱼随手丢回海中。很快就有一位身穿湘水裙的渡船女修去购买珠子，修士一枚小暑钱到手，笑逐颜开，和一旁好友击掌，好友说开门大吉，这趟去桐叶洲，肯定会有意外之喜。

陈平安一无所获，全然无所谓就是了。运道太好，反而心虚几分。

又有人钓起了一条岁月更久的醴鱼，这次彩衣渡船女修干脆向那人买下了整条鱼，花了三枚小暑钱。

陈平安转头望去，是渡船管事站在了身后不远处，高冠玄衣，极有古风。

管事自我介绍道："黄麟，乌孙栏次席供奉。"

陈平安疑惑道："金甲洲宗门乌孙栏？什么时候有男子供奉了？"

乌孙栏出产的十数种仙家彩笺信纸，在中土神洲仙府和世族豪阀当中久负盛名，故而财源滚滚。尤其是春树笺和团花笺，早年连倒悬山都有的卖，与"龙女仙衣湘水裙，掌上骊珠弄明月"差不多。一件东西，只要能够成为女子仙师、豪门闺秀的心头好，就不怕挣不着钱。而男子，再将一个钱看得磨盘大，大抵也会为心仪女子一掷千金的。自家落魄山上，好像就比较缺少这类玲珑可爱的物件。

黄麟说道："死人太多。"

陈平安愣了一下，转身抱拳。

黄麟突然笑道："一个敢带着九个孩子出海远游的练气士，再怕死也有数，先前阻拦道友登船，多有得罪，职责所在，还望海涵。回头我自掏腰包，让人送几壶酒水给道友，当是赔罪了。"

陈平安点头道："黄道友好风度。"

黄麟一笑置之，告辞离去。

到了时辰，陈平安归还了鱼竿，返回屋内，继续走桩。

半个月后，渡船各处喧哗一片，陈平安推开窗户，发现遇到了一处海市蜃楼。

似有一头大蜃在海底吐气结成了一大片连绵仙家宫阙，一一矗立云海中，高低不一，金光粼粼，恍若一处远古仙境，处处神仙宅。在一条条连接仙家宫阙阁楼的云间道路上，车马冠盖，川流不息，男女皆古貌，驾车之人多是身材魁梧的披甲金人，更有其中一座最为巍峨的宫殿，上边有数十只黄鹤盘旋不去。

　　陈平安没来由感慨一句：人言神物老愈灵。

　　寻常的海市蜃楼，多是畅通无阻的幻境，只是这一处海市，显然并非如此，灵气流转，假象近乎真相。彩衣渡船似乎遇到过这座海市蜃楼，毫不犹豫就选择绕道而行，不承想绕行百余里之后，海市蜃楼景象始终拦阻去路。有地仙修士不知轻重利害，想要去一探究竟，被管事黄麟劝阻下来，说这头垂死大蜃隐藏极深，仙人葱蒨追寻数月之久，都始终寻觅不见踪迹，再者这头妖物，如今处于"道散"境地，类似一位玉璞境修士的魂飞魄散，已经压抑不住自身的道气外泄，深陷海市中，寻常破障符根本无用处，而且那头大妖今天如此作为，极有可能是凶性毕露，要在大道消亡之前和渡船拼个鱼死网破。

　　渡船外壁彩绘女子一一现身，青竹剑阵更是开启，飞剑如雨，宛如一艘袖珍剑舟，破开那些大蜃吞吐显化的云雾瘴气。

　　渡船前方，凭空出现一座云气苍茫的宫阙，还悬了一挂白虹。这让黄麟神色剧变，世俗人间的白虹，兴许谈不上如何怪异，但是此地白虹，兵气也。

　　那头大蜃当真不再隐藏行踪，终于要暴起杀人了。只是不知自家这条渡船，能否支撑到仙人境葱蒨驰援解围。

　　陈平安微微皱眉，按照圣贤的解字之法，"虹"字作两头蛟龙解，故而用虫字旁。

　　陈平安凝神望去，那条白虹果真有正副两道，分出了虹霓雌雄。古人将虹霓视为天地之淫气，就像远古月宫蟾蜍，是月魄精光之属。

　　黄麟站在船头，现出了一尊身高百丈的儒衫法相，黄麟真身则以手指作刀，割破手心，以本命鲜血作为绘制符箓的丹书。黄麟在手掌写字之时，其法相居高一手掌心处便显化出一张金色符箓。黄麟一边静心凝气书写文字符，一边朗声道："仙官敕六丁，檄水臣蛟蜃。"

　　百丈法相手心处言出法随的十个符箓大字，金光流淌，映彻四方，云雾瘴气如被大日照耀，方圆数里之地瞬间似积雪消融一大片。

　　黄麟再割破手心，沉声道："远持天子命，水物当自囚！"

　　法相手掌处环有层层日晕，金光蓦然绽放，落下了一场滂沱大雨，更似一大锅滚烫沸水洒落风雪中。

　　在海市蜃楼当中，一座坊市轰然倒塌，一个偷偷潜伏其下的庞然身影一闪而逝。

　　一位跨洲远游的乘客，竟是位深藏不露的金丹境瓶颈剑修，大笑道："为黄道友助阵斩妖！"

只是这位剑修的练剑路数颇为古怪,竟是在一处观景台上脚踩罡步,双手掐剑诀,然后才轻轻一呼气,口吐一枚莹莹光彩的剑丸,去势极快,离开渡船百丈之后,原本长不过三寸的剑丸,蓦然变为一把铭刻有仙家墨篆的漆黑巨剑,而那金丹境剑修,依旧步罡踏斗不停,最终脚下踩出一道北斗符阵,更有一条青鱼浮水而出,剑修一脚踩在那尾青鱼背脊上,剑诀落定收官时,念念有词:"山人跨鱼天上来,识者珍重愚者猜。手中电击倚天剑,直斩长鲸海水开。"

那把去往宫阙与白虹的本命飞剑,剑光流彩,拖曳出一尊身披金甲的神将,神将手持墨色巨剑,电光交织,一神灵一飞剑,直斩而去,试图将白虹连同蜃楼一并斩开。

一击过后,声响作雷鸣,风卷云涌,气机激荡,连渡船都轰然震动,晃荡不已。

金丹境剑修吐出一口血水,伸手扶住栏杆,赶紧以心神收取飞剑,不承想一股遮天蔽日的瘴气疯狂涌出,将剑修本命飞剑一裹,竟是天地隔绝一般,断开了剑修与本命物的牵连,剑修脸上惨白无色,心神震颤不已。黄麟立即施展神通,帮着剑修寻觅那把消失无踪的飞剑。

陈平安早已轻轻加重脚上力道,使得相邻两间屋子都安稳如常,不受那道气机殃及。只不过和渡船上其他修士不同,陈平安的视线没有去寻觅那个使了障眼法的庞然身形,而是直接盯住了海市东南一角的天幕处。

陈平安抬起左手,运转水字印,五雷攒簇,造化掌中,他没有直接祭出这道完整雷法,而是选择了其中一记水法天雷,主役雷致雨,镇压一切作祟大蛟、毒蛇、恶蜃等水裔之属。

陈平安手腕一个猛然拧转,这道凝为珠子大小的水雷,去势极快,比那位金丹境瓶颈地仙的本命飞剑更胜一筹,以至于彩衣渡船上没有修士察觉到这点异样,所以等到那记水雷从气象不显到笔直一线,再到轰隆作响,犹如天雷震动,落下大劫,渡船上众人都误以为是管事黄麟的术法神通。

与此同时,陈平安左手再攒一记雷局,右手凝气为剑,合成一道斩虹符。

先前水雷砸中那头大蜃的藏身之处,不作重伤想,只是一个敲门做客的举动。但是随后这道先礼后兵的斩虹符就声势惊人了,先前那位步罡踏斗的金丹境剑修倾力一击,也只是让那挂悬在宫阙上方的白虹晃了一晃,当拥有雷局天威加持的斩虹剑符现世,海市蜃楼之中就像出现了一道凭空破开小天地的纤细剑光。剑光一划而下,将兵气白虹连同仙家宫阙一斩而断,再有雷局绽放,两物当场崩碎。

人未去,雷局、剑符已经开阵功成。

天地清明,气象一新,再无海市蜃楼障眼拦路。

大蜃潜入海底深处,海面上掀起惊涛骇浪,被混乱气机牵扯,哪怕有山水阵法,彩衣渡船依旧晃荡不已。

金丹境剑修惊喜万分,在一处稀薄云雾中感知到了一粒剑光,赶紧以心念驾驭那把本命飞剑返回窍穴温养。

陈平安犹豫了一下,轻轻攥拳,收起一记新剑诀,放弃了追杀那头大蠹的打算,因为仙人境葱蒨肯定已经在赶来的路上了。

金丹境剑修抱拳朗声道:"金甲洲剑修高云树,谢过剑仙前辈相救!"

寂然无声,并无回应。

高云树只当是那位剑仙高人不喜客套,厌烦这些繁文缛节,便越发钦佩了。心想那位神龙见首不见尾的剑仙,既然会乘坐这条乌孙栏渡船,就肯定是自家金甲洲的前辈了。

陈平安关了窗户,继续在屋内走桩练拳。

彩衣渡船那边有一位年轻女修,送来几壶上好的仙家酒酿,敲门的时候神色古怪。她显然想不明白,为何供奉黄麟会对这个贪生怕死的桐叶洲修士如此礼待。

陈平安向女修道了一声谢,没有客气,收下了酒水,然后好奇问道:"敢问姑娘,一壶酒水市价如何?"

管事黄麟应该有所察觉,只是不道破罢了。

那女修似乎被气得不轻,挤出一个笑脸,反问道:"客人你觉得彩衣渡船会买自家酒水吗?"

陈平安将那几壶仙家酒酿放在桌上,和先前所买酒水不一样,这几壶贴有乌孙栏秘制彩笺,若是撕下来转卖他人,估摸着比酒酿本身更值钱。

陈平安走桩完毕,脚步极轻,出拳极慢,已经不知不觉过去了一天一夜,他睁眼后,以心声和两拨孩子言语,然后打开门,很快九个孩子就陆陆续续赶来这间屋子。

虞青章手里拿了本书。贺乡亭和虞青章并肩而立。孙春王好像比较不合群,所站位置,离所有人都有些微妙距离。这三个孩子至今还没在陈平安这边说过一句话,私底下也沉默寡言。

陈平安大致猜得出一些缘由,也不愿去刨根问底。

一座剑气长城,不是人人都对隐官心怀好感,而且各有各的道理。

陈平安说道:"你们各有剑道传承,我只是名义上的护道人,没有什么师徒名分,但是我在避暑行宫翻阅过不少剑术秘传,可以帮你们查漏补缺,所以你们以后练剑有疑惑,都可以问我。"

陈平安眼角余光发现其中两个孩子听到这番言语的时候,尤其是听到"避暑行宫"一语,眉眼间就有些阴霾。陈平安也只当不知,假装毫无察觉。

何幸小声问道:"曹师傅,先前路过海市蜃楼,那道凌厉至极的剑光,是不是?对不对?"

何辜，个子最高，腰间别有一把锻炼绝佳的短剑"读书婢"，应该不是剑坊锻造之物，而是家传或是师传。而且为何辜传下此剑之人，对浩然天下的怨气肯定不小。

于斜回难得说句好话："惊心动魄，荡气回肠。"

陈平安直截了当说道："不是。"

又是墨篆又是神将的，不敢冒认。

姚小妍有些惋惜。

陈平安说道："登岸后如果有我觉得比较棘手的意外，你们务必立即进入小洞天，不要有任何犹豫。"

程朝露突然怯生生问道："我能跟曹师傅学拳吗？保证不会耽误练剑！"

双手负后的白玄翻了个白眼，小声嘀咕道："真是小狗腿。曹师傅会什么，就屁颠屁颠跟着学什么。"

白玄在碧玉簪子小洞天的时候，喜欢和人自称小小隐官。隐官陈平安，小隐官陈李，那么他就只好是小小隐官了。只是出来后，见着了真隐官，白玄反而不提这茬了。

陈平安对小胖子程朝露笑着点头："当然可以。拳理剑理两相通，练拳和练剑当然是有界线的，却不是山与远山永远不相见的那种，而是高山与远水的关系，只要两理一通，就是山水相依的大好格局，反而能够相互裨益，越发砥砺皮囊与魂魄。"

说到这里，陈平安停下话头，对其他人说道："都回去练剑就是了，有想听拳法闲话的，可以留下。"结果只有程朝露留下了。

陈平安让小胖子坐下，点燃桌上一盏灯火。程朝露小声道："曹师傅，其实贺乡亭比我更想练拳，只是他抹不开面子……"

陈平安摆摆手，不让程朝露多说此事，继续先前自己的话语："出拳递向天地，是往外走，温养拳意在身，是往内走，两者缺一不可。"

一个小姑娘脚步匆匆，去而复还，轻轻敲门，程朝露赶紧跑去开门，是纳兰玉牒，她一手肘撞开小胖子，由她关了门，这才落座一旁，再次取出了笔纸，正襟危坐，眼神示意隐官大人可以继续言语了。陈平安笑道："方寸物很珍贵，最好携带在身。"

小姑娘立即抄录在纸上。

陈平安有些无奈，也不去管她，说道："如果练拳只练筋骨血肉，不去炼神意、温养体魄，就只会剐掉一个人精气神，境界越高，出拳越重，每次都会伤及武夫的魂魄精元，很容易落下病根，积攒隐患一多，次次伤敌一千自损八百，如何能够长久？尤其是动辄伤敌毙命的凶狠拳路，武夫一旦不得其法，就好似招邪上身，神仙难救了，学拳杀人，到最后莫名其妙就把自己打死了。

"所以在我家乡，又有'传徒先传药，无方非亲传'，以及'穷学武富练武，一人习武耗去三代财'两个说话，都是山下江湖流传很广的老话，当然是有道理的。

"程朝露,你要是真想学拳,没有问题,不过要从走桩、立桩学起,比较枯燥乏味,如果哪天觉得练拳没劲,也不用为难,担心会被我训斥,专心练剑即可。"

程朝露听得两眼放光,满脸涨红,激动万分道:"曹师傅,我肯定会好好练拳的,只要有曹师傅一小半的拳法能耐,就心满意足了。"

纳兰玉牒摇摇头,自言自语道:"难。"

陈平安笑道:"如。"

小姑娘很聪慧,立即跟上一个字:"登。"

小胖子哀叹一声:"天。"

陈平安忍不住笑了起来。

随后一路无事,风平浪静,彩衣渡船从云海上掠过了陆地上的千重水万重山,只是哪怕从渡船俯瞰许久,人间依旧炊烟寥寥,唯有青山未老,绿水长流,飞鸟与白云共留客。

最终在一个夜幕中,渡船落在了桐叶洲最南端,那座从废墟中重建的仙家渡口曾是一个破碎王朝的渝州地界。

故国旧山河,城春草木深。先贤古语有云,思君不见君,下渝州。

陈平安从窗口坐回桌旁,怔怔看着桌上那盏灯火。

俗子无长生,三万六千日,夜夜当秉烛。

一阵敲门声响起,门外小姑娘有些雀跃,说:"曹师傅,咱们到了,可以下船喽。"

陈平安应了一声,站起身,由着那盏灯火继续亮着,抬起手,施展术法,将一顶斗笠戴在头上。

开了门,陈平安带着孩子们走下渡船,回头望去,黄麟似乎就等他这一回望了,立即笑着抱拳相送,陈平安转身,抱拳还礼。

走出一段路后,陈平安突然蹲下身,伸手抵住地面,然后轻轻抓起一把土壤收入袖中,会带回家乡。

在陈平安蹲着发呆的时候,唯一一个拥有方寸物的纳兰玉牒取出了一部名为《山海补志》的神仙书,早年家族托人购自倒悬山,小姑娘动作极快,噼里啪啦就翻到了《桐叶篇》,神仙书上,一张书页能够记录十数幅山水画卷和数千个细微文字,不曾修行的凡夫俗子眼力不济,看不清文字内容。

陈平安当年囊中羞涩,只买了一部《山海志》,没舍得买这个更加大部头、记录山川形胜更加翔实的《山海补志》。纳兰玉牒开始为其他人解释这处渝州仙家渡口的由来,小姑娘话语刚起了个头,突然想起自己亲笔抄录的那句"提醒",赶紧将书籍丢回方寸物,拍拍手,蹲在陈平安身边,学那曹师傅伸手抵住泥土,假装什么都没有发生。

陈平安回过神来,笑道:"这次没关系,下次再注意就是了。"

小错早犯早知道,长辈早说孩子早记住。

陈平安起身说道:"玉牒,我帮你遮掩一下,继续翻书看,帮我们解释解释,其实我也不晓得这座渡口的历史典故。可以的话,你用桐叶洲雅言。"

"曹师傅会不知道?是考校我雅言说得流不流畅,对吧?一定是这样的。"纳兰玉牒这才重新取出《山海补志》,用字正腔圆的桐叶洲雅言,阅读书上文字。渝州是大盈王朝最南方地界,旧大盈王朝三十余州所辖两百余府皆有府志。其中以渝州府志最为神仙怪异,上有仙人迹六处,下有龙窟水府九座,旧有观庙神祠六十余个。众人脚下这座渡口,名为驱山渡,传闻王朝历史上的第一位国师渔夫出身,拥有一件至宝金铎,摇晃无声,却会地动山摇。国师兵解仙逝之前,专门将金铎封禁,沉入水中,大盈柳氏的末代皇帝,在北地边关战场上接连大败,就异想天开,"另辟蹊径,开疆拓土",下令数百炼师搜寻江河峡谷,最终破开一处禁制森严的隐蔽水府,寻得金铎,成功驱山入海,填海为陆,成为大盈历史上拓边武功仅次于开国皇帝之人……孩子们听到这些王朝旧事,没什么感觉,只当个小有趣味的山水故事去听,陈平安则是听得感慨良多。

陈平安其实想要知道,如今负责重建驱山渡的仙家、王朝势力,主事人到底是大盈柳氏后裔,还是某个劫后余生的山上宗门,比如玉圭宗?

陈平安之所以没有直奔家乡宝瓶洲,一来是机缘巧合,刚好遇到了那条跨洲远游的彩衣渡船,且他原本想要通过购买船上的山水邸报,以此获悉如今的浩然大势。再者若是让孩子们返回碧玉簪子小洞天,虽然无碍他们的魂魄寿命以及修行练剑,但是内外天地光阴流逝有快慢之分,陈平安心里终究有些不忍,好像会害得孩子们白白错过很多风景。哪怕这一路远游,多是一望无垠的海面,景色枯燥乏味,可陈平安还是希望这些孩子们能够多看看浩然天下的山河。最后就是陈平安有一份私心,实在是被那三个古怪梦境折腾得杯弓蛇影了,所以想要尽早在一洲山河脚踏实地,尤其是借助桐叶洲的镇妖楼,来勘验真假,帮忙"解梦"。

事实证明,陈平安没白费工夫,方才突然蹲下身,就是陈平安差点儿一个踉跄,这让他立即心安几分。

陈平安起身后,刻意挺直腰杆,身形不再佝偻,只是这么个细微动作,就会让他更不好受,但是神益体魄更大。

走路就是最好的走桩,就是练拳不停,甚至陈平安每一次动静稍大的呼吸吐纳,都像是桐叶洲一洲的残余破损气运凝聚显圣为一位武运集大成者的武夫,在对陈平安喂拳。

感觉狠狠打一架,九境山巅武夫的瓶颈就能够有所松动,直觉告诉陈平安,他想要破境跻身止境武夫极为不易,但他非但不着急破境,反而越发珍惜桐叶洲这座天然"演武场"的无形砥砺。

道理很简单,曾经有人说过,十境之争就是决定他和曹慈未来武道高低的胜负关键。是连输三场之后,这辈子就此一路输下去,还是久别多年,第四场切磋,陈平安就此扳回一局,第一步就看他能否以最强九境跻身武道止境了。

一位年轻女修离开彩衣渡船,找到陈平安一行,亭亭玉立,停步不前。

陈平安假装没认出身份:"你是?"

乌孙栏女修怀捧一只造工素雅的黄花梨字画匣,小画匣四角平镶如意纹白铜饰物,有羊脂美玉雕琢而成的云头拍子,一看就是个宫里头流传出来的老物件。女修看着这个头戴斗笠的中年汉子,笑道:"我师父,也就是彩衣船管事,让我为仙师带来此物,希望仙师不要推脱,里边装着我们乌孙栏各色彩笺,总计一百零八张。"

陈平安轻轻一拍斗笠,赶紧接过那只字画木匣,与管事黄麟道了一声谢,然后感慨道:"早知如此,就不揭下酒壶上边的彩笺了,回头重新粘上,省得朋友不识货。"

女修以心声说道:"师父让我捎句话给仙师,中土文庙曾经下令山上禁绝山水邸报五年,还差半年才解禁,所以我们渡船这边不是不想卖,而是实在有心无力。"

陈平安有些无奈,难怪当时登船没多久,就察觉到渡船之外有一道天上镜光和一道仙人境气息的悄然游弋,原来是自己这位桐叶洲修士不小心露了马脚。后来渡船遇到海市蜃楼,若是自己没有果断出手,说不定那顿在芦花岛祖师堂欠下的喝茶,就要在彩衣渡船上边补上了,除了大瀛水元婴境剑修,以及那位流霞洲女子仙人境葱蒨,极有可能会有其他高人一起落座待客。

彩衣渡船这边,乌孙栏次席供奉黄麟其实是一位正统出身的儒家书院子弟,先前以文字传檄镇压水裔,黄麟靠一身浩然气,言出法随,破开海市迷障极多,还有圣贤书篇上的"远持天子令"一语。至于黄麟如何舍了君子贤人身份,转去担任乌孙栏的供奉,大概就是乱世当中的一部鸳鸯谱?

陈平安不由得想起那个渡船上打趣自己的少年修士,好小子,挺会装啊,还簪化小楷呢?少年看似插科打诨,实则心神平稳,言语与神色之间竟是没有半点纰漏,所以连自己都被糊弄过去了。

于是陈平安说道:"你们渡船上有个少年伙计,虽然修道资质不算绝佳,但是心性不错,是棵好苗子,说不定会大器晚成。"

年轻女修嫣然而笑,竟是向陈平安施了个万福:"借前辈吉言,替我弟弟向前辈道一声谢。"

一场好聚好散。

陈平安带着孩子们,找到了开在驱山渡集市入口处的渡口坊楼。

作为桐叶洲最南端的渡口,驱山渡除了停靠彩衣渡船这样的跨洲渡船,还有三条山上路线,三个方向,分别去往黄花渡、仙舟渡和鹦鹉洲,都是小渡口,无论是《山海志》

还是《山海补志》都未曾记载,其中黄花渡是去往玉圭宗的必经之路。渡船都未能到达桐叶洲中部。

陈平安有些奇怪,为何玉圭宗没有占据驱山渡。按照《山海补志》所写,大盈王朝执牛耳者的仙家门派是玉圭宗的藩属宗门,于情于理,玉圭宗都该名正言顺地帮助山下王朝一起收拾桐叶洲南方广袤的旧山河,大盈王朝肯定是重中之重。更奇怪的是,执掌驱山渡大小渡船事宜的仙师,虽然以桐叶洲雅言与人说话,竟然带着几分皑皑洲雅言独有的口音。

陈平安带着一大帮孩子,所以格外引人注目。而且九个孩子,一看就像资质不会太差的修道坯子,自然让人羡慕,同时更会让人忌惮几分。只是肯定没人相信,九个孩子不但都已经是孕育出本命飞剑的剑修,而且还是剑修当中的剑仙坯子。何况是剑气长城的剑仙坯子。

这等光景,随便搁哪儿,哪怕是那些以剑道立本的宗字头仙家,让某位剑仙亲自带队下山游历,都足够吓人,让人匪夷所思,所以陈平安就算扯开嗓子喊,可只要九个孩子不纷纷祭出飞剑,就都没人相信。偌大一座桐叶洲,别说露面,能够在山上凑出这么多剑修孩子的宗门都屈指可数,就算有上五境剑仙亲自护道,都不敢如此贸然行事。

陈平安故意掏出一枚谷雨钱,找回了几枚小暑钱,买了十块登船的关牒玉牌,如今乘坐渡船,神仙钱费用翻了一番都不止。原因很简单,如今神仙钱相较以往溢价极多,这会儿就能够乘船远游的山上仙师肯定是真有钱。

不过这笔路费,只要练气士运道别太差,就有机会找补得回来。只是比较考验眼力,挣钱的多寡,靠机缘大小。

盛世收藏古董珍玩,乱世黄金最值钱,乱世当中,曾经价值千金的古董,往往都是白菜价,可越是如此,越无人问津。但一个世道开始从乱到治的这段时日里边,就是不少山泽野修四处捡漏的最佳时机。这也是修道之人如此重视方寸物的原因之一,至于咫尺物,痴心妄想。

这会儿下山云游异乡的练气士其实就两种,下山散心求机缘的和在人间找机会挣钱的,而且两者相较于早些年的渡口游客,要么修为更高,要么靠山更大,同时行事更加谨慎。

就像今天陈平安带着孩子们游历集市店铺,道路上人不少,但是人与人之间,几乎都有意无意拉开了一段距离,哪怕进了人满为患的铺子,相互间也会十分谨慎。

像陈平安这种带着一堆孩子下山游历的,更没人胆敢轻易招惹,能避就避。

陈平安翻转那几枚小暑钱,其中一枚上的篆文,又是从未见过的,意外之喜,正反两面篆文分别为"水通五湖""剑镇四海"。

陈平安很早就开始有意收藏小暑钱了,因为小暑钱是唯一有不同篆文的神仙钱。

相传历史上出自不同铸造名家之手的小暑钱总计有三百多种篆文,陈平安辛辛苦苦积攒二十多年,如今才收藏了不到八十种,任重道远,要多挣钱啊。小小包袱斋,赶紧当起来。

还有两个时辰才有黄花渡船落地停靠,陈平安就带着孩子们去集市闲逛,各色铺子中书画、瓷器、杂项等大大小小的物件不计其数,连圣旨和蟒袍都有,更有一捆捆的书籍,跟刚从山上劈砍搬来的柴火差不多,随便堆放在地,用草绳捆着,故而磨损极多,店铺这边竖了一道木牌,反正就是按斤两售卖,所以铺子伙计都懒得为此吆喝几句,客人一律自己看牌子去。风雪初歇,曾经书香门第都要掂量钱袋子买上一两本的孤本善本浸水极多,如百无一用的文弱书生溺水一般。

陈平安一路行来,扫了几眼各家铺子的货物,多是王朝、藩属世俗意义上的古物珍玩,既然并无灵气,就算不得灵器。能否被称之为山上灵器,关键就看有无蕴藉灵气,且经久不散。灵器有死物活物之分,如一方古砚、一支秃笔,沾了些许先贤的文运,灵气沛然,就是活物,若是保存不善,或是炼师消耗太多,就会沦为寻常物件,成了死物。和道门高真朝夕相处的一把拂尘、一块蒲团,未必能够沾染几分灵气,一件龙袍蟒服,同样也未必能够遗留下几分龙气。

灵器当中的活物,品秩更高,山上美其名曰"性灵之物",大抵能够汲取天地灵气,温养材质本身。

至于法宝,别说凡夫俗子,就是已是修道之人的山泽野修,一辈子也未必能够见到几回,事实上地仙之下的野修,都不太乐意跟法宝打交道,毕竟往往是此物一露面,就意味着他们和谱牒仙师在打生打死。侥幸打赢了,打了小的,还会惹来老的,总归是极少占到便宜的,更别说打输了,极有可能都没人帮忙收尸。

陈平安只买了一把不太起眼的小攒子剑、一柄镀金夔龙饰件的黑鞘腰刀,勉强能算灵器,多半曾经供奉在地方武庙或是城隍阁的缘故,沾了几分残余的香火气息。搁在世俗山下的江湖武林,能算两把神兵利器,各自卖个五六千两银子不难,陈平安花了十枚雪花钱,铺子说是买一送一。其实陈平安当包袱斋的话,没啥赚头。唯一能够算是捡漏的物件,是书上"朱栏玉砌"一词中"玉砌"两字的石质日晷。看背面铭文,是一国钦天监旧物,铺子这边售价八枚雪花钱,在陈平安眼中,真实价格至少翻两番,随便卖,就是大了些,如果陈平安今天是独自一人逛荡集市,扛也就扛了,毕竟连更大的藻井都背过。

要是换成陈平安当店主,就不该标价八枚雪花钱,太鸡肋了,没有方寸物的练气士,难不成花了八枚雪花钱不说,还注定短期无法脱手,就要在众目睽睽之下,背着这么大一个物件,然后一路走南闯北? 干脆标价一枚小暑钱,回头让买家背起来也带劲些,兜里八枚雪花钱,跟怀揣着一枚小暑钱,感觉能一样吗? 当然不能。

所以陈平安最后就蹲在"小书山"这边小心翼翼翻翻检检，多是掀开书页一角。不承想店铺伙计在门口那边撂下一句："不买就别乱翻。"陈平安抬起头，笑着说"要买的"，那年轻伙计才转头去照顾其他贵客。

陈平安挑选了几大斤官印秘藏书籍，书籍用的是官府公文纸，每张都钤盖有官印，并记年号；一捆经厂本丛书，谁写谁刻谁印，都有标注，纸张极其厚重；还有一捆开花纸书，出自私人藏书楼，传承有序，却触手若新，足可见数百年间藏在深闺，堪称书林尤物。

不过真正值钱的书籍，值钱到让店铺修士都有所耳闻的某些皇室殿藏秘本，肯定待遇又有所不同。

陈平安买了一大麻袋书籍，背在身上，结结实实，百余斤重。付出的不过是五枚雪花钱，一枚雪花钱，可以买二十斤书。要是陈平安愿意砍价，估计钱不会少给，却可以多搬走二十斤。只是陈平安没跟铺子讨价还价，怕一个忍不住，就包圆全买了，到时候别说方寸物，连一件咫尺物都装不下。还是讲个眼缘好了。

孩子们当中，只有纳兰玉牒挑了书，小姑娘相中了几本，她也不管什么纸张材质、官刻民刻、栏口藏书印之类的讲究，只挑字体娟秀顺眼的。小姑娘要给钱，陈平安说附带的，几本加一起一斤分量都没有，不用。小姑娘好像不是省了钱，而是挣了钱，开心得不行。陈平安就跟着有些笑意。

一个同样乘坐彩衣渡船的远游客站在路上，好像在等着陈平安。其实陈平安早就发现此人了，先前在驱山渡坊楼里边，陈平安一行前脚出，此人后脚进，看样子，一样会跟着去往黄花渡。

这位来自金甲洲的金丹境瓶颈剑修，在渡船上曾仗义出手相助黄麟，当时祭出一把墨篆飞剑，去势惊人，十分剑仙气概，只是结局不算太圆满。他见着了迎面走来的陈平安，立即抱拳以心声道："晚辈高云树，见过前辈。"

陈平安背着大包裹，双手攥住草绳，也就没有抱拳还礼，点点头，以中土神洲大雅言笑问道："高剑仙有事找我？"

这就叫投桃报李了，你喊我一声"前辈"，我还你一个"剑仙"。

方才高云树耍了个小心思，以金甲洲雅言开口。这会儿被对方敬称为剑仙，显然让脸皮不厚的他有些汗颜。高云树认定了眼前这个深藏不露的刀客就是那位一剑破开海市、逼退大蜃的剑仙前辈。

虽说对方没有就此擦肩而过，前辈好脾气，不曾将自己晾在一边，反而始终笑着望向自己，极有耐心，但是高云树其实当下极有压力，总觉得自己只是站在这位前辈眼前，就好似双方问剑一场，自己在与对方对峙，一言不合就会分出生死。高云树赶紧深吸一口气，硬着头皮说道："能否请前辈吃顿酒？"

陈平安摇摇头。高云树欲言又止。

陈平安笑问道:"高兄你是感谢一位剑仙,还是感谢一位陌生人的相救举动?"

一样的感激,却是两份心思。

高云树倒是个坦诚人,非但没觉得前辈有此问是在羞辱自己,反而松了口气,答道:"自然都有,剑仙前辈行事不留名,却帮我取回飞剑,就等于救了我半条命,当然感激万分,若是能够因此结识一位慷慨意气的剑仙前辈,那是最好。实不相瞒,晚辈是野修出身,金甲洲剑修寥寥无几,想要认识一位比登天还难,让晚辈去当束手束脚的供奉,晚辈又实在不甘心。所以若是能够认识一位剑仙,无那半分利益往来,晚辈哪怕现在就打道回府,亦是不虚此行了。"

陈平安点头道:"高剑仙以诚待人,让我佩服。"

高云树问道:"前辈真不是我那家乡剑仙徐君?"

陈平安疑惑道:"剑仙徐君,恕我孤陋寡闻,劳烦高剑仙说道说道。我们边走边说。"

高云树跟着陈平安一起散步,极为坦诚相待,不但说了那位剑仙,还说了自己的一份心思。

高云树所说的那位家乡大剑仙徐君,已经率先游历桐叶洲。高云树这趟跨洲远游,除了在异乡随缘而走,其实本就有与徐君请教剑术的想法。

徐君是一个在金甲洲战场上横空出世的剑仙,世人暂时不知其真名,只知道姓徐,是金甲洲本土剑修,但是跻身了上五境,在那场大战之前,竟然始终寂寂无闻。据说这位徐君,和来自剑气长城的刻字老剑仙齐廷济很投缘。高云树就想要来这儿碰碰运气,若是徐君前辈在金甲洲有开宗立派的意愿,高云树想要就此追随徐君,好歹捞个名义上的开山祖师之一。

陈平安看似随意问了金甲洲战场的情况,高云树还是竹筒倒豆子,不介意和这位前辈多说些事迹。其中就有提及中土神洲的曹慈,以及两位与他同乡的女子武夫宗师,不过高云树是山泽野修,山水邸报又被文庙封禁,所以只道听途说了两名女子,一个姓石,一个姓裴。高云树猜测后者既然姓裴,如此巧合,多半就是大端王朝的武夫了,他由衷感慨了一番,那大端王朝真是武运昌盛得惊世骇俗,出了裴杯、曹慈这对师徒不说,又冒出个好像比曹慈年纪更轻的天才,至于是远游境,还是山巅境,不太好说,可远游境,那也很夸张了不是,难不成天下武运,真要半出大端吗?

陈平安在心中大致推算了一下,时间是在当年完颜老景被甲子帐刻字城头时分。石在溪是那郁狷夫。至于那个比曹慈更加年轻的女子武夫,难道是武神裴杯的又一个嫡传弟子?

听完之后,陈平安笑道:"我真不是什么'剑仙徐君'。"

陈平安伸手拍了拍狭刀斩勘的刀柄,示意对方自己是个纯粹武夫。

高云树壮起胆子，试探性问道："那黄管事为何要独独高看前辈一眼，专门让人送前辈一只木匣？"

高云树赶紧信誓旦旦道："前辈，千万莫要多想，是晚辈无意间瞧见的。实在是前辈从登船起，就比较特立独行，让晚辈记忆深刻。"

好家伙，真眼尖，敢情是循着蛛丝马迹找自己碰瓷来了？

陈平安懒得解释什么，不再以心声言语，抱拳说道："既然是一场萍水相逢，咱们点到即止就好了。"

高云树点点头，也不敢多做纠缠，万一真是那位剑术通神的剑仙前辈，不管是不是同乡徐君，既然对方如此表态，自己都不该得寸进尺了。他果断抱拳还礼："那晚辈就预祝前辈游历顺遂！"

铁了心认定对方是位剑仙。哪怕对方一口一个高剑仙。

陈平安笑道："那我也预祝高兄此行好梦成真。"

高云树大笑道："就此别过。"

陈平安眯眼点头。

高云树转身大步离去，要重返渡口坊楼，换一处渡口作为北游落脚处了。

于斜回轻声道："瞅见没，江湖，这就是江湖。"

程朝露向纳兰玉牒小声提醒道："玉牒，方才曹师傅那句话，怎么不抄录下来？"

小姑娘抬了抬袖子，瞪眼道："笔墨纸砚装得下吗？"

程朝露刚要争论几句，纳兰玉牒写字抄录，只需纸笔即可。只是不等程朝露开口，陈平安就伸手按住了他的脑袋，打趣道："不想打一辈子光棍就别说话。"

其实所有孩子，再后知后觉的，都察觉到一件事情。隐官大人对姚小妍和纳兰玉牒是最关心的。虽说他对所有人都心平气和，一视同仁，不以境界、本命飞剑品秩更看重谁、看轻谁，只是在两个小姑娘这边，隐官大人或者说曹师傅，眼神会格外温柔，就像看待自家晚辈一样。

到了吃饭的点儿，陈平安环顾四周，最后选了一座酒楼，还跟伙计要了一间单独的雅室，没有要酒水，饭菜上桌后，陈平安下筷不多，细嚼慢咽。

白玄和纳兰玉牒坐在陈平安两旁，不是因为他们两个是洞府境，比其他人境界更高，而是胆子大，不认生。

这些孩子，在彩衣渡船上一次都没有出门。下船到了驱山渡，也乖巧得不符合年龄和性情。

但是剑气长城的孩子，尤其当他们又是天生的剑仙坯子，其实曾经是天底下最"不知天高地厚"的孩子。因为剑仙太多，随处可见，而那些走下城头的剑仙，极有可能就是某个孩子的家里长辈、传道师父、街坊邻居。

纳兰玉牒说道:"曹师傅,今儿我来结账付钱?"

陈平安摇头笑道:"好意心领,付账就算了。"

纳兰玉牒说道:"我有好多枚谷雨钱的,当年祖师奶奶送我那件方寸物,里边都是神仙钱,祖师奶奶总说钱不挪窝就挣不着钱哩。"

陈平安无奈道:"话别听一半,不然再多钱也经不起花的。钱财只有落在生意人手里,才要挪窝,走门串户。"

纳兰玉牒眨了眨眼睛:"那我就跟曹师傅合伙做买卖,钱都交给曹师傅保管打理,回头挣了钱,给我分红呗。"

陈平安忍俊不禁,放下筷子,摆摆手:"免了免了。"

祖师奶奶,纳兰彩焕?不知道她如今在浩然天下,有无开山立派。

纳兰玉牒有些垂头丧气,陈平安安慰道:"先不着急,以后真有挣钱的活计,我会跟你开口。"

陈平安吃饭的时候,一直在留心外边酒桌的言语,只是少有指点江山的高谈阔论,多是发财路数的小声商议。

一行人按时登上去往黄花渡的仙家舟船,陈平安安排好孩子后,在自己屋内静坐片刻,"摘下"斗笠,独自走去船头。

白玄很快现身,来到陈平安身边,以心声问道:"为什么不让我们躲在小洞天里边,如此一来,曹师傅不是可以更早返乡吗?"

陈平安耐心解释道:"如果我独自赶路,御风去往宝瓶洲,只要遇到意外,就会是比较大的意外,山上一味快行未必能够快到。跟着渡船走,很多意外会自己躲起来。走海路,大妖藏匿更多,就像那头大鼍;走陆路,虽说需要多走一洲山河,却要平稳许多。何况在桐叶洲,我也有不少朋友需要见上一见。"

白玄点点头,踮起脚尖,双手抓住栏杆,有些忧愁神色,沉默片刻,主动开口道:"曹师傅,我的本命飞剑很一般,品秩不高,所以长辈说我成就不会太高,至多地仙,当个元婴境剑修都要靠大运气。那还是在家乡,到了这儿,说不定这辈子成为金丹境剑修就要止步了。"

关于各自的本命飞剑,陈平安没有刻意询问,孩子们也就没有提及。

不过陈平安以隐官身份接管了避暑行宫,当初在剑气长城开创一个为剑修飞剑点评品秩的举措,只不过评选方式极为功利,杀力极大、有助于捉对厮杀的剑修本命物,品秩反而不如那些适宜战场施展的飞剑高。

白玄百无聊赖,轻轻用额头磕碰栏杆。

陈平安双手交叠,趴在栏杆上,随口道:"修行是每天的脚下事,多年以后站在何处是将来事,既然注定是一桩当下多想无益的事情,不如以后忧愁来了再忧愁,反正到时候还可以喝酒嘛，曹师傅这儿别的不说，好酒肯定是不缺的。"

白玄有些意外："我还以为曹师傅会拿漂亮好话安慰人。"

陈平安玩笑道："好话也有，几大箩筐都装不满。"

白玄犹豫了一下，唉声叹气道："私底下跟曹师傅见了面聊了天，回去以后，估计就跟虞青章几个做不成朋友喽。"

陈平安笑着没说话。

白玄奇怪道："曹师傅就不好奇？"

陈平安举目远眺："大致猜到了，当年那拨剑修拼死去救落入大妖之手的剑仙，我拦着不让，比较伤人心。我猜里边有剑修是虞青章他们几个的长辈师父。"

白玄更奇怪了："你就半点不嫌弃虞青章他们不知好歹？傻子也知道你是为剑气长城好啊。"

陈平安轻声道："谁说做了件好事，就不会伤人心了？很多时候反而让人更伤心。"

白玄摇摇头："反正我觉得虞青章他们不对。"

陈平安不愿多说此事。

白玄自顾自说道："我师父的师父，就是剑修之一。祖师死后，师父也没说隐官大人半句坏话，也没拦着我当小小隐官，反而夸我有志向。"

陈平安伸手拍了拍白玄的脑袋："你师父很了不起。"

白玄仰头笑道："那曹师傅以后见着了那个陈李，与他打个商量，把小隐官的头衔让给我？"

陈平安说道："见着了再说。"

白玄埋怨道："读书人不爽利，弯弯绕绕，尽说些光占便宜不吃亏的含糊话。"

陈平安转过身，点点头："是不好，得改改，所以现在就给你答案，不行。"

白玄睁大眼睛，叹了口气，双手负后，独自返回住处，留下一个小气抠搜的曹师傅自个儿喝风去。

早春时分，还是乍暖还寒的天气，大地却春风满山，黄花争先，人间共谢东君。

青衫客，悬刀系酒壶，俯瞰大地，久久没有收回视线。

陈平安突然想起一事，自己那位开山大弟子，如今会不会已经金身境了？那么她的个子……有没有何辜那么高？

陈平安趴在栏杆上，笑眯起眼，嘴角翘起。

先前在彩衣渡船上，有个初次离乡远游的金甲洲少年，曾经瞪大眼睛，心神摇曳，呆呆看着那道斩虹符的凌厉剑光，一线斩落，剑仙一剑，好似开天辟地，不见剑仙身影，只见璀璨剑光，仿佛天地间最美的一幅画卷，所以少年便在那一刻下定决心，符箓要学，剑也要练，万一、万一金甲洲因为自己，就可以多出一位剑仙呢。

陈平安当然不知道还有这么一回事。就像很多年前,一袭鲜红嫁衣飘来荡去的山水迷障当中,风雪庙魏晋一样不会知道,当时其实有个草鞋少年,瞪大眼睛,痴痴看着一剑破开天幕的那道恢宏剑光。

陈平安返回屋子,写了一封密信,交予渡船剑房,帮忙飞剑传信给玉圭宗神篆峰。

收信人,姜尚真。寄信人落款,随驾城曹沫。

山上的飞剑传信,寄信人可以藏头藏尾,故意不写,只是收信人的名讳道号,缺漏不得。当然,万事有例外,比如某些山巅修士,只写自己名号,大笔一挥,写那某某祖师堂亲启,其实更管用。

陈平安也无所谓那几位剑房修士的古怪眼神。终究不是那个初次游历桐叶洲、步步小心的自己了。

等到陈平安离去,一位剑坊年轻修士小心翼翼问道:"大人物?"

一位管着渡船剑房的老者嗤笑道:"一看就是个骗子,也不晓得换个新鲜花样。我都遇到过好几次了,别搭理这种货色。我敢保证,这种信,到了神篆峰就会在档案房吃灰几百年。以前有个乘坐天阙峰渡船的家伙,就故意花了几枚神仙钱,寄信给荀老宗主,结果一口气骗了两个正儿八经谱牒出身的女修,渡船剑房副管事是一个,和那人刚刚认识没多久的女子又是一个,事后她们才知道那厮根本就是个不成才的山泽野修,最后好不容易逮着了那家伙,撑死了也就是一顿打,又不能真把那小子如何,道理说破天去,还不是男女双方你情我愿?还能如何,吃个大哑巴亏,只能当是长长记性了。"

剑房一个少女听着听着就涨红了脸,难怪觉得那青衫汉子总看自己呢,原来是个居心叵测的下流胚子。

老人笑道:"这都算道行浅的了,还有手段更高明的,假装什么废太子,行囊里藏着仿冒的传国玉玺、龙袍,然后好像一个不留神,刚好给女子瞧了去。也有那腰挂酒壶的,剑仙下山行走,即便有那养剑葫,也是施展障眼法,对也不对?所以有人就拿个小破葫芦,略施水法,在船头这类人多的地方喝酒不停。"

年轻人恍然道:"那家伙好像就挂着个朱红小酒壶,倒是没喝酒,多半是瞅出了你老人家在这儿,不敢抖搂那些拙劣的雕虫小技。"

老人抚须而笑:"那家伙嫩得很,来我这儿自取其辱罢了。"

少女有些后怕,越想那汉子,越觉得确实鬼鬼祟祟,贼眉鼠目。真是可惜了那双眼眸。

等到少女心有余悸地自顾自羞恼忙碌去了,剑房管事的老人立即丢了个眼色给年轻人,后者咧嘴一笑,抱拳感谢,老人伸出两根手指,年轻人摇晃一根手指,就一壶酒,不能再多了。

至于那人是否真的认识玉圭宗姜宗主,其实没那么重要。反正姜尚真那般人物,他的朋友，也只会高高在上，认识不得，高攀不起。

年轻人突然问道："随驾城在哪儿？"

老人摇摇头："这还真没听说过，多半是故弄玄虚。"

年轻人玩笑道："都不知道落款太平山，或者扶乩宗。"

老人冷哼一声："敢这么糟践太平山和扶乩宗，我当场就要翻脸，赶他下渡船。"

少女突然抬起头，压低嗓音说道："太平山旧址沦为无主之地，这会儿不是有好多人在争地盘吗？"

老人欲言又止，最终没有说出一个字，一声长叹。

陈平安其实并没有走太远。听到最后一句话后，停下脚步，面无表情，眼神幽幽。

早年坐拥一座黄花渡的仙家门派，已经在战事中覆灭，彻底沦为废墟，整座祖山都已经被仙家术法荡平。

那个中年青衫刀客，与孩子们极其古怪，都没有在黄花渡现身，而是好像在半路上就突然消失了。渡船只知道在靠岸之前，那个中年人曾经重返渡船剑房一趟，再寄了一封信给神篆峰。

在一个风雨夜中，陈平安头别玉簪，悄无声息破开渡船禁制，独自御风北去，将渡船抛在身后十数里外后，从御风转为御剑，天上雷声大作，震颤人心，天地间大有异象，以至于身后渡船人人惊骇，整条渡船不得不急急绕路。

驱山渡方圆百里之内地势平坦，唯有一座山峰突兀耸立而起，格外瞩目，在山峰之巅有山岗平台，雕刻出一块象戏棋盘，三十二枚棋子大如石墩，重达千斤，两位修士站在棋盘两端，在下一局棋，棋盘上每次被对方吃掉一枚棋子，就要给出一枚谷雨钱，上五境修士之间的小赌怡情。

其中一位，年轻俊美，不过两百岁，是声名鹊起的金甲洲大剑仙，绰号徐君，真名徐獬。不知怎么就成了皑皑洲刘氏客卿。这次御剑赶赴桐叶洲最南部，就是为皑皑洲刘大财神护住一只新的聚宝盆。例如那条彩衣渡船，乌孙栏就向刘氏赊了一大笔谷雨钱。刘氏卖给了一条现成的跨洲渡船，价格公道不说，此后五百年的渡船收益抽成，一样让乌孙栏修士备感意外。

对于桐叶洲来说，一位在金甲洲战场递过千百剑的大剑仙，就是一条当之无愧的过江龙。而真正让山巅修士心情复杂的关键所在，是徐獬像是属于应运而生的那么一小撮人。

作为地头蛇的王霁，是桐叶洲本土练气士，玉璞境，自号乖崖门生，别号植林叟，不是剑修，不过年少时就喜欢仗剑游历，喜好技击之术。相貌儒雅，在山上却有监斩官的绰号。他上山修行极晚，仕途为官三十年，清流文官出身，亲手以剑斩杀之人，从恶仆、贪赃胥吏到绿林盗贼，多达十数人。后来辞官归隐，下山之时，就成为了一个山泽野修，最后再成为玉圭宗的供奉，祖师堂有一把椅子的那种。可在那之前，王霁是整个桐叶洲对姜尚真骂声最多的一个上五境修士，没有之一。所以王霁这趟南下渝州驱山渡，就是帮着玉圭宗骂街来了。

为双方居中斡旋之人，是个临时散心至此的女修，流霞洲仙人境葱蒨的师妹，也是天隅洞天的洞主夫人，生得姿容绝美，碧玉花冠，一身锦袍，身姿婀娜。她的儿子是年轻候补十人之一，只是如今身在第五座天下，所以他们母子差不多八十年后才能见面。每每想起此事，她就会埋怨夫君不该如此狠心，让儿子远游别座天下。

王霁随手丢出一枚谷雨钱，问道："老龙城的那几条跨洲渡船，什么时候到驱山渡？"

徐獬没有接过谷雨钱，而是将其当场粉碎，化作一份浓郁灵气，三人脚下这座高山，本身就是刘氏修士精心打造出来的一座阵法禁制，能够收拢四面八方的天地灵气和山水气数。徐獬神色淡漠，说道："到了渡口，自然瞧得见。"

王霁冷笑道："小心风高浪急，水土不服，陆路水路都翻船。"

徐獬依旧面无表情："翻船？你们姜宗主掀翻的吧，反正只要翻了一条，我就去神篆峰问剑。"

王霁啧啧道："听口气，稳赢的意思？"

徐獬说道："八成会输。但不耽误我问剑就是了。"

王霁一脚跺地，挑起一枚棋子，落在棋盘一处，朝那徐獬伸出大拇指，道："不愧是认识齐廷济的剑修。"

徐獬说道："你也认识徐獬，不差了。"

王霁气笑道："你要是遇到了姜尚真，要么直接打生打死，要么成为狐朋狗友，没其他可能了。"

流霞洲女修摇摇头，真不知道这两人为何至今都没打起来，每天棋盘较劲，还这么斗嘴，怎么感觉双方其实挺投缘啊。

徐獬突然问道："姜尚真到底是真闭关还是假闭关？"

王霁叹了口气，破天荒有些感伤："天晓得，反正最后一次祖师堂议事，病恹恹，半死不活的，让人瞧着心酸。"

徐獬瞥了眼北方。这座乌烟瘴气、人心鬼蜮的桐叶洲，他实在喜欢不起来。

知道错了不认错，省心；认了错不愿改错，省力。好个省心省力，结果不少人还真就活下来了。重归浩然天下的这么个大烂摊子，其实不比当年落入蛮荒天下手中好多少。

只说一事，太平山宗门遗址，由于桐叶洲再无一位太平山修士了，如今有多少山上势力觊觎那块地盘？明里暗里，蠢蠢欲动。

扶乩宗稍微好一点，到底留下了些许香火，哪怕形势再风雨飘摇，在书院的庇护下，那拨境界不高、人数稀少的扶乩宗修士，终究还算名正言顺护住了自家祖山，暂时无人胆敢染指。当下是如此，可十年后，百年后呢？山上修士伏线千里的诸多手段，可绝不只豪取强夺那么简单。书院护得住一时，护不住更久，等到扶乩宗那位年轻宗主从崭新天下返回，扶乩宗祖师堂说不定早就只剩下一把形同虚设的宗主座椅了，即便落座，都可能是四面八方的软刀子丛林。

徐獬是儒家出身，只不过一直没去金甲洲的书院求学而已。拉着徐獬下棋的王霁也一样。

王霁一屁股坐在棋子上，无奈道："莫见乎隐，莫显乎微，故君子慎其独也。我们讲理学、做道学家的人，最下功夫的就是'慎独'二字，总要能够低头衾影无愧地，抬头屋漏无愧天。"

徐獬难得附和王霁，点头道："人之视己，如见其肺肝然。"

王霁感叹道："等到书院全部重建起来，形势一定会好转起来。"

王霁抖了抖袖子，自嘲道："我本山中客，平生多感慨。"

女子问道："写文章抨击醇儒陈淳安的那个家伙，如今下场如何了？"

文庙禁绝山水邸报五年，但是山巅修士之间，自有秘密传递各种消息的仙家手段。

王霁冷笑道："不如何，小日子好得很哪，拥趸茫茫多，个个都诚心诚意将其视为一洲文胆、儒家良心，可劲儿嚷了好些年，要让这位官府书院的山长，去当七十二书院之一的山长，不然就是中土文庙几大文脉，暗中联手排挤此人，所以那叫一个稳坐钓鱼台。"

年轻人看着某些老人的诗词文章，字里行间，充斥腐朽气；而有些老人看着年轻人朝气、激进，就会脸上笑着，眼神阴沉，视为叛逆贼子一般。

当一个老人气量狭小、小肚鸡肠、心扉闭塞而不自知时，那么他看到的年轻人身上的那种朝气勃勃，那种岁月给予年轻人的犯错余地，本身就是一种莫大的伤害。哪怕年轻人没有说话，都是错的。

年轻人，会不理解那些老人为何如此轻易失望；老家伙，则冷眼看着那些年轻人从希望到失望。

一场大战落幕，山上的年轻人，死了太多太多。很多老家伙，还是在冷笑。看见了，只当没看见。

徐獬扯了扯嘴角，讥讽道："听刘聚宝说过几句，郁氏老祖原本想要撤掉此人王朝书院山长职务，只是如此一闹，反而不好动他了，担心让亚圣一脉在内几大道统都难做人。何况撤了山长一职又如何，此人只会更加沾沾自得，良心大安。说不定正在眼巴巴等着郁氏老祖动他，好再挣一份泼天清誉。"

王霁瞥了眼徐獬,这家伙今儿言语倒是不少,稀罕事。

流霞洲女子唏嘘不已:"这个世道,总觉得哪里不对,可又说不上来。"

徐獬沉声道:"这个天下,绣虎这样的读书人,太少!"

王霁黯然道:"不是太少,是没了啊。"

太平山遗址,破败不堪的山门口处牌坊早已倒塌,一袭青衫飘然落地,撕了面皮,恢复真容。他蹲下身,轻轻按住一块碎石,依稀可见些许字迹。他摘下养剑葫,倒完了一壶酒。

起身后,年轻人身形重新微微佝偻起来,不再刻意挺直腰杆,如此一来,出剑出拳,就会更快些。

一个年轻儒士从远处御风赶来,神色戒备,问道:"你要做什么?不是说好了,近期谁都不许进入太平山祖山地界?!"

一袭青衫的佩刀男子微笑道:"说?好像不太管用吧,对不对?那么我守在这里好了。"

不就是看大门吗?我看门多年,很擅长。

书院子弟只见那个不速之客笑眯起眼,笑容看似灿烂,不知为何,却让自己只觉得毛骨悚然、背脊发凉,竟是一个字都说不出口了。

那人没有多说什么,就只是缓缓向前,然后转身坐在了台阶上,背对太平山,面朝远方,然后开始闭目养神。

那人突然问道:"祖山地界是方圆几百里?"

书院子弟神色黯然,道:"方圆十里。"

片刻之后,一直在酝酿措辞的书院子弟眼前一花,再不见先前那个坐着的身影,但是十数里外的一座小山莫名其妙就被开山一般,一座山头居中分开作双崖。

一个元婴境修士方才挪了一步,于是站在了从山巅变成"崖畔"的地方,然后一动不动,雷打不动的那种"稳如山岳"。因为有一只手掌按住了他的脑袋,那人问道:"想怎么死?如果选择太多,不知道怎么选,我可以帮你选一种。"

五指如钩,将元婴境修士的头颅连同魂魄一起拘禁起来:"别耽误我找下一个,我这个人耐心不太好。"

刚想要阴神远游出窍,元婴境修士就哀号一声,好似挨了万剑剐心之痛,神魂与体魄一同震颤不已,刚要放低身架求饶,魂魄就被剥离出体魄,被那人收入袖中,身躯颓然倒地。

另外一处,有个察觉到不对劲的金丹境地仙二话不说御风远遁,转瞬之间就掠空三十里,不承想好像被人一把向后拽去,最终摔在了原地。

一个陌生面孔的年轻男子双手笼袖，弯下腰，微笑问道："你好，我叫陈平安，是来太平山拜访故人前辈的，你是太平山谱牒修士？如果不是的话，可能下场不会太好。"

百余里外，一个深藏不露的修士冷笑道："道友，这等残虐行径，是不是过了？"

陈平安转头望去，却不是那个嗓音响起的方位，而是偏移了三十余里："人留下，给你一个飞剑传信搬救兵的机会，记得别是和你一般的纸糊玉璞境。"

那人不再隐蔽踪迹，放声大笑，竟然还是个女子。

陈平安一步跨出，缩地山河，直接来到那个玉璞境女修身旁："这么开心啊？"

一瞬间，那位堂堂玉璞境的女修花容失色，心思急转，剑仙？小天地？！

不到一炷香，甚至可能半炷香都不到，那个每天都在义愤填膺却无可奈何的儒家子弟，就看到陈平安拎着一个女子的头发，将她摔在山门外。女修重重坠地，陈平安则重返山门口，继续坐在原地，以手指轻轻推刀出鞘，一把雪亮狭刀刚好钉入女子脸庞附近的地面。

陈平安笑问道："要不要喝酒？"

那个儒家子弟抬起手臂，擦了擦额头，摇摇头，轻声提醒道："幕后还有个仙人境，这么一闹，肯定会赶来的。"

陈平安点头道："我会等他。"

儒家子弟突然改变了主意："前辈还是给我一壶酒压压惊吧。"

陈平安抛出一壶酒水。年纪轻轻的书院读书人接住酒壶，喝了一大口酒，转头一看，疑惑道："前辈自己不喝？"

书院儒生只看到陈平安摇摇头，然后弯着腰，双手笼袖，神色平静，看着远方。不知道是不是错觉，书院儒生总觉得这个好像从天上掉下来的青衫男子非但没有半点高兴，反而挺伤心的。伤心什么呢，是因为背后这座太平山吗？可是太平山的空无一人，都多少年了。是因为来迟了吗？可是也不对啊，哪怕不是桐叶洲修士，家乡是离得最远的流霞洲，再远的路，都该早早闻讯赶到了。

陈平安问道："书院怎么说？"

年轻儒生说道："我们那位新任山长不准任何人占据太平山，但是好像很难。"

陈平安点点头，沉默片刻，像是在对背后无人多年的太平山做出一个承诺："有我在，就不难。姜尚真就是个……废物。"

年轻儒生听得头皮发麻，赶紧喝酒。

陈平安抬头笑问道："对不对，周肥兄？"

一个爽朗笑声响起，然后现出身形的英俊男子双鬓微霜，好像脸上的笑意打赢了倦容，便显得越发好皮囊好风度了。他哎哟喂一声，连声说"对不住对不住"，原来一只脚踩在了那位玉璞境女修的脸上。目瞪口呆的年轻儒生，只见早已享誉天下的玉圭宗上任宗主嘴上说着"对不住",也没半点要抬脚的意思啊,最后朝自己身边的男子作揖道:"供奉周肥,拜见山主。"

陈平安没起身,掏出两壶酒,丢了一壶给姜尚真,仰头看着那个有些陌生又很熟悉的姜尚真,轻声道:"辛苦了,还能见面,真不容易。"

"山主也真是的,第二封信,只说不去神篆峰,亏得我聪慧过人,知道你会直奔这里。"

姜尚真终于舍得收脚,不过用脚尖将女修拨远,让其翻滚到几丈外,他接过酒壶,坐在陈平安身边,高高举起手中酒壶,满脸快意神色,只是言语嗓音却不大,微笑道:"好兄弟,走一个?"

两只酒壶,轻轻磕碰,就此默然,各自饮酒。

江湖没什么好的,也就酒还行。

第七章
梦里求真

　　姜尚真身体前倾,视线绕过居中的陈平安,向那书院子弟笑问道:"这位读书人,从大伏书院来的?君子头衔有没有?"

　　儒衫青年立即站起身,走下几级台阶,毕恭毕敬作揖行礼道:"大伏书院儒生杨朴,拜见姜老宗主。"

　　"客气,太客气了,我又不是读书人。"姜尚真坐着抱拳还礼,然后恍然道,"杨朴,有点印象,是个带把的,以后我可就当与你混了个脸熟了啊。"

　　陈平安忍不住打趣道:"周肥兄,如今好名声啊,莫不是山上艳本都卖到书院去了?"

　　姜尚真哈哈大笑道:"这些年山上事多,耽误了不少正经活。"

　　陈平安问道:"老宗主?"

　　姜尚真点点头:"当家三年狗都嫌,我这人脸皮薄,受不得每天被人指着鼻子骂,就让位给韦滢那小子了。"

　　姜尚真在闭关前,已经在那座几乎全是新面孔的祖师堂正式卸任宗主一职,如今玉圭宗的新任宗主,是旧九弈峰主人、仙人境剑修韦滢。韦滢则顺势辞去了真境宗宗主身份,让位给了下宗首席供奉、书简湖野修出身的仙人境修士刘老成,所以书院杨朴才有"姜老宗主"一说。

　　当然,姜尚真的岁数,也确实不算年轻。

　　杨朴直腰后,十分赧颜:"治学还浅,尚未贤人。晚辈更不敢自称和姜老宗主相熟。"

姜尚真打趣道："都还不是贤人？大伏书院埋没人才了啊，要我看给你个君子，绰绰有余。回头我帮你跟程山长说道说道。如果我的面子不够大，那就拉上我身边这位陈山主，他和你们程山长是老朋友了，还都是读书人，说话肯定管用。"

陈平安不置可否。

杨朴有些慌张，再次作揖，道："姜老宗主，晚辈杨朴守在这里，并非沽名钓誉，用以养望，何况三年以来，毫无建树，恳请老宗主不要如此作为。不然杨朴就只好立即离去，恳请书院换人来此了。"

姜尚真点头道："那你就当个玩笑话听，别当真。换个人来这儿，未必对我和陈山主的胃口。你小子傻是真傻，不知道这会儿一走，于你自身而言，是前功尽弃了。如果玉圭宗自家邸报没有出错的话，在书院没有开口的时候，你小子就主动赶来太平山了吧，程山长位置都没坐稳，就不得不亲自跑来，替你这个愣头青撑了一次腰。你要是这个时候撤离太平山山门，就等于做了几年傻子，便宜没占着半点，还落个一身腥臊，只说这三个山上仙家大派，就肯定记住杨朴这个名字了，所以听我一句劝，老老实实待在我们俩身边，安心喝酒看戏。"

杨朴还想要说话，陈平安喝了一口酒，缓缓说道："书院那边，从正副山长到儒家子弟，所有人其实都在看着你，杨朴可以不顾念自己的前程，因为问心无愧，但是很多由衷佩服杨朴的人，会替你打抱不平，会很愤懑，会觉得好人果然没有好报。这个道理，不妨多想想，想明白了再做决定，到时候是走是留，至少我和姜尚真，依旧当你是一位真正的读书人，欢迎你以后去玉圭宗或是落……真境宗做客。"

姜尚真笑道："既然山主还是这般有耐心，我就放心不少了。"

三场厮杀，姜尚真只看到了最后一场，有些心悸，不单单是如今陈平安的剑术拳法神通如何高，还担心落魄山的年轻山主，二十来年没见面，就已经变成一个彻头彻尾的陌生人，比如变成那种姜尚真很熟悉的山上人。

陈平安瞥了眼不远处那个躺在地上纳凉的玉璞境女修，神色淡漠，眼神幽寂："有无耐心，得分人。"

姜尚真以心声与陈平安言语道："大伏书院新山长是你家乡披云山林鹿书院的那位副山长，只不过这次因为担任七十二书院的山长，才头回用了妖族真名程龙舟。程龙舟毕竟是蛟龙水裔出身，担任儒家书院山长引起山上不少非议，大骊皇帝宋和为此动用了不少山上香火情。这还是中土文庙封禁五年山水邸报的结果，不然这会儿的浩然形势，就只剩下各路人马的吵架了，会白白浪费许多大好时机，耽误很多正事。"

陈平安想了想，终于解开心中一个疑惑，为何文庙会选择禁绝邸报五年。

儒生杨朴虽然不知道这两位山巅神仙在聊什么，但是总觉得浑身不自在，毕竟自己眼前的地上可还躺着一个生死未卜的玉璞境大修士!

这么大一事儿,你们两位前辈,再术法通天、地位超然,真不稍稍上点心?

陈平安抬起下巴,点了点地上那个女子:"什么来头?"

姜尚真有些幸灾乐祸,道:"回答之前,容我先问个小问题,你出了几成气力?换成是我,杀她彻底,元神俱灭,就是两三剑的事,可要在这么短的时间里边,不但将她打晕过去,更将其魂魄、阴神都一一拘押在气府内,好似被你分兵堵住大门,说实话,我都未必做得到,就更别说其他的寻常玉璞境、仙人境修士了。你要知道,这个娘们打架本事一般般,逃命能耐可不小,一手五行遁术,炉火纯青,只要不被隔绝天地,她随便逃,哪怕是同境的剑修都休想杀她,重伤都难。"

"很难说几成。"陈平安扯了扯嘴角,继续以心声言语,"不过方才战场,确实被我临时隔绝出一座小天地,再以一点小手段,在她一十六气府大门上写了几幅……春联符箓,只要敢醒过来,就等于是与我剑修问剑、武夫问拳,所以她这会儿不得不继续装死,不过在这之前,我比较讲道理,让她以秘术传信祖师堂,去搬救兵来太平山向我兴师问罪。"

陈平安笑着伸手出袖,以拇指和食指抵住一支赤红色珊瑚发钗:"当然了,她比较单纯,无论是行走山下,还是厮杀经验,都很……中五境,真不知道她是怎么跻身的上五境,命太好?"

姜尚真伸手揉了揉眉心:"可怜了咱们这位绛树姐姐,落在你手里,除了守身如玉之外,就剩不下什么了,估摸着绛树姐姐到最后一合计,觉得还不如不守身如玉了呢。"

陈平安置若罔闻,继续以炼物诀小心破解这件信物的山水禁制,开山之时就知道了这位上五境女修所在的宗门,关键是获悉了她的真正靠山。何况这支珊瑚发钗,是件材质绝佳的上等法宝,值钱,很值钱。

姜尚真忍了半天,还是没能忍住,大笑起来,不再以心声言语:"她叫韩绛树,宗门比较古怪,在桐叶洲不显山不露水,寻常福地的本土修士是仰头看着谪仙人落地撒泼,她这一门修士是习惯了外出游历浩然天下,横行无忌,作威作福,闯了祸往福地一躲,神不知鬼不觉。"

陈平安低头看了眼珊瑚发钗,心中了然,笑道:"她出身三山福地的万瑶宗?难怪本事不大,脾气不小,胆识更是让人佩服。"

避暑行宫档案里边其中一页记载过此地,比东海观道观更加隐蔽。三山福地方圆万里,虽然名为三山,事实上唯有一座海上岛屿,相传是远古三神山之一,有上位神灵坐镇,还有一句类似谶言的话语:牛蹄踏碎珊瑚声。陈平安猜测多半是三山福地与藕花福地那位臭牛鼻子老观主起了纷争,万瑶宗没讨到好处。很正常,万年以来,人间又有几个十四境?尤其是太平岁月,只会更少,只有乱世到来,如洪水激荡,水起陆沉,水落石出，可能才会多出几个。比如"陆法言"、文海周密，又比如阿良、崔瀺。

姜尚真点头道："这娘们是仙人境韩玉树的嫡女。万瑶宗历史上曾出过一位飞升境的开山老祖，所以后世子弟大可以关起门来，躺在山水谱牒上作威作福。韩老儿是晓得桐叶洲观道观不好惹的，担心被咱们那位老观主瞅着心烦，所以万瑶宗约莫每百年才有两三人离开福地。有资格出门游历的，往往修为不差，所以骄横惯了。绛树姐姐毕竟是嫡女，养在闺中。而且那位老祖师兵解离世之前，凭借攒下来的功德，和中土文庙有过一桩约定，不许泄露福地和宗门消息，所以玉圭宗和桐叶宗都卖他们几分薄面。"

陈平安问道："这次大战？"

姜尚真说道："万瑶宗在收官阶段出力不小，真金白银的差不多掏出了一半家底吧，修士倒是没什么折损。"

陈平安微笑道："好眼力，大魄力，难怪敢打太平山的主意。"

姜尚真喝完了酒，将空酒壶搁在一旁，双手抱头，后仰倒去，躺在台阶上，继续以心声道："可不是。这份人情，别说书院得认，先前万瑶宗韩仙人拜访玉圭宗神篆峰，我反正是躲起来求个清静了，可韦滢就得捏着鼻子笑嘻嘻和人当面道声谢。所以说啊，万瑶宗想在三山福地之外，来桐叶洲占据一块地盘，相中了这座太平山，大伏书院即便不答应，也不会和万瑶宗闹得关系太僵。"

陈平安却不再以心声言语，反而心念一动，打开韩绛树各大关键气府门口的半数"春联"禁制，这才冷笑道："亏得如今禁绝山水邸报，不然随便一份邸报流传开来，万瑶宗？万妖宗才对吧，说不定是甲子帐遗留在桐叶洲的棋子，所以恨极了太平山，一门心思想要窃据此地，好彻底断绝太平山的香火。'说不定'嘛，韩宗主与谁讲理，谁认错就是了，在邸报上道歉就行，专门澄清一事，万瑶宗绝对和蛮荒天下没有半点渊源根脚。"

姜老宗主与这位陈山主的这些对话，儒生杨朴可都听得真切清晰，最后这番言语，听得这位读书人额头渗出汗水，不知是喝酒喝的，还是给吓的。

陈平安转头笑问道："杨朴，你就算知道了此举可行，能够轻松保住一座太平山遗址，是不是也不会做？"

杨朴壮起胆子沉声道："非君子所为，晚辈绝对不会如此做。"

陈平安手指间那支鲜红的珊瑚发钗光彩一闪，很快就被陈平安收入袖中，果不其然，韩绛树是喊她爹去了。

仙人境韩玉树？记住了。

陈平安拍了拍杨朴的肩膀，然后打了个响指，"撕掉"遗留在韩绛树气府门口上边的剩余"春联"，望向她："听见没，你们得感谢这样的读书人，很多事情，被你们得了便宜还卖乖，不是别人没你们聪明，只是君子有所为，有所不为。有所为，做你们不愿意做的,你们觉得傻;有所不为,你们还是会觉得傻,偷着乐,偷着乐就偷着乐,其实也行。总之以后别学今天,笑得那么大声。这不就遇见了我?我要不是担心打错了人,你这会儿就该是万瑶宗祖师堂的一幅挂像,每年吃香火了。"

韩绛树默默坐起身,她眼神低敛,让人看不清神色。她没有撂什么狠话,也没有和那个心狠手辣的家伙对视,甚至没试图逃离此地。

杨朴看着韩绛树这个惨兮兮的上五境女仙,这还是"陈山主"前辈担心打错了人?

这个韩绛树最近几年在桐叶洲风头正盛,许多场山巅议事,比如在大伏书院的那一场,她就有现身。这几年杨朴一根筋地守着太平山山门,靠着一个书院儒生的身份,才没有暴毙。其间韩绛树就来过一次,登山游历太平山,她在祖师堂废墟那边驻足许久。杨朴远远跟着她,双方从头到尾没说一句话。

很难想象,一位曾经让杨朴觉得高不可攀的女仙,会被人一路拽着头发随手丢在地上。

好不容易清醒过来,就又挨了一句"当挂像,吃香火",杨朴知道韩绛树根本轮不到自己可怜,可他就是忍不住可怜这位玉璞境女仙。可怜之余,又有些解气,只觉得这些年积攒的一肚子窝火气,被那酒水一浇,清凉大半。他小心翼翼瞥了眼韩绛树,活该。

这么想,好像不太应该,可杨朴还是忍不住。

这位姓陈的前辈,也太……会说话了些。先前在自己这么个小人物身边,前辈就很没架子啊,和和气气的,还请喝酒。

只是莫名其妙的,儒生杨朴有些安心了,就像在书院求学翻书一般。

陈平安从袖中伸出双手,悬停拘押着两份都已凝为一团的修士魂魄,那两副留在原地的皮囊,先前被各贴了一张傀儡符箓,这会儿开始自行御风往山门这边而来,神色木讷,宛如两具行尸走肉,一左一右杵在山门口当起了门神。陈平安随手抛出两团魂魄,却没有让魂魄融入修士身躯,而是悬在他们头顶,微微随风飘荡,又从袖中抽出两张符箓,电光石火之间,就贴在了魂魄之上,震动不已,只是两股痛彻心扉的哀号声响,竟是半点都没能传到杨朴的耳朵里。

韩绛树对此根本视而不见。她心思全部放在了那个藏头露尾的年轻道人身上。

这家伙,肯定是一位仙人境修士!一个能够肆意拘押她那支珊瑚发钗的仙人境,暂时忍他一忍。上山修行,吃点亏不怕,总有找回场子的一天。她韩绛树,又不是无根浮萍一般的山泽野修!自家万瑶宗,更是有大功于桐叶洲的宗门!她就不信此人真敢痛下杀手。既然如此,低头一时又何妨。

今天算是阴沟里翻船了,那家伙好心机好手段,先前一出手就同时施展了两层障眼法,一层是伪装剑仙,祭出了极有可能是类似恨剑山的仙剑仿剑,而且还是先后两把!一层是以阵法隔绝天地,伪装成一位圣人坐镇小天地的气象,才使得她一瞬间道心失守,结果原来是个上五境兼修符箓、阵法两派的道门高真,难怪会故意连道冠也不戴、道袍也不穿。直到那人祭出符箓阵法,被自己以一道本命术法相激冲撞之后,才被迫显出一件绝非伪装的道袍法衣,气象浩大,一顶白玉京三脉之一的莲花冠,道意缥缈,这绝对做不得假,她这点眼力还是有的。

尤其是压制她关键气府的那些剑气符箓最是棘手,使得她这位玉璞境修士先前都只能乖乖倒地不起,甚至躺在山门口,她都不敢多看一眼多听一句。

唯一存疑之事,就是那顶道冠,先前那人动作极快,伸手一扶,才打消了些许貌似鱼尾冠的涟漪幻象,极有可能道冠真身并非白玉京陆掌教一脉信物,是担心事后被自己宗门循着蛛丝马迹寻仇,所以才假借莲花冠作为靠山,同时又隐瞒了自己的真实道脉?不对!以此人心性,绝对不会在自己面前露出马脚,鱼尾冠是白玉京道老二一脉的信物,同样是对方拿来震慑人心的手段!愿意如此为太平山大打出手的道士,对了,肯定是和太平山同出白玉京大掌教一脉的桐叶洲外乡人,来自浩然天下别洲的某座白玉京首脉下宗。因为她听父亲说,白玉京大掌教消失已久,以至于连太平山山主跻身天君时都不曾现身,所以说这个藏头藏尾的年轻道士,真不是一般的心思多变、城府深沉!

既然双方结怨已深,此人离开桐叶洲之前,哪怕能活,一定要留下半条命!她韩绛树和万瑶宗,绝无理由受此羞辱!

姜尚真看着韩绛树,虽然不清楚先前陈平安和她是怎么个"切磋道法",他只确定一件事,这个绛树姐姐已经不知道被好人兄拐到哪里去了。

姜尚真坐起身,摇晃了一下酒壶,见身边山主大人没个动静,只好装模作样仰起头,抬起手臂,使劲抖了抖空酒壶,身边好人兄还是没动静,姜尚真只好将酒壶放回脚边。

姜尚真当然认得这位绛树姐姐,不过韩绛树却认不得他,很正常,早年游历三山福地,姜尚真换了名字和面容,因为那么一点小误会,还被她不依不饶追杀过。后来韩绛树陪着她那个仙人境的爹造访玉圭宗,姜尚真已经不是宗主,又"闭关"躲清静去了,双方就没打照面。而早年桐叶洲的所有山水邸报,谁都不敢随便拿姜尚真说事,毕竟姜尚真会亲自登门感谢一番。

山上四大难缠鬼,一般是说那剑修、法家修士、师刀房道士和赊刀人。但也有四个难缠鬼在各洲山水邸报上扬名万里。

某个喜欢御风吟诗的狗日的。

为三掌教陆沉撑过船的老舟子,骂架无敌手。

墙里开花墙外香的姜尚真,在剑修如云的北俱芦洲那般作妖,都没死,逃命无敌,恶心人更无敌。

言语，沉默许久才说道："看得我眼睛疼，脖子酸。"

韩绛树刚要收起法袍异象，就心弦紧绷，刹那之间，她就要运转一件本命物五行之土，这是父亲早年从桐叶洲搬迁到三山福地的亡国旧山岳，故而韩绛树的遁地之法极其玄妙。韩绛树刚刚遁地隐匿，下一刻整个人就被那个精通符箓的阵师"砸"出了地面。阵师一手抓住她的头颅，用力往下一按，她的后背将地面撞出一张大蛛网。对方力道恰到好处，既压制了她的关键气府，又不至于让她身陷大坑之中。

杨朴呆呆地坐在台阶上，根本就没有看到陈姓前辈出手，倒是看到了那一袭青衫一脚重重踩下，刚好踩在了女子脸庞上。

陈平安一脚踩在韩绛树脸上："你还有脸当着我的面看一眼太平山?!"

一脚又一脚，踩得一位玉璞境女修的整颗脑袋都已凹陷下去，被姜老宗主称呼为山主的前辈，一边踩脚，一边怒道："看去！使劲看！给老子瞪大眼睛好好瞧着！"

姜尚真没觉得有什么不对的地方，神色自若，好像在欣赏美景。可惜手边无酒，唯一的美中不足。

陈兄弟不愧是山巅境……瓶颈武夫，完全可以当作桐叶洲十境武夫看待了。

姜尚真瞥了眼一旁目瞪口呆的杨朴，笑了笑，还是太年轻。宝瓶洲那位鼎鼎大名的"怜香惜玉陈凭案"，总该知道吧？就是杨朴你眼前的这位年轻山主了。是不是很名副其实？

姜尚真轻轻咳嗽几声，握拳挡在嘴边，笑眯起眼。

在不堪回首的年月里，在每天都会生生死死的那些年里边，偶尔会有几件让姜尚真高兴的事情。比如遇到一个棉衣圆脸姑娘，双方聊得就比较投缘。又比如妖族内部，有个南绶臣北隐官的说法，广为流传，以至于桐叶洲山上山下，活下来的，反正不管用什么法子活下来的，都听说过了这个分量极重的说法，加上那个数座天下年轻十人的榜单，垫底第十一人正是隐官。所以桐叶洲如今山巅，都很惋惜这个剑气长城的天才剑修，当年还不到四十岁啊，年纪轻轻就身居高位，可惜跟随那座"飞升城"去了第五座天下，不然留在浩然天下，只要与齐廷济和陆芝任何一人碰头，或者干脆自己自立门户，那么自家的浩然天下，就注定要多出一个横空出世、崛起极快的年轻剑仙宗主了，最重要的，是此人年轻，很年轻！

至于半山腰的桐叶洲修士对剑气长城几乎没什么了解，就习惯性将那"北隐官"直接当作了蛮荒天下的妖族修士。

如果说一个年纪轻轻的天才剑修还有太多意外，可能会夭折在登山半路之上，但是一个剑气长城的隐官，一个身具气运的年轻十人之一，绝对不会随随便便就身死道消，因为不少有心人已经发现，不管是年轻十人还是候补十人，暂时无谁明确死在战场上，至多是失踪。蛮荒天下托月山百剑仙之首斐然，南婆娑洲战场上大放异彩的背篓，以及在宝瓶洲打生打死的马苦玄,有"少年姜太公"美誉的许白,和来自青神山的纯青,都还活着,而且一个个都是当之无愧的大道可期。至于那个曹慈,浩然天下的修士和武夫,都下意识不将他视为什么年轻十人之一了。

山水邸报被禁绝之前,有个不涉及天下大势的小道消息,能够在众多邸报秘闻当中脱颖而出,让人津津乐道,就是因为曹慈的出拳。一个叫郑钱的女子武夫,好像和皑皑洲雷公庙有些渊源,不过却非沛阿香嫡传弟子,她在游历中土神洲期间,在大端王朝京城城头上,先后向曹慈问拳四场,皆输。见证人不多,除了大端王朝的国师女子武神裴杯,就只有皑皑洲刘聚宝、刘幽州这对财神爷父子了。

只是高兴的事情还是太少,离别人太多,姜尚真再不是个多愁善感的人,难以释怀的事还是会有很多。

今天好不容易接连遇到了三件值得开怀、值得痛快喝酒的事情。

与好友陈平安重逢,两人都还好好活着;看到落魄山年轻山主动手,亲眼看到这个年轻人不那么讲道理;以及剑气长城的隐官大人,真的……很能打。

只是有些事情,好像他姜尚真说不得,还是得让陈平安自己去看去听,去自己知道。

姜尚真一手握拳放在膝盖上,一手轻轻拍打膝盖,轻声言语:

炼取侠心成古镜,清光直透太虚明,大放光明,江山万里棋局,一时多少豪杰。
窥得古镜十分瘦,书册相携检点梅,细嚼梅花,风流千古如梦,一樽还酹江月。

陈平安停下动作,转头笑道:"于韵不合,平仄更是一言难尽,让人听着揪心啊。"

姜尚真抬手握拳,轻轻挥动,笑道:"以后我多读书,再接再厉。"

陈平安一步后掠,坐回原先那个台阶上,问了一个古怪问题:"姜尚真?"

至于那个韩绛树,好不容易才将脑袋从地底下拔出来,以手撑地,呕血不已。

杨朴叹息一声,如此一来,前辈真要与那万瑶宗不死不休了。若是没有旁人看着,韩绛树今天遭遇此事,说不定还有一分回旋余地。

姜老宗主一贯嬉戏人间,是出了名的玩世不恭,交朋友也从不以境界高低来定,所以杨朴只当什么供奉周肥,什么拜见山主,都是朋友间的玩笑,难道天底下真有一座山头,能够让姜老宗主心甘情愿担任供奉?可如果不是玩笑,谁又有资格调侃一句"姜尚真是废物"?姜老宗主可是公认的桐叶洲力挽狂澜第一人,连龙虎山大天师都在大战落幕后,特意从蛟龙沟遗址那处战场跨海重返了一趟神篆峰。

姜尚真一头雾水,转头望向陈平安:"不然我是谁?什么意思?"

陈平安突然问道:"今年是?"

姜尚真越发疑惑不解:"怎么回事?"

陈平安犹豫了一下,以心声答道:"总觉得像是大梦一场,还没有醒过来。"

姜尚真思量一番,给了个说法:"随驾城那边是在神龙十七年更换的年号,如今是元熙九年。"

陈平安稍稍推算当时游历北俱芦洲的年月,皱眉不已,三个梦境,每一梦将近两年?也就是通过剑气长城和宝瓶洲的山水颠倒,崔瀺现身城头,和自己见面,再到自己入梦以及清醒,从芦花岛造化窟走出那道山水禁制,其实浩然天下又已经过去了五年多?崔瀺到底想要做什么?让自己错过更多,返乡更晚,到底意义何在?

陈平安望向姜尚真,眼神复杂。眼前人,当真不是崔瀺心念之一?一个人的视野,终究有限,如果有崔瀺的境界本事,再学成一两门相关的秘术道诀,陈平安觉得自己同样可以试试看。站得高看得远了,当陈平安俯瞰人间时,脚下的山河万里,就只是一幅白描画卷,死物一般,无须崔瀺太过分心施展障眼法。可陈平安看得近了,人不多,寥寥无几,崔瀺就可以将画卷人物一一彩绘,或是再用点心,为其点睛,栩栩如生。哪怕陈平安身处市井闹市,像彩衣渡船,或是渝州驱山渡,熙熙攘攘,人来人往,大不了就是崔瀺故意让自己置身于类似白纸福地的一部分。而陈平安之所以怀疑眼前的姜尚真,还有更大的隐忧,当年在牢狱,飞升境的化外天魔霜降只凭一次游历陈平安的心境,就能够衍化出千百条合情合理的脉络。而崔瀺明摆着要比飞升境霜降道行更深,也就是说,每个陈平安知道的真相,一个起念,"姜尚真"就跟着知道了。所以此梦之真假,近乎无解。

姜尚真没现身之前,桐叶洲和镇妖楼的天然压胜,已经让陈平安心安几分,此时此刻反而又恍惚几分。因为才记起,一切感受,甚至连魂魄震动,气机涟漪,落在擅长洞察人心、剖析神识的崔瀺手上,同样可能是某种虚妄,某种趋于真相的假象。这让陈平安烦躁几分,忍不住灌了一大口酒,早知道就不该认了什么师兄弟,若是撇清关系,一个隐官,一个大骊国师,崔瀺大概就不会如此……"护道"了吧?都说吃一堑长一智,书简湖问心局还记忆犹新,历历在目,现在倒好,崔瀺又来了一场更心狠手辣的?图什么啊,凭什么啊,有崔瀺你这么当师兄的吗?难不成真要自己直奔中土神洲文庙,见先生,见礼圣,见至圣先师才能解梦,勘验真假?可若是第四梦,为何崔瀺偏偏让自己如此生疑?或者说这也在崔瀺算计之中吗?

陈平安自打记事起,就从没这么迷糊过。没读书,不识字,却也从未活得浑浑噩噩,学了拳,读了书,多次远游,更是咬牙认定几个道理,所以即便走得跌跌撞撞,不那么顺遂,终究身外世事再风雨飘摇,可心里边始终踏实,现如今,好像所有坚信不疑的道理,书上抄来的,自己想到的,还有飞剑、拳法、符箓,众多本命物和人身小天地,都变成了一座缓缓离地的空中楼阁,就像先前在渡船遇到的海市蜃楼,兴许在千百年前,是真的，千真万确，但是当陈平安和渡船乘客所见时，就是假的，因为众人已经身在那条光阴长河的下游某处渡口了。

姜尚真奇了怪哉，问道："陈平安，到底怎么回事？好像……连我都信不过？"

陈平安无奈道："都说耳听为虚，眼见为实，我现在处境比较尴尬，怕就怕一叶障目，视线所及，皆是有人刻意为之。"

在姜尚真这边，陈平安还是愿意将其视为姜尚真，就像不管是不是梦境，听闻太平山有此遭遇，陈平安二话不说就赶来了。

姜尚真更无奈："难不成遇到了白帝城城主，你在和郑居中问道？没道理啊，这家伙这些年在扶摇洲那边很是风生水起。硬是将一洲两军帐的妖族玩弄于股掌之间，如今整个扶摇洲的妖族都被他一人策反了大半，何况郑居中没道理跟你死磕吧。说真的，你惹上谁，不管是不是飞升境，我都可以出把力，唯独摊上了郑居中，实在有心无力。"

能让姜尚真打心底不敢去招惹的山上修士不多，白帝城郑居中就是其中之一，而且名次极其靠前。

陈平安摇摇头："不是郑居中。"

姜尚真思量片刻，沉声道："陈平安，你要是信得过我，就心定片刻，尽量拘押所有念头为一，然后我写些旧事在纸上，到时候一看，便知我之真假。不过事先说好，我如今境界不在巅峰，一个韩玉树不算什么，来两个韩玉树，就够你我吃上一壶罚酒了。"

陈平安摇摇头："不是信不过你，而是没有意义。"

姜尚真叹了口气："看来麻烦确实不小。"

陈平安还是摇头："也不全是麻烦，就只是心里空落落的，总也无法脚踏实地，这种感觉，从未有过。"

陈平安是在害怕，害怕年少时那种竭尽全力都是注定徒劳无功的感觉。

在练拳之后，尤其是成为剑修之后，陈平安本来以为那种让人溺水窒息的可怕感觉已经和自己越行越远，甚至这辈子都不会再与之面对面。

姜尚真闭上眼睛，沉思片刻，伸出并拢双指，轻轻旋转，台阶外不远处灵气凝聚，浮现一物，如磨盘，约莫井口大小，静止悬停。姜尚真再手指随意扭转，便多出一个身形模糊的人，身高不过寸余，好像摆出一个拳架，要与那磨盘问拳。姜尚真又以双指凝出一个个磨盘，最终变成一个由千百个磨盘重叠而成的圆球，最终双指轻轻一划，其中多出了一个同样寸余高度的小人儿。

姜尚真打了个响指，第一个磨盘开始转动，缓缓移动，碾压那位纯粹武夫，后者便以双拳问大道。另外一处，身处天地大磨盘当中的练气士，竟是随之而动，与那无数条纵横丝线组成的小天地一同旋转。

姜尚真缓缓道："以纯粹武夫眼光看待世界，和以修道之人眼光看待天地，是不一样的。陈平安，虽然你重建长生桥后，修行修心无懈怠，但是在我看来，你越是将自己视为'纯粹'武夫，你就越是无法将自己视为一个纯粹的入山修道之人，因为你好像从来就没有奢望过证道长生，也从未将此当作一件必须要做成的事情？不但如此，你反而一直在有意无意逆流而上。明白了这个心境，此种道理，回头再看，真真假假，重要吗？梦也好，醒也好，当真会让你心无所依吗？大梦一场就大梦一场，怕个什么？"

陈平安仔细听着姜尚真的每一个字，同时凝神盯着那两处景象，许久过后，如释重负，点头道："懂了。"

姜尚真抬起手，握拳，拇指跷起，指了指两人身后的太平山，笑道："忘了这里是哪里？"

姜尚真是在说一句话：太平山修真我。

陈平安伸手握住姜尚真的手臂，神采奕奕，大笑道："冤枉周肥兄了，姜尚真不是个废物！"

姜尚真笑容尴尬："我谢谢你啊。"

一个是陈大山主的好话实在不好听，再一个是那位绛树姐姐总算晓得自己是谁了，瞧她那双秋水长眸瞪的，都快把眉毛挤到后脑勺去了，看见了你家姜哥哥，至于这么开心吗？

"韩玉树估计已经在赶来的路上了，好手段，多半祭出发钗，本身就是一种传信。不然那封密信，不至于那么简明扼要，连姜老宗主都不提。"

陈平安取出一壶酒，递给姜尚真，斜眼看韩绛树，说道："你身为供奉，好歹拿出点担当来。对付女子，你是行家里手，我不行，万万不行。"

姜尚真接过了酒水，这才嘟嘴上哀怨道："不好吧？抬头不见低头见的，多伤和气，韩玉树可是一位极其老资历的仙人境高人，我要只是你家的供奉，单枪匹马的，打也就打了，反正打他一个真半死，我就跟着假装半死跑路。可你刚刚泄露了我的底细，跑得了一个姜尚真，跑不了神篆峰祖师堂啊……所以不能白打这场架，得两壶酒，再让我当那首席供奉！"

陈平安又丢给姜尚真一壶酒，笑道："有什么不好的，不打不相识。既然韩玉树认识你，就坐这里喝你的酒。"

原来是将韩绛树交给姜尚真，至于韩玉树，则让他自己来"不打不相识"。

言语落定，陈平安站起身，原本从袖中滑出一对曹子匕首，但是不知为何，改变了主意，好像放弃了"曹沫"这个身份。

收起匕首入袖，再轻轻卷起双袖，陈平安伸了一个懒腰，人身小天地的山河千万里如有一串春雷炸响，辞旧迎新，天地迎春。

心湖之中，泛起涟漪，就像一封书信。

果然如崔瀺所说，陈平安的脑子不够好，所以又灯下黑了。直到到了太平山，见到了姜尚真，才能"解梦"。

那封信，在陈平安心湖浮现片刻，就渐渐消逝。与此同时，心境中的日月齐天，好像多出了许多幅光阴画卷，但是陈平安竟然无法打开，甚至无法触及。

其实那封信，陈平安也是时隔多年才打开。

不单是那个被锁在阁楼读书的我，不单是泥瓶巷孤苦伶仃的你，其实所有的孩子，在成长路上，都在使劲瞪大眼睛，看着外边的陌生世界，也许会逐渐熟悉，也许会永远陌生。

陈平安，你看得太久了，又看得太仔细，所以难免会心累而不自知。不妨回想一下，你这辈子至此，酣睡有几年，美梦有几回？是该看看自己了，让自己过得轻松些。光是认得自己本心，哪里够，天底下的好道理，若是只让人如稚童背着个大箩筐上山采药，怎么行？让我辈读书人，孜孜不倦追寻一生的圣贤道理和世间美好，岂会只是让人深感疲惫之物？

陈平安，你还年轻，这辈子要当几回狂士，而且一定要趁早。要趁着年轻，与这方天地，说几句狂言，撂几句狠话，做几件不再刻意遮掩的壮举，而且说话做事、出拳出剑的时候，要高高扬起脑袋，要意气风发，不可一世。治学，要学齐静春；出手，要学左右。

要坚持善待这个世界，也要学会善待自己。要让身后跟随你的孩子，不但学会待人以善，和这个世界融洽相处，还要让他们真真切切懂得一个道理，当个好人，除了自己心安，还会有真真切切的好报。

这才是你真正该走的大道之行。这才是真正的三梦第一梦，故而先前三梦，是让你在真梦中悟得一个"假"字，此梦才是让你在假梦里求得一个"真"字，是要你梦里见真，认得真自己犹不够，还需再认得个真天地。此后犹有两梦，继续解梦。师兄护道至此，已经尽力，就当是最后一场代师授业。

希望未来的世道，终有一天，老有所终，壮有所用，幼有所长。有请小师弟，替师兄看一看那个世道。今日崔瀺之心心念念，哪怕百年千年之后再有回响，崔瀺亦是无愧无悔无憾矣。文圣一脉，有我崔瀺，很不如何，有你陈平安，很好，不能再好，好好练剑。齐静春还是想法不够，十一境武夫算个屁，师兄预祝小师弟有朝一日……咦？文圣一脉的关门弟子，都是十五境剑修了啊……

陈平安轻轻呼出一口气。哭笑不得。

醒时如梦,梦中求真。难怪离开芦花岛造化窟没多久,就会有一条恰好路过的彩衣渡船,会先去驱山渡,而不是扶乩宗,然后笃定陈平安会先找玉圭宗姜尚真,最终还肯定会来到这座太平山,不管姜尚真是否点破,崔瀺觉得陈平安都可以想到一句"太平山修真我",前提当然是陈平安不会太笨,毕竟在剑气长城的城头上,崔瀺曾经亲自为陈平安解字"晴朗",本身就是一种提醒,大概在绣虎眼中,自己都如此作弊了,陈平安如果到了太平山,还是迷迷糊糊不开窍,大概就是真的愚不可及了。

只是为何又是一场错过?

陈平安似睡非睡,心神沉浸,十境气盛,心中人与景,变成一幅从白描变成彩绘的绚烂画卷。

家乡小镇,宝瓶洲,剑气长城,桐叶洲,北俱芦洲。

在这个天下太平的初春时分,相衔接的两座天下,一道道武运齐至桐叶洲太平山。

一袭青衫化虹而去,武运汇聚在身,陈平安向一位仙人境递出一拳。

姜尚真看了一会儿,真是佩服自家山主的脸皮了。先前那架势,分明是奔着三两拳打死一位仙人境去的,结果双方真过招了,都众目睽睽之下的武运临头了,还假装自己是个以远游境最强跻身山巅境的武夫?敢情是让那仙人境帮忙喂拳稳固境界呢。那韩玉树是真傻还是咋的,还真就打人打上瘾了?一道道术法真是绚烂,一门门神通何等壮观,尤其符箓更是神出鬼没,登峰造极,难怪如今桐叶洲溜须拍马无数,说你是那于玄之下符箓第一人,你韩玉树不会真信了吧?毕竟这个如今已经板上钉钉的说法,是我姜尚真首创的,然后一个不小心就传开了。韩仙人估摸着是极少如此酣畅出手、对手又足够皮糙肉厚的缘故?哦,是姜某人小觑韩仙人了,原来是在悄悄布阵构造小天地。

韩绛树举目远眺,看得她焦急万分,刚想要悄悄传信,好告诉她爹,那人心思幽深、阴险至极,除了是刚刚泄露出的武大大宗师身份之外,更是一位同样精通符箓阵法的道门仙人,切不可太过依仗自家的三山秘箓阵法,只是不等她传递密信,韩绛树眉心处就渗出一粒鲜血珠子,一截柳叶悬停在她眉心处。

姜尚真埋怨道:"绛树姐姐真是薄情寡义,难不成忘了捡着你那只绣鞋的姜弟弟了吗?好心好意,双手捧着去还你绣鞋,你却反而羞恼,不容我解释半句,可等到四下无人,就震碎了我那一身法袍。绛树姐姐你知不知道,受了这等委屈,我回了桐叶宗,喝了多少壶的愁酒,只是每次揭开酒壶泥封,那个香味……"

"是你?!狗贼闭嘴!"韩绛树瞪圆眼睛,"我派人查过,你当时施展的所有术法,的确都是桐叶宗非嫡不传的独门秘术……"

说到这里,韩绛树也自知说了句天大废话,她死死咬紧嘴唇,渗出血水都不曾察觉,只是恨恨道:"姜尚真!姜尚真!"

姜尚真竟是眼神比她还幽怨："口口声声化成灰都认得我，结果呢，你们这些漂亮姐姐的言语果然都信不得。"

这等"宫闱艳事秘闻"，一旁读书人杨朴听也不是，不听也不是，只好继续喝酒。

姜尚真一手拎着酒壶，一手捂住脸，山主大人，你这就过分了啊。

只见一道身影倾斜摔落，轰然撞在山门百丈外的地面上，撞出一个不小的坑。

姜尚真赶紧望向那处尘土飞扬，忧心忡忡问道："道友受伤了吗？"

那一袭青衫跳起身，以拳罡震去一身尘土："点子扎手！"

韩绛树脸色铁青，但是一截柳叶已经钉入她眉心些许，由不得她开口言语。

天上，一人悬停，一手握着一枚绛紫色酒葫芦，轻轻呵了一口气，正是仙人鼓吹三昧真火的无上神通，遮天蔽日的金色火焰如瀑布倾泻，浩浩荡荡涌向那一袭青衫。万瑶宗宗主仙人境韩玉树俯瞰太平山山门那边，冷笑道："姜宗主，与朋友合伙耍猴呢？刚刚跻身九境武夫不说，还能够以三千六百张符篆破我阵法。姜大宗主，你这朋友，真是了不得，年轻有为，敢问到底是中土神洲哪位道门高人啊？莫不是符箓于玄的亲传弟子？"

姜尚真放下酒壶，缓缓起身，嬉皮笑脸道："要不是看在你差点儿成为我岳父的分儿上，这会儿三山福地的万瑶宗祖师堂可就要挂像烧香拜老祖了。忍你们很久，真以为姜某人从飞升境跌回仙人境，咱俩就又平起平坐了？"

呆呆地坐在台阶上的书院子弟杨朴又要下意识去喝酒，才发现酒壶已经空了，鬼使神差，杨朴跟着姜老宗主一起站起身，反正他觉得已经没什么好喝酒压惊的了，今天所见所闻，已经好酒喝饱，醉醺陶然，比起读圣贤书会心会意，半点不差。看来以后返回书院，真可以尝试着多喝酒。当然，前提是在这场神仙打架中，他一个连贤人都不是、地仙更不是的家伙，能够活着回到大伏书院。

韩玉树刚要让姜尚真放了韩绛树，就微微皱眉，视线偏移，只见那一袭青衫毫发无损地站在原地，双指间夹着一粒微微摇曳的火花，抬头望向自己，竟是将那粒灯火一般的三昧真火，丢入嘴中，一口咽下，然后抖了抖手腕，笑眯眯道："两次都是只差一点儿韩仙人就能打死我了。"

姜尚真立即火急火燎，跺脚道："好人兄岂可如此坦诚。"

韩玉树依旧高悬天上，不理会地上两人的唱双簧，这位仙人境宗主衣袖飘摇，气象缥缈，极有仙风。韩玉树实则内心震动不已，竟然如此难缠？难不成真要使出那几道撒手锏？只是为了一座本就极难收入囊中的太平山，至于吗？一个最喜欢记仇也最能报仇的姜尚真，就已经足够麻烦了，还要外加一个莫名其妙的武夫？中土某个大宗门倾力栽培的老祖嫡传？术、武兼具的修道之人，本就不常见，因为走了一条修行捷径，称得上高人的，更是寥寥，尤其是从金身境跻身"覆地"远游境，极难，一旦行此道路，贪心不足,就会被大道压胜,要想打破元婴境瓶颈,难如登天。所以韩玉树除了忌惮几分对方的武夫体魄和符箓手段,烦心这个年轻人的难缠,其实更在担忧对方的背景。

陈平安好像看破了韩玉树的心思,开门见山道:"不用担心我有什么靠山,行不更名坐不改姓,在下曹沫,是玉圭宗的二等客卿,坐镇雨龙宗的仙人葱蒨,和驱山渡剑仙徐君,还有彩衣渡船管事黄麟,都可以为我作证。"

韩玉树讥笑道:"一天到晚胡说八道,好玩吗?年轻人,你真当自己不会死?"

韩玉树自顾自摇头:"有资格为太平山说上几句话的,撑死了就是百年之后才能够重返桐叶洲的女冠黄庭,至于你,算个什么东西?"

姜尚真叹了口气,得嘞,真要开打了。这下子是拦都拦不住了。当然了,姜尚真也没想着阻拦。老子身为落魄山未来首席供奉,胳膊肘能往外拐?

陈平安看着这个三山符箓一脉的仙人境修士,拔下那根还藏着孩子们的碧玉簪子,收入一处本命窍穴当中,免得打生打死的,一个没收住手,小天地摇晃,连累那些孩子练剑不安生,所以簪子一去,陈平安瞬间披头散发,然后他伸手绕过肩头,双手轻轻攥住头发,以一枚凝气而生的金色圆环系住头发,双膝微屈,身形瞬间佝偻几分,拳意流淌全身,一手负后,一手拈出一枚符箓,动作行云流水,一气呵成,最终笑道:"我就喜欢你这种纸糊又头硬的仙人。"

纸糊的仙人?好大气性,都敢不将一位仙人境放在眼中了。

韩玉树无视山门口气冲斗牛的气势,只觉得年轻人这个说法确实令人耳目一新。

不愧是中土大宗门走出的得意嫡传,说法谐趣,口气不小,简而言之,就是自己好心好意一番劝诫过后,眼高于顶的年轻人依旧不知死活。

除了白玉京大掌教一脉的太平山,宝瓶洲的神诰宗,以及白玉京三掌教陆沉嫡传之一、在旧白霜王朝山上修道的曹溶,和北俱芦洲的道门天君谢实,尤其是火龙真人的趴地峰,他们的道统大致脉络,以及各家的道法神通路数,韩玉树都有所了解。

姜尚真越发焦急,语速极快:"好人兄莫不是喝酒喝高了,纸糊是个什么鬼,韩宗主符箓神通,甲于桐叶洲,都有那浩然符箓第二人的说法了,小觑不得,不可轻敌。尤其是韩宗主一手源出正宗的三山秘箓,气象森严,只说根脚高低,半点不弱于龙虎山五雷正法,尤其水土二符,更是神鬼莫测,更别提那扶鸾降真的旁门仙术,堪称一绝……"

韩玉树由着嘴欠的姜尚真揭自己的老底,由着神色似有所动的年轻人竖起耳朵听姜尚真道破天机。

韩玉树无所谓,女儿韩绛树瞪眼怒道:"姜尚真,你还讲不讲山上规矩了?!"

姜尚真收住话头,转头对韩绛树嬉笑道:"讲啊,怎么不讲,不讲的话,绛树姐姐还能对我眉目含情?"

韩玉树随意一挥袖子,示意女儿无须动怒。玉圭宗姜尚真,就是这种油腔滑调没个正行的人。他这仙人境一袖,同时打碎了年轻人事先藏在附近几处山水中的符箓。在我韩玉树跟前耍这阵法手段,真是布鼓雷门,可笑至极。

当然,韩玉树也确实忌惮一个玉圭宗前任宗主,更忌惮姜尚真的那一截破损柳叶。在姜尚真是玉璞境的时候,就有一片柳叶斩仙人的骇人说法,这可不是姜尚真自夸。此人跌境,是从飞升境跌为仙人境,如果不是确定如今姜尚真的本命飞剑根本已经不宜祭出,韩玉树今天只会救出女儿,然后立即离开太平山地界。总之,只要姜尚真不亲自出手,那么姜尚真说与不说,是否道破天机,他韩玉树,人与道法,都在高处,在那年轻人头顶高悬。

可能是被韩玉树打破阵法枢纽的缘故,年轻人悻悻然收起指尖所拈符箓。

韩绛树有些快意,阵师?贻笑大方而不自知!真当符箓第二韩仙人,是一句桐叶洲地仙之间随口说说的玩笑话吗?

姜尚真看着那个一脸大仇得报的绛树姐姐,眼神越发怜悯。

"符箓于仙,天经地义。又来个符仙?真没听过。"陈平安笑道,"没听过,亲眼见过了,好像也就一般,勉强给于老神仙当个烧火童子、递笔道童,倒是凑合。"

韩玉树一笑置之。

姜尚真轻轻拍掌:"输人不输阵,不愧是我的好人兄。不枉我帮忙照顾绛树姐姐一场。"

不过姜尚真小有疑惑,陈平安今儿竟然没有直接开打?不像是自家这位好人山主的一贯风格。

不管如何,可惜于玄如今依旧在合道十四境,不然陈平安这种诚挚之言,听着多舒坦,如饮醇酒,神清气爽啊。关键是陈平安根本就没见过符箓于玄,这种肺腑之言,却说得如此水到渠成,自然而然。姜尚真觉得自己就做不到,学不来,一旦刻意为之,估计言者听者,双方都觉得别扭,所以这大概能算是陈山主的天赋异禀,本命神通?

那于老儿,也真是一条汉子,扶摇洲白也问剑王座一战,就于玄一人跨洲驰援,之后不知怎的,因祸得福,合道星河,不承想还不消停,其间又重返人间,在倒悬山遗址附近,不惜消磨自身道行,亲手拘押了一头飞升境大妖。传闻于玄私底下和龙虎山大天师笑言,说是想明白了一事,之所以一身仙气不够圆满,定然是缺一头坐骑不够威风的缘故。

只是如此一来,于玄破境至少要被耽搁三百年。

书院杨朴一直拎着一只空酒壶在那边假装喝酒。今儿一堆事,让读书人目不暇接,措手不及。

韩玉树其实从先前出手,到现在为止,之所以不着急拿下陈平安,是因为一直在谨慎观察四周动静,担心有个境界更高的护道人隐匿一旁,在暗中伺机而动,山上的恩怨纠缠,最是让人劳神,如果陌路相逢,最好莫惹小的,若是一位谱牒仙师,就莫惹他们背后的老祖师。

眼下这个年轻人,明显两者都占了。年纪轻轻,成就不俗,让韩玉树都觉得匪夷所思,还不到半百岁数,不但就在自己眼皮子底下,得了"最强"二字的武运馈赠,还精通符箓,而且不是一个简单的登堂入室就可以形容的,竟然能够让女儿韩绛树着了道。只可惜韩玉树始终不知双方交手的细节,更不清楚姜尚真有没有出手。如果此人是事先设伏,布置了阵法,引诱韩绛树主动投身山水禁制小天地,倒好了,可若是两人狭路相逢,一言不合就捉对厮杀起来,那么这个年轻晚辈,确实有单枪匹马横行一洲的本钱。

而姜尚真当下显得如此镇定自若,袖手旁观,任由年轻人与一位仙人境对峙,只有一种可能,姜尚真先前已经对绛树出手,终究有那仗势欺人的嫌疑,因为无论是身份,还是境界,更别提厮杀本事,绛树远远无法跟姜尚真媲美,事实上,韩玉树都不认为自己能够和姜尚真掰手腕,去分什么胜负生死。

桐叶洲修士,要论战功大小,姜尚真稳坐第一把交椅,而且第二把交椅的位置,离姜尚真还不近。

韩玉树权衡算计过后,相较于年轻人凭自己本事胜过绛树,更倾向于姜尚真的出手,不然女儿绛树到底是一位实打实的玉璞境,同时也不至于对她眼前的姜尚真如此咬牙切齿,她与姜尚真之前都未打过交道,没必要对姜尚真恨之入骨。

韩绛树一直识大体,擅长审时度势,不然韩玉树也不会带着她奔走四方,在山上各大仙家之间积攒香火情,有些时候还会由她帮着万瑶宗穿针引线。

有人说过一番在山上广为流传的金玉良言,说那个女子笑靥是天底下最厉害的飞剑,好看的,一剑戳人心,不好看的,一剑戳瞎眼。而说这句话的人,此刻就坐在山门口那边喝酒。

杨朴灵光乍现,看了看姜老宗主和那个至今尚未起身的玉璞境女修,再远望一眼陈姓前辈与仙人境韩玉树的对峙情形。杨朴总觉得有些不对劲,比如先前拽着韩绛树头发御风而行,落地后再请自己喝酒的前辈陈山主,之所以会不小心在韩绛树那边喊破姜尚真身份,该不会是早早在给韩玉树挖坑下套?故意让韩玉树误以为是姜老宗主出手擒下的韩绛树吧?杨朴感慨不已,万一真如自己所料,那么陈前辈也太过阴险……不对,是太过算无遗策了些。

韩玉树笑道:"先帮你喂拳一场,再任由你慢慢稳固武道境界,就当是我对一个外乡晚辈的最后耐心了。事不过三,希望你惜命些。"

陈平安拧转手腕,轻轻挥动狭刀,一脸疑惑道:"你不是在确定我有没有护道人吗?仙人境就可以睁眼说瞎话啊,那飞升境还不得随便满嘴喷粪,溅我一身?"

韩玉树会心一笑。韩绛树却听得脸色发紫,那个挨千刀的家伙,言语如此粗鄙,就像个不入流的山泽野修。

姜尚真忍住笑,有些辛苦。他瞥了眼那个养尊处优的万瑶宗仙子,真是个都不值得陈平安如何算计的绛树姐姐啊。怪不得陈平安对她有那"命太好才玉璞"的评价,听着不是好话,事实上半点不刻薄。

姜尚真偏移视线,远远望向陈平安。很难想象,这是当初那个误入藕花福地的少年。想一想韩玉树,再想一想自己,姜尚真就越发庆幸自己的那种不打不相识了。

陈平安那一口故意说得稍显生涩的桐叶洲雅言,其实还算流畅,所以只是略显外乡人,唯独其间几次咬字,会不易察觉地泄露马脚——中土神洲大雅言的独有韵脚。分明是有意为之的一种"言多必失"。

也就是说,陈平安与韩玉树的"多余"闲聊,必须保证合情合理的同时,又会让一位仙人境大修士有机会顺藤摸瓜,哪怕不会自以为是,也难免将信将疑。可如果来自三山福地的韩玉树根本不精通中土神洲大雅言,陈平安就注定会抛媚眼给瞎子看了。只不过对于陈平安来说,反正就是几句闲聊的事情,花不了什么心思,面对一位帮忙喂拳的仙人境前辈,这点礼数还是得有的。在剑气长城那边,无事可做,反正光阴流逝太慢,自身念头又太多太快,每天就只能自顾自瞎捉摸,没什么贪多嚼不烂,所以别说是九洲雅言,就连浩然天下十大王朝的纯正官话,陈平安估计都能说得比本土人氏还娴熟,尤其是细微处的咬文嚼字,无比精准。当外人认定某个真相,而陈平安又存心算计时,他就会给出一个又一个支撑这条脉络的细碎小真相。

姜尚真越发佩服自己的先见之明和独具慧眼,愿意早早押注落魄山,不过是花了点神仙钱,就捞了个记名供奉,接下来就要好好争取那个首席供奉。

韩玉树担心节外生枝,不愿继续陪着陈平安虚耗光阴,否则有碍事的旁人赶来凑热闹,见风使舵,在姜尚真那边卖个乖,多半会用什么境界悬殊、宗主是长辈的和稀泥理由,阻拦自己出手教训一个不知天高地厚的晚辈。

韩玉树便不与陈平安废话半句,轻轻一拍腰间那枚紫润光泽的葫芦,声势远远不如先前浩大,从葫芦里只是掠出一缕三昧真火,好像一条纤细火蛇,游弋而出,一个摇头摆尾,转瞬之间,天上就出现了一条长达百余丈的火焰绳索,往陈平安一掠而去,火绳在半空中画出弧线,如有一尊尚未现身的神灵持鞭,从天上敲打山河。

陈平安伸手一探,将那把斜插在地上的狭刀斩勘握在手中,双膝微屈,一个蹬地,尘土飞扬,下一刻就出现在了远离山门的数里之外,纯粹以武夫体魄的游走姿态,展现出一位地仙缩地山河的神通效果。一袭青衫的修长身形微微停滞,一刀劈斩在那条劈头盖脸凶狠赶来的火绳上。韩玉树瞧见这一幕,眼神冰冷,微微摇头,绛树竟然会输给这种莽夫,一旦传出去,确实是个天大的笑话,他韩玉树和万瑶宗丢不起这个脸。

一把狭刀斩勘的刀锋,竟是完全没有落在那条火蛇绳索之上,一刀劈空,火绳瞬间里缠住陈平安手臂,如长蛇缠绕盘踞,三昧真火蓦然收缩为十数丈,捆住陈平安整条持刀胳膊,下一刻韩玉树心意微动,便有火龙走水的气象生发而起,以一位练气士的长生桥作为道路,各大洞府灵气仿佛一处处山林草木,所过之境,皆要被火龙焚烧殆尽。

韩绛树眼神光彩熠熠,父亲此举分明用上了那枚上古遗物葫芦当中最为精粹的一缕三昧真火,在内有乾坤的葫芦小洞天当中,万瑶宗历代宗师以龙涎等异宝助长火势,熊熊大火蔓延数千年之久,其间炼化木属灵器材质宝物更是极多,这等品秩的精纯真火,内里别有天地的古物葫芦中总计不过温养出灯芯大小的三粒,攻伐重宝无法摧破,哪怕是一位玉璞境剑仙的本命飞剑也无法一剑破此法。

除了难以摧破和极其难缠之外,这门并非符箓一道的术法,最大的玄妙就是能够迅速束缚修士的三魂七魄,以修道之人辛苦积攒的天地灵气作为干柴,熊熊燃烧,越是道心不定,越是向火上浇油,稍有不慎,千仞堤桥溃于一蚁,星星之火势至焚天,练气士整个小天地,转瞬之间就会是大火燎原、万物成灰的可怜处境,越是百般挣扎,越是速速求死。

简而言之,只要是低于仙人境韩玉树一境的练气士、不曾养出清凉意蕴的道门高真,或不是身具佛门神通的高僧,韩玉树祭出此术,仅此一招就可毙敌。

与此同时,韩玉树祭出一把幽绿法刀,法刀划破长空,拖曳出一道流萤,直奔陈平安头颅而去,如刽子手行刑,欲斩其首。

法刀青霞是万瑶宗开山祖师因缘际会之下得自一座已经破碎的上古青霞洞天,货真价实的半仙兵品秩,如果不是伤了品相,无法炼为本命物,不然就是一件当之无愧的仙兵至宝,其锋锐程度,更是能够将一件兵家甘露甲视若白纸。法刀虽为韩玉树的中炼之物,却锋芒无匹,可当剑仙飞剑使用。三山福地珍藏有一块书箱大小的斩龙台,在万瑶宗历史上,韩玉树凭此法刀,数次将其 斩为二。

韩绛树除了被那一截柳叶在眉心处"盯梢",无法以心声与父亲言语,此外皆无禁忌。姜尚真出手极有分寸,并未对她太过,所以战场形势,韩绛树瞧得十分真切。先前葫芦里边的三昧真火第一次现世,看似火势如洪水决堤,不过是父亲让对手掉以轻心的手腕罢了。之后祭出一粒灯芯真火,再以法刀青霞斩首,才是速战速决、两招制敌的仙人风采。

韩玉树一手掐诀,指指点点,陈平安四周出现一座符箓禁制小天地。

姜尚真点点头,赞叹道:"干脆利落,接引七星,北斗注死,妙在一个'有心无口即阵法,符箓无纸方是真',不愧符箓第二,姜某人有幸与韩宗主同为桐叶洲修士,与有荣焉。"

人生星宿,各有所值。天之生我,我辰安在?

韩玉树这一道符箓布阵术法，在于能够接引星光，化为己用，这门生僻神通，比起餐霞饮露、拜月炼形之流，相对传承更少。传承少，现世就少，就更容易让练气士一招鲜吃遍天。

一脸血污尚未擦拭干净的韩绛树刚有几分笑意，脸色便立即僵住。

只见远处陈平安站在一处山巅，一手拖刀，一手高高抬臂，竟是以手心直接握住了幽绿法刀的锋锐刀锋，另外一条手臂，金色流淌，一条三昧真火显化而出的火蛇，不但莫名其妙退出了人身小天地，仿佛还被一条金色蛟龙反过来缠住。陈平安微笑道："道家坐忘，贵在死心，参禅学佛，要先肯死。所谓肯死者，无非决定一往而已。我一个小小地仙，都敢与仙人境掰手腕了，自然是那敢死肯死之人。"

陈平安转头望向太平山的山门，故作恍然道："明白了，你爹不愧是仙人境前辈，宗师风范，与晚辈切磋道法，喜欢先让两三招？否则在我面前抖搂这等雕虫小技，绛树姐姐，你是不是应该再次大笑一个？"

陈平安轻轻跺地，一身拳意外泄，撞击那道遮天蔽日宛如一座小天地的符箓禁制，七粒原本仿佛镶嵌在天幕上亘古不变的星光，好似灯火飘摇的七盏油灯，在拳罡潮水之中摇摇欲坠，忽明忽暗，再不复先前更换山河的玄妙气象。

韩玉树其实吃惊不小。不但惊讶陈平安破阵的轻松，更奇怪年轻人身上竹衣法袍丝毫无损。那件青神山竹衣法袍之下，似乎还有一件道意沛然的天仙法衣，极有可能是一件半仙兵品秩的道袍。

外袍竹衣，是一道障眼法，这些个来自中土大仙家的谱牒嫡传，真是满身的心眼。

三昧真火，法刀青霞，符箓禁制，三招齐出，一般的玉璞境修士对付起来都要元气大伤。

韩玉树当然可以收放自如，不会当真打杀陈平安。韩玉树一直想要探究一番陈平安的家底和宗门道脉，比如迫使陈平安施展内嵌法袍的某种道法神通。陈平安以竹衣遮掩在里边的那件道袍，若是高于预料的仙兵品秩，韩玉树就可以找个机会收手了。修行登山不易，可是找个台阶下，还不简单？韩玉树并非蛮干之辈。

万瑶宗置身于三山福地，与世隔绝数千年之久，辛苦积攒出一份雄厚底蕴，谋划长远。既然决定了将祖师堂神位搬迁出福地，来到浩然天下桐叶洲，就没必要去招惹一座中土神洲的大宗道门。因为韩玉树立志于在自己手上让万瑶宗逐渐成长为早年桐叶宗、玉圭宗这样的一洲执牛耳者。

如今中土文庙严令禁止山巅修士擅自厮杀，一经发现，只要稍稍殃及人间山河，文庙就二话不说，先让两位上五境跨洲去往中土文庙，各打五十大板，再做决断，所以当下看似被待客、实则被软禁在功德林当中的上五境修士，已经有双手之数。若是敢不去请罪，各洲都会有一位不是什么文庙圣贤的飞升境专门负责"请"人去功德林闭关思过，若敢还手,就地打杀,功德不可赎。

在文庙副教主董老夫子亲自待客的功德林,传闻多次有各居一洲的故友重逢,更有类似对话传出,如"你也来了啊,不寂寞了","好巧好巧,喝酒喝酒"。在这些人里边,竟然还有一位儒家圣贤、旧鱼凫书院山长周密。

韩玉树有了主意,看来这场架得打得更狠,下手更重。再不能讲究什么点到为止了,不然自己要跟着女儿绛树,一个仙人境,一个玉璞境,一起丢了脸面在这太平山,再难从地上捡起。

韩玉树心念微动,主动撤去符箓阵法最后一点灯火光亮,微笑问道:"看那武运,你当下是远游境,或者说是山巅境?既得'最强'二字,想必对自身拳法一定颇为自信?"

姜尚真笑呵呵道:"绛树姐姐,瞧见没,以后多学学你爹,拿得起放得下,才是真豪杰。"

韩绛树脸色阴沉。

那处捉对厮杀的战场上,陈平安神色玩味,右手持刀,笑眯眯道:"你猜?"

别说是一个韩玉树,恐怕对自己知根知底的姜尚真都不知缘由。

陈平安故意和韩玉树多说几句,还真不只是在咬文嚼字上故弄玄虚,而是陈平安不得不心神分开,分心跟韩玉树拖延时间。

原来陈平安先前以最强九境跻身武道十境之时,才发现武运馈赠一分为二了,一实一虚,与以往破境,武夫只是收取天下武运别有天地。难怪陈平安之前觉得武运不够多,以至于他不得不神游万里,沉浸其中,好像被人拖曳进入一座虚无缥缈的大天地,最终在一处山巅,天地间武运浓稠似水,陈平安置身其中,就像第一次行走在光阴长河。

在那山巅,有十一个位置,刚好可以站立"十一人",围成一圈,仅就"座位"而言,并无高低之分,以至于陈平安都无法分清每一位武夫的境界高低。

武道十一境,万年以来,站在各境最高之人,一境唯一人。而不是每座天下的当下最强,就能够来此驻留,然后静待后世武夫挤掉位置。

但是某一人,只要多个境界的"最强"二字都足够"前无古人",那就可以占据多个位置。比如一袭白衣同一人,就站在了四个不同位置,独占四席之地的一人,是那不同岁数、不同境界的武夫曹慈。

此外,陈平安认得裴杯,只是这位女子武神竟然只有一个位置。

一袭鲜红法袍,男子散发。正是陈平安本人。

十境陈平安见九境陈平安。

那份感觉,古怪至极。

更让陈平安百感交集的事情,是十一个位置当中,有个年纪小小的黑炭小姑娘,双臂环胸，瞪大眼睛，不知在想什么，在看什么。

除了来此山巅的止境陈平安之外，裴杯、曹慈这对师徒也好，他和裴钱这对师徒也罢，原在山巅此处的都只是一个假象罢了。

陈平安走到那个黑炭小丫头面前，下意识微微弯腰抬起手，要笑着敲她栗暴。

作为落魄山的开山大弟子，都见着了自己师父，发什么愣呢。

只是陈平安抬起手又放下，当师父的，不舍得，哪怕这个弟子其实并不在此处。

练拳其实很苦。陈平安是过来人，最知道其中辛酸。

陈平安开始环顾四周，不知道来了此地，会有何玄机，心神竟是暂时无法离开此地，走又走不得，闲来无事，他只好猜测那位"十一境"武夫，到底是那裴杯还是他、曹慈以及裴钱之外的某个其他人，反正就只剩四人了。

一个声音响起，回荡天地间："登顶所为何事？"

陈平安想了想，发自本心答道："一拳递出，同辈武夫，只觉得苍天在上。"

那个声音的主人似乎不太满意这个答案："不够。再答。"

在山巅天地之外，韩玉树当真不讲半点前辈风度了。就连姜尚真都收敛神色，沉默观战。

收起法刀青霞的韩玉树，身边又浮现出一件古物，是那道门礼器云璈，古称云墩，相传是仿造远古神灵用以行云之物，其高大木架，比起后世多小锣的云璈要更为巨大，木架以万年古木松明子炼造而成。仙人境韩玉树阴神远游出窍，白衣飘摇，白衣竟然又是一件岁月悠久的法袍，阴神韩玉树站在云璈之前，手持小槌，上有古篆铭刻"上元夫人亲制"六字，显然是远古秘境遗落的重宝。

阴神韩玉树脚踩白云，以小槌轻击锣鼓，配合真言，两者极有韵律，皆古意苍茫："云林之璈，真仙降眄，光景烛空，灵风异香，神霄钧乐……"

言语之间，一位在云海中若隐若现的女子，睁开一双金色眼眸，步虚神游，来到云墩一旁，她伸出手指，跟随小槌，手指轻轻点在云璈鼓面上，仿佛在随着韩玉树唱和。

太平山地界，方圆数百里，大地处处云雾升腾，宛若人间仙境白云中，云海滔滔，雪浪滚滚。

韩玉树真身则张嘴轻轻呵气，仙人吹嘘白云生，从一处本命气府当中掠出一张水运精纯的碧绿符箓。

韩绛树脸色剧变。父亲这是铁了心要斩杀此人？不然何至于祭出此符？

碧绿符箓是三山福地六大秘符之一，虽然此符在万瑶宗传承有序，但是每一代修士只有一人拥有，旁人便是偷偷翻烂那部秘籍，学成了修行道诀，一样无法炼制此符。

符箓一道，真正高妙处在于以丹书秘箓内炼人身小天地，这才是真正的登峰造极，不然手持之符箓,术法再高,威势再大,终究只是修道之人的身外物。真正意义上的炼化符箓,是它与一枚金丹或是元婴阴神融合,是谓仙家步虚词中一语——五岳皆积骨,三山眇如块,举步跃云霄——打开一把天门锁,鸟瞰一悟通玄真。

万瑶宗宗主韩玉树要炼制成功这一张吐唾横江符,除了必须拥有根本宝箓之外,还需要不断加持,所以并非什么一劳永逸的好事。每一甲子,都需于冬至日不差丝毫地取水一斗,在搁放符箓的本命气府当中再次铭刻"雨师敕令"四字,并于夏至日取出,借助炎炎烈日走水一趟,左手攒一雷局,掌心篆写水龙雷文,右手掐五龙开罡诀,再焚大江横流符在内的十数道水法符箓,饮尽一斗水,浇筑水府,最终在人身小天地当中不断将一口井掘深,就可与五湖四海、九江八河之水相互感通。持符修士对敌,只需默诵真言,一口数诀,顿时法天象地,滔然如大江之水涌现,喷流千百里,如江水横流,以水覆山。

姜尚真叹了口气:"这等符箓水法,搬海移湖运江河。一口唾沫淹死人,古人诚不欺我。"

韩绛树脸色一变再变。

父亲果真起了杀心,又祭出一张同样唯有宗主可炼的祖山符箓。

韩玉树以剑诀书写"太山"二字,分出心神,在气府内拈土一撮,然后随咒抛撒,即成大山。

世间的撮土成山符虽种类庞杂,但符箓修士几乎大半都知晓,只是哪里比得上这搬运"太山"一符。如今的浩然天下,估计只有那些大宗门才会记载"太山"一说,而且除了宝瓶洲云林姜氏等古老家族书籍秘录,大多注定语焉不详,说不清此山的真正来历。

山岳倒悬,山尖朝下。与先前那条悬停空中并未坠地的横流江河刚好形成一个山水相依的格局。地面之上的那座云海,便被悬在天上的山岳与江河衬托得好似高在天幕了。

韩玉树俯瞰而去,冷笑道:"是那玉璞境,还是仙人境,天地并拢大天劫,一试便知。"

韩玉树还真不信随便跑出个年轻人,能够不到半百岁数就与自己同境。

一旦决定倾力出手,韩玉树就再无杂念,除了打造出一座威力等同于玉璞境天劫的恢宏禁制,他的真身又从袖中拈出一张绘有五山的金色符纸,以剑诀书"五嶽"二字,符纸本身其实就只差这二字,早早就以山岳五色土炼化成了符箓丹墨。韩玉树丢出符箓去往天幕,五山倒悬,如五把本命飞剑,"剑尖"直指大地上围困住陈平安的阵法牢笼。

韩绛树先见陈平安被拘押在天地中,再见此符被父亲祭出,她就想要起身,不承想那个姜尚真简直就是个不可理喻的,半点不知轻重利害,一截柳叶再次钉入她眉心,比先前更深，疼得她一屁股跌倒在地，神魂震颤不已。剑修飞剑，便是如此不讲道理，哪怕只有些许剑气剑意残余，一样最伤修士人身天地！

韩绛树怒道："姜尚真，我劝你见好就收，不要得寸进尺！"

姜尚真眨了眨眼睛，一脸难为情，双指夹住酒壶，轻轻晃荡，委屈道："得寸进尺？绛树姐姐小觑姜某人的小弟了不是？"

韩绛树不明就里。杨朴更是一头雾水。姜老宗主的言语，处处打机锋啊。

韩玉树转头望向山门这边，笑问道："姜宗主，是不是可以放了小女？"

姜尚真抖了抖袖子，拿出一摞符箓，蘸了蘸口水，抽出其中一张金色符箓，高高举起，对韩玉树笑道："送你？"

竟是一张同样只差以"五嶽"二字点睛的符纸。

韩玉树摇头笑道："算了，万瑶宗不缺此符。"

姜尚真说道："我是剑修，书写'五嶽'，比你画符更值钱些，真不要？我不缺钱，万瑶宗和韩宗主缺啊。何况韩宗主你也真是上了岁数，老眼昏花了，先前都明明白白说了你差点儿成为我的岳父，以姜某人在山上有口皆碑的用情专一，你就没想过，我为何不辞辛苦赶来见一见绛树姐姐？"

韩绛树羞愤难当。韩玉树微皱眉头。

难不成真不是姜尚真油腔滑调没个正行，而是真有一桩发生在三山福地的腌臜旧事？绛树为何不说？韩玉树突然哑然失笑，早年听一位嫡传弟子提及过，绛树确实无缘无故追杀过某位一掷千金的"善财童子"，不过根据当时万瑶宗的谍报，那人是桐叶宗嫡传无误，所以韩玉树就没打算继续追究。当时的桐叶宗，可谓如日中天，老祖杜懋是桐叶洲唯一的飞升境，尤其一件本命物吞剑舟，更是天生克制剑仙。

韩玉树收回视线，总之又是一笔糊涂账，眼不见心不烦。只要摊上姜尚真，就是如此棘手。幸好如今的玉圭宗，宗主是韦滢。

韩绛树沉默片刻，忍不住问道："姜老贼，你为何会有此符?!"

姜尚真白眼道："'钱多人英俊，专一不风流'，说的是谁？"

姜尚真转头问杨朴："杨兄弟，你是正人君子，你来说说看。"

杨朴有些良心不安，轻声道："是姜老宗主？"

姜尚真笑着将那张金色符箓递给杨朴："送给杨兄弟了，礼轻情意重，别嫌弃，真要嫌弃，我再送你几张。"

杨朴赶紧摇头道："姜老宗主还是送我一壶酒喝吧。"

总这么拿着一只空酒壶装样子饮酒，杨朴觉得确实有点过分了，除了那两尊兢兢业业当门神的地仙，其余几个不是玉璞境就是仙人境的，不是宗主就是山主的，杨朴实在装不下去了。

姜尚真取出一壶酒,再将那符箓往酒壶上轻轻一拍,抛给杨朴:"先喝完了,再将酒壶和符箓一并还我便是。"

杨朴接住酒壶,无可奈何。

韩绛树嗤笑道:"姜宗主真是会财大气粗,更晓得收买人心。"

韩绛树不是那个境界低微的书呆子,她很清楚一张五嶽符的价值所在。

世间水符,哪怕是韩玉树那张已算第一等秘符宝箓的吐唾横江符,只要不苛求品秩,就可随处取水,但是这张五嶽符,对山土的品秩要求极高,因为并非寻常一国五岳,而是太山在内的五座古老山头。后世符箓修士,几乎不知太山为何物,而同样作为上古五岳之一的中土穗山,有几个能够去求得一抔泥土?真正的天大麻烦,甚至都不是那座云遮雾绕的终南山。终南山是一处虚无缥缈的"山市",比见着了海市蜃楼再去推衍寻觅更加难见真身。比穗山难求、终南山难见的更大麻烦,还在于那座五岳之一的东山,已经消失无踪百多年,就像是从天地间凭空消失了,这就使得五嶽符,人间从此再无炼制成功的半点可能,所以世间每一张五嶽符,只要涉及买卖,就会溢价极多。

据说只有符箓于玄在内的寥寥几位符箓大家,以及皑皑洲刘氏十六库之一的符箓库,还有一些保存下来,估计最多三十张。物以稀为贵,本就珍稀异常、张张价值连城的大五嶽符,越发一物难求。在山巅,此符在百年间价格就翻了好几番,如今喊价都喊到了"一符十谷雨"的地步了,惊世骇俗,毕竟修士每用一张,世上就少一张。如此天价,还有修士购买,自然不是嫌钱多,而是此符真正的价值所在,是修行土法的山巅大修士希冀着能够凭此演算出太山、终南山和东山的线索。

姜尚真突然喃喃道:"怪事。"

被拘押在一个仙人境的符箓禁制当中,陈平安双手挂刀,想了七八种应对之策,最终选择了一个不太谨慎、不符合习惯的方案。

修行多年,辛苦攒钱,没有我买不起的酒,没有我递不出的剑。

陈平安松开刀柄,猛然间一抖双袖,黄纸符箓如两条江河浩荡涌出,既不试图冲散大阵禁制,也不去天幕抵御山岳压顶。数以千计的符箓贴地长掠,最终骤然悬停,以陈平安为圆心,形成一个数里地的大圆,同时陈平安悄然祭出一把本命飞剑井中月,剑分数千,为符箓点睛。

陈平安背对太平山,轻声道:"起剑。"

一道璀璨剑光,从大地升起,撞碎云海与符箓太山,剑光气冲云霄,直达天幕。

韩绛树脸色惨白,颤声道:"真是……剑仙。"

姜尚真仰头看着那一幕,其实并不陌生,因为他在北俱芦洲曾经有幸见过一次,心神往之,所以当时他也曾祭出一片完整柳叶。只是今天,看着那一截柳叶,双鬓微霜的姜尚真只是放下酒壶,学陈平安双手笼袖,然后转头看着空无一人的太平山。

在古怪山巅，陈平安双手负后，缓缓踱步，最终再次给出答案："比你拳高一境。"

天地寂静。

片刻之后，心神退出山巅，陈平安提起地上那把斩勘，收刀归鞘，然后一步跨出，来到天上，向韩玉树笑道："落魄山陈平安，向万瑶宗问剑。"

韩玉树神色诚挚，打了个道门稽首："陈道友剑术通天，晚辈多有得罪。"

第八章
十一境的拳

姜尚真双手握拳，眯眼低声道："要小心。"

韩绛树发现父亲那般低三下四，是她这辈子都从未见过的惨淡光景，甚至是她完全无法想象的事情，顿时便魂魄摇动，几乎有道心失守的迹象，还是那一截柳叶微颤引发的剑气涟漪才使得她猛然惊醒，强咽下一口鲜血。韩绛树突然伸手攥住那截柳叶，不惜牵动魂魄和五行本命物，再以宗门秘术锁住这把名动天下的柳叶飞剑，她竟是拼死也要阻拦姜尚真的出剑。哪怕只能支撑片刻，她也在所不惜。

韩玉树竟然在示弱求饶、打了个道门稽首的一瞬间，便祭出了真正的撒手锏，一门压箱底的本事，搬出了三山福地的护山阵法。是那幅在万瑶宗祖师堂悬挂数千年的五岳真形图，而且按照韩玉树的说法，这幅画卷比起万瑶宗的历史只会更加悠久。

万瑶宗开山祖师当年还只是个少年樵夫的时候，误打误撞打破了一层摇摇欲坠的禁制，不经意间闯入在浩然天下历史上寂寂无闻的三山福地，在未来被他开宗立派的祖山之中，寻见了此件仙兵品秩的画卷，从此得以踏足修行之路，在足可评为上等福地的三山福地当中呼风唤雨，登高途中不断汲取天地灵气，以至于聚拢了将近半数福地灵气在一身。但是不知为何，祖师最终依旧闭关失败，作为飞升境大修士，一身浑厚道意、无数灵气就此重归福地。

至于到底是谁有此气魄、笔力和神气，能够绘出画卷上的五岳和九江八河，并不知晓，只知落款是一个无据可查的名号：三山九侯先生。

一幅画卷天地之外，韩绛树面朝太平山山门，背对着远处战场上的对峙双方，但是那边异象横生、天地翻转,好像一幅万里山河图被随意折叠起来,使得韩玉树和陈平安都凭空失去了身形,就像同时跌入一处洞天福地,天地隔绝,就此消失无踪。

韩绛树真真切切感知到了一种恐惧,仙人境修士和陆地剑仙之间的捉对厮杀是何等凶险万分、匪夷所思。她父亲在三山福地几乎从不出手,和老友访客切磋道法的次数屈指可数,而且从不让外人知晓。而且韩玉树作为万瑶宗历史上修道资质仅次于开山老祖的练气士,好像从未"飞升"游历浩然天下。

姜尚真感慨道:"这一手袖里乾坤,抖搂得十分精彩,便是我设身处地,也要不小心摔入你爹的那一手壶中洞天,看来韩宗主藏在池塘水底,当了这么多年的千年老王八,学成不少上乘道术,这回舍得露面,果然是毕其功于一役,有备而来啊。这幅五岳真形图的祖宗画卷,本该是用来对付其他敌对仙人的。"

姜尚真笑了笑,弯腰拿起脚边的那只酒壶,抿了一口酒,完全没有出剑打破天地禁制的意图,好像根本就没想着要去驰援陈平安,而是神色淡然,对韩绛树缓缓道:"我不是提醒朋友多加小心,没必要。我只是提醒自己,整个后半辈子的修道生涯,都要始终小心韩玉树这样的修道之人。现在,还要加上一个未来的韩绛树,我需要向你认个错,先前是我小看你了。等着吧,风波过后,我会拿出当年还你绣鞋一半的耐心,和你们万瑶宗好好要耍。桐叶洲,哪怕没了好些老人,一样不是那么容易立足的。"

韩绛树只是死死攥住那一截柳叶,剑气自行流转的飞剑令其整只手肉销骨露,惨不忍睹。

"剑真要走,你抓得住?"姜尚真心念微动,收回一截柳叶,悬停在自己眼前,他伸出手指轻轻一弹,似乎嫌弃这把本命飞剑沾染了绛树姐姐的鲜血。

韩绛树试图以心声秘术和父亲言语,可惜徒劳无功,父亲果真是拽着那位剑仙一起置身于五岳真形图当中。

只是韩绛树难免心有疑虑,父亲为人隐忍,为何要和一个与太平山关系莫逆的陌路剑仙莫名其妙打生打死?

姜尚真突然转头说道:"杨朴,你是读书人,教我一句更吓唬人的狠话。"

杨朴神色尴尬,还真就用心思量了,然后一板一眼说道:"反正梁子结下了,一有机会就抄家伙打人闷棍。"

姜尚真打趣道:"可以啊,山里长大的?"

杨朴坦诚相见,还真就点头了:"小时候被绑匪拐上山去了,在贼窝待了大半个月,学了几句糙话。"

姜尚真备感意外:"可以可以,大难不死必有后福,我就是最好的例子。杨朴兄,以后先当君子贤人,再当山长圣人什么的,到时候可别眼高于顶,瞧不起我和陈山主了。"

杨朴无奈道:"姜老宗主说笑了,除了贤人,其余是想都不敢想的事情。"

如果不是今天这场没头没脑的际遇，让杨朴觉得做梦一般，他还真不敢相信，原来姜老宗主是这么一个极有意思的人，言语风趣，平易近人。

姜尚真笑了笑，也有些无奈。自己大概是说多了鬼话混账话的缘故，难得说几句真心话，竟然都没人信了。不如陈山主多矣。

大概这就是陈平安才是山主、自己只是供奉的原因？好歹捞个首席供奉不是？反正桐叶洲就是这么个乌烟瘴气的样子了，玉圭宗有韦滢在，出不了纰漏，那小子是个笑面虎，心狠手辣本就不输自己，且更像是自己和荀老儿的集大成者。说实话，主动让位给韦滢，姜尚真没什么不甘心的，也绝非外界想象中那般，韦滢是什么趁着姜尚真闭关养伤，逼宫篡位才坐上的宗主之位，至于姜尚真"出关"后的黯然神伤，当然是他随意为之，韦滢是个绝顶聪明的晚辈，无须提点，就已心知肚明，以后自会更加照拂姜氏的云窟福地。所以姜尚真打算随便找个由头，好跟着陈平安一起返回宝瓶洲。

杨朴则有些思绪飘远，小时候在山上贼窝里除了打骂难免之外，其实山上日子过得还不错，结果到最后匪人们嫌他吃得太多。甭管鱼肉什么的，只要端上桌，撑死鬼好过饿死鬼，尤其是第一餐，他当时都快吃出年味了，所以只管下筷如飞。家里是真穷，确实给不起钱，匪人们就把他装麻袋丢了回去。有个老贼子，解开绳子后，踹着麻袋跟他说了句玩笑话："穷得都差点儿没命了，还瞎扯什么功名，读了几天书就失心疯，以后再多读几本，还不得奔着当那举人老爷去。"结果到最后，从乡野学塾里走出的杨朴，十八岁就考中了状元。

可哪怕在书院求学，杨朴偶尔还是会想起那段山上岁月，会感激那个说了几句无心之语的老匪人。

姜尚真指了指韩绛树："杨朴，你以后当了书院的君子贤人，别学他们那么聪明。"

杨朴摇头道："学不来。"

姜尚真笑道："那以后就多想想，引以为戒。"

杨朴点点头："会的。读书本就可以解惑，以古解今，以远解近，以书上事解书外人。"

韩绛树早已破罐子破摔，朝姜尚真吐了一口唾沫，满脸鄙夷道："你姜尚真又能好到哪里去?! 臭名昭著烂大街，滥情的玉圭宗无情种、云窟福地的屠子，真以为战功大了，就可以改头换面，当那英雄豪杰？当面夸你的几句客套话，就当真了？背地里如何说你，需要我为姜老宗主'解惑'吗？"

姜尚真翻了个白眼，手掌扇风，将那口仙子唾沫拍到了一尊地仙门神的面门上，说了句"道友不用谢我"，姜尚真再屈指一弹，将韩绛树击飞出去，彻底打晕了她。

其实姜尚真也很奇怪，为何韩玉树会突然翻脸。一个在宝瓶洲都声名不显的落魄山，或者是陈平安这个名字，照理说都不该让韩玉树心生杀意，不死不休。陈平安担任剑气长城最后一任隐官的消息，如今的浩然天下，除了中土文庙，知道的修士不多。一来剑气长城早就隔绝消息，倒悬山和跨洲渡船都只知道剑气长城的新任隐官是个被陈清都寄予厚望的年轻人。这些年偶尔有些小道消息在山巅悄悄流转，尽是些含糊其词的漂亮言辞，什么天才剑修，惊才绝艳，资质直追宁姚，横空出世，"知书达理"，很会打算盘，待人和善，在倒悬山春幡斋露过几次面，风采绝伦……

从剑气长城返回浩然天下的各洲剑仙，要么不喜欢和家乡朋友谈及旧事，要么偶有提及，也都无一例外，有意绕过那位隐官大人，好像都早有默契，或是得到过剑气长城避暑行宫那边的某些提醒。

唯一一个比较确切的说法，还是出自剑气长城的本土大剑仙陆芝之口，说那位年轻隐官和老大剑仙确实最聊得来，可以当作半个嫡传，而且隐官不是什么外乡人，就是剑气长城自家人。

不知道陈平安是剑气长城的隐官，韩玉树没道理像个要脸不要命的莽撞老匹夫一般直接分生死。退一万步说，韩玉树即便知道陈平安是隐官，更没道理如此撕破脸皮，赌上整座万瑶宗的千秋大业去搏命，打赢了，三山福地还不是满盘皆输的下场？只说他姜尚真，以后会和万瑶宗善了？

姜尚真其实一直在心算计时，只要过了那个时刻，陈平安依旧无法逃脱那幅祖宗辈分的五岳真形图，他就出剑救人。至于是否会消磨道行、折损阳寿，顾不上了，况且也没什么好算计得失的。人生在世，快意而已。姜尚真不是今日才如此，而是历来如此。

就如韩绛树所说，姜尚真自认当然算不得什么英雄豪杰，声名狼藉，流连花丛，到处闯祸，在云窟福地更是行事暴虐，只会嬉戏人间，辜负无数真心。

画卷天地内。陈平安和韩玉树依旧各自悬停在原地，虽是三十步距离，但是一位仙人境神通加上画卷天地，使得双方如同咫尺天涯。

陈平安环顾四周，除了先前那座符箓禁制，又有更为广袤无垠的一幅白描画卷大天地围困自己。这幅画卷山河当中，有五座古老山岳耸立天地间，此外还有九条水深流逝无声的江水，以及八条水势跌宕的大河，气象万千，道意无穷。

陈平安叹了口气，微微恼火道："韩道友这是作甚？先前万瑶宗待客，已经足够诚意了。我说要向万瑶宗问剑，不过是句气话，韩道友何必搬山移水，真将半座万瑶宗折腾过来，架还没打起来，就有了百余枚谷雨钱的损耗，找谁赔去？韩道友，步子跨得太大，等到尘埃落定，想要走回头路，给自己找台阶下，就不是一句'陈道友剑术通天'可以息事宁人了。"

韩玉树脸色阴沉，似乎比陈平安更加恼火万分："陈平安，你有此修为，其实今天的事，原本可以好好收场的。"

韩玉树无须阴神出窍远游。先前那位隐藏在云雾中的神女分明是云师之流的远古神灵,是某种大道显化而生的假象,此时她的身形更加清晰稳固,一双金色眼眸越发精纯,云墩大如小山,她好似修道之人的金身法相,持小槌击云墩,彩带飘摇,每一次捶打云墩,天地间便出现一座云海,电闪雷鸣,隐约有蛟龙游弋其中。

一道金色雷鞭蓦然从云海炸出,其间数次更换轨迹,撞向陈平安。

陈平安甚至没有出手,只是拳意流淌,宛如一尊神灵庇护四周,和那神女就像重逢在万年之后的两尊远古神灵,以神道针对神道。

雷光撞在拳罡之上,轰然粉碎,陈平安身边下起了一场金色大雨。

一座座雷云围绕在陈平安四周,构造出一座天然的行刑台,云墩十二锣鼓,便有十二座蕴藉雷电真意的云墩,然后十二座雷云又各有一条金色长线,与云墩相互衔接。

陈平安始终御风悬空站在原地,任由十二道金色雷电不断轰砸而来,神灵敲击云墩越来越迅猛急促,使得雷云中掠出的十二条雷鞭越来越笔直一线,术法神通的施展,再无半点间隔,但是陈平安依旧纹丝不动,拳意倾泻成一个完整大圆,如人身在一轮明月中。

陈平安笑道:"韩道友,不如让这位姐姐吃饱饭再来擂鼓?"

一袭青衫,方圆十数里,除了十二条浓郁如水的雷电桥梁,此外全部是撞碎后的四散雷电,交织如网。

陈平安以拇指抵住腰间狭刀斩勘,轻轻推刀出鞘几寸,又缓缓按回刀鞘,显得十分无聊,啧啧道:"亏得这位司云神女没了灵智意识,不然胆敢以下犯上,这等悖逆行径,可是犯了天条,下场会很惨的。"

韩玉树嗤笑道:"以下犯上?你当自己是谁?"

一记幽绿刀光,在雷电缝隙间一闪而逝。陈平安终于拔刀出鞘,随意一记斜落劈砍,将那把法刀青霞劈斩坠地。法刀青霞在千丈之外一个停滞,随之稍纵即逝,陈平安侧过身,以狭刀斩勘横挡在身前,法刀青霞打破形同明月的磅礴拳意,击中斩勘刀身,陈平安后撤一步,同时抬臂,将那把神出鬼没的法刀礼送出境。

一座山岳倒悬如巨大飞剑,陈平安右手持刀,左手握拳,朝压顶山岳一拳递出。山崩地裂。

又有四座山岳陆续坠落,"剑尖"直指陈平安。

韩玉树笑道:"这算不算问剑陈道友?"

陈平安又先后递出两拳,每递出一拳,就打碎一座山岳,身形就下降十数丈。

不过陈平安犹有闲情逸致开口言语:"怎的,韩道友要确定我的武夫境界?"

"陈道友倒是提醒我了。"

韩玉树步罡掐诀,陈平安所立之处,山水灵气荡然一空,不但如此,两座天地禁制内的灵气连同山水气运,都被韩玉树鲸吞入腹。显然是要将天地剥离成一处练气士最惧怕的"无法之地",韩玉树借此汲取灵气,蓄势待发,既能耗光陈平安的修士灵气,又能让自己长久厮杀,多施展几门三山福地的压箱底神通术法,一举两得。白也在扶摇洲一战,事后浩然天下的许多山巅修士,其实都曾仔细推衍,精心复盘战局,到最后不得不承认,文海周密的那个"笨法子",竟然就是最佳也是唯一的可取之道。

只不过这类山巅战事,极难照搬,门槛太高,哪怕模仿一二都极其不易。

可韩玉树今天占据天时地利人和,可以依葫芦画瓢,有样学样,他当然没有文海周密那样的天地贯通大道法,但是眼前这个年轻人一样不是白也。

一道五岳符箓,五座山岳。当倒数第二座山岳压顶而下,陈平安又习惯性一拳递出,竟是只让那山岳微微摇晃而已,下一刻,便整个人被一座山岳压下大地。

这座山岳极其古怪,好像能够主动和压胜之人气机牵引,根本不给陈平安缩地山河逃遁出去的机会,人动山跟随,其实陈平安反应已经足够快了,可最终仍没能逃过一劫。

韩玉树微微一笑,被一座近乎真实的"太山"镇压,止境武夫也好,剑仙也罢,都很遭罪。

韩玉树以剑诀远远在山岳之上书写金色符箓,崖刻榜书,从山巅到山腰再到山脚,一线之上,就是一篇金色文字的三山正宗道诀,韩玉树是在为这座五岳之一的太山不断增添大道真意的重量。若有人登山近看,韩玉树画出的一条纤细金线,其实就是一条从山巅流淌而下的江河。

那篇唯有三山福地才有传承的山法道诀,以一座太山当作符纸,仙人境韩玉树则以三山道诀作为秘箓。

符成之后,符箓太山越发气象巍峨。

韩玉树洒然一笑:"千不该万不该,你不该自报名号,让我知道你来自落魄山,名叫陈平安。"

太山符箓山根和白描山河画卷早已相接。

韩玉树微皱眉头,那个家伙为何毫无动静?一位武学大宗师,体魄绝对不至于如此……"纸糊"。

太山山脚处,涟漪微微荡漾,有人一步从"大门"中跨出,竟是陈平安:"这篇本该是三山福地宗主心传相授的金书道诀,晚辈就笑纳了。"

韩玉树并没有立即收起极其消耗灵气的那道祖山正宗符箓,甚至任由陈平安继续观摩道诀文字内容。因为他担心那是一门保命的障眼法,为的就是让自己撤去这张山符。

果不其然,那个"陈平安"虚无缥缈起来,身形开始微微摇晃。

陈平安转头望向韩玉树:"真要铁了心杀我啊?"

韩玉树微笑点头:"不然?"

陈平安回望了一眼那条金色溪涧,叹息一声,缓缓御风而起,有样学样,竟是以手指掐剑诀,从山脚处往山巅去,画出了第二道山符。只是相较于韩玉树画成的那条金光浓稠的溪涧,陈平安初学此符,歪歪扭扭,不成体统,而且道诀金光纤细如一条小沟渠,但是却让韩玉树脸色微变。符箓修士画一道符,到底是鬼画符惹人笑,还是仙人指路骇鬼神,其实间简单不过,就看符成与不成,不成就是树杈乱岔,浪费灵气和符纸,成了,就是符胆点睛,品秩高低有别而已。那一袭青衫御风到山巅高度后,竟是真被他画成了一道极难学成的三山符。

韩玉树脸色阴晴不定:"你在今天之前,肯定早已接触过三山符箓的旁支!教你符箓的开山领路人绝对是一位符箓大家!"

陈平安看着那条金色小沟渠蓦然消失,却已经心满意足,转身点头道:"说出来,怕吓破你一颗仙人胆。哦,不对,你应该有所猜测了。你们这帮喜欢躲在幕后指手画脚的家伙,不但境界高,而且脑子都挺不错,比起正阳山和清风城可要难缠多了,嗯,难缠太多了。难缠才好,不然我学成这一身十八般武艺,岂不是毫无用武之地?"

韩玉树依旧不敢收起三山符,而陈平安竟然干脆转过身,继续观摩那道符箓的细节。韩玉树破天荒有些犹豫不决。难道真要耗去那位远古神灵的残存破碎金身?这尊古老存在,可是韩玉树未来证道飞升境的契机所在。

杀了陈平安,三山福地就休想在浩然天下开宗立派了,韩玉树对此其实可以接受。万瑶宗的荣辱存亡,哪里比得上自身的破境和百尺竿头更进一步?如今浩然天下的飞升境,大战过后可是少了不少,所以每多出一位,无形的大道气运就会更多几分。

如果让等同于半个飞升境的神灵就此消散,来换取斩杀陈平安的功劳,韩玉树真心不愿意,舍不得。一个仙人境,欲想跻身大道逍遥如虚舟的飞升境,何其艰辛?尤其是从唾手而得的大道机缘,变成希望渺茫,与寻常仙人境修士沦为一般境地一样,每次闭关就像走一遭鬼门关,当然更加让韩玉树道心煎熬。

陈平安抚掌而笑:"懂了懂了,韩道友和正阳山某个鬼祟家伙是一路人。容得下一个落魄山武夫陈平安,毕竟终究是螺蛳壳里做道场,难成气候;却未必容得下一个拥有隐官头衔的归乡人,担心会被我秋后算账,拔出萝卜带出泥,万一哪天被我一锅端了,岂不是阴沟里翻船。韩道友,是也不是?"

韩玉树神色恢复如常:"事已至此,陈道友就不要言语试探了,毫无意义。"

陈平安微笑道:"要是坐镇大小两座天地,能让韩道友提升一境,以飞升境对敌,我这会儿就立即认输,赔礼道歉,花钱保平安嘛。"

韩玉树神色玩味,缓缓说道:"不但死结确实可解,而且不用花一枚钱。"

陈平安接话道:"只要我加入你们?"

韩玉树大笑道："不愧是剑气长城的隐官大人！"

韩玉树终于撤去那座太山。

太山底下，有个灰头土脸的"陈平安"坐起身，哈哈大笑，身形一闪，御风悬停的陈平安就要缩地山河，试图去与那人半路汇合。太山再次凭空出现，轰然坠地。

陈平安止住脚步，无奈道："行了行了，我就不逗韩道友了。"

陈平安打了个响指，一把本命飞剑带起些许涟漪，重归本命窍穴。

韩玉树眼神熠熠，感叹道："大造化，大造化！难怪能够在剑气长城担任隐官，果然是孕育出了两把本命飞剑，并且各有神通。先前那把，可化千万剑；当下这把，可以悄无声息造就小天地。两把飞剑神通累加，真真是要同境无敌手了……倒也有那万一，有趣有趣，好像同为年轻十人之一的剑修刘材，他那两把本命飞剑心事与立即，似乎刚好克制隐官的这两把？无妨，只要隐官愿意诚心诚意加入我们的阵营，我们先解了今天死结，如此足可让人提心吊胆的死局定然一样可解。"

"不怕讲道理，万事好商量，一直是我行走江湖的宗旨。"陈平安点点头，步步登天往高处走，瞥了眼那位女子身姿的远古神灵后，收回视线，笑道，"难怪韩道友会如此莽撞行事，原来是想要赌大赢大，只要拉拢了我，和落魄山化敌为友不说，剑气长城留在浩然天下的香火情，至少一半，可以为你们所用。"

韩玉树双手负后，攥着叠在一起的两根画轴，这位万瑶宗仙人境眼神当中满是毫不掩饰的激赏神色："陈平安，你这个人太奇怪了。成为剑气长城的隐官之后，倒悬山和跨洲渡船那边竟是障眼法无数，一团乱麻，让人无从下手。就连我们都花费了不少心思，只能小心翼翼收拢各方谍报，直到最近几年，才好不容易确定了你的真实身份。难怪有人说落魄山的陈平安在骊珠洞天活下来不可怕，成为剑气长城的隐官不可怕，成为年轻十人之一也还是不可怕，唯一可怕的事情是宝瓶洲落魄山的陈平安，如何能够一步步成为剑气长城的陈平安。运气？机缘？命数？脑子？性情？好像处处加在一起，处处无错，才能够成为今天的你。陈平安，你当真以为我不知道你是从山巅境跻身的止境？先前假装不知罢了。榜单上的那个隐官第十一，可是明确无误的武夫九境。我之所以与你如此有耐心，是由衷希望从今天起，我可以喊你一声陈道友，你称呼我为韩道友，话皆是发自肺腑的真心话，人更是名副其实的同道之人。大可以放心，以你的心智和地位，不用太多年，我就需要真心实意喊你一声陈前辈，或是陈大剑仙了。"

陈平安疑惑道："韩道友就没想过万一没谈拢，万一又被我逃出去？你难道不更应该知道，我能够活着返回浩然天下，就是个万一？在你们外人眼中，我这辈子，就是最擅长躲那些万一，同时成为某些万一？"

韩玉树微笑道："山人自有道法，款待隐官大人，绝无纰漏。不过是花钱消灾以防万一，莫非年纪轻轻就身居高位的隐官大人，觉得天底下只有自己才能与那'万一'打交道?"

陈平安笑呵呵,却说了一番题外话:"上一次我从剑气长城返回家乡,曾经有个朋友喝酒之后说醉话,只不过当时我那两个好朋友酒量不济,一个说了估计记不住自己说了,一个趴在桌上呼呼大睡,就没听着。我那朋友当时说那剑气长城,是恩怨分明之地、报仇雪恨之乡,绝非藏污纳垢之所。"

韩玉树冷笑道:"隐官言下之意,是没的聊?"

陈平安点头道:"韩道友满嘴喷粪,幸亏咱哥俩隔着远,才没有溅我一身。"

韩玉树叹息一声:"那就别怨我痛下杀手了,只是可惜了一份万瑶宗祖业。"

既然如此,只能另寻法子自立门户了,杀掉陈平安,后遗症太大,这么大一个烂摊子,说不定只是收尾,好让自己将来改头换面,在浩然天下某洲重新现世,就要浪费掉斩杀隐官的一半功劳。至于万瑶宗和三山福地,不用多想,至少在数百年内就只能继续闭关避世了。

韩玉树言语之间,手指捻动背后画轴,一身法袍大袖猎猎作响,显而易见,韩玉树当下作为,哪怕是仙人境,即便身在他来担任老天爷的两座大小天地间,依旧并不轻松。因为这是光阴长河倒流逆转的大神通。

在这之后,眼前这个时隔多年才返回浩然天下的隐官大人,就要独自一人,凭着武夫体魄和两把飞剑,来面对一位仙人境和半个飞升境了。

片刻之后,韩玉树望向神色似有一丝恍惚的陈平安,神色复杂,年轻,太年轻了,年轻得实在让旁人嫉妒。

光阴倒流,两人重新对峙而立在远处。

陈平安似乎察觉到不对劲,立即伸手做掬水状,轻轻晃动手心一团水运,低头凝神,然后猛然抬头,勃然大怒道:"韩玉树,你竟能篡改光阴长河?方才你做了什么,说了什么?!"

真是够小心谨慎的,如此之快就察觉到了意外。

韩玉树还以颜色,讥笑道:"你猜?"

陈平安突然眯起眼:"韩道友言下之意,是没的聊?"

韩玉树心神震动。

"纸糊仙人,不过尔尔。"

陈平安摇摇头,眼神怜悯望向韩玉树:"比文海周密的手段差了何止十万八千里。带你去个好地方。"

下一刻,韩玉树同样置身于两层天地禁制当中,一层是剑气小天地,韩玉树已经顾不得如何惊讶,因为他刹那之间就被陈平安还以颜色,他这个堂堂仙人境竟是被硬生生扯出一粒心神,并不由自主地被拽到了一处山巅之外。陈平安一直留在此地的一粒心神,在真身将韩玉树心神带来此地后,去势如虹,好似被一位十四境追杀,只得疯狂逃命一般,却依旧当头挨了一拳,摔出天地外。

韩玉树心知不妙,然后只觉得仿佛整座浩然天下的重量,都压在了自己一人身上,只听得一个洪钟大吕一般的威严嗓音响彻天地,彻底震碎韩玉树那一粒心神,以及心神之外的所有魂魄,天地之外的金丹、元婴都一并化作齑粉,只剩下了一副行尸走肉的皮囊。

在弥留之际,仙人境韩玉树只听到四个字:"蝼蚁,还蠢。"

画卷天地当中被一拳打得七窍流血的陈平安,这么个差点儿当场脑袋开花的家伙,竭力稳住心神站定后,亲眼见到自己飞剑笼中雀内"韩玉树"身上有一根根丝线瞬间绷断消散,那个山巅存在竟是一拳打得仙人境韩玉树一身因果、命理都消散了?见此光景,陈平安心中大定,那就可以要钱不要命了,顾不得去擦拭血迹,他赶紧伸手一抓,攥住那两根从韩玉树手中滑落的画轴,双手左右一抹,摊开画卷,竟有百余丈。然后陈平安循着避暑行宫档案所载的一些秘录术法,以及自己在城头多年钻研那部《丹书真迹》的一些符箓心得,再加上先前那道三山符的大道神益,开始略显蹩脚地指点江山,同时运转自身山水两件本命物,一边为韩道友代劳主持五岳和江河的气数流转,免得山河画卷一旦打开一角,就要在韩绛树那边露馅,一边极有分寸地攫取天地灵气,用以补充五行之属本命物,人身小天地所有本命气府与那些储君之山皆如久旱逢甘霖一般,终于能够毫无顾虑地饱餐一顿了。

陈平安终究是第一次施展这种仙人大手笔,十分手忙脚乱,他突然一脚脚尖轻轻挑起,将一件从韩玉树身躯当中迸出的本命物驾驭到自己身边,是那把差点儿砍掉自己脑袋的法刀青霞,陈平安立即收入法袍袖中,才腾出双手来,就又有事可做,一个探臂,与法刀青霞一样,将一枚想要自行融入画卷山河当中的祖山符箓迅速收入里边那件法袍的袖里乾坤当中。韩道友的那些同道中人,如果以后想要推衍韩玉树的死因,兴师动众地演算天机,陈平安不介意他们心神一头撞入某座"天地遗址",就像置身于一处战场,剑气长城与蛮荒天下气运纠缠,混淆不清,想要见到承载真名的陈平安,说不定就要在不断抽丝剥茧的过程中,与龙君、"陆法言",甚至会与老大剑仙很"有的聊"了……

哎哟喂,这位仙人境家底真多,好忙,法宝压手!

这般眼花缭乱捡破烂的包袱斋境遇,和当年跟离真切磋一场,让他"见好就收",颇有异曲同工之妙。

可惜了韩仙人那件咫尺物,由于魂魄、金丹和元婴皆碎,和他一身宝光流转、品秩极高的七八件本命物一起,竟是一样都没能留下。罢了罢了,终究肥水不流外人田,化作天地灵气,反正都与那座太山一样,留在了画卷天地当中。最终陈平安手握两支画轴,准备收起山河天地。至于那尊神灵傀儡主动隐匿其中的云墩、法刀青霞、两枚万瑶宗祖山的根本山水符、一只温养三昧真火的绛紫葫芦……则都已经在陈平安法袍袖中,还是不太敢随便收入咫尺物,更不敢放进飞剑十五当中。袖里乾坤这门神通,不用白不用,不愧是包袱斋的第一本命神通。

陈平安突然肩头一歪,小有抱怨,袖子真沉。不由得感慨一句,这类纸糊仙人,多多益善啊。

至于那个山巅存在,为何要留下韩玉树的一副皮囊。陈平安倒是不用猜就知道缘由,是对方在听到那个答案之后的一个承诺。

不过陈平安先前的请求,是自己承受十一境之拳,当然不能死,既不能死在那一拳之下,也不能贻误战机,死在韩玉树术法之下。那个山巅存在,答应了此事。不然山巅那边只要有心关门不见客,陈平安恐怕就是飞升境修士,都无法将韩玉树的一粒心神带去山巅。

至于何谓十一境一拳,止境武夫一看便知,因为当下韩玉树本身就是一部拳谱。

陈平安一举两得。

太平山那边,姜尚真刚要起身的时候,听到了一个心声,他立即坐回台阶,听那鸡贼……英明神武的山主吩咐,屈指一弹,将韩绛树打醒,然后也不着急与她叙旧。

姜尚真再将那两尊地仙门神一一定住魂魄,有些和绛树姐姐的闺房体己话,若是被两个糙汉听了去,岂不是大煞风景。

片刻之后,韩绛树并未受到约束,行动无碍,却依旧不敢挪步,越发忧心忡忡,她起身后背对太平山,不知道那场仙人与剑仙之争,结果如何。

约莫半炷香后,一个持刀身形笔直一线从天上撞破天地禁制,整个人凶狠撞入大地,声势之大,如地牛翻背,以至于那人手中狭刀都摔落到了别处。

韩绛树如释重负,只是心声言语处处落空,依旧无法找到父亲。

姜尚真立即站起身,一截柳叶悬停在大坑附近,如同护道。

一袭青衫浑身血迹,踉踉跄跄走出大坑,收起狭刀斩勘,抬起手臂,胡乱擦拭着脸庞,脚尖一点,缩地山河,直接来到山门口。

姜尚真神色凝重,问道:"韩玉树?"

陈平安点头道:"他终究没舍得那幅五岳真形图,彻底沦为一处山河废墟,不然还有的打。"

姜尚真点点头,问道:"他人呢?"

姜尚真其实心中很是奇怪,摔出"画卷天地"那一招,多半是陈平安自己打自己的收官手笔,这就意味着韩玉树绝对没讨到半点便宜,但是陈平安脑袋处伤势极重,身上各大气府震颤不已,又半点作不得伪,咱们这位陈山主确实受伤不轻。那么韩玉树为何消失无踪？若说陈平安斩杀了此人，姜尚真还真不敢相信。按照常理，祭出了镇山之宝五岳真形图，韩玉树就等于立于不败之地了。

这个姜尚真演技真心可以啊，当年自己怎就鬼迷心窍，答应他入了落魄山当了供奉？容易坏了我落魄山的淳朴门风。以后尤其要让曹晴朗离他远点。

陈平安转头朝地上吐出一口血水，刚要说话，伸手扶住额头，骂了一句娘，一挥袖子，几枚符箓掠出袖子，在韩绛树四周缓缓旋转，山水朦胧，使得韩绛树暂时无法看见、听见山门口这边的场景、对话，若是她胆敢在两位剑仙的眼皮子底下施展掌观山河的神通，兴许这位姓陈的剑仙前辈就不介意拿她的脑袋当诱饵了。

陈平安坐在台阶上，轻声道："先不谈他，我要赶紧疗伤。如果不是你守在这边，今儿算是栽了，狗日的万瑶宗，仙人境韩玉树，我算是记住了。韩玉树极有可能就躲在暗处，姜宗主你帮着看着点，能做掉他就做掉他，回头反正这笔烂账，你都推到我头上，他已经是万瑶宗的祖师爷，道爷我可是有靠山的，师门长辈不止一位！上次好友怀潜在北俱芦洲那边出事，我还笑话他太不小心，结果这次就轮到我了，祖师堂差点儿就需要点燃一盏本命灯。总之这件事没完！"

姜尚真佩服不已。自家山主的言语神色，像极了一位饱受委屈的大宗门谱牒仙师。

大概是年轻山主和这种人打交道太多？所以学了个惟妙惟肖？

尤其是一个躲藏其中的"道爷"说法，更是点睛之笔。

姜尚真突然做了个抹脖子的动作，低声说道："不如？"

陈平安犹豫了一下，看也不看那韩绛树一眼，摇头道："不着急，先不忙着跟万瑶宗彻底翻脸，一人做事一人当，我总不能连累姜宗主裹挟其中，等着吧，回头道爷我自有手段，一剑不出，大摇大摆去往三山福地，就可以让他们父女乖乖磕头认错。"

嘴上言语之时，陈平安其实一直以心声与姜尚真闲聊，很气定神闲的那种，但是每一句话，都让姜尚真心湖掀起惊涛骇浪。

"韩玉树已经死了，死得不能再死了，绝大多数仙家重宝都已被我收入囊中。

"他不是我亲手斩杀的，确实做不到，除非以跌境换命才有机会，之所以能杀他，是取巧了，具体缘由不便多说，只能与你说一事，我是首次带外人一起倒行光阴画卷，外加挨了相当于……十一境的半拳吧，所以受伤不轻，伤势是真，却不打紧，是好事。

"这趟游历重返原地，沿着光阴长河逆流而上，还只是沿着轨迹尚存的原路，带着韩玉树的一粒心神而已，就让我差点儿魂不守舍，这种事情，跻身飞升境之前，实在是……能不做就别做。韩玉树的死，极其隐蔽，我不敢说整个浩然天下，始终无人知晓，近期肯定不会有谁察觉。韩玉树自己的两层小天地，加上我一把飞剑的本命神通，又是一座天地，足够遮蔽天机多年了，何况我还有一份不小的见面礼，等着对方某位飞升境大修士登门收取。所以对方何时洞悉天机,我会有所感应,好歹心里有数。差不多那会儿,就该是双方见一面聊一聊的时候了。"

杨朴突然小声道:"两位前辈,那个韩绛树,好像在偷看你们对话。"

因为剑仙陈前辈受伤太重,没有以心声与姜老宗主言语,所以杨朴发现那个韩绛树一直在凝神定睛,凭借两位前辈的嘴唇大致判断言语内容。

陈平安立即转头,盯住韩绛树。

姜尚真则无须陈平安多说,朝天上某处抱拳笑道:"韩宗主这就走了?不带上绛树姐姐一起?一位如花似玉的女子,落在姜某人手中,名声堪忧啊。不如韩宗主还是与我和陈道友一起返回神篆峰?有些小误会,说开了就好。"

两人随意笑谈间,就是一个万瑶宗一座三山福地的存亡事。

陈平安以前没有想过这种场景,姜尚真其实想过,只是没想到会这么快。

韩绛树沉声道:"我留在这里就是了,陪着姜老宗主多走一趟神篆峰,也无不可。"

这句话,显然她是跟韩玉树说的。

虽然韩绛树始终察觉不到父亲的踪迹,她倒也不如何意外,若是自己都能找到一位仙人境的蛛丝马迹,就意味着台阶上两位剑仙只会更早找到父亲。姜尚真这厮若是失心疯起来,谁不敢杀?想必这才是父亲对那位道门剑仙手下留情的原因之一。这条桐叶洲最大的疯狗,谁都敢咬!姜尚真在大战首尾之间,光是交手的王座大妖,就有绯妃、袁首,以及顶替王座之位的剑仙绶臣,此外还有山上山下对峙多年的大妖重光,这头大妖,同样在战事后期荣升至蛮荒天下王座高位。

真正让韩绛树忌惮不已的,是今天大战落幕后那位道门剑仙的言语,称呼姜尚真为"姜宗主",而先前姜尚真口口声声喊对方为我那朋友、兄弟,这比那个"道爷"更加麻烦,因为显而易见,一个说法透着几分生疏,一个说法却略显巴结,这意味着姓陈的道门剑仙所在宗门,一定是个比玉圭宗更加庞然大物的显赫存在……只是那落魄山?陈平安?

韩绛树突然再次晕厥过去,被迫进入一种身心皆不动的玄妙境地。

姜尚真可斩仙人的一片柳叶,神通可不只在杀伐上,而是玄妙无穷。只可惜和姜尚真为敌之人,大多开不了口去跟人讲述那一片柳叶的诡谲神通了。

姜尚真为何如此忌惮白帝城城主,忌惮程度甚至要远远胜过龙虎山大天师?自然是姜尚真与郑居中在某件事上是一路人,并且姜尚真承认自己技不如人,是晚辈。

先擅作主张定住了韩绛树的心神、魂魄,姜尚真才以心声说道:"落魄山陈平安这个说法,已经说出口,韩绛树笨是笨了点,又不是真蠢到无可救药,事后到底会回过味来,所以有点小麻烦,我来帮你解决?"

陈平安笑道:"不然?就等你这句话。做成了,首席供奉,可以商量。"

姜尚真说道:"你是山主,谁来当首席供奉,不就一句话的事情?"

陈平安忍不住笑骂道:"放你个屁,我那落魄山,又不是一言堂。"

姜尚真抛过去一壶酒:"趁着绛树姐姐酣睡香甜,我们先喝一壶。"

韩玉树、韩绛树这对上五境父女,遇到陈平安、姜尚真这山主供奉,也真是……出门没烧香没翻皇历。所以说,上山修行要修心,红尘历练少不得。

陈平安突然说道:"杀韩玉树,有我的理由,并非只是万瑶宗染指太平山这么简单。"

姜尚真笑道:"见外了不是?伤感情了不是?"

陈平安伸手拍了拍姜尚真的手臂,却没有说什么。

姜尚真拍了拍陈平安的手背,微笑道:"姜尚真还需要人怜悯?那也太可怜了,不至于。"

陈平安点点头,开始喝酒。

一片柳叶斩仙人,如今却只剩下一截柳叶。

姜尚真早年故意压境在玉璞境瓶颈许多年,就是免得被荀老儿以能者多劳的狗屁理由,抓了壮丁去干活。要论修行资质,姜尚真那是当真极好,不然年少时分,怎会被视为九弈峰的未来山主?不然姜尚真最终未能入主九弈峰,怎会有那么多的幸灾乐祸?很简单的道理,若是完全没资格占据神篆峰,旁人幸灾乐祸的意义何在?正是因为煮熟的鸭子都能飞走,所以仿佛手持筷子坐在桌旁许多年的姜尚真才值得被笑话。

荀渊的驭人手段更是极好,却唯独对并非嫡传的姜尚真青眼相加,甚至任由云窟福地形同藩镇割据。韦滢哪怕继任宗主,对姜尚真依旧敬畏有加,不只是韦滢目前与姜尚真为敌,依旧胜算极小。而是姜尚真的一切作为,一直就被韦滢由衷羡慕和钦佩。比如韦滢担任真境宗宗主的时候,在荀渊去世后,能够让一位野修出身的仙人境首席供奉刘老成,打心眼忌惮之人,正是在书简湖好似游山玩水了几年的首任真境宗宗主姜尚真。韦滢心知肚明,只要姜尚真还是玉圭宗谱牒仙师,哪怕连云窟福地之主的交椅都一并让出去,那么无论是桐叶洲玉圭宗,还是远在宝瓶洲的下宗真境宗,就没有任何人敢作乱犯上,甚至连心思都不太敢有,从刘老成到刘志茂,再到李芙蕖,皆是如此。

韦滢之所以对此毫无芥蒂,理由只有一个,他将那飞升境早已视为自己的囊中物。不是野心,而是真相。

姜尚真这个人,想法、言行、仙师风度、挣钱手腕、花钱习惯,以及每个关键时刻的重大决定,始终都太……飘逸了。

在宗门战事最为严峻之际,姜尚真以玉圭宗一门不传之秘,大犯禁忌,以此强行跻身了飞升境。和桐叶宗旧宗主是差不多的道路,下场也相仿,都属于强行提升境界,代价极大。原本异常稳固的修士长生桥,在跌境之后,就像在桥头处彻底断去道路,此后修行,就是行至断头路,原地徘徊。离着飞升境好似只差几步路,却是一道此生再难逾越的天堑。

所以大局一定,姜尚真就功成身退,在玉圭宗都极少现身了。一来姜尚真确实需要闭关养伤,再者就像姜尚真自嘲当家三年狗都嫌一样。如今桐叶洲形势乱得很,再不是那种与蛮荒天下表明身份,卷起袖管往死里打的那种,而是风波落定,劫后余生,台面上的江湖重逢道辛苦,满脸笑容,作揖稽首之时,袖里藏刀的那种刀光一闪,玄机重重,不杀人,但是割肉占便宜。不然就是仙人境韩玉树之流,躲在幕后的运筹帷幄,钩心斗角。

这些年来,外界多有做客神篆峰的桐叶洲仙师,对姜老宗主的豪杰气概佩服不已,对姜仙人的跌境遭遇大为扼腕痛惜,可一转身,和自家人饮酒时,多半聊着聊着就笑得合不拢嘴了,容易浪费酒水。

只是姜尚真倒也真没觉得如何憋屈,姜尚真最有自知之明,自己在修行路上,可没少笑话别人,一逮住机会,那都是正大光明摆酒席庆贺的。当年桐叶洲飞升境大修士杜懋后来之所以能够荣登"玉圭宗中兴老祖"之位,还不就是姜尚真在桐叶宗地界云海上设宴待客款待八方好友的功劳?

而且不知道别人眼中,再看一洲山河是何等景象,反正他姜尚真是不忍多看几眼,万里山河一残棋,旷怀百感独伤悲。要知道姜尚真在四处乱窜积攒战功的时候,认认真真,看遍了一洲山河,如今就算回头再看,还能如何?处处遗址,荒冢无数,山上山下无人掩埋的尸骸依旧遍地都是。只说这太平山,忍心多看吗?

陈平安收拾干净自己那张脸庞,说道:"你别灰心丧气,不然就不是我认识的姜尚真了。像我,就是靠着跌境十数次,金丹碎了又碎,才辛苦跻身的山巅境。就当我是絮叨了,你应该不需要我来劝慰什么。"

姜尚真仰头望天:"那当然,姜某人是从登山修行第一天起,就将那飞升境视为手中物的人,所以这辈子从来没有像这些年这么认认真真修行过。"

转过头,和陈平安酒壶轻轻磕碰,各自饮酒后,姜尚真抹了一把嘴,眺望远方,笑道:"如果不是收到你的飞剑传信,就算龙虎山大天师再次大驾光临,我都未必肯见了。本来想着养好伤,就走一趟驱山渡,对棋陪乖崖,把剑觅徐君。"

陈平安起身说道:"我先一个人上山走走。"

姜尚真摆摆手:"山主别耽误我跟绛树姐姐风花雪月。"

陈平安登山后,姜尚真看着那个即将没听过"落魄山陈平安"的上五境女修韩绛树。多年不见,她境界高了,就不可爱了。初见她时,还是个有着淡淡忧愁的少女,想要离家出走又不敢,脸色朝霞红腻,眼眸秋波妩媚,身上还会带着一股久居山野的草木香味。可爱之时是真的可爱,不可爱之后,也是真的半点不可爱了。

姜尚真站起身，伸了个懒腰，天高地阔，神清气爽。

走到一个魂魄身躯分开的金丹境地仙身前，姜尚真转头问道："杨朴，知道这家伙的来历吗？"

杨朴摇头道："不清楚，此人一直躲藏，我没见过。"

姜尚真揉了揉下巴，太平山遗址，山水破碎，灵气四散，几无气运可言，其实对玉圭宗这样的大宗门来说，若是撇开什么道义不谈，一样属于比较鸡肋的存在，不过却是万瑶宗和金顶观这些宗门、宗门候补的选址首选，因为再不如当年盛况，太平山还是太平山，地界辖境千里之广，只要运作得当，哪怕捡现成的，对任何一座宗字头仙家而言，都是一块值得砸入几千枚谷雨钱的风水宝地，经营得当，砸钱够多，至多两三百年，祠庙一建，大大小小的山水神祇塑金身，入主各地祠庙，重重凝聚、归拢和拘束山水气数，就又会是桐叶洲一处屈指可数的宗门选址所在。不过想要真正重返当年鼎盛气象，不可能了。道理再简单不过，哪怕山水依旧，人皆已是作古的故人。毕竟换成任何修士来此群居修道，都不是当年那些修真我的太平山修士了。

小龙湫得了中土上宗的祖师旨意，是奔着那把古镜残余道韵来的，未必能成，但是可以碰运气，如果真能顺势拿下太平山地界，当然更好。金顶观就是如此打算的，只不过今天金顶观的看守修士运道好，没有撞到陈平安，不然这会儿门神就要多出一尊了。姜尚真其实在藕花福地那会儿，就不愿意和陈平安成为什么死敌，所以重返浩然天下之前，就早早选择主动退让，这其实是极其罕见的事情，而那会儿的陈平安，未必真正清楚一个姜尚真到底有多难缠。至于后来的事情，他选择死皮赖脸贴上去，同样不单单是姜尚真知道左右和陈平安的那层关系而已。

山上修士，韩玉树稍微好点，脑子其实是很不错的，可如韩绛树这样的，哪怕是玉璞境了，依旧往往知道了一件事情的真相，也只是停步在忌惮陈平安有个师兄叫左右，是一位大剑仙。会少想好几步，就像是个只会生搬硬套棋谱定式的棋手，比臭棋篓子好，却好不到哪里去。比如不会去想，陈平安为何能够成为左右的师弟，以及左右这种性情孤僻的大剑仙，又如何愿意用他的独有方式，对师弟陈平安百般偏袒。

世事复杂，一个真相会掩盖很多真相。

就像姜尚真自己，只是当了玉圭宗的宗主，才让浩然十人之一的龙虎山大天师视为朋友吗？自然不是。是在这之前，姜尚真用一次次涉险出剑，用命换来的战功使然，所以韦滢那小子就算再当一千年的宗主，只要姜尚真不在神篆峰，大天师就绝对不会踏足神篆峰，一旦姜尚真被迫脱离玉圭宗，龙虎山天师府甚至会对整个玉圭宗的观感从好转差。所幸这些小事情，韦滢都拎得很清楚，并且毫无芥蒂，这也是姜尚真放心让韦滢接手玉圭宗的根源。

姜尚真突然笑道："杨朴，等哪天你当了君子，或是我重返飞升境，到时候约上陈山主,咱仁再一起好好喝顿酒?地方你选,在大伏书院都没问题。"

杨朴这样的小傻子愣头青,以前姜尚真是不太愿意客套寒暄的,至多不去欺负。但是姜尚真为了捞个首席供奉,别说和杨朴约定喝酒,就算和杨朴斩鸡头烧黄纸都成。

杨朴起身作揖道:"晚辈乐意至极。"

谁说他傻了。能够认识姜老宗主和剑仙陈山主,杨朴偷着乐呢。

姜尚真坐回台阶,大概是身边有个读书人的缘故,难得有几分书生意气的感慨:"多读书,不是让人见到了世事,感慨一句果然如此。而是让人恍然,原来如此,并且始终坚信不该如此。这就是那位陈山主,先前与你说的有所为,有所不为,以及为何要你想明白了一件事,知道个原来如此,再去做决定。"

杨朴再次起身,侧身站在台阶上,又一次作揖道:"学生受教。"

姜尚真笑道:"又不是我的道理,谢我作甚。你也真是个没半点眼力见儿的,我都要称呼他一声山主,你拍我马屁有屁用。"

杨朴认真想了想,瞥了眼台阶上还贴着一张符箓的酒壶,说道:"那晚辈就收下酒壶了。"

孺子可教。姜尚真爽朗大笑,重新眺望远方,却高高举起手,朝杨朴这位书院儒生竖起大拇指。

那位绛树姐姐醒了过来,她伸手抵住眉心:"姜老贼,你对我做了什么?!"

姜尚真笑嘻嘻道:"绛树姐姐可以喊我姜小贼,更亲昵些。"

杨朴这会儿已经适应了,安静坐在姜老宗主一旁,优哉游哉,小口喝着酒。

姜尚真说道:"你要离开,没问题,按照我教你的法子,立个誓。韩绛树,姜尚真什么脾气,你是知道的。"

韩绛树默不作声。

姜尚真告诉她一个祖师堂心誓秘法,是那桐叶宗的。

韩绛树照做了。行事不由人,韩绛树还不至于去招惹一个神色认真的姜尚真。

姜尚真伸出一手,示意韩绛树但走无妨。

姜尚真没了以往吊儿郎当的神色,站起身,以心声跟韩绛树提醒道:"韩宗主一样受伤不轻,方才又听了我一句劝,认了不打不相识这老理儿,所以韩宗主见了我那朋友的一封密信后,临时起意,打算立即走一趟中土神洲。奇了怪哉,韩宗主好像在中土神洲也有了不得的故友?方才言语,竟是半点声势不弱于我那自报名号的朋友,难不成三山福地此次选址太平山,是在中土神洲背靠大树好乘凉?"

韩绛树微微皱眉,若有所思,冷哼一声,瞬间土遁数百里,然后以水法潜入一条大河当中,最终在千里之外御风远游,赶紧返回那座入口处位于桐叶洲东海的三山福地,她要和几位祖师秘密商议此事。

看着那些花里胡哨的逃遁术法,姜尚真伸手抚额,这个绛树姐姐又有些可爱了。

站在太平山之巅,在夷为平地的祖师堂旧址外,陈平安拈出三炷香,是三根山水香,悬空燃烧。等到三炷香燃尽,陈平安才转身一路走到山顶崖畔,视野顿时为之壮观一阔。

明月飞出海,黄河流上天。白日故乡远,青山佳句中。

太平山修真我,祖师堂续香火。

陈平安要在这八十年之内,替剑修黄庭守住这座太平山。这就需要走一趟上次故意绕道而行的大伏书院了。

陈平安走下山来。

至于韩绛树的远去,没拦着。甚至没有多此一举,在她某处本命气府内隐藏一缕剑意,让姜尚真以一截柳叶配合,是足可瞒天过海的,到时候连三山福地都要被他揪出来。只是没必要如此,免得打草惊蛇。整个万瑶宗,极可能只有一个仙人境韩玉树有资格在那"阵营"当中占据一席之地,以韩玉树的谨小慎微,肯定连嫡女韩绛树都会刻意隐瞒。

到了山门口,陈平安走到那位不知根脚的金丹境地仙身前,按住那团魂魄,轻轻一拍。

那位金丹境大佬打了个激灵,战战兢兢,连求饶都不敢。

陈平安笑问道:"知道我是谁了?"

金丹境修士点点头,陈平安,是这位前辈自己说的,哪敢忘记。

陈平安说道:"能不能让自己记住不记住这个名字?"

金丹境修士苦着脸,灵光乍现,以心声信誓旦旦道:"晚辈可以发誓,绝对不对外说及今天发生的任何事!"

事实上,魂魄被剥离出皮囊后,再杵这儿当门神,就光顾着守住一点灵光了,还真没看见听见什么多余事。

陈平安说道:"我是玉圭宗客卿,可以劳驾姜宗主传授你一门心誓秘法,就当是弥补道友的修为损耗了。"

金丹境修士如遭雷击,姜宗主?!玉圭宗姜尚真?他呆滞转头,果真见到台阶上有一个朝自己招手的男人,那一脸贱兮兮的招牌笑意、神色,如假包换!比任何言语都管用。

这位金丹境修士膝盖一软,还真不是他没骨气,实在是今天好似被五雷轰顶的次数太多,小小金丹境,扛不住了。

姜尚真只好传授了一门玉圭宗发誓秘术,这可是一位上五境女仙都没有的待遇,比起修道之人以真名点香火,用自家祖师堂发誓,当然更加管用。

陈平安看着那个额头渗出汗水的金丹境修士，双手笼袖，微笑道："说说看，哪里人，说得仔细点，以后说不定我会去做客。"

那位金丹境当然不敢有任何藏掖，竹筒倒豆子，该说的不该说的，管他呢，老子先保命再说，所以事无巨细，都说了个一干二净。

原来这个名为戴塬的金丹境地仙是虞氏王朝的内幕供奉，虽然在内幕地位不高，但是比起外幕供奉、客卿，还是要强上许多，因为实权更多。当初山河变色时，虞氏王朝皇帝带着太子一并逃难，却不是去往北方，也不是赶往那座通往第五座天下的大门，因为根本来不及，所以匆匆避难逃入了一处极为隐蔽的山水秘境，地盘不大，是戴塬所在仙家门派的镇山重宝，足够浩浩荡荡几千号皇亲国戚们以及一国境内各路谱牒仙师们隐世避祸就是了。烂摊子则交给了一个庶出皇子，皇子穿了龙袍接过玉玺，就当是领国主政了。最终蛮荒天下占据一洲山河，虞氏王朝当然难逃一劫，而且在那之后，不是一般的丑态百出，新帝先是奉迎一位军帐妖族修士为父皇帝，自降为儿皇帝，然后在甲子帐早有谋划的授意安排下，虞氏王朝在内的几乎所有桐叶洲大国，从庙堂到京城再到地方州郡，从官场到山上再到江湖，礼乐崩坏得令人发指，短短数年之内，人心之阴私险恶，一览无余。所以等到天下太平，虞氏老皇帝就带着太子和一干国之砥柱，顺理成章地收拾旧山河，倒是没忘记连下数道痛心疾首的罪己诏。

如今虞氏王朝和戴塬所在仙家，又攀附上了一个来自北边别洲的大门派，不到几年就又欣欣向荣。

言语之时，戴塬始终小心翼翼打量着那位前辈的神色，所幸对方一直双手笼袖笑眯眯的，不像是生气的样子。

陈平安笑道："你说那处被你师门掌握的秘境有四大景，绿珠井，唤龙潭，白玉山市，系剑树，对吧？劳烦戴道友给我详细说道说道，我这个人，最喜欢听这些奇人异事和山水秘闻。还有你家那位祖师，叫高太书，好名字，更是一位有望打破瓶颈的金丹境老地仙？戴道友果然是出身仙家豪阀啊，一门两金丹，难怪能够为虞氏王朝扶龙续国祚。"

戴塬笑容尴尬，以前他还真是这么觉得的。而他作为两个金丹境之一，又有祖师和师门作为靠山，在虞氏王朝只比一位深藏不露的护国真人，以及一位远游境武夫的大将军，略逊一筹。桐叶洲仙家山头的数量，虽说相对于一洲的广袤山河还是略显稀少，可是只要势力聚拢、山水气数凝聚，就更容易出高人。只不过这些都是不堪回首的老皇历了，如今桐叶洲修士，上五境还好，其余地仙在内，见着了别洲修士，境界都要自降一境，尤其是见着了宝瓶洲和北俱芦洲修士，更需要降两境。

陈平安听完了四景，啧啧称奇道："戴道友，你那师门可谓生财有道啊。"

绿珠井的井水，能够让女修驻颜有术；而那唤龙潭，当然不可能真是蛟龙，而是蛟龙之属近裔。至于那处山市，峰峦奇绝，山崖通体莹白如玉，大小洞窟三十六座，山顶有一雪湖，积雪千年不消，虽然被誉为白玉洞天，其实并未跻身三十六小洞天之列，当然是戴塬师门自吹自擂出来的名号，不过那山市确实不俗，有一座半真半假的白玉宫阙，朱楼巍焕，人物往来，旗帜甲马锦幔，每逢百年，就会有一场机缘降世，或天材地宝，或修行秘籍，可以让师门嫡传去寻觅。

系剑树，在戴塬看来，最没啥花头，其实也就是早年一位年纪极轻的元婴境剑仙在那边醉酒休歇，顺便眺望白玉洞天、欣赏山市，其间随手将佩剑挂在了树上，后来那位元婴境剑仙跻身了上五境，祖师高文书收到山水邸报的当天，就让人在树下立起了一块"系剑碑"。

陈平安问道："那绿珠井当真可以让女子驻颜？"

戴塬小声道："不瞒前辈，纯属胡扯呢，就只是每年都从山市雪湖搬来几百斤积雪，使得水运稍稍浓郁几分的一口水井，再悄悄碾碎几种奇花异草，丢入井中，使得井水颜色光彩几分，再请几位名气稍大的谱牒女修以及虞氏王朝的每一任皇后娘娘，都帮着绿珠井说几句好话。"

陈平安点点头，深以为然，突然问道："虞氏王朝离这儿不算近，你们抱上的那条宝瓶洲大腿老龙城侯家，又不是什么顶尖门派，就只是老龙城几大姓氏之一，就让戴道友有这份胆识，千里迢迢跑来这儿觊觎太平山，跟万瑶宗和小龙湫掰手腕了？"

戴塬立即澄清道："这是高祖师的意思，小的也一直犯迷糊呢。只是祖师有命，不敢不从啊。"

戴塬继续为身边这位前辈耐心解释道："至于老龙城侯家，出了一位极有出息的读书人，战功彪炳，如今成了观湖书院的君子，还是一位极有可能会来咱们桐叶洲担任书院副山长的'正人'君子！其实我们师门和虞氏皇帝也都有所耳闻了，那位书院君子一向和家族关系平平，可是这种事情，委实是不敢不当回事啊。"

陈平安笑道："真是难为你们这拨桐叶洲修士了，竟然沦落到需要去打探宝瓶洲的小道消息。"

戴塬叹了口气："如今的宝瓶洲，可了不得啊。"

陈平安说道："行了，就这样，今天的事情，戴道友就假装什么都没有发生。说不定哪天我还会去你山头拜访。戴道友说了这么多，让我受益匪浅啊。"

戴塬弯腰更低，行拱手礼："前辈不过是神仙下凡问土地，晚辈能够略尽绵薄之力，真是上辈子积德了。"

陈平安拍了拍这位金丹境修士的肩头："戴道友只管放心返乡，只需要记住不该说的，就打死不说，随便找个由头蒙混过关。至于小龙湫元婴境前辈那边，我会帮你斡旋一二，绝不会让他对你有半点记恨。"

戴塬一脸茫然，然后心头一紧。斡旋个啥？不需要啊，老子与那位小龙湫的元婴境前辈,在平日里聊得很投缘啊。有事没事就看一场镜花水月,神仙日子。

陈平安斜眼看戴塬。

戴塬立即再次拱手:"那就谢过前辈了,晚辈感激涕零。"

见陈平安依旧眼神不善,戴塬恍然大悟,一脸愧疚难当,赶紧从袖中取出一块古色古香的墨锭,双手奉上:"恳请前辈收下,是晚辈的小小心意。虞氏的护国真人说此物小有来头,名为'月下松道人墨',源于每逢明月夜,古墨之上便会有一个小道人似蝇而行,与之询问,答以'黑松使者,墨精臣子',是中土一个大王朝的宫中旧物,据说皇帝只赐给年轻俊彦的翰林院掌文官。"

陈平安接过墨锭,挥挥手。

戴塬故作镇静,告辞御风离去,从一开始的不急不缓,到铆足劲御风远游,很快就身形消失不见。

陈平安微微加重手指力道,就要将那块墨锭碾碎。

姜尚真却说道:"你不要的话,可以卖给我。"

陈平安笑了笑,停下手上动作,古墨滑入袖中。

姜尚真比较善解人意,察觉到了陈平安的那份心神疲惫,起身道:"小龙湫这位元婴境大佬,我来帮忙打发了。"

陈平安点点头,姜尚真做事情,只会比自己更滴水不漏。

陈平安走回山门台阶那边坐下。

陈平安现在有些明白崔瀺第二梦的问心所在了。

杨朴犹豫了一下,拿起那只空酒壶,起身告辞道:"陈山主,晚辈打算返回书院了。"

陈平安立即收起思绪,起身抱拳道:"恕不远送。"

陈平安收手后,将古墨递给杨朴,笑道:"不能厚此薄彼。"

杨朴低头看了眼手中酒壶,又看了眼陈山主手中墨锭,收入袖中,再次作揖拜谢。

目送杨朴离开后,姜尚真那边也解决掉了麻烦,姜尚真丢了一块漆黑石头给陈平安:"别小看此物,是昔年那座滟滪堆之一,只是遇人不淑,不晓得价值所在,如今只是被那位元婴境大佬用来欣赏镜花水月。挺好的,有此一石,看遍一洲镜花水月,如果荀老儿还在,非得跟你抢上一抢。对了,荀老儿当时在神篆峰祖师堂最后一场议事末尾,让我捎句话给你,当年确实是他行事不地道了,不过他还是不觉得做错了。"

陈平安点点头:"可以理解,反正不接受……也只得接受了。总之些许个人恩怨,不妨碍荀老前辈是一位真豪杰。"

姜尚真双手抱住后脑勺:"有你这句话,够够的了。荀老儿这辈子看似不要面子,其实最要面子,只是当了个宗主,很多事情由不得他。"

陈平安问道:"我那左师兄?"

姜尚真摇摇头："确切消息，没有。我只听说与那十四境剑修萧愻，循着当年那些海上凭空出现的几座归墟大门之一，去了蛮荒天下问剑一场，也有人说左先生与萧愻联袂破开天幕，去了天外古战场，反正唯一可以确定的，就是至今未归。"

陈平安小心翼翼问道："埋河水神？天阙峰青虎宫？"

姜尚真神色玩味，笑道："青虎宫祖师堂搬去了宝瓶洲，风生水起，混得很开，都成了大骊王朝的供奉，咱们那位旧友，差点儿都不舍得南下归乡了。至于大泉蜃景城和那位埋河水神娘娘，你自个儿看去，保证不会让你伤心。"

陈平安如释重负。

姜尚真猜出陈平安的心思，主动说道："至于那个文海周密，在你家乡宝瓶洲登岸，然后就没了。"

姜尚真几乎从未如此神色凝重："可怕。看不真切，还是让人觉得可怕。当时宝瓶洲大阵开启，聚拢笼罩一处，谁都不知道里边具体发生了什么，总之此事已是文庙第一大禁忌，只有符箓于玄、大天师这些人才知道真相。我这玉圭宗老宗主，都没资格知道。"

陈平安伸手抵住眉心，面有痛苦之色，造化窟三梦，其中一梦，有人率先开天，有人随后登天！在两人身后，又有数人，再有数十人。

此梦重复不断，陈平安却始终一个都看不清楚，始终记不住任何一人。

陈平安长呼出一口气，心情凝重，轻声问道："落魄山？北岳地界？"

姜尚真说道："放心吧，山河依旧人都无恙。不然我哪里有心情躲在神篆峰，早跑你家乡去了。"

陈平安以手背贴住额头，坐回台阶。

姜尚真似笑非笑，坐在一旁后，问道："你知不知道一个名叫赊月的姑娘？圆圆脸，棉衣布鞋，长得可爱，脾气还比较好，说话憨憨的。赊月大概是唯一一个身为妖族，却被浩然天下诚心诚意接纳的好姑娘了，极好的。不知道还有没有机会遇见，我很期待啊。"

如今浩然天下公认一事是，先后两大拨千年不遇的天才修士如雨后春笋般出现，属于玄之又玄的应运而生，得天独厚，不但在大战中活了下来，而是各有破境和极大机缘在身。大战一起，两座天下又牵扯到更多天下，尤其浩然和蛮荒两处，原本相对井然有序、流转极慢的天地灵气、山水气数，变得彻底没了章法。第一拨，人数不多，却是一场改天换地的苗头，最典型的，就是数座天下的年轻十人和候补十人。其实更早之前，就是剑气长城的那个大年份，以宁姚为首的剑仙坯子大量涌现。与之对应的，是蛮荒天下的托月山百剑仙。接下来这一拨，相对没那么年轻，但是在大战之前，或者潜心修行，寂寂无闻，或者声名不显，因为隐瞒了真实修为，然后在豪杰辈出的乱世当中，横空出世，迅猛崛起，最终一个个，璀璨耀眼，接连成片，如星河在天。比如玉圭宗新任宗主、已是大剑仙的韦滢,他在旧大骊中部陪都战场数场搏命厮杀当中破境跻身仙人境。还有驱山渡的金甲洲剑仙徐君徐獬,担任皑皑洲刘氏客卿,首次踏足桐叶洲。有好事者已经开始搜罗各洲谍报和有限的山水邸报,统计这拨天之骄子的姓名、人数、境界,尤其是各大战事当中的表现,然后凭此猜测各自的大道成就最终高度。

陈平安一脸疑惑,摇头道:"圆脸棉衣姑娘?不知道啊,听说过,没见过。"

和陈平安一样同为年轻十人之一,早年在城头那边,倒是与一个姑娘有点完全可以忽略不计的小误会。陈平安当时误以为她是刘材,一个飞剑天生克制自己的剑修。过去太多年,自己脑子不太好,完全记不清了,什么圆脸棉衣什么赊月的,大概也许可能说不定的事情,多说多想皆无益,容易误会更多。

姜尚真惋惜不已。

陈平安掏出那支碧玉簪子,准备重新束发别玉簪。

刹那之间,陈平安迅速收起碧玉簪子,再让姜尚真赶紧远离此地。

下一刻,陈平安低头弯腰,一个前冲,转瞬之间就远离了太平山的山门。然后大地之上出现了一个不大的坑,陈平安好像被一拳打得毫无还手之力不说,还差点儿当场少掉半条命,就连两件法袍都挡不住浑身鲜血流淌,人身小天地处处泉涌一般。

姜尚真蹲在那个坑旁边,确定了地底下的落魄山年轻山主,"好像"又好像"当真"身受重伤之后,一头雾水,都有些吃不准真假了,只得以心声问道:"山主,闹哪样啊?这次咱俩又要坑谁?又来了个仙人境?而且还是不纸糊的那种?给句准话,我来护道。"

奄奄一息的陈平安病恹恹道:"护道你大爷,赶紧拉我一把。"

姜尚真赶紧将陈平安拽回地面,陈平安神色萎靡,一个后仰倒地,自言自语道:"好拳。"

姜尚真环顾四周,啧啧称奇,这一拳落在自己身上,自己可扛不住。关键是姜尚真根本就察觉不到那一拳的真正来处。躲无可躲,扛又扛不住,亏得自家山主有担当啊。

陈平安坐起身,一脸想骂人却不敢骂的憋屈表情,最终无奈道:"想不去云窟福地做客都不行了。"

姜尚真笑道:"这敢情好,我那云窟福地是出了名的多美人。"

陈平安盘腿而坐,将那支碧玉簪子递给姜尚真,让他一定要妥善保管,然后就那么晕死过去了。

姜尚真收起碧玉簪子,背起陈平安,施展障眼法,风驰电掣,化虹南下。

什么叫过命的交情?这就是了,陈平安等于将自己的性命,以及看得比性命半点不轻的簪子都交给了他姜尚真。

姜尚真觉得当不当首席供奉其实没那么重要。

背后这位年轻山主一直心神不稳,只是到最后,当他在梦中反复呢喃一个姑娘的名字,这才逐渐安稳下来。

姜尚真蓦然停下身形,转头望去,一个七窍流血也不擦拭的白衣少年,虽是仙人境修为,却强行以飞升境手段跨洲远游,当下已是强弩之末,故而一头撞来,根本稳不住心神和身形,害得姜尚真差点儿没直接用一截柳叶戳死那个筋疲力尽的家伙。只不过看清那人面容后,姜尚真笑了笑,真是个胆大包天不要命的。

少年脚步踉跄,往前一路跌跌撞撞前冲,最终被姜尚真伸手扶住肩头才停步。白衣少年双手撑腰,大口喘气,仰起头,抬起一手,示意姜尚真莫要说话,打搅他先生睡觉休歇。白衣少年笑容灿烂,却满脸泪水,嗓音沙哑道:"让我来背先生回家。"

第九章
无巧不成书

十五明月夜,月光如水,夜明如昼,云窟福地十八景之一的黄鹤矶畔风景绝佳,今夜尤其动人。一座建在石崖上的观景亭中,一袭白衣少年郎撅起屁股,趴在栏杆上俯瞰流水,江面辽阔,风平浪静。

黄鹤矶外是一条名为留仙窟的江水,由藕池河、古砚溪在内的三河十八溪汇流而成,途经黄鹤矶上游的金山寺后,水势骤然平缓,安安静静,来见黄鹤矶,如同一位由乡野嫁入豪门的女子,由不得她不性情贤淑。

曾有一位古剑仙在此亭内大醉酩酊,有江上斩蚊的事迹流传。

白衣少年低头喃喃道:"都缘人心似流水,故以水中月为舟。"

姜尚真脱靴而坐,斜靠亭柱,手持酒杯,杯中仙家酒酿名为月色酒,白瓷酒杯,雪白颜色的酒水。姜尚真轻轻摇晃酒杯,笑道:"东山此言,堪称神仙语。"

白衣少年正是崔东山,察觉到太平山祭剑异象,他立即从南岳旧址动身,拼了命跨洲远游,一位仙人境能够只为了赶路,就落个失魂落魄、灵气耗竭的下场,确实放眼整座浩然天下都不常见。

而身为云窟福地的主人,姜尚真游历自家福地,却依旧施展了障眼法,头戴一顶白玉莹然的远游冠,黄绶青衫云履鞋。与当年去往大泉边境狐儿镇外那座客栈时的落拓青衫穷书生是截然不同的风格。

陈平安已经在云笈峰一处禁制森严的姜氏私人宅邸大睡了将近一旬光阴,睡得极沉,至今未醒。崔东山在屋子门槛那边独自枯坐,守了三天三夜,然后姜尚真看不下去了，就将那支碧玉簪子转交给崔东山，崔东山见着了那些来自剑气长城的孩子，这才稍稍还魂，渐渐恢复了以往风采。今天黄昏时分，姜尚真提议不如游览黄鹤矶饮酒赏月，崔东山就带着几个愿意出门走动的孩子一起来此散心。

姜尚真财大气粗，脑子也进水，竟然一掷千金，让黄鹤矶今天闭门谢客，负责掌管黄鹤矶的姜氏子弟得了那笔谷雨钱后，会联手家族供奉客卿，关闭从玉圭宗来黄鹤矶的一条山水道路，还要拦下所有专程赶来黄鹤矶赏景的福地谪仙人。

云窟福地十八景，在山水地界边缘地带，姜氏耗费大量神仙钱，聘请堪舆家和墨家机关师合力打造出一条相互衔接的缩地山河阵法，方便谪仙人们一路游览下去，比如黄鹤矶就是连接云笈峰和老君山的枢纽，这使得来此游历的谱牒仙师，几乎绝大部分都会一口气逛完十八景，云窟十八景又是出了名的销金窟，只要兜里有钱，就不愁没地方花钱。

姜尚真先前顺便给了四个孩子人手一块等同于通关文牒的斋戒玉牌，可以去往老君山随便游览不说，孩子们手持福地头等斋戒牌，还能在砚溪山那边随便捡取砚石，砚石是研制浩然十大仙家名砚之一水龙砚的特有石材，只要上五境修士不使用袖里乾坤的神通，别说是背箩筐扛麻袋上山，就是使用方寸物和咫尺物都不犯禁制。砚山极大，姜氏开采了数千年，依旧远远没有耗竭迹象，四个孩子里边的纳兰玉牒小姑娘一听说这个，就立即神采奕奕，只是没好意思跟崔东山还有周肥开口借咫尺物啥的，只是让姚小妍和程朝露都准备好家当，去砚山狠狠搜刮地皮，定要满载而归，至于白玄，就算了，她可使唤不动。所以离开云笈峰，到了黄鹤矶，纳兰玉牒根本没心思闲逛，直接向周肥问了去往老君山的阵法大门所在，风风火火，带人撒腿飞奔而去。当时看得崔东山很是感慨，这个掉钱眼里的小丫头，跟落魄山会很投缘，不怕水土不服了。

姜尚真朝崔东山举起酒杯，微笑道："山河万里碎，明月依旧圆。有幸邀君共赏此月，同饮此酒。"

崔东山坐回长椅，拿起酒壶和一只白瓷酒杯，念叨了一句"为君倒满一杯酒，日月在君杯中游"，然后高高举起酒杯，笑着和姜尚真各自饮尽一杯酒。

崔东山咻溜一声，好似给雷劈了一样，翻着白眼，全身颤抖不已，嘴里哼哼唧唧的，姜尚真差点儿以为酒水里边给人下毒了。

崔东山打了个酒嗝，随口说道："韦滢太像你了，前个几十年百来年还好说，对你们宗门是好事，凭借他的心性和手腕，可以保证玉圭宗蒸蒸日上，不过这里边有个最大的问题，就是以后韦滢如果想要做自己，就只能选择打杀姜尚真了。"

不但危言耸听，还有对玉圭宗前后两任宗主挑拨离间的嫌疑。姜尚真却听明白了崔东山的意思，玉圭宗终究是韦滢的玉圭宗了，韦滢野心勃勃，志向高远，绝对不会甘心当个姜尚真第二。

极有可能,以后玉圭宗的立身之本、策略、山上积攒香火情的手段,都会刻意和姜尚真相反,而姜尚真和荀渊这两任宗主的烙印都会被韦滢一一抹平,最终玉圭宗就只是韦滢一人的玉圭宗。然后再过个百余年,姜尚真在玉圭宗的处境就会越发尴尬,姜氏和云窟福地的形势只会一天比一天微妙,除非姜尚真当真彻底隐退,不再抛头露面。太上宗主做不得,又总不能跑去书简湖当个下宗宗主,以姜尚真的脾气,肯定不会窝在云窟福地,唯一的退路就是云游四方,做个闲云野鹤。倒不是说韦滢会敌视一个战功冠绝桐叶洲的姜尚真,而是一朝天子一朝臣,身边人和宗门形势会逼着韦滢不断架空姜尚真,其实这种完全可以预料的处境,是姜尚真自找的,姜尚真退位让贤得太早、太快,其实完全可以等到韦滢跻身飞升境再说。到了那个时候,韦滢继位宗主,顺理成章,姜尚真也扶持起了一大拨嫡系心腹,比如那些如今还愿意将姜尚真奉为神明的玉圭宗年轻人,等到这些年轻天才一一成长起来,一座神篆峰祖师堂,会几乎全是他姜尚真的追随者,此后千年之内,姜尚真都会是名副其实的一宗之主,一洲仙师执牛耳者。

姜尚真笑道:"姜某人本来就是个过渡宗主,别说一洲修士,就是自家那些宗门谱牒修士,都记不住我几年。"

崔东山抬头,似笑非笑:"周供奉是个妄自菲薄的人?我以前怎么不知道。"

姜尚真背靠亭柱,跷起二郎腿,抿了一口杯中月色酒,道:"说来说去,还是我懒。他人之求而不得,我之弃若敝屣。如果会做理所应当的事情,我就不是姜尚真了。"

崔东山也不愿多聊玉圭宗事务,终究是别人家事,他看着冷冷清清空无一人的黄鹤矶,埋怨道:"折腾出这么大排场,禁绝游客来此黄鹤矶,云笈峰和老君山渡口肯定怨声载道了,你弄啥咧,没这个必要嘛。给我家先生晓得了,非骂你败家不可。"

姜尚真笑道:"我可是老老实实以谪仙游客的身份给自家掏钱了啊,又不少云窟福地姜氏一枚雪花钱,比市价还翻了一番。我已经很久没从家族那边要钱花了,存在那边没动过,每年分红、利息,在账簿上滚啊滚的,如今不是个小数目了。当然了,我的钱是我的,整个姜氏的钱还是我的。"

崔东山背靠栏杆,又给自己倒了一杯月色酒,嗅了嗅,啧啧道:"要说挣钱的本事,周兄弟肯定可以跻身浩然十人之列。刘聚宝,于玄老儿,郁臭棋篓子……周兄弟你是真有本事的人哪。"

姜尚真摆摆手:"不如你……们俩。"

崔东山也摆摆手,嬉皮笑脸道:"这话说得大煞风景了,不扯这个,心烦。"

先生可以快些醒来,看看这云窟福地的生财有道。

黄鹤矶占地极大,崖畔皆砌有长达十数里的白玉栏杆,全是以货真价实的雪花钱熔炼而成。铺地的青砖,则都以山根与云根交融生成的青芋泥烧造。除了这座占据最佳位置的观景凉亭,姜氏家族还请高人以"螺蛳壳里做道场"和"壶中洞天日月长"两种术法神通，巧妙叠加，打造了将近百余座仙家府邸，座座占地数十亩，所以一座黄鹤矶，游览客人也好，府邸住客也罢，各得清静，相互并不干扰。黄鹤矶那些螺蛳壳仙府，不卖只租，不过年限可以谈，三五日小住，还是三五年长久，价格都是不一样的，如果想和云窟福地姜氏直接租借个三五百年，就只有两种可能了，钱囊里谷雨钱够多，或是和姜氏家族情分足够好。

每座仙家府邸，各有特色，极尽精巧，以至于光是其中七座府邸的烫样，就是其他仙家门派和王朝豪阀的珍藏之物，每年都能卖出百余件。关键是姜氏在黄鹤矶还开设有镜花水月，不知道有多少山上女修专门赶来云窟福地的黄鹤矶府邸，凭借镜花水月一事，与云林姜氏谈好分成，说不定白住了不说，还能额外赚取一大笔神仙钱，用来购买十八景的众多奇巧物件，如胭脂水粉、法袍、发钗、画卷字帖、年轻剑仙的人物画像……

还有姜尚真和崔东山手中的这杯月色酒，的的确确，是沾了福地那轮明月一些月魄精华的，而这点细微损耗，完全可以从昂贵的酒水钱里边弥补回来。

酒杯是福地附赠之物，修士喝完酒，觉得麻烦，不稀罕，那就随手丢入黄鹤矶外的江水中。可只要愿意带走，又意味着什么呢？酒杯又不是什么文房清供，能够来此福地游历、喝上月色酒的，也绝不会将酒杯视为太过珍稀之物，只会用以日常饮酒。呼朋唤友，宴席酬唱，每逢明月夜，月光流转，白瓷上便有明月影像浮现，白瓷的天然纹路则如云纹。经过百千年，云窟福地黄鹤矶的月色酒，就成了山上修士、山下豪阀人人皆知的雅物。

做生意，是从别人口袋里掏钱的营生，归根结底，还是在人心一事上下功夫。姜尚真对人心，尤其是女子心思尤其了解，对于如何挣取女子的神仙钱更是一绝。这还只是黄鹤矶这边的生财手段，福地十八景处处是神仙钱翻涌的流水财路。黄鹤矶的月色酒，云笈峰的白云堆酣眠，赏景修行两不误，白芦帚扫云入袖带回家……

这一切，都是在姜尚真手上得以实现的。姜尚真接手云窟福地的时候，福地虽然已经是上等福地，已经是出了名的财源滚滚，但是远远没有如今这番气象。这个以风流不羁著称一洲的年轻姜氏家主，说好听点，就是当年在家族祠堂里边力排众议，动之以情晓之以理，说难听点，就是谁敢在姜氏祠堂说个不字，老子今天就干死谁，让你们站着进来横着出去。最终姜尚真向宗主荀渊、当时玉圭宗财神爷宋升堂，借了一大笔钱，才将云窟福地一举提升为上等福地瓶颈，如此一来，姜尚真早有腹稿的众多设想才得以一一实现。所谓的云窟十八景，其实就是云窟福地十八处禁地，方外之地，对于数量众多的本土修士而言，宛如一处处天仙宝境。云窟福地十八景的构造者，一直担任姜氏的样式房掌案，姓曹，被誉为样式曹，老祖曾是一个落魄的墨家修士，被姜尚真招纳，后世子孙修行境界都不高，一代一代，子承父业，最终与云窟福地相互成就，曹氏最终成为享誉一洲的营造世家。

其实已经不太想要饮酒的崔东山,突然改了主意,倒满一杯酒不说,还挪了挪屁股,朝姜尚真递过酒杯。姜尚真有些意外,只得收腿坐起身,同样递过酒杯,不承想白衣少年手中酒杯微微放低几分,不等姜尚真跟着酒杯下移,酒杯已轻轻磕碰,崔东山变单手持杯为双手,说了句"先干为敬",仰起头一饮而尽。姜尚真轻轻点头,亦是双手持杯,饮尽杯中酒。殊荣,绝对是殊荣,不比龙虎山当代大天师重返神篆峰一趟逊色了。

崔东山,或者说半个绣虎崔瀺,何曾在"酒桌上"对一个外人如此刻意放低姿态?

姜尚真很清楚,不是什么姜尚真在桐叶洲如何力挽狂澜,才赢得崔东山这般敬酒,说实话,比功劳,只说个人,浩然天下谁能和绣虎比?龙虎山大天师,白帝城郑居中,甚至醇儒陈淳安在内,更甚至白也,和大骊崔瀺都不能比。所以是自己以落魄山供奉的身份,和陈平安的那份交情,才让身为年轻山主学生的崔东山,与周肥饮此一杯酒。

崔东山随手丢了那只瓷杯,抛入江水中,转头望向水中月。白衣少年重新趴在栏杆上,抬起酒壶,酒水倾泻水中,喃喃笑道:"不怕水深老龙蟠,唤来仙子饮醇酒。仙子嫌我年纪小,我嫌仙子个儿高。倾倒雪花三万斛,与师乞求买山钱。先生怪我没出息,我怨先生太劳碌……"

姜尚真有样学样丢了酒壶酒杯,抚掌赞叹道:"好诗文,回头我就让人崖刻黄鹤矶之上,理当千古流传。"

崔东山转过头,姜尚真试探性问道:"马屁过了?"

崔东山反问道:"周兄弟你觉得呢?"

姜尚真哈哈大笑,误把云窟福地当落魄山了。

崔东山没来由说道:"那韩绛树、戴塬之流,回了自家山头,想必也是备受仰慕的高人吧。"

姜尚真点头道:"那是自然,韩绛树会有很多男子由衷爱慕,兴许她只是一个无意间的眼神,就能让某些少年郎辗转反侧,夜不能寐。戴塬肯定也是许多修士眼中不可匹敌的地仙祖师。"

崔东山又问道:"系剑树下醉酒之人是陆舫,确定是去了青冥天下?"

姜尚真有些尴尬,点点头:"这家伙为情所困,死活解不开心结。"

崔东山说道:"你这朋友,与风雪庙魏晋,以及更早的风雷园李抟景,还不太一样,其实可以学一学青冥天下的岁除宫吴霜降。"

姜尚真无奈道:"和他说过这茬,结果他想了半天,来了句哪里舍得,差点儿没把我气死。"

崔东山知道内幕,有些幸灾乐祸,刚要说话,姜尚真赶紧双手抱拳,求饶道:"不提旧事,大煞风景,容易心烦。"

崔东山说道："韩玉树的万瑶宗，如果不是遇到我先生，真要给他趁势崛起了，甚至有机会成为第二个玉圭宗，然后就可以等待时机，耐心等着玉圭宗犯错，比如犯个类似桐叶宗的错。哪怕那个摇摇欲坠的桐叶宗能够恢复元气，万瑶宗最少也能保三争二吧。"

姜尚真犹豫了一下。

当初在太平山和陈平安重逢，姜尚真之所以比较为难，言语处处有所保留，好像不愿多说当下桐叶洲诸多微妙形势，就在于宝瓶洲和北俱芦洲关系极深、极好。南下渗透桐叶洲一事，就数这两洲修士最为不遗余力，甚至绝大多数都极其名正言顺。

北俱芦洲的剑修和剑气长城大有渊源，陈平安又是担任隐官多年。宝瓶洲更是陈平安的家乡。而在那场战事当中，这两洲山河牵连，衔接为一洲，足可谓惊骇两座天下耳目与心神，如今南下桐叶洲，居功自傲，是难免的事。

崔东山笑道："你是很奇怪崔瀺为何要在暗中保住桐叶宗，不被一洲内外势力以饿虎扑羊之势，将其瓜分殆尽？"

姜尚真点头又摇头："如果是为宝瓶洲扶植起一个好似南下枢纽渡口的势力，用以掣肘玉圭宗在内的本土宗门，我半点不奇怪，我真正奇怪的是，看你……看那国师大人的布局，分明是希望桐叶宗有机会在千年之内重返巅峰，成为仅次于玉圭宗的一洲气运所在。"

一个桐叶洲，惨绝人寰。

玉圭宗飞升境苟渊、玉圭宗祖师堂、财神爷宋升堂、玉璞境女修刘华茂……桐叶宗宗主、大剑仙傅灵清，太平山老天君、山主天君宋茅，扶乩宗宗主嵇海……都已经是古人了，时日一久，就成了一页页老皇历。

杀力最为出众、境界最高的这拨上五境修士都已先后战死，而且慷慨赴死的跟随者众多。

作为距离山巅最近的那拨桐叶洲地仙又跑了大半，躲去第五座天下享清福。如今又有别洲修士大肆渗透桐叶洲，关键是桐叶洲根本就无力、也无道理表现得如何硬气。偌大一个桐叶洲，声名狼藉，沦为整座浩然天下的笑柄，就像一个脊梁骨都断了的迟暮老者，再也无法挺直腰杆和外人言语。扶摇洲和金甲洲，哪怕同样山河陆沉，却是从山上到山下，都打过了一场场硬仗死仗，到最后才山河破碎，如此一来，有桐叶洲作为衬托，所以哪怕是中土神洲，对那两洲的观感都不差。

可怜可恨可笑还可悲的，只有一个桐叶洲。

崔东山双手抱住后脑勺："这有什么想不通的，桐叶宗的年轻人，配得上这份待遇啊。就像韦滢当得起玉圭宗宗主，你就心甘情愿让位给年轻人，是一样的道理。莫不是你觉得崔瀺眼中只有个宝瓶洲？说句大实话，不说盟友北俱芦洲，就是大骊王朝，崔瀺都不屑去偏心,因为他比你更……懒。嗯,这个说法极妙。崔瀺是绝对不允许韩玉树之流苟且偷生长命千岁不说,还浑水摸鱼,借机窃据高位,那就太恶心人了。桐叶宗比玉圭宗更惨,惨多了,最吃疼,而且是在人心上更疼,既然苦头吃得最大,就会记性最好,比你们更知道什么叫真正的苦难和煎熬。反正他们和你们玉圭宗的年轻人,都可以算是桐叶洲的真正希望所在。"

崔东山转过头,云海遮月,被他以仙人术法双指轻轻拨开云海,笑道:"这就叫拨开云雾见明月。"

姜尚真一语双关说道:"崔兄这一手要得确实仙气。"

崔东山不以为然,好奇问道:"我先生当时听说虞氏王朝的靠山是老龙城侯家,是啥表情?"

姜尚真笑道:"似笑非笑的,大概是听了个不那么好笑的笑话吧。"

崔东山笑眯起眼,盘腿而坐,摇晃肩头:"真好真好,可以回家喽。"

姜尚真说道:"捎上我。"

崔东山拍胸脯道:"在周肥兄重返飞升境之前,我哪怕和先生撒泼打滚,跪地磕头,都要保证让那首席供奉始终空悬,静待周肥兄落座。"

姜尚真叹了口气:"虽说我从没觉得这辈子就这样了,可好歹是飞升境,没那么轻松跻身的,难。"

崔东山眯起眼,抬起一只袖子,轻轻旋转:"这样吗?很难吗?换成别的仙人,哪怕是我,确实都觉得难,很难很难,难如登天。但是一个没了飞升境的桐叶洲,一个落魄山板上钉钉的未来首席供奉,我倒是觉得还好嘞。等着吧,急是急不来的,不过等是可以等的,至于是一百年还是几百年,我就不做保证了。"

姜尚真笑呵呵抱拳道:"借你吉言。"

姜尚真瞥了眼崔东山的袖子:"那个叫孙春王的小姑娘,还待在里边跟你较劲?"

崔东山点点头:"好苗子。老大剑仙就是为人厚道,做事大气!"

崔东山当下抬起的这只袖子,被他称之为"揍笨处",当下有个小姑娘在里边练剑。

先前从姜尚真手中拿过那支碧玉簪子,崔东山见着了那拨性情各异的剑仙坯子,崔东山没闲着,经常和他们唠嗑讲理,什么你们年纪都不小了,又都是剑修,要懂事。

说话要讲究,做事要体面,为人要从容。

小钱从俭处来,晓不得知不道?

反正该打的打,该骂的骂,该夸的夸,不然不成体统。

白玄、何辜、贺乡亭、于斜回、虞青章、孙春王,这六名小剑修,全部被崔东山收入了袖里乾坤,上五境的这门神通,相差悬殊,像陈平安就只能够装物,别无玄妙,但是崔东山的袖里乾坤,却能够控制落入袖中的修道之人,所有观感、知觉和神识都会被崔东山随意掌控，好教人最真切地明白一个度日如年的说法。在一片茫茫幻境当中，枯守百年，滋味如何，可想而知。当然，陈平安的袖里乾坤是一个极端，崔东山则是另外一个极端，哪怕是飞升境大修士，恐怕除了白帝城郑居中之外，都没有崔东山袖中这般神通广大。

于斜回、何辜、贺乡亭，陆陆续续，差点儿失心疯，被崔东山极有分寸地丢出了袖子，在那之后，一个个再看崔东山，就跟看瘟神差不多了。

然后是虞青章熬不住了，再隔了"山中几年岁月"，是那老气横秋、眼睛长额头上的白玄，不过这个小兔崽子不是一颗修道之人的道心熬不住，而是熬不住先天性情，觉得实在太无聊了，就在那边求着崔东山把他放出去，实在不行，到外边吃顿饭、聊个天，再把他丢回去。崔东山故意没理睬，结果好小子，祭出飞剑，一路狂奔，飞剑跟随，东戳西撞，直到灵气耗竭，才倒地不起，大骂崔东山不是个东西："回头别让小爷见着了隐官大人，不然非要让你这个狗屁学生吃不了兜着走……"于是崔东山就很善解人意地先把白玄丢出袖子，又蓦然抓回袖子。那孩子倒也审时度势，能屈能伸，开始对崔东山溜须拍马，发现好像没什么效果，就开始转去说隐官大人的好话，一箩筐接着一箩筐，崔东山听过瘾了，才将小王八蛋从袖子里边放出来，摸着白玄的脑袋，笑眯眯提醒那个双手都没敢负后的孩子，说："以后要乖啊。"白玄一脸诚挚，大喊一句"必须的"。结果崔东山一脸讶异，说这么大嗓门，吓死个人，中气十足啊，还可以多练练剑，于是就又把白玄丢了回去，而且发现这孩子最怕脸色惨白、眼眶淌血的女鬼，就让白玄结结实实逛荡了几十处被崔东山幻由心生，境由心造，于诸多鱼虫花鸟天地中，别辟一世界，构为奇境幻遇的阴森鬼宅。

到最后白玄终于再次重见天日的时候，双手扯住脑子有病的崔大爷袖子，开始撕心裂肺，号啕大哭。

最后才是貌不惊人的小姑娘孙春王，竟然真就在袖中山河里边潜心修行了，而且极有规律，似睡非睡，温养飞剑，然后每天准时起身散步，自言自语，以手指鬼画符，最终又准时坐回原位，重新温养飞剑，好像铁了心要耗下去，就这么耗到地老天荒，反正她绝对不会开口向崔东山求饶。

此外，程朝露、纳兰玉牒、姚小妍，一个说起曹师傅就神采奕奕的小厨子，一个小账房，一个小迷糊，崔东山瞧着都很顺眼，就没收拾他们仨。

最近崔东山自作主张，从碧玉簪子里边搬出了斩龙台，让那拨孩子一起练剑，偶尔会亲自去督促几分。

直到今天，白玄、程朝露、纳兰玉牒和姚小妍四个孩子，跟随喜怒不定让人怕惨了的崔东山，和那个长得不胖却叫周肥的家伙，一起离开云笈峰那处秘境洞府，来到黄鹤矶这边游玩，然后一听说那老君山的砚山可以随便搬石，就屁颠屁颠跑去碰运气捡漏发财了。

姜尚真笑道:"保底也是百年之内的九位地仙剑修,我们落魄山,吓死人啊。"

崔东山哀怨道:"剑修修行,最吃钱哪。"

姜尚真埋怨道:"谈钱?崔老弟骂人不是?"

崔东山伸出大拇指:"周肥兄也大气!"

姜尚真突然说道:"听说第五座天下为一个年轻儒士破了例,让他重返浩然天下,是叫赵繇?和咱们山主还是同乡来着?"

崔东山点头道:"赵繇极有可能是未来的大骊国师,先以储相栽培个几年,最终去辅佐下一任皇帝。是崔瀺的手笔,和我无关,半枚铜钱的关系都没有的。"

姜尚真点头道:"这就说得通了。"

如今宝瓶洲形势极其复杂。曾经占据一洲之地的大骊王朝,宋氏皇帝果真按照约定,让许多旧王朝、藩属得以复国,但是建造在中部齐渎附近的大骊陪都依旧暂时保留,交由藩王宋睦坐镇其中。光是如何妥善安置这位功劳卓著、声名远播的藩王,估计皇帝宋和就要头疼几分。宋睦,或者说宋集薪,在那场战事当中表现得实在太过光彩夺目,身边无形中聚拢了一大拨修道之人,除了可以视为大半个飞升境的真龙稚圭,还有真武山马苦玄,此外宋睦与北俱芦洲剑修的关系尤其亲密,再加上陪都六部衙门在内,都是经历过战争洗礼的官员,他们正值壮年,朝气勃勃,一个比一个锋芒毕露,关键是人人才华横溢,极其务实,绝非袖手空谈之辈。所以如今有个气死人不偿命的说法在桐叶洲山上广为流传,从大骊陪都衙门里边,随便拎出个中层官员,去当个桐叶洲大王朝的六部尚书,绰绰有余。

而那个大骊宋氏王朝,当年一国即一洲,囊括了整个宝瓶洲,依旧在浩然十大王朝当中名次垫底,如今让出了足足半壁江山,反而被中土神洲评为了第二大王朝,并且山上山下,几乎没有任何异议。

崔东山笑问道:"如果我没有记错,先前因为打仗的关系,云窟福地缺了两届的胭脂图,最近姜氏开始重新评选了?"

姜尚真点头道:"姜氏家族事务,我可以什么都不管,唯独此事,我必须亲自盯着。"

云窟福地十八景之一是一处胭脂台,又被桐叶洲誉为花神山。

高台之巅常年站着三十六位仙子美人,当然都是姜氏修士以山水秘术幻化而成。

胭脂图分为正册、副册和又副册,总计三册,各十二人,被誉为三十六花神,俱是一洲山上仙家、山下王朝中姿容最为出类拔萃的女子才能登台。

崔东山笑道:"周肥兄又要忙着收钱了,难怪舍得今夜包圆了黄鹤矶,小钱,毛毛雨。"

姜尚真大笑道:"只是图个热闹,挣钱什么的,都是很其次的事情。"

崔东山随口问道:"榜首是谁?"

姜尚真笑眯眯道:"原本是大泉王朝新帝姚近之。只不过这位皇帝陛下托人送了一笔神仙钱到云窟福地,我就只好忍痛割爱,将她除名了。加上去了天师府修行的浣溪夫人,前不久也曾飞剑传信神篆峰,我哪敢胡乱造次。"

三十六幅花神胭脂图水落石出之前,福地姜氏其实都会事先给出一些风声。所以上榜登评的,留在正副册的,或是从下册提升上册的,甚至像大泉皇帝姚近之这般不愿抛头露面的,只要给钱,都可以商量。在这之外,还有许多仰慕某位仙子的谱牒仙师,一样可以塞钱给姜氏,因为胭脂山那边专门搁放了百余只花篮,每只花篮外边都会贴着候补美人的名字,每位谪仙人亲自丢钱到花篮,或是托人送钱到云窟福地,花篮里边的小暑钱,钱多钱少,一看便知。

相传老宗主荀渊在世的时候,每次胭脂台评选,都会兴师动众地主动找到姜尚真,那些个被他荀渊心仪仰慕的仙子,必须入榜登评,没得商量。毕竟镜花水月一事,是荀渊的最大心头好,当年哪怕隔着一洲,看宝瓶洲仙子们的镜花水月,画面十分模糊不清,老宗主依旧经常守株待兔,砸钱不眨眼。

难怪荀老儿经常在祖师堂众目睽睽之下,就指着姜尚真的鼻子大骂,你小子要是把挣钱花钱的一半心思放在修行上,早是飞升境了。

历史上最夸张的一次评选,是一位女修的花篮里边,堆出了一座用小暑钱折算成谷雨钱的小山堆。

那女子被桐叶洲修士誉为黄衣芸,真名叶芸芸,是一位姿容绝美的女子武夫。但是最终她却没有登评,好像是因为叶芸芸亲自找到了姜尚真,当时刚刚跻身玉璞境没多久的姜氏家主鼻青脸肿、龇牙咧嘴了好几天,逢人就大骂荀老儿不是个东西,凭啥他惹的祸,让老子来背。

崔东山叹了口气:"大泉王朝,埋河水神,姚近之。可惜裴钱应该还在回家路上,都没法子让她第一个知道消息。我这个小师兄,又要被大师姐记账喽。"

当年离开藕花福地,是裴钱陪着自己先生走完了一整趟的回乡之路。

裴钱最后一次传信披云山的飞剑来自中土郁氏家族那边。裴钱多半是选择走皑皑洲、北俱芦洲这条路线了,所以比较晚回落魄山,不然如果直接去中土神洲最东边的仙家渡口,乘坐一条老龙城吞宝鲸渡船,就可以直接到达宝瓶洲南岳地界,如今差不多应该身在大骊陪都附近。

姜尚真对裴钱记忆尤其深刻,当年在落魄山领教过黑炭小姑娘的厉害,一场大道之争,他输得心服口服,甘拜下风。

崔东山转头望向相隔极远的老君山:"谁能想象,一洲修士,以后就只能来云窟福地游历,才能再见到太平山、扶乩宗的旧风景了。"

姜尚真点点头,轻声道:"有心栽花花也开,无心插柳柳成荫。不承想我姜尚真,不过是一心挣钱,竟然也做成了一件不大不小的好事。"

在老君山,除了藩属砚山之外,最出名的,其实是一幅桐叶洲的山川图,云窟福地选取了一洲最灵秀的名山大川、仙家府邸,游客置身其中,身临其境。并且如同坐镇小天地的圣人,只要是中五境修士,就可以随便缩地山河,饱览风景。当然,各家的山水禁制,在山河画卷里边是不会呈现出来的。一些个想要扬名的偏隅仙家,底蕴不足以在山河图中占据一席之地,为了招徕修道坯子,或是结交山上香火情,就会主动拿出自家山头的仙家临摹图,让姜氏帮忙打造一件"烫样",搁放其中,以便一洲修士知晓自家名号。

两两无言。

早春时分,明月当空。

月白山寒水冷,两人对酌春花开。

姜尚真开口说道:"陈平安应该快醒了。"

崔东山嗯了一声:"不着急,这么多年都等过来了,不差这一天两天的。"

姜尚真举目远眺黄鹤矶地界的山水大门处,笑道:"小财迷他们回了,看样子收获不大。"

崔东山瞥了眼那个方向,说道:"你换我先生试试看?"

一座砚山都给你搬空,先生只要闲来没事,都能在那边结茅修行喽。

姜尚真连忙摆手道:"不敢不敢。"

那帮孩子回了黄鹤矶,纳兰玉牒是个小账房、小财迷,这会儿用手摸白玉栏杆还不过瘾,见四下无外人,干脆踮起脚尖,用脸当那抹布,抹来抹去,念叨着"钱啊,都是雪花钱啊",看得双手负后的白玄直翻白眼。

小胖子程朝露,被崔东山打赏了一个响当当的绰号,无敌小神拳。崔东山还说以后只要跟自己先生,他们的曹师傅学了拳,登堂入室,就会打赏给程朝露一个更威风八面的名号。

纳兰玉牒身上方寸物里边当下装满了砚石,姚小妍和程朝露也都各自背着一个包裹。一块开采自老君山储君之山的山上砚石,神仙难测,除非是极有经验的福地砚工,才能将材质品秩估个七七八八,至于那些肉眼可见品相绝好的砚石,自然不会随便散落在山上,其实登山捡取砚石一事,本就是让游历仙师们图个乐。

纳兰玉牒的方寸物里边,除了尚未切割确定石材品相的大小石块、石板,还珍藏了几枚印章和多把扇子,都是从她姐那儿偷来的,纳兰玉牒没敢多拿,只拿了一小半都不到吧。她打算跟崔东山做买卖,这家伙瞧着贼有钱,又喜欢自称是曹师傅的最得意弟子,瞧着挺尊师重道的,估计会很舍得花钱。但是不能一股脑儿拿出来,得说自己只有一枚历经千辛万苦才重金购得的印章。高价卖出之后,隔几天再说,咦,又不小心找到一把折扇,再卖给他,说是家乡那座晏家铺子的镇店之宝。最后再全部拿出,干脆让他包圆了买去,反正她是不单卖了,最后给个"自家人"的友情价,崔东山不答应就拉倒,不买就不买呗。

不过纳兰玉牒觉得自个儿,还是别都卖了,要留下其中一枚印章,因为她很喜欢。印章边款:千赊不如八百现,精诚难敌风波恶。印面篆文:挣钱不易,修道很难。

一群山上修士离开一处螺蛳壳府邸,男男女女七八人,面容都年轻,法袍各异,一看就是山上非富即贵之辈,倒不是府邸那边登高远眺赏景不美,而是黄鹤矶观景亭附近如此冷清,百年不遇。

见那些年轻神仙远远迎面走来,白玄轻轻一跃,坐在栏杆上,双臂环胸,冷眼旁观。姚小妍怕生,就躲去了纳兰玉牒身边。程霁露比较没心没肺,站在白玉栏杆旁边,眺望江水明月夜,小胖子觉得这会儿要是曹师傅在,大伙儿来顿热气腾腾的火锅,那就真是很对得起这份美景了。

一位身穿龙女湘裙、手戴明珠串的妙龄女子,瞪大一双秋水长眸,打量着两个小姑娘:"粉雕玉琢,好可爱。你们是谁家的孩子啊?"

她快步走到纳兰玉牒那边,弯下腰,就要去揉一揉小姑娘的脑袋。纳兰玉牒撇过头。女子再摸,小姑娘再转头。女子收起手,一双眼眸笑得眯成月牙儿:"小姑娘,你叫什么名字呀?"

纳兰玉牒用娴熟的桐叶洲大雅言开口道:"我跟你不熟,差不多就可以了啊。"

那女子听了之后,两颊有笑靥,越发姿容动人。

一个腰悬斗等斋戒玉牌的年轻男子讶异道:"这帮小家伙,不会是云窟福地的姜氏子弟吧?个个都有斋戒牌。"

女子斜了一眼:"尤期,难道就许你家有钱?"

那个名叫尤期的年轻人笑了笑。

他们这拨桐叶洲本土出身的年轻俊彦,此次结伴,是杀妖历练的。如今桐叶洲山下处处百废待兴,只是犹有不少滞留在桐叶洲陆地的妖族修士,或鬼鬼祟祟,隐匿山野,伺机而动,或禀性难移,流窜作祟,为祸一方。只不过这些妖族余孽几乎少有地仙,上五境大妖和元婴境、金丹境妖族,要么在战事中身死道消,要么跟随各大军帐,通过海上归墟入口仓皇逃回蛮荒天下,要么逃脱不及,已被桐叶洲存活下来的山巅修士联手龙虎山天师府的黄紫贵人悉数斩杀殆尽。加上如今的桐叶洲,不断被别洲修士渗透,像和虞氏王朝结盟的老龙城侯家,还有那位镇守驱山渡的剑仙徐君,就是皑皑洲刘氏财神爷在桐叶洲的话事人之一。这些人,不管赶来桐叶洲是什么目的,对于随手杀妖一事绝不含糊,所以如今的桐叶洲还是很安稳,各家老祖师们都比较放心晚辈结伴同行,一起下山历练。

凉亭那边,崔东山看着那帮年轻人,忍俊不禁,转头望向姜尚真:"瞅瞅,你瞅瞅,都是你们玉圭宗的不作为,才让这些家伙的师门长辈,一遇风云便化龙了。一个个的,还不念你这位姜老宗主半点好。"

姜尚真笑道:"好说好说,总比被人骂占着茅坑不拉屎更好些。"

北地仙家大门派金顶观、天阙峰青虎宫、小龙湫,还有中部和南方的几个,如今都被视为宗门候补。桐叶洲明面上是玉圭宗一家独大的格局,未来千年都注定不会有任何改变。那个名声稀烂的桐叶宗则已经识趣封山,此外一些原本根深蒂固、势力庞大的宗字头仙家几乎个个元气大伤,甚至祖师堂香火都被打没了。所以北方山头的金顶观,联手中部的大仙家白龙洞,和南方的蒲山云草堂,三方合力倡议,总计十六个山上门派,再加上各自三十四个藩属,缔结了一桩声势浩大的山水盟约,共进退。当下许多桐叶洲本土修士,与宝瓶洲、北俱芦洲这些外乡修士的纠纷冲突,都会交由两位隐约成为一洲"山上君主、山中宰相"的大修士出面斡旋。

至于蒲山云草堂的主人,正是因为喜穿黄衣,有"黄衣芸"美誉的纯粹武夫叶芸芸。只不过这位止境武夫痴心武道,不问世事,以至于云草堂变成了大半座修道之地,她也毫不过问。在大战期间,她只身一人离开自家山头,赶赴大泉王朝,明显心存死志,就没打算返回云草堂,只是不知为何,蜃景城竟然屹立不倒,成为桐叶洲山下最大的一桩怪事,妖族军帐兵马从头到尾都对大泉京城围而不攻。

因为那场声势浩大的结盟,在大泉王朝国境内的桃叶渡举办,故而又被称为桃叶之盟。

崔东山啧啧道:"可怜了周肥兄。"

姜尚真盘腿而坐,双手笼袖:"谁说不是呢,还好胭脂图上的仙子姐姐们可以宽慰我心。"

桐叶洲本土修士对玉圭宗神篆峰在许多大事上的姿态太过软弱早就心生不满,再加上玉圭宗下宗选址宝瓶洲书简湖,和大骊宋氏关系莫逆,韦滢更是从真境宗宗主位置上升任的上宗宗主,所以桐叶洲本土修士都觉得从姜尚真到韦滢,都私心太重,吃相难看,想要两头靠,只会两头不靠,一直在以损失桐叶洲一洲利益,换取玉圭宗一宗的利益。

最简单的道理,姜尚真和当代大天师关系如此之好,若是与龙虎山天师府结盟,姜尚真再表现得硬气些,一起抗拒宝瓶洲和北俱芦洲修士的南下蚕食,严令禁止那些跨洲渡船的登岸商贸,如今的桐叶洲,岂会如此处处被外人掣肘,被外人占据要津高位,还要连累自家修士低人一等。

崔东山一脸忧心忡忡:"那边可别起了冲突,到时候连累周肥兄里外不是人。"

好像被崔东山随手糊了一脸黄泥巴,姜尚真满脸无奈,这都什么跟什么啊。别说是一帮外来游客,就是自家姜氏子弟或是神篆峰嫡传,敢去招惹那些暂时是山主不记名弟子的剑仙坯子,姜尚真都是不介意家法伺候的。

所幸没什么冲突,那个出身蒲山云草堂的女子对两个小姑娘印象极好,跟她们挥手作别。

纳兰玉牒犹豫了一下,摆摆手,作为还礼。

只是一行仙师当中唯一一个孩子,抬头望向那个坐在栏杆上的白玄,问道:"你瞧个啥?"

白玄没理睬。那孩子一边前行,一边扭头,始终盯着白玄,道:"几块斋戒牌,臭显摆什么。"

白玄依旧没说话,只是拿起斋戒牌,摇头晃脑,轻轻呵气。

那孩子停下脚步,微笑道:"你叫什么名字?当个朋友认识认识。"

白玄放下玉牌,打了个哈欠,还是不理睬那个同龄人。

女子转头说道:"麟子,别惹事,你这脾气好好收一收,先前在大泉京城那边忘记自己闯的祸了?真不怕回了白龙洞,被你师父责罚?"

女子视线偏移,望向那个名为尤期的年轻男子,埋怨道:"你也不管管麟子?"

尤期无奈道:"叶姑娘,你可以随便喊他麟子,可是按照我家里边的谱牒辈分,麟子是我正儿八经的师叔唉。"

那个被昵称为麟子的孩子扯了扯嘴角,不再去管坐在栏杆上的哑巴,只是望向纳兰玉牒和姚小妍,他笑眯眯抬起双手,做了个捏脸拧颊的手势。

白玄一个蹦跳起身,双手十指交错,纳兰玉牒赶紧转头说道:"没事,你别乱来,曹师傅又不在。"

麟子嗤笑一声,大步离去,只是脚步不快,依旧落在众人身后,转过头开口却无声,都不是什么心声言语,而是微微张嘴,笑着说了两个字:"孬种。"

白玄一踩栏杆,恼火道:"烦死小爷了!"

因为曹师傅叮嘱过他们,不能轻易泄露剑修身份。他又不像程朝露那个隐官大人的小跟班小狗腿,会天天缠着隐官传授拳法。

白玄可是暗中发过誓的,在浩然天下,要学隐官大人,只要是与人捉对厮杀,就一场不败!

如果可以祭出飞剑,白玄早打得那个欠揍的小崽子哭爹喊娘了。

小胖子程朝露冷不丁一步跨出,摘下包裹,放在地上,然后一言不发,走向那个白龙洞辈分极高的同龄人。

麟子唯恐天下不乱,侧身而走,转头望向瞧着就傻乎乎的小胖子,勾手掌,示意来来来,只要你先动手,就别怪我不客气。

尤期察觉到不对劲,快步来到师叔麟子身边,半开玩笑道:"行了行了,师叔你一个中五境修士,和这些孩子较劲什么。"

麟子斜眼看纳兰玉牒和姚小妍,微笑道:"只是洞府境而已。"

尤期和颜悦色和麟子言语之时,又以心声跟程朝露说道:"退回去,别惹事,不然你们师门长辈来了,都吃不了兜着走。"

凉亭内,崔东山忍住笑,啧啧称奇:"白龙洞修士挺横啊。"

姜尚真伸出一根手指,揉着太阳穴:"头疼。白龙洞祖师好像才是个元婴境。"

不过如今白龙洞修士确实有资格在桐叶洲横着走,不是境界高不高低不低什么的,而是大势在身。

姜尚真问道:"不管管?"

崔东山摇摇头:"我来收场就是了。这些剑仙坯子,也该是时候知道自己有几斤几两了。太看重自己,太看轻自己,都不好。以后到了落魄山,除了等到他们境界再高些,能够下山历练去,不然在山上就很少有这样的出手机会了。没有今天黄鹤矶这场风波,我也会让他们在云窟福地别处和外人发生点争执。"

既然崔东山都这么说了,姜尚真就继续看热闹,如果因为这点事情,害得自己被山主记账本,丢了首席供奉的宝座,姜尚真回头就把白龙洞老祖师打出屎来。

崔东山凝神望去,突然问道:"有没有想过,为何我能打开碧玉簪子的山水禁制?"

姜尚真点头道:"自然是陈平安早就留下了线索,我猜只有你打得开。"

崔东山又问道:"那你有没有想过,我先生在太平山祭剑一洲,当真只是剑仙风流,或是意气用事吗?"

姜尚真笑道:"陆芝、齐廷济、刘景龙、谢松花、宋聘在内,所有剑仙,都知道隐官大人重返浩然天下了。"

崔东山转过头,一脸震惊道:"周肥兄的小脑壳儿贼灵光啊。"

姜尚真抱拳:"过奖过奖。不是一家人不进一家门嘛。"

那边,程朝露深吸一口气,心中默念几句拳诀,千趟桩架万趟拳,出来一势……啥来着,算了,打了再说。小胖子一个重重踏地,脚下拳桩如蜿蜒蛇行,再一蹬地,高高跳起,抡起手臂,劲力饱满,发力如炸雷,一记劈挂而出如抽鞭。那个面如冠玉的白龙洞年轻修士尤期被当头一拳打得脑袋一歪,瞬间砸在青砖地面上,砰然一响,最后才是朝天的双腿颓然贴地。不过挨了程朝露一拳,就当场晕了过去。

程朝露一个前冲,脚背微弓,一脚贴在尤期额头之上,骤然发力,踹得尤期倒滑出去十数丈,狠狠撞在白玉栏杆上。

程朝露继续前奔,身姿蓦然倾斜,躲过一条类似捆仙索的仙家法器,一手双指并拢,轻轻点地,一个身形翻转,又躲过一道拘押身形的术法,身形敏捷若狸猫穿林,弓腰狂奔,继续朝躺地上已经口吐白沫、抽搐不已的尤期冲去,最终一脚踹在尤期的脑袋上,尤期后脑勺与白玉栏杆撞击数次,哐当作响。

小胖子程朝露反正就只盯着尤期这一人,很一根筋,其余的都不管。至于那个叫什么林子领子啥的小家伙,打起来没劲,况且容易不占理,曹师傅说过,学了拳,一定要知道自己的拳轻拳重,程朝露真怕一拳下去,就把那脑子拎不清的孩子给打残打死了。

这就是剑修尤其是剑仙坯子的优势所在。

修道之人,其中以剑修和兵家修士,最能反哺神魂,裨益体魄,所以剑修不祭出飞剑,兵家修士不施展术法神通,就会很像一个纯粹武夫。

崔东山愣了愣:"小胖子这暴脾气,可以啊,连我都看走眼了?"

姜尚真点头道:"确实平时看着不像。"

崔东山惋惜道:"这拨人当中,还是有那愿意讲理的,不然今儿效果更佳,白玄几个都能捞着出剑的机会,惜哉惜哉。"

桐叶洲的蒲山云草堂,和皑皑洲雷公庙差不多,都是能够在一洲扬名的拳种。叶芸芸,和悬竹剑、背木枪走江湖的武圣吴殳,身为在世武夫,都曾被评为桐叶洲历史上的十大宗师之一,当之无愧的武学泰斗,只不过吴殳对于开山立派一事毫无兴趣,对于香火传承和拳种开枝散叶一事,比叶芸芸更不上心,都没收过一个嫡传弟子,而且吴殳只要出手,就极重,桐叶洲一个止境武夫就是与他问拳一场,结果身受重伤,熬了不到十年就死了,吴殳不过受了点轻伤。在那场战事中,吴殳刚好离乡远游,身在中土神洲,原本打算去问拳裴杯,但故乡山河倾覆太快,吴殳根本赶不及,只好只身赶往南婆娑洲,在战场上杀妖极多。

一个身穿绿袍腰系白玉带的清秀少年身形一闪,站在小胖墩程朝露身边,伸手抓住他的肩头,用比较蹩脚的桐叶洲雅言笑道:"可以了,不然这一脚下去,真会伤及别人的大道根本。"

程朝露收拳,默默退回纳兰玉牒那边。

白玄蹲在栏杆上,一巴掌拍在小胖子脑袋上,笑道:"小狗腿,有我一半风采了啊。"

程朝露憨憨一笑,挠挠头,学拳后第一次出手,怪难为情的。

姜尚真瞥了眼清秀少年的步伐:"有点意思,是吴殳的走桩,估计他是在外乡收了个开山弟子,很年轻的金身境。"

崔东山撇撇嘴:"这也算年纪轻轻? 碰到我那更年轻的大师姐,一拳下去,那小子还不得地上弹三弹?"

姜尚真笑道:"崔老弟你要这么讲,这天可就聊不下去了。"

崔东山站起身:"这场架肯定是打不下去了,我去收场,周肥兄留下喝酒。"

白龙洞昵称麟子的那个孩子,脸色铁青,站在清秀少年身边,死死盯住程朝露,咬牙切齿道:"报上名号!"

程朝露想了想,一板一眼答道:"刚有了个江湖绰号,无敌小神拳。"

麟子气得眼眶通红,就要祭出一件攻伐本命物,却被那清秀少年伸手按住肩膀,震慑心神,麟子的灵气竟是被强行压下。少年微笑道:"麟子,天外有天,人外有人。所以出门在外,你不能太任性。"

麟子怒道:"郭白箓!尤期都快被人打死了,你就这么胳膊肘往外拐?"

郭白箓有些无奈,以心声说道:"你忘了?尤期是龙门境修士。再不济,再不小心,就算会挨一拳,却不至于被那孩子一拳打倒在地,当场晕厥过去,是有高人对尤期暗中施展了定身术。"

一袭白衣凭空出现在栏杆上,蹲在那儿,笑嘻嘻道:"你们好啊,我是无敌小神拳的朋友,要打要骂要杀,都朝我来。"

崔东山一现身蹲栏杆上,原本坐在那儿的白玄赶紧滑落在地。

郭白箓面朝崔东山抱拳道:"晚辈郭白箓,见过仙师前辈。"

崔东山用袖子擦脸,有些犯愁,对方有这么个小机灵鬼,自己这还怎么火上浇油,螺蛳壳仙府里边的两个护道人也真是不称职,竟然到现在还只是隔岸观火,硬是不露面。有了,崔东山对郭白箓摆摆手,示意一边凉快去,望向那个白龙洞麟儿,说道:"你那白龙洞老祖师父是堂堂一洲山中宰相,你身为尤期的师叔,不到十岁的洞府境神仙,放眼一洲都是独一份的修道天才,辈分身份修为都搁这儿摆着呢,你有什么好怕的,还有脸说我家那个无敌小神拳是孬种?不如我帮你挑个人,你们双方切磋一场?"

白玄眼睛一亮,伸手一巴掌按住程朝露的大脑袋,轻轻推开,大步向前:"我来我来。"

白龙洞麟子神色阴晴不定。

一个站在叶姑娘身边的年轻修士正要开口说话,崔东山头也不转:"死开。山上君主金顶观的谱牒修士我惹不起,我只能捡白龙洞的软柿子拿捏。"

到了这一刻,黄鹤矶仙府里边有两位老者终于按捺不住,联袂御风而至,一位是金顶观的首席供奉,元婴境,一位是蒲山云草堂的远游境武夫,叶芸芸的嫡传弟子之一。

有他们两位高人护道,加上这拨年轻人当中,有金身境武夫郭白箓、龙门境尤期,此次历练可谓一路顺风顺水,不料竟然会在云窟福地莫名其妙栽了这么个跟头。传出去,到底不好听。两位护道人之所以没着急露面,有更深层次的担忧,担心那四个孩子和云窟姜氏或是玉圭宗神篆峰有渊源。他们这趟游历云窟福地,本身就是对姜氏和玉圭宗的一种主动示好,或者说示弱。

不谈蒲山云草堂的叶芸芸,金顶观观主杜含灵、白龙洞老祖师这两位老元婴,对玉圭宗神篆峰那边的人心拿捏,始终小心翼翼,极其注意分寸火候。尤其是杜含灵,还曾私底下悄悄拜访过大剑仙韦滢,之后才有了那场桃叶之盟。只不过此事,杜含灵连在白龙洞老祖师那边都没有提过半个字。

见着了那个白衣如雪的崔东山,远游境武夫抱拳行礼,金顶观首席供奉则打了个道门稽首。

崔东山笑纳了,只是嘴上依旧在拱火:"怎的,仗着人多势众,要欺负我们几个。我可是有先生的人,等到我先生现身,一拳一个白龙洞,一脚一个金顶观,你们怕不怕?"

那位远游境武夫再次抱拳:"这位仙师说笑了,些许误会,不值一提。孩子们不常下山游历,不晓得轻重利害。"

崔东山叹了口气,又是个比较讲理的,烦得很,他挪了挪屁股,滑落栏杆,一个屈膝蹲地,缓缓起身,抖了抖两只雪白袖子。

白玄斜眼看白龙洞的麟子,依葫芦画瓢,勾了勾手掌,说话却无声,就两个字:单挑。

崔东山一巴掌拍在白玄脑袋上,训斥道:"傻了吧唧的,一个不小心,被你一个屁崩死了这位白龙洞的中五境小神仙,到时候几枚雪花钱赔得起吗?得用小暑钱!你有钱?"

姚小妍轻声道:"玉牒姐姐有钱唉。"

纳兰玉牒点头道:"五枚小暑钱够不够?"

白玄嗤笑道:"小爷与人单挑,一向签生死状,赔个屁的钱。"

崔东山对纳兰玉牒说道:"这句话记得抄录下来,以后到了曹师傅家乡,用得着。我肯定不骗你。"

白玄双手负后,老气横秋道:"你叫林子对吧,林子大了什么鸟都有的那个'林子'?很好,我也不欺负你境界比我高,年纪比我大,咱俩切磋一场,单挑,你打死我,我这边没人帮我报仇,我打死你,你那些白龙坑啥的,尽管来找小爷的麻烦,我只要皱一下眉头,就是你失散多年的野爹……"

白玄已经被崔东山用手臂勒住脖子,孩子依旧在那边咋咋呼呼:"来打我啊,打死我啊……有本事单挑啊……小爷要不是被兄弟拦着,我这一脚下去,踹你那张狗脸上,你回了家爹娘都要问你儿子在哪儿……他娘的你给小爷注意点,走夜路别落单……"

白玄侧着身,一脚踩地,一脚抬起飞快乱踹,最后还使劲吐口水,就当是祭出一记飞剑了。

崔东山差点儿一个没忍住,就将这条小野狗撒手放出去了。小王八蛋怎么这么欠揍呢?崔东山觉得自己要是换成那拨谱牒仙师,也想要打死这个"舌灿莲花"的小兔崽子。

那一行人也没继续闹腾下去,背走那个还昏死的尤期,那个被改名为"林子"还认了个野爹的白龙洞孩子,则被姓叶的年轻女子拽走了。

云笈峰一处姜氏私宅,陈平安睁开眼睛,又闭上眼睛,片刻之后,坐起身,发现床边鞋子朝向床榻,陈平安愣了愣,然后笑了起来。

陈平安穿上鞋子,从桌上拿起养剑葫和狭刀斩勘,悬在腰间,走出屋子后,发现是一处山清水秀之地,并不如何豪奢,反而十分幽静雅致,宅邸不大,前竹后水,潺潺溪涧对岸又有竹,一片竹海,苍翠欲滴,竹影婆娑,与风月相宜。陈平安欣赏完住处风景后,缩地山河,一掌推开山水禁制,御风来到了云笈峰之巅,向一位姜氏修士问了几个问题,就缓缓下山,准备去往黄鹤矶。

黄鹤矶那边,崔东山坐回栏杆,白玄得了崔东山的同意,手脚趴在栏杆上,做出凫水状。

崔东山笑问道:"程朝露,胆子这么大?"

小胖子闷闷道:"就我学了拳。"

言下之意就是曹师傅不在身边,这么多人里,就我一个可以出手,不能丢了曹师傅的面子。

崔东山坐在栏杆上,双手撑住,摇晃双腿,意态懒散,却说着最伤人的言语:"小胖子,可惜你的飞剑品秩不高,修行资质稀松平常。不说陈李那些被带出家乡的'长辈',就是白玄他们,你都比不上,是垫底唉。"

同样是剑修,却有那"是否剑仙坯子",更有"是否剑仙"的差别,可谓天壤之别。剑仙坯子里边又会有高下之别,极有可能同样是云泥之别。剑气长城的剑仙坯子,大致是稳稳当当的金丹境起步,有望元婴境,运气再好些,比如不夭折,别早早死在战场上,就是上五境剑修。简而言之,就是都有希望成为一位玉璞境剑修。与浩然天下的金丹境、元婴境剑修一样,就可以被称为剑仙。

在剑修这一块,桐叶洲只比宝瓶洲略好,跟皑皑洲差不多。

程朝露闷闷不乐,低头说道:"私底下跟曹师傅练拳间隙,曹师傅说了,天底下的修道之人,还有我们这些练剑之人,资质是真能当饭吃的,资质好,碗大米饭多,一碗能当别人两三碗,这就叫祖师爷赏饭吃,不服不行,得认命。但是碗小饭少的,又饿不死人,想要多吃,长个儿,就要比别人更加勤勉修行,自己给自己开小灶。曹师傅又说了,那么如果资质好的别人,还努力,咋办呢,不用怕,因为也是有办法的。"

崔东山笑眯眯道:"什么办法?说来听听。"

程朝露抬起头,晃了晃脑子,有些开心:"是曹师傅传授我的独家心法,我不说。除非有比我更笨的人,还是朋友,我才说给他听。反正白玄、玉牒他们一个个都比我聪明,我干吗唠叨这个。曹师傅说过,一个人手上的本事不大,嘴边的道理太大,会惹人烦,所以不用着急,先余着。"

崔东山嗯了一声："难怪我家先生会独独教你拳法。"

程朝露使劲摇头，以心声说道："也不是啊，是其他人不乐意学，曹师傅总不能摁着脑袋让人学拳吧。曹师傅的拳，那么高，多稀罕。不过跟你悄悄说个事儿，可别外传啊，其实白玄、何辜、贺乡亭他们几个都是想学的，就是抹不开面儿。曹师傅大概是晓得的，所以说了两遍，让我回了屋子，多走桩多立桩。"

"这都记得住？"

"玉牒会一句一句抄录下来啊，我怕遗漏拳理，就经常跟她借阅，每看一页都要给她钱嘞。我身上没钱，玉牒就专门帮我整理了一本小账簿。"

"你还真给啊？"

"不然？大丈夫一言既出驷马难追嘛。"

崔东山伸手拍打额头。纳兰玉牒这个小财迷，估摸着以后会是裴钱的小跟班吧，而且还是很忠心耿耿的那种？

至于程朝露这个小胖厨子，自家先生确实会很喜欢，估计朱敛也会喜欢，不说拳法什么的，至少老厨子的一身厨艺，总算有了继承衣钵的最佳人选。

吃得苦的孩子，先生从来喜欢。哪怕孩子吃不住苦，先生也没觉得不对不好。

崔东山猛然起身再转身，只见黄鹤矶下边的江河对岸，有一袭青衫穿过一道山水大门，崔东山踮起脚尖伸长脖子，使劲招手，扯开嗓子大喊道："先生先生！这里这里！"

青衫化虹，直奔黄鹤矶之巅，如一剑斩江，原本平静无波的江面江水翻涌跌宕。

转瞬之间，男子就落在了白玉栏杆上，笑容温暖，伸手轻轻按住白衣少年的脑袋。学生还是少年，先生却已经个子更高，越发身材修长，所以需要微微弯腰和学生言语了。

都没说什么。

姜尚真缓缓走来，陈平安跳下栏杆，崔东山立即跟着落地。

白玄呵呵一笑，这只大白鹅，到了隐官这边，分明比程朝露更狗腿嘛。

白玄突然察觉到不妙，今儿的事情，要是被陈平安知道了，估计自己比朝露好不到哪里去，白玄蹑手蹑脚就要溜之大吉，结果被陈平安伸手轻轻按住脑袋。

陈平安问道："怎么回事？"

纳兰玉牒和姚小妍俩小姑娘立即觉得有人撑腰了，便是性情绵软的姚小妍都有些愤愤不平，是一份姗姗来迟的不高兴。

白玄赶紧提醒一旁的小胖子："一人做事一人当，程朝露，拿出点武夫气魄来。今儿这事，我对你已经很仁至义尽了。嗯？！"

程朝露缩了缩脖子，哦了一声。

陈平安听过了纳兰玉牒干脆利落的一番禀报军情，瞪了一眼崔东山。崔东山眨了眨眼睛，装傻。

陈平安说道:"做得挺好,以后也要抱团,不管是谁,都不能被外人欺负。不过别忘记我先前说过的约法三章。"

纳兰玉牒咳嗽几声,润了润嗓子,开始大声背书:"第一,尽量不打打不过的架,不骂骂不过人的人,咱们年纪小,输人不怕丢脸,青山不改绿水长流,仔细记账,好好练剑。第二,占住道理的事情,又遇到不得不打的架,就认真打,好好打,但是出手必须有分寸,绝对不许与人轻易分生死。第三,打不过就别逞强,麻溜儿赶紧跑路,万一跑不掉,就先低头认错,然后找曹师傅,找回场子。约法三章之外,还有一句附言:总之,打架之前的装孙子,是为了打完架之后当爷爷!"

每天喜欢双手负后的白玄,今儿比较心虚,所以破天荒鼓掌,以此嘉奖纳兰玉牒。

崔东山跟着飞快拍掌,没有声响的那种,这可是落魄山才有的独门绝学,不传之秘。

不愧是先生!听听,这番传道授业解惑,言语质朴,道理浅显,环环相扣,无懈可击……

陈平安伸手掂量了一下程朝露的包裹,里面装满了大大小小的砚石,说道:"轻了点,可以再多装五六斤的。"

程朝露使劲点头,一旁姚小妍有些赧颜,陈平安立即对小姑娘微笑道:"女孩子不用背那么多。"

陈平安转头望向那个两手空空躲躲藏藏的家伙:"对不对啊,白玄大爷?"

白玄嬉皮笑脸道:"小爷,是小爷。"

在陈平安这边,白玄一向很有英雄气概。

这个小混不吝,立即被崔东山掐住脖子,往后拽去:"走,咱哥俩去凉亭那边谈谈心。"

白玄立即哀号起来道:"曹师傅救我!"

陈平安拦下崔东山,瞥了眼黄鹤矶那处螺蛳壳仙家府邸,对程朝露这帮孩子笑道:"你们先回云笈峰。"

孩子们大摇大摆离开黄鹤矶,先去河边渡口,再去对岸返回云笈峰,无精打采的白玄在见不着崔东山的地方,立即双手负后,骂骂咧咧,说那个白龙洞小崽子迟早要挨上小爷一剑。

黄鹤矶那边,姜尚真很快也告辞离去,说是去趟老君山,有个相熟的仙子姐姐在那边逛呢,将一座凉亭让给先生学生两人。

崔东山打了个响指,一座金色雷池一闪而逝,隔绝天地。

陈平安落座后,轻声问道:"你怎么来了?是刚好在桐叶洲?"

崔东山小鸡啄米,使劲点头道:"先生你说巧不巧。"

第九章 无巧不成书

233

陈平安将信将疑,沉默片刻,环顾四周,轻声道:"见着了你,又觉得是在做梦了。"

崔东山正襟危坐,咧嘴笑道:"是真的,千真万确,没有万一。"

陈平安点点头,望向那一幕春江明月夜,脸上渐渐有了笑意。

梦中梦梦复梦,恰恰用心时,恰恰无心用。云烟世界,生灭须臾,如真如幻,但见黄鹤矶头明月当空,教人不觉哑然,无言观水,默对江心一轮月。返神自照,出门横江一大笑,才知道我有明珠一颗,照破山河万朵,不怕大梦一场昙花现,心中栽种道树万年春。

陈平安脱了靴子,盘腿而坐,朝崔东山招招手,然后面朝亭外江水。

崔东山挪了位置,坐在先生一旁,一起眺望远方。

陈平安轻轻拍了拍崔东山的肩膀,问道:"还好吧?"

崔东山点头笑道:"很好。见着了先生,就更好了。"

陈平安轻轻握拳,敲击自己心口,问自己的学生:"还好?"

崔东山还是点头:"也还好。先生呢?"

陈平安一样点头:"也还好。"

陈平安双手撑在膝盖上:"落魄山那边?"

崔东山笑了起来:"那就更更更好了。不然我哪敢第一个来见先生,讨骂挨揍不是?"

沉默片刻,崔东山笑道:"和先生说个好玩的事儿?"

陈平安笑道:"说说看。"

崔东山忍住笑:"有个名叫郑钱的女子武夫,山巅境,在中土神洲和宝瓶洲都闯出了偌大名声,当年战事结束后,找她问拳之人络绎不绝,然后我就遇到个去问拳的英雄好汉,那哥们才七境,跟我信誓旦旦说,打她完全没压力,一拳过后就可以躺地上睡觉,安心等着醒过来,只管找她赔钱要医药费,拳也切磋了,钱也挣着了。"

陈平安一脸疑惑,震惊,然后眼睛里边都是笑意,最后却有些伤感。

陈平安无奈道:"难怪会有人愿意和曹慈问拳四场。"

崔东山嗯了一声:"因为她觉得师父都输了三场,当开山大弟子的,得多输一场,不然会挨栗暴,所以明知道打不过,架还是得打。"

陈平安抬起一手,挠挠头:"这样啊。"

沉默片刻,陈平安眯眼笑道:"那我岂不是得连赢曹慈七场才行?至于行不行,总得试试看,看来得走一趟中土神洲了。"

崔东山转过头:"呜呢呜呢,这位姐姐怎么偷听我和先生说话?!"

陈平安转过身,姜尚真身边站着一个黄衣女子,刚到没多久,照理说是听不见自己的言语,不过有姜尚真和崔东山这两个在,难说。

陈平安瞥了眼崔东山,崔东山立即举起双手:"天地良心!"

果不其然，女子笑道："没有多听，就最后那句听着了，要连赢曹慈七场，让人佩服。不是有心偷听，而是你言语之时，武夫气象有点吓人，就一个没忍住。"

女子抱拳："所以在这里先向你道一声歉。"

女子绝美，比一座凉亭还要亭亭玉立，跟姜尚真站在一起很般配。

陈平安穿好靴子，起身笑道："吹牛犯法啊。"

亭外女子，正是蒲山云草堂主人、止境武夫叶芸芸，桐叶洲武道历史上的十大宗师之一，当今武学第二人。一身宗师磅礴拳意，又是黄衣，很好认。

叶芸芸眼神熠熠，问道："能否与你切磋一场？"

陈平安摆摆手："没必要，看得出来，云草堂门风很好。"

这是什么道理？

叶芸芸疑惑道："同境问拳，砥砺武道，不是理由？机会难得，你虽是前辈，也该珍惜几分？如今桐叶洲，吴殳未归，就只有晚辈一位十境武夫。"

叶芸芸是浩然天下止境武夫当中，除了曹慈之外，最为年轻的一个，虽说极有可能，不用太久，就会被那个郑钱，或是雷公庙沛阿香的一位嫡传弟子给顶替了位置，可目前依旧是叶芸芸年纪最轻。所以既然对方没有否认"同境"一说，就肯定是同为十境武夫了。

陈平安神色平静，姜尚真和崔东山都神色古怪。

叶芸芸越发疑惑："难道前辈这次游历桐叶洲，不为问拳蒲山云草堂而来？"

每一位止境武夫的跨洲游历，几乎都是奔着同境切磋而去，极少有例外。叶芸芸不觉得一个境界足够的纯粹武夫，会拿和曹慈问拳的胜负开玩笑。

陈平安说道："其实我是晚辈。"

叶芸芸恍然，先前那些武运涌向桐叶洲，看来是此人刚刚从九境跻身十境？如果真是如此，哪怕对方年纪更大，按照江湖规矩，确实依旧可算自己的晚辈。但是如此一来，叶芸芸就有了问拳的理由，一个外乡武夫，在自己家乡以"最强"二字破境，这本身就是一种莫大的问拳。也就是吴殳不在桐叶洲，不然根本轮不到她来问拳。

叶芸芸郑重其事抱拳不言语。

一座座螺蛳壳仙家府邸，一个个瞪大眼睛望向凉亭这边，还有一些身姿婀娜的女子修士，已经悄悄开启镜花水月。天大的热闹，因为黄衣芸要与人问拳！

可惜凉亭那边设置了山水阵法，瞧不见里边那位纯粹武夫的面容，莫不是武圣吴殳返乡了？

陈平安瞥了眼螺蛳壳府邸那边，不少修士都走出了山水禁制，在白玉栏杆或靠或坐，所以哪怕原本愿意切磋一场，也彻底没了那份心思。

一个独自游历桐叶洲的年轻女子，先乘坐一条中土跨洲渡船到达扶乩宗旧址，再从大泉王朝一直北上,沿着一条曾经走过的路线,一直往北走,其间走过了那座沦为废墟的狐儿镇,那座边陲客栈也没了,一路游历,千山万水,熟悉又陌生。她一直走到了天阙峰那座小拱桥,然后突然不愿意就此回家,她就原路返回,一路走回大泉王朝,路过蜃景城,登上照屏峰,再下山,最终还一路南下,打算去桐叶洲最南边的驱山渡看一眼,看过了驱山渡,发现自己还是不太想返回宝瓶洲,就干脆去了玉圭宗,犹豫半天,才舍得花钱游历云窟福地,而且打定主意,只去老君山的储君之山走一趟,因为听说那边的砚山可以白捡拿来制造砚台的石材,万一又像当年,给自己捡着漏呢?万一呢。于是她在砚山那边一待就是好多天,还真挑中了几块不错的砚石,被她收入方寸物当中。

然后今天,身材修长的年轻女子看见了四个孩子,一眼便知的剑仙坯子,然后她收敛心神,隐匿身形,竖耳聆听,听着那四个孩子比较小心谨慎的轻声对话。

崔东山猛然转头望向江水对岸,饶是他都觉得匪夷所思,天底下竟有如此无巧不成书的事情?

姜尚真心神紧随其后,好家伙,悄悄打破了山水禁制都无人察觉?那帮看守渡口的供奉、客卿都是饭桶吗?

黄鹤矶对岸处,大地蓦然震颤,整条江水竟是为之一滞,一个身穿黑衣的年轻女子呆滞许久,然后拔地而起,落在凉亭附近,她背对凉亭,面朝叶芸芸,只说了一句话:"你也配跟我师父问拳?!"

远远看热闹的所有人都觉得这是一句玩笑话,但是无一人敢笑出声。

一袭青衫一步掠出凉亭,来到年轻女子身边,他一只手轻轻抬起,双指弯曲,在年轻女子脑袋上轻轻敲了一个栗暴,嗓音温醇:"怎么跟前辈说话呢。"

年轻女子使劲皱着脸,转头看了一眼师父,总怕是做梦。她都不敢哭出声,害怕一个不小心,梦就被自己吵醒了。

陈平安手掌按住裴钱的脑袋,晃了晃,微笑道:"哟,都长这么高了啊,都不跟师父打声招呼?"

裴钱终于侧过身,低下头,轻轻喊了声"师父",然后伤心道:"好多年了,师父不在,都没人管我。"

陈平安叹了口气,又使劲敲了个栗暴给自己的开山大弟子,然后笑着望向那个叶芸芸,抱拳还礼。

叶芸芸竟然有些不知所措。

面容年轻、佩刀悬酒壶的青衫男子,他的脸色与眼神,好像是在诚心道歉,却又好像是在说……别问拳了,你会死的。

第十章
今日无事

崔东山与姜尚真对视一眼。

一个说姜道友你是地主,理当由你负责收场;一个说崔道友你别撂挑子,这黄鹤矶尚未崖刻你那篇千古雄文,不能说没就没了。

一旦两位止境武夫彻底放开手脚相互问拳,又不愿挪个地方比拼拳脚功夫,一拳一座凉亭掀翻滚落江水,一脚一大片白玉栏杆粉碎,一座聚宝盆的黄鹤矶能否留下半座,还真不好说。所幸陈平安对姜尚真说道:"我们先回云笈峰。"

然后陈平安朝叶芸芸再次抱拳:"晚辈曹沫,回头再向前辈请教拳理。"

叶芸芸只觉得仿佛天地重量骤然一轻,她亦抱拳还礼。

姜尚真立即向年轻山主拱手致歉,其实他今天擅自从老君山将叶芸芸带来黄鹤矶,本就是有几分私心,真要打得云窟十八景变成十七景,姜尚真只能捏着鼻子认了,反正福地还有七八处候补景点,只不过负责黄鹤矶事宜的姜氏子弟和供奉客卿,事后免不了要在姜氏祠堂那边撒泼。

裴钱跟着抱拳,跟叶芸芸说道:"晚辈郑钱,今天多有得罪,将来只要有机会,就去云草堂拜访叶前辈。"

叶芸芸点点头。

陈平安带着裴钱和崔东山离开黄鹤矶,先生师父,学生弟子,无巧不成书,三人竟然齐聚异乡。

师父好像在想事情,裴钱就一路跟着,没说话,崔东山则在那边一个人掰手指头,不知道碎碎念叨个什么。

陈平安走下黄鹤矶，在江边渡口停步，突然说道："我想好了，落魄山下宗就选址在桐叶洲，只是具体位置，我还需要走一趟老君山的山河图进行确定。"

崔东山抬起袖子，振臂高呼："先生英明，深谋远虑，高瞻远瞩，功盖千秋……"

落魄山不但要从仙家山头升为宗门，还要再来个下宗！这意味着先生已经下定决心，等他返回家乡，就不会再刻意隐藏落魄山的底蕴了。不但如此，还要顺势一举创立下宗，让浩然天下的东线三洲，北俱芦洲、宝瓶洲和桐叶洲，全部吓一大跳。

陈平安无奈道："你可拉倒吧，给我消停点。"

崔东山当下这副德行，跟剑气长城那座牢狱里边的飞升境化外天魔挺像的。

当年在那远远乡，担任年轻隐官的年轻山主，觉得化外天魔霜降和学生崔东山挺像的。

大概这就是一位远游客返乡与否的最大区别了。

崔东山立即闭嘴。

落魄山如今都不是宗门，在宝瓶洲都没有什么名气，而这位尚未真正归乡的年轻山主就已经想着创立下宗了。

浩然天下任何一座山头成为宗字头，绝对不是一种轻松的事情，想要再建造下宗，已经是登天之难，尤其是跨洲选址，自然是比登天更难，一是难以获得中土文庙的点头许可，需要消耗宗门功德；二是难在入乡随俗，水土不服。玉圭宗荀老前辈为何要让姜尚真捎那句话给自己？又为何是姜尚真担任书简湖真境宗的首任宗主？

同样是作为下宗，骸骨滩披麻宗在北俱芦洲，同样历经坎坷，不得不数次更换选址，一路南迁到一洲最南端，最后还是靠着和鬼蜮谷京观城的对峙厮杀，才好不容易站稳了脚跟。虽说这一切，都在披麻宗上宗的算计之中，其实一开始就是奔着壁画城神女图而去，但是披麻宗先前几次驻足的风雨飘摇，北俱芦洲修士的待客之道，确实让披麻宗老一辈修士苦不堪言。

这就像许多世族豪阀出身的官宦子弟，在地方为官，一样会百般不顺，明面上一团和气，暗地里阻力重重，处处被穿小鞋。当年骊珠洞天历史上的首任县令吴鸢，作为国师弟子、豪阀女婿，还不是被福禄街和桃叶巷的那些大姓家族联手排挤得灰头土脸，换成寻常毫无靠山的寒族官员，说不定反而不至于如此难堪。这里边涉及太多的人情世故和宦海风波，涉及十大族四大姓和大骊宋氏的掰手腕。吴鸢饱受排挤，升迁缓慢，最终黯然离开，平调远去旧朱荧王朝中岳山脚担任郡守，而之后的袁正定和曹耕心两位上柱国姓氏子弟，在龙州的仕途反而就要顺畅许多，这就又是官场上的前人栽树后人乘凉了。

裴钱神采奕奕，反正师父说什么就是什么。只要师父在自己身边，她就不用担心犯错，不用担心出拳的对错，不用想那么多有的没的。师父在，她就会很安心，天不怕地不怕。

裴钱下意识就要伸出手，去攥师父的袖子。只是裴钱立即停下手，缩回手。

陈平安问道："咱们落魄山，如果没有任何一位上五境修士，单凭在大骊宋氏朝廷，以及山崖、观湖两大书院记载的功德，够不够破格升为宗门？"

崔东山有些犹豫。

陈平安补充一句："而且我们俩，不计算在内。"

若是无法一剑打开天幕，去往第五座天下，那就只好按照规矩行事了，需要以功德换取关牒。既然赵繇能够凭此重返浩然天下，那他陈平安就一样可以去往崭新天下。至于是否自己一剑功成，并不重要，如今的陈平安，若是能够与左师兄重逢，肯定师兄弟聊完天，就厚着脸皮请师兄帮忙仗剑开路。如果师兄不肯出剑，那他就搬出先生。

"一个山头一座仙府，能否升为宗门，有无上五境修士，甚至都不可以是供奉、客卿，必须是自家一脉谱牒嫡传，自古就是浩然天下的一条山水铁律，不过如今天下形势有变，尤其是四洲山河破败不堪，确实还是可以商量的，中土文庙为了尽早稳固山河气运，一些个曾经的宗门候补山头，如先生所说，'破格'升任宗门，确实是有希望的。"

崔东山抬起雪白袖子，伸出爪子轻轻挠着下巴，答道："不过落魄山积攒下来的功德，明面上还是稍稍不够，难以服众。但是如果三方在桌面底下明算账，其实够格了，很够。"

"要的就是这个结果，落魄山暂时还不用太过招摇，未来升任宗门和下宗选址，需要同时进行，甚至极有可能，会在桐叶洲选址万事俱备之时，十年，至多十年，到时候再来和大骊皇帝和两洲书院开这个口，反正落魄山又不是说书先生在天桥底下讲故事，隔三岔五就得让人一惊一乍一下。"陈平安轻轻点头，随即疑惑道，"至于你所谓的'很够'？怎么讲？"

崔东山开始掰了指头："玉璞境米裕、元婴境崔嵬，咱们这两位老剑仙、大剑仙，战功其实都不小，不过先前身份都挂靠在了披云山那边，不显山没露水的，只等先生回了落魄山再做定夺。夫子种秋在西岳山头，既出拳杀敌，也帮忙运筹帷幄，很不错，还帮着落魄山在风雪庙和西岳山君那边积攒了一份不小的香火情。隋右边虽然迟迟未能跻身元婴境剑修，但是大骊功劳簿上还是有些记录的，只要她认祖归宗，又是一份可以划归落魄山的不小战功。反正真境宗第三任宗主是刘老成，和先生是老朋友了，在这件小事上不会太过斤斤计较。至于卢白象和魏羡，暂时还没必要表明身份。至于大师姐，更是了不得，在金甲洲和宝瓶洲战场上杀敌无数，挣的战功，比两位剑仙还大，北俱芦洲年纪最大的一个止境武夫王赴愬眼馋大师姐的习武资质，那臭不要脸的老莽夫，挖墙脚挖到咱们落魄山来了，差点儿没跪在地上求大师姐当徒弟……"

裴钱轻轻咳嗽一声。

崔东山立即乖乖转移话题:"此外还有先生从剑气长城拐来的那位长命道友,也有一桩天大的山水功德在身,大骊宋氏对此心里有数。"

陈平安纠正道:"什么拐,是我为落魄山诚心诚意请来的供奉。"

崔东山小声道:"先生,如今长命道友担任落魄山掌律。"

陈平安愣了一下:"长命不是和韦文龙一起坐镇账房?"

因为在陈平安最初的设想中,长命作为世间金精铜钱的祖钱大道显化而生,最适宜担任一座山头的财神爷,和韦文龙一虚一实最合适。而浩然天下任何一座山头仙师,想要担任能够服众的掌律祖师,都需要两个条件:一个是很能打,术法够高拳头够硬,有资格当恶人;一个是愿意当没有山头的孤臣,做那饱受非议的"独夫"。在陈平安印象中,长命每天都笑意淡淡,温婉贤淑,脾气极好,陈平安当然担心她在落魄山上难以站稳脚跟,最重要的,是陈平安在内心深处,对于自己心目中的落魄山的掌律祖师还有一个最重要的要求,那就是对方能够有胆子、有魄力和自己顶真较劲,能够在某些大事上对自己这位经常不着家的山主说个不字,并且立得定几个道理,能够让自己哪怕硬着头皮都要乖乖向对方认个错。所以落魄山掌律一职,是陈平安心目中最为关键的一个位置。

原本按照陈平安的最初设想,是交由夫子种秋的,让其从供奉升任一山掌律。

虽然打乱了自己的既定安排,陈平安却没有流露出半点神色,只是缓缓思量,小心斟酌。

裴钱突然说道:"师父,长命担任掌律一事,听老厨子说,是小师兄的鼎力举荐。"

陈平安笑了起来:"那你觉得长命担任掌律,效果如何?"

裴钱点点头,实诚道:"师父,有一说一啊,我反正是跟她聊不到一块了,但她应该会是个不错的掌律,长命喜欢认死理,六亲不认,但是她讲道理,又不会摆出那种跟人争吵的架势,能够打蛇七寸,一两句看似轻飘飘的软话,就可以让人忌惮。长命每天遇见谁都笑眯眯的,一开始觉得很和蔼可亲,可看久了,其实怪瘆人的。"

陈平安松了口气:"这就好。"

陈平安眯眼道:"既然是宗门了,咱们落魄山,迟早还是需要一位能够经常抛头露面的上五境修士,这人又不能是供奉客卿,有点麻烦。实在不行,就只好跟披云山借个人了。"

崔东山笑嘻嘻道:"可以啊,刚好让那米裕来呗?反正他一开始就觉得当个供奉太见外,况且早有铺垫,从披云山客卿担任落魄山道统法脉的嫡系,比较水到渠成,外人都会习惯性误认为是披云山魏大山君的成人之美。米裕身在北俱芦洲彩雀府多年,每隔几个月就要飞剑传信披云山,询问先生回了没,到家没。估计再没个山主的消息,米剑仙就要安心在那边开枝散叶了。"

陈平安摇摇头:"最好别是什么剑修,太吓人。"

崔东山小声道:"正阳山和清风城如今可都是宗门了,正阳山甚至都有了下宗,就在剑修坯子最多的中岳地界,这些年大肆扩张,风生水起得很哪。清风城许氏也希望能够在南边选址下宗,如今正在通过身为姻亲的上柱国袁氏,帮忙在大骊京城那边四处打点门路。"

陈平安笑问道:"正阳山终于有一位上五境剑仙了?是那位曾经通过闭关躲着李抟景问剑的祖师?"

崔东山伸出大拇指:"先生妙算无穷!"

陈平安想了想,点头道:"既然如此,那咱们落魄山就只好打肿脸充胖子,硬着头皮推出一位租借而来的玉璞境剑仙了,不然正阳山和清风城反而容易成天胡思乱想,睡不好觉。"

陈平安沉默片刻,突然说道:"到了宝瓶洲后,返回家乡路上,我们记得绕开正阳山和清风城,不然一个没忍住,我就要去祖师堂做客了。"

崔东山说道:"学生记住了,路上会提醒先生睁只眼闭只眼。"

陈平安最后说道:"现在我是怎么想的,不意味着我们回了家就一定怎么做,走一步看一步吧。到了霁色峰,我们再一起商议。"

崔东山轻轻点头。

陈平安心中默念一句:时时在法中,处处法无碍。

崔东山伸手挡在嘴边,小声嘀咕道:"先生,大师姐刚才想要攥你袖子哩。"

裴钱满脸涨红,怒道:"大白鹅!"

陈平安满脸笑意,抬起手臂,抖了抖袖子:"只管拿去。"

裴钱哪里好意思,恼羞成怒,一手肘打在崔东山肩头,大白鹅立即闷哼一声,当场横飞出去,空中旋转无数圈,落地翻滚又有七八圈,直挺挺躺在地上。

陈平安问道:"姜尚真此举?"

崔东山一个鲤鱼打挺起身,点头道:"云草堂是如今桐叶洲难得的一股山涧清流,姜尚真大概是希望他的叶姐姐和咱们落魄山赶紧混个脸熟,方便以后多多往来。毕竟等到咱们公开选址下宗,以黄衣芸的清高性情,未必愿意主动靠上来。等到咱们在这边开宗立派,那会儿蒲山差不多也跟金顶观和白龙洞闹掰了,云草堂与我们结盟,火候刚好。姜尚真肯定猜出了先生的想法,不然不会多此一举。周兄弟当供奉,鞠躬尽瘁,没的说。"

渡口这边,一艘渡船尚在江心漂荡,除了他们三个,再无外人。这要归功于姜尚真的一掷千金,至今云笈峰和老君山不少游客还被堵在门口,不得通过黄鹤矶去往别处景点,除非有胆子、有实力学裴钱,破开山水禁制。

其实江上有一条云桥,先前程朝露几个就是以此过江,若是寻常修士在黄鹤矶那边鸟瞰大江,却会看不真切,免得妨碍景色。

陈平安停步在渡口,显然是有乘船过江的打算。

先前自己和裴钱,师徒两人先后渡江,动静都不小,江水翻涌,害得一叶扁舟起伏不定,撑船老篙师嘀嘀咕咕,多半是在那骂骂咧咧,所以陈平安想要亲口道一声歉。这跟在此摆渡挣钱的老舟子是谁,什么境界,会不会是喜作渔夫吟的隐士高人没有关系。

陈平安等待渡船靠近的时候,对身旁安安静静站立的裴钱说道:"以前让你不着急长大,是师父有自己的种种忧虑,可既然已经长大了,而且还吃了不少苦头,这样的长大,其实就是成长,你就不用多想什么了,因为师父就是这么一路走过来的。何况在师父眼里,你大概永远都只是个孩子。"

裴钱嗯了一声,小声说道:"师父在,就都好,不会再怕了。"

陈平安转过身,伸出手掌比画了两下,一个是当年师徒离别时裴钱的身高,一个是陈平安心中以为重逢时裴钱的个子,还没到如今裴钱的肩头,笑道:"说归说,其实师父心里边,还是挺失落的,个子一下子蹿这么快,师父总觉得没照顾好你,以后都得补上。对了,这些年抄书没落下吧?"

裴钱展颜笑道:"没呢。"

陈平安想了想:"至于压境喂拳,就算了啊。师父先前破境没多久,就结结实实挨了一拳,受伤不轻,你看黄衣芸与师父问拳,都没敢答应不是?"

裴钱脸上苦着脸,眼中却忍着笑。

陈平安伸出大拇指,擦掉裴钱浑然不知的眼角泪水,轻声道:"还喜欢哭鼻子,倒是跟小时候一样。"

崔东山在一旁哀怨道:"先生,学生其实亦有好些辛酸泪,都可以掬在手心映明月了。"

"滚。"

"好嘞。"

渡船都没真正靠岸,那老舟子以手中竹篙抵住渡口,让渡船与渡口拉开一段距离,没好气道:"乘船过江,一人一枚雪花钱,客官舍不舍得掏这冤枉钱?"

陈平安抱拳道:"先前举动无礼,向老先生道歉。言语诚意不太够,那就花钱权当赔罪。"

裴钱跟随师父一起抱拳致歉,只是她远远不如先生会说话,就没开口。

老舟子立即笑逐颜开,赶紧松开竹篙,渡船轻轻撞在渡口上:"姜氏挣钱路数太黑心,都有了那河上云桥,还昧着良心让我摆渡撑船,若非寄人篱下,有规矩在,不然今儿过江,就不让客官掏腰包了。"

陈平安给了三枚雪花钱,老舟子收入袖中,拨转船头,侧身靠岸,老人站在小舟船头那边。

三人登船,陈平安坐在船头那边,裴钱和师父并排而坐,双手握拳轻放膝盖,崔东山独自坐在小船中央,抛了一只袖子入水,好像在用袖子钓鱼。

小船缓至江心,老篙师突然转头道:"客人瞧着像是一位饱腹诗书的读书人,恕我冒昧,敢问何谓参禅?"

陈平安笑道:"问个佛心是什么,不知即是参禅。"

老篙师细细咀嚼一番,点头赞赏道:"夫子恁大学问,此语有真意。老头儿我在此撑船多年,问过好些读书人,都给不出夫子这般好答案。"

有此扪心一问,是心动起念,由此想去是修行,自觉不知是心定,若能以此扪心问不停,便是渐次修佛去灵山,最终心有灵山不远求,不外求。

陈平安补了一句:"是我向书上圣贤借来的答案。"

崔东山赶紧抬头,澄清道:"别别别,自古书上无此语,分明是我先生自己心中所想。先生何必谦让。"

老篙师点头道:"我相信是夫子自己琢磨出来的答案,心中早有此答,只等今夜此问。"

陈平安笑道:"我叫曹沫,老前辈直接喊我名字即可。"

老篙师摇头道:"学无长幼,达者为先,夫子确实不用如此谦让。不过夫子有个好名字啊,世间最出名之'曹沫',本就是刺客列传第一人,关键是能够先输后赢,韧性后劲十足。夫子既然与此人同名同姓,相信以后成就,只高不低。"

陈平安赶紧嘴上说"不敢想不敢想",偷偷瞥了眼崔东山,崔东山立即还了个眼神,示意先生多想了。

陈平安松了口气,差点儿误以为眼前老舟子就是那曹沫,岂不尴尬。

"有人辞官归故里,有人星夜赶科场。人生忙碌不停歇,何苦来哉。"老篙师自顾自感慨一番,忍不住又转头问,"夫子可知晓苏仙所说的人生十六赏心事?"

陈平安点头道:"月夜携友行舟崖下,清风徐来,水波不兴,是苏子所谓的第一赏心乐事。"

老篙师使劲撑起一竹篙,一叶扁舟在水中去势稍快:"苏仙豪迈,我倒是觉得良辰美景十六事,都比不上个'今日无事'。"

陈平安笑道:"老先生所说甚是,只不过道在瓦甓,忙碌是修行,休歇是修心,一日有一日之进境。话说回来,如果能让今日忙碌变成个今日无事,便是个道心里外皆修道、我乃地上一真人了。"

老篙师轻轻撑篙划水，涟漪阵阵，小舟飘摇："夫子此语真真妙哉。所有金丹客与陆地神仙，都该听一听夫子此语，人心炎炎酷暑中，可得一剂清凉散。"

陈平安拱手笑道："老先生言重了。"

裴钱只是一言不发，她坐在师父身边，江上清风拂面，天上明月莹然，裴钱听着先生与外人的言语，心境祥和，神意澄净，整个人都逐渐放松下来。宝瓶洲、北俱芦洲、皑皑洲、中土神洲、金甲洲、桐叶洲，已经独自一人走过六洲山河的年轻女子武夫，微微闭眼，似睡非睡，似乎终于能够安心小憩片刻，拳意悄然与天地合。

到了对岸渡口，陈平安和裴钱下船登岸，崔东山却说还没过瘾，再往返乘坐一趟渡船，让先生等他片刻。

陈平安就和裴钱在江边散步。

老篙师笑呵呵接过两枚雪花钱，崔东山站在船上，嬉皮笑脸道："常在河边走，小心钱烫手。"

老篙师好像没听明白崔东山的怪话，只管撑船挣钱，去往黄鹤矶那边的渡口。

崔东山一个蹦跳，轻飘飘踩在船栏上，双手负后，缓缓而行："昔年名高星辰上，如今身堕瘴海间。青牛独自谒玉阙，却留黄鹤守金丹。"

老篙师置若罔闻。

崔东山又笑道："惯向北斗星中骑木马，东山却来水上撑铁船。"

老篙师瞥了眼崔东山，笑道："星君酌美酒，劝龙各一觞。"

各自道破对方根脚，只不过都留了余地，只说了一部分大道根本。

崔东山说了这位在云窟福地化名倪元簪的老舟子，与那东海观道观大有渊源，是昔年曾经远游北斗星辰、最终留守人间一颗金丹的仙家黄鹤。老舟子则一语道破了崔东山这副皮囊的出处，曾经是一条古蜀国老龙，能够飞升星河，有幸被北斗仙君劝过酒。只不过言语谈及的，只是各自一副皮囊，都很岁月悠久，远古时代，估计还能算半个"故友道友"。

崔东山讥笑道："那你知不知道，藕花福地曾经有个名叫隋右边的女子，毕生心愿，是愿随夫子上天台，闲与仙人扫落花？若是被她知道，曾经那个剑术神通的自家先生，只差半步就能够成为福地飞升第一人，如今却要身穿一件滑稽可笑的羽衣鹤氅，当这每天摆渡挣几枚雪花钱的落魄舟子，还要一口一个夫子称呼别人，会不会让她这个弟子伤透了心肝肺？那你知不知道，其实隋右边一样离开了福地，甚至还当了好几年的玉圭宗神篆峰修士？你们俩，就没见面？难道老观主不是让你在此地等她结丹？"

老舟子喟叹一声："知道了不如不知道。"

留下一个"江淮斩蚊"仙人事迹的,正是此时撑篙之人。

所斩蚊蝇,自然不是寻常物,而是一头能够悄悄窃食天地灵气的玉璞境妖物,那头几乎无迹可寻的天地毛贼,曾经让姜尚真焦头烂额,光是寻觅踪迹,就费了九牛二虎之力,当时姜尚真虽说已经跻身玉璞境,却依旧尚未赢得"一片柳叶斩仙人"的美誉,姜尚真两次都未能斩杀那只"蚊子",其难度之大,就像凡夫俗子站在岸上,以手中石子去砸溪涧之中的一只蚊蝇。

这个老舟子,当时也不是境界、剑术就比姜尚真更高,只不过一道与剑术配合的独门神通刚好克制那头来无影去无踪的玉璞境妖物。

但是最终能够一剑江上斩蚊,依旧不是寻常玉璞境剑仙能够做成的壮举。如果不是此人出自藕花福地观道观,又是隋右边念念不忘的那位夫子先生,崔东山才懒得理会,在此隐姓埋名,寂寂无闻撑船万年都随他去。再加上方才此人又故意拿言语试探自家先生,崔东山更忍不了。什么辞官归乡,什么刺客列传,事实上,全是暗藏玄机的打机锋。先生豁达,可以全然不在意,相逢是缘,好聚好散,可是当学生的,怎么能够容忍一个老篙师在那边胡说八道。

关键是那位老观主,留下此人"守金丹"之金丹,可不是寻常之物,正是藏在黄鹤矶崖壁间一只远古仙鹤老祖宗的遗留金丹。

崔东山嗤笑道:"北斗七星高,我家先生夜带刀,小心砍你半死。"

化名倪元簪的老舟子笑道:"无冤无仇的,那位夫子又不是你,不会无缘无故出手伤人。"

崔东山伸出一只手,说道:"咱俩也别扯东扯西了,金丹拿来,我帮忙转赠给你那位尚未跻身元婴境的金丹客弟子。"

老舟子笑着摇头:"老观主发话了,让我在此静待有缘人。若是隋右边能够和我见面,我自然顺水推舟,送出金丹。可既然近在咫尺,都未能重逢,那就算不得什么有缘人,至多有缘也无分,既然有缘无分,更不好强求什么。你就别为难我了。真要打一架,你赢了又能如何,我不给金丹,你当真就能拿得走?一位仙人境而已,何时如此手段通天如飞升境了?杀得我又如何?大道之上,修为高,拳头硬,不过是煞风景多些而已。你不如你家先生多矣。"

老舟子轻轻以竹篙敲水,大笑一声:"山色如娥,花色如颊。空山无人,水流花开。白云无人踩,花落无人扫。如此最自然。"

岸上那边,陈平安闻言,笑道:"春山采药还,此行道路难。莲花不落时,般若花自开。"

老舟子朗声大笑,竟是丢了手中那支以精粹水运凝聚而成的青翠竹篙,任其随水漂流而走,只见这位世外高人,撤去了障眼法,身穿一件宝光流转的羽衣鹤氅,喜欢和人说着佛家语,所披鹤氅之内却是一件黄色道袍。

中年面容的道人,左手拈捏一颗金色泥丸,右手捧白玉如意,肩头蹲着一只通体金色的三足蟾蜍。

崔东山则悄悄将那根青色竹篙收入袖中,此物可不寻常,相当于一枚枚水丹凝聚而成,足够让莲藕福地白白多出一尊金身凝固的江水正神了。

道人收起那颗金丹后,跟陈平安说了句意味深长的"有缘再见",然后身形一闪而逝,如仙人尸解,身上那件鹤氅飘然坠落在船。

崔东山只好又帮忙收起那件相当于仙人遗蜕的羽衣鹤氅,代为保管个几百年上千年的。

岸上,裴钱小声问道:"师父,你是不是一眼就看出这舟子根脚了?"

陈平安笑道:"没有的事,登船渡江,只为道歉。不过先前去往黄鹤矶观景亭,师父只是无意间多瞥了一眼江面,江水激荡,小舟晃荡不停,老前辈当时的演技……算不得出神入化,老前辈毕竟是位世外高人,不屑刻意为之吧,不然一个翻船坠水有何难。"

裴钱立即感慨道:"果然还是师父走惯了江湖,比我经验老到百倍嘞。"

陈平安反手就是一个栗暴。

在剑气长城那边,很多年思来想去,还是觉得落魄山的风气就是被裴钱和崔东山带坏的。

江面上,崔东山趴在小舟船头,嚷着"先生、大师姐等我",用两只大袖使劲凫水划船。

黄鹤矶上边,先前陈平安三人离开后,姜尚真转头望向那些看热闹不嫌事大的同道中人,挥挥手:"散了散了,都散了吧。"

至于黄鹤矶螺蛳壳仙府的镜花水月,在裴钱渡江登矶的瞬间,就已经被崔东山和姜尚真先后封禁,让好些仙子女修们哀怨不已。

姜尚真发现自己说话不管用,只好跟叶芸芸说道:"叶姐姐,你来发句话?"

叶芸芸朝那边抱拳。

出门看热闹的,顿时如潮水鸟兽散去,所有走出螺蛳壳仙府山水大门的修士,很快就都退回了府邸。

黄衣芸的面子,得给,不敢不给。

何况能够在云窟福地偶遇大宗师叶芸芸,今天的热闹,已经不算小。

但是从黄鹤矶山水阵法里走出三人,与众人方向恰好相反,走向了观景亭那边。分别是桐叶洲武圣吴殳的开山大弟子、金身境武夫郭白篆,蒲山云草堂黄衣芸嫡传弟子、八境远游境武夫薛怀和那个身穿龙女湘裙法袍的年轻女修。年轻女修是蒲山叶氏子弟,老祖是叶芸芸的一位兄长,名为叶璇玑。云草堂子弟,俊秀之辈,多术法武学兼修,但是只要跨过金身境、金丹境两大门槛之一,此后修行,就会只选其一,专门修道或是专注习武。之所以如此,源于蒲山拳种的大半桩架,都与几幅蒲山祖传的仙家阵图有关,所以蒲山一直有"桩从图中来,拳往图中去"的说法。

只不过郭白箓三人都走得慢,不敢妨碍叶芸芸和朋友闲聊。

叶芸芸便是泥菩萨也有几分火气:"是曹沫跻身十境没多久,尚未完全镇压武运,故而境界不稳?真是如此,我可以等!"

姜尚真笑着没说话,只是带着叶芸芸走到崖畔,姜尚真伸手摩挲白玉栏杆,轻声笑道:"曹沫其实拒绝你三次问拳了。"

叶芸芸疑惑道:"三次?"

姜尚真耐心解释道:"第一次是说蒲山云草堂门风好,所以曹沫不愿意与你切磋。在你看来,这可能根本不算什么理由,可我这个好朋友,他这个人,一向喜欢想得比一般人多些。比如在这个节骨眼上,叶芸芸和一位外乡武夫问拳,赢了还好说,肯定能够让桐叶洲山上山下小涨几分士气,可要是一洲武道第二人的叶芸芸都输了,对于本就已经稀烂的人心烂泥塘,就会是雪上加霜,尤其是蒲山云草堂,前脚刚刚缔结了桃叶之盟,后脚叶芸芸就输给一个外乡武夫,像话吗?由你开创的蒲山拳种,还怎么发扬光大?一个叶芸芸,可以坐在桃叶之盟的那把椅子上,什么都不说,什么都不做,但是绝对不能输。不然就等着吧,云草堂好不容易积攒起来的家底,会在一夜之间就散尽,外边不知道有多少闲言碎语,铺天盖地涌向蒲山和叶芸芸,到时候你拳脚功夫再高,都挡不住风波险恶人心汹涌的那份'拳意'。"

叶芸芸皱眉道:"听你的口气,是我会输?"

不过她不得不承认,自己确实太想为桐叶宗说一两句话了,所以先前才会参与桃叶之盟,却又无所谓大权旁落,任由金顶观和白龙洞主持大局,她几乎从无异议,只管点头。今天如此想要与人问拳,确实想要向浩然天下证明一事,桐叶宗武夫不止一个武圣吴殳。

姜尚真不置可否,依旧自顾自言语,继续说道:"第二次婉拒,是因为同样身为止境武夫,被叶芸芸极为看重的同境切磋,在曹沫看来,其实一般,真的很一般。尤其是你们双方摆明了会点到即止,不分生死,曹沫就更加兴趣不大了。我这个朋友,对待切磋一事,很纯粹,就两种,一种是比他高出两境的宗师帮忙喂拳,一种是战场上分生死的凶险搏杀。其余的,对他武道裨益不大,甚至可以说几乎没有。"

尤其是经历过剑气长城那场战事,年轻的隐官、不那么年轻的山主在对敌一事上,同龄人当中,没几个能与他媲美了。

姜尚真趴在栏杆上,手中多出一壶月色酒,他双指夹住,轻轻摇晃,酒香流溢:"最后一次是他向你自称晚辈,所以才会有'请教拳理'一说,依旧不是问拳。第一次拒绝,是为你和云草堂考虑;第二次拒绝,是他让自己舒心,纯粹武夫学了拳,除了能够与人问拳,自然更可以在别人向己问拳的时候,可以不答应;第三次,就是事不过三的提醒了。"

叶芸芸微微皱眉:"这还是纯粹武夫吗?怎么跻身的止境?"

姜尚真笑而不言。是不是,怎么是的,不都是止境?而且还是以武运在身的方式跻身的武道十境。

叶芸芸叹了口气,说了句心里话:"不管如何,听你说了这么多,这个曹沫应该是个值得结交之人。"

一个能够让姜尚真如此拗着性子为其缓颊的人,肯定不简单。

向人问拳,结果先被当师父的曹沫婉拒多次,还要被一个晚辈郑钱说句重话,叶芸芸心里边当然有几分憋屈。

至于那个郑钱,叶芸芸当然有所耳闻,一个在金甲洲和宝瓶洲两处战场上都极其光彩夺目的年轻武夫,在大端王朝京城城头上,向曹慈问拳四场都输了。

听上去很不如何,连输四场。但是天底下哪个武夫不侧目?曹慈虽说性情随和,却绝不是谁去问拳都会接的。更何谈一人接连问四场,曹慈都愿意答应下来?道理很简单,曹慈已经将郑钱视为一位"武道身后不远处之人"。

叶芸芸忍不住好奇问道:"这个郑钱,不都说她是皑皑洲雷公庙一脉吗?怎么成了曹沫的徒弟?"

一些个山巅传闻,说郑钱其实是曹慈的师妹、女子武神的裴杯关门弟子,叶芸芸知道并非如此。

姜尚真笑道:"以后叶姐姐自然会知道的。我那朋友曹沫是个极有意思的人。不着急,慢慢来。"

叶芸芸说道:"你如此牵线搭桥,曹沫会不会心有芥蒂?"

姜尚真斜靠栏杆,眯眼笑道:"我又不是当月老红娘,曹沫不会介意的。"

叶芸芸说道:"劳烦姜老宗主好好说话,咱俩关系其实也一般,真的很一般。"

姜尚真爽朗大笑:"能与叶姐姐掏心窝子聊这么久,这个一般,很不一般了。"

三人渐渐走近这边,姜尚真就不再和叶芸芸心声言语,而是背靠栏杆,抿了口酒。

薛怀毕恭毕敬抱拳道:"师父。"

这个八境武夫是一位相貌清癯的儒雅老者,头戴纶巾,气态飘然有古意。如果不知两人身份,都要误认为他是叶芸芸的祖辈。

叶璇玑伸手抓住叶芸芸的胳膊,好似撒娇,柔声笑道:"祖师奶奶。"

郭白箓抱拳笑道:"见过叶前辈。"

叶芸芸和郭白箓点头致意，再以双指轻敲叶璇玑胳膊，年轻女修只好松开手臂。

无论是身为蒲山叶氏家主，还是云草堂祖师爷，叶芸芸都算是一个不苟言笑的长辈。

清秀少年模样的郭白箓其实弱冠之龄，武学资质绝好，二十一岁的金身境，最近些年，还拿过两次"最强"。

这意味着郭白箓是典型的厚积薄发，一旦再次以"最强"二字跻身远游境，几乎就可以确定郭白箓可以在五十岁之前跻身山巅境。

一个武学流派，就只有师徒两人，结果竟然就有一位止境大宗师，一位年轻山巅境，当然算是惊世骇俗。

吴殳挑选弟子的眼光，确实让人佩服。叶芸芸收了十数个嫡传弟子，再加上整座蒲山，嫡传收取再传，再传再收取弟子，习武之人多达数百人，却至今无人能够跻身山巅境，哪怕是资质最好、练拳更是极其刻苦的薛怀，不出意外的话，这辈子他都打不破远游境的"覆地"瓶颈，更何谈跻身山巅境，以拳"翻天"，百尺竿头更进一步，跻身止境？

姜尚真屁股轻轻一顶栏杆，将那只空酒壶丢到江水中，他站直身体，微笑道："我叫周肥，肥瘦的肥，一人消瘦肥一洲的那个肥。你们大概看不出来吧，我和叶姐姐其实是亲姐弟一般的关系。"

姜尚真在自我介绍的时候，都没看薛怀和郭白箓，就盯着那个小姑娘叶璇玑呢。

薛怀面无表情，郭白箓只当是一个山上前辈无伤大雅的玩笑话。叶璇玑却想不明白，为何自家祖师奶奶没有半点不悦神色。

蒲山叶芸芸，因为姿色绝美的关系，很多次出拳，都是让那些没长眼睛的山上修士长一点记性。

姜尚真视线上挑，来了个上杆子凑热闹的，没有道士谱牒，没有法统道脉，却身穿一件金顶观的道家法袍，境界很矮，个子倒是很鹤立鸡群。

这位老修士跟叶芸芸打了个有模有样的道门稽首："金顶观供奉芦鹰，见过叶山主。"

叶芸芸没什么反应，只当没看见没听见。

芦鹰此人风评不好。如今当了山上君王杜观主的扶龙之臣，小人得志便猖狂，做事情不太讲究。

被叶芸芸冷落了，芦鹰毫无异样，道心无波澜。本就是预料之中的事情，无须挂怀。

山下一样米养百样人，山上一棵道树开出各色花，能否结交，强求不得。

金顶观首席供奉、元婴境修士芦鹰，和小龙湫首席供奉是差不多的路数，先当山泽野修，横行多年，逍遥快活，宗字头仙家高攀不起，境界是够，但是名声太差，而不是宗门的仙家门派，他们又瞧不上眼，高不成低不就的，要说自立门户，又差了许多底蕴，而且名声在外，哪个野修身上不背着几桩山上恩怨命案，没做过几件绝对见不得光的事情？就像芦鹰就和太平山道士关系极差，刚刚跻身元婴境的芦鹰故意绕过那些宗门地界，在一处相对偏隅的山下王朝，当呼风唤雨搬山倒海的老神仙，结果差点儿被下山独自游历江湖的女冠黄庭一剑砍死。当时芦鹰可是好心好意，奔着和那美人结为道侣去的，黄庭也真是的，一言不合就开打，关键是她从头到尾都不自报名号，当时黄庭才金丹境，又以术法对敌，其实双方厮杀，不好说胜负悬殊，所以直到最后，芦鹰才知道黄庭竟然是个剑修，哪有这样不喜欢摆谱的谱牒仙师？

最后侥幸躲过了那场天翻地覆一洲陆沉的灾殃，见金顶观杜含灵是一方豪杰，势必崛起，芦鹰就果断投奔了金顶观，杜含灵也舍得下本钱，让芦鹰捞个分量极重的首席供奉，芦鹰便死心塌地为金顶观四处奔波了。芦鹰和那道号葆真道人的尹妙峰，关系不错。主要还是芦鹰看好尹妙峰的嫡传弟子邵渊然，总觉得这位年轻金丹境极有可能是金顶观的下一任观主。

叶璇玑正在和自家祖师窃窃私语，突然给吓了一大跳。

原来周肥蓦然伸手指着芦鹰，大怒道："你这登徒子，一双狗眼往我叶姐姐身上哪里瞧呢，下作、恶心、令人作呕！"

姜尚真不但血口喷人，还装模作样绕到叶芸芸身前，好像是挺身而出，要挡住芦鹰的视线。

芦鹰默然，既没有跟叶芸芸多解释什么，也没有和脑子有坑的家伙动怒，道门神仙老元婴，仙风道骨，涵养极好。

郭白篆微微皱眉。虽说他对这个竭力结交自己的芦鹰印象极其一般，但是眼前这个周肥，如此胡说八道、挑拨是非，终究更惹人烦。

有些时候山上修士的一两句言语，可是会害死人的。

姜尚真瞥了眼郭白篆，啧啧道："少侠你还是太年轻啊，不晓得一些个老男人的眼神鬼祟、心思腌臜。"

叶璇玑眨了眨眼睛，这个名字古怪的周肥，还敢当着祖师奶奶的面，言语无忌，真是厉害。

只不过周肥说芦鹰是老男人？那他周肥自己呢？不是同道中人，能说得出这番经验之谈？

姜尚真好似心有灵犀，立即跟叶璇玑笑道："我周肥看待女子，从来不遮掩，不好看就不看，好看就多看，眼神坦荡，心胸磊落。和这个能够以视线剥人衣裙的浪荡胚子，大大不同！叶姑娘你是不知道，方才这下流胚子的视线有多刁钻，若说是那似看山不喜平，也就罢了，这家伙偏偏癖好古怪，视线一路往下，如瀑布倾泻，最后分明在叶姐姐的脚上多停留了几分。"

叶璇玑无言以对。你周肥这都看得出来,不更是同道中人吗?

叶芸芸还是置身事外,姜尚真是什么货色,她一清二楚。

芦鹰终于不再当那缩头乌龟,笑道:"这位周道友,莫要说笑了。山上相逢是道缘,多多珍惜才好啊。"

若还是个山泽野修,随便此人言语,山上说大也大,世道说小也小,别被他芦鹰私底下撞见就行。可既然当了金顶观的首席供奉,就得讲点仙师脸面了,毕竟他芦鹰如今出门在外很大程度上意味着金顶观的门面。

叶芸芸没理睬姜尚真的无事生非,也不愿意一行人就这么被姜尚真带到沟里去,以手背拍开姜尚真的肩头,向郭白箓问道:"你师父什么时候返回桐叶洲?"

芦鹰此人再轻佻,也没这胆子,一个元婴境修士敢当面觊觎一位止境武夫的美色,等于找死。

芦鹰从露面到行礼,都规规矩矩,叶芸芸知道是姜尚真在那没话找话,故意往芦鹰和金顶观头上泼脏水。

郭白箓答道:"先前曾飞剑传信驱山渡剑仙徐君,师父如今还在皑皑洲刘氏做客,具体何时返回家乡,信上没有讲。"

走到最南端的驱山渡,游历玉圭宗云窟福地,再加上中部大泉王朝蜃景城以及北方的金顶观,就是如今桐叶洲修士游历的路线选择,以上几处几乎是必经之地。

叶芸芸点头笑道:"等你师父回了桐叶洲,你们俩可以一起来云草堂做客。"

郭白箓笑容灿烂,抱拳道:"会的。此次下山游历,薛前辈已经指点极多,到时候晚辈再斗胆与山主请教。"

郭白箓清秀面容,算不得太过俊美,只是笑起来的时候显得格外自信。这样的少年,很难让长辈不喜欢。

姜尚真压低嗓音说道:"叶姐姐,这位郭少侠看你的眼神也怪怪的,倒是没啥邪念,就是男女之间的那种爱慕,毕竟爱美之心人皆有之,叶姐姐你倒是无须生气,换成我是他,一样会将叶姐姐视为只可远观不可亵玩的天上仙子,只敢偷偷看,偷偷喜欢。"

郭白箓涨红了脸,下意识双手握拳,沉声道:"周前辈,我敬重你是山上前辈,恳请休要如此言语无忌,不然就别怪我心知必输无疑,也要向前辈问拳一场了!"

姜尚真挪步到叶芸芸身后,探头探脑道:"来啊,好小子,年纪不大脾气不小,你倒是跟我问拳啊。"

郭白箓哪里见过这种自己把脸皮丢在地上不要的山上修士,一个大老爷们,竟然会躲在叶前辈身后,这让他一时间有些犹豫不决。因为直觉告诉郭白箓,自己真要问拳就是输。哪怕赢了拳,却会输掉更多。

芦鹰乐得袖手旁观，无事一身轻，心中冷笑不已。好家伙，狗胆不小啊，惹了自己就等于惹了金顶观，还不罢休，还敢继续招惹武圣吴殳的开山大弟子？那吴殳是什么脾气，没点数？身为纯粹武夫，剑术出神入化，一把竹剑，杀力大如剑仙飞剑，而且尤精枪法，更是吴殳屹立武道之巅的立身之本。吴殳曾潜心收集浩然天下三百余种枪术，熔铸一炉，创出六式，独步天下。吴殳与人切磋出手极重，之前那位桐叶洲十境大宗师就是被他问拳，重伤而死，再加上吴殳打遍一洲武夫无敌手，游历去了中土神洲。山上又有小道消息，说蒲山叶芸芸失心疯了，得了一幅远古遗物的仙人面壁图后，就毅然决然转去修行仙家术法了，说是学修道之人闭生死关，要么成为一位飞升境，要么就老死仙府洞窟内，使得一洲山下再无一位十境宗师坐镇山河。

所以眼前这个，真当自己是姜尚真了啊？！

眼前此人，多半是剑仙许君一般的别洲修士过江龙了。境界肯定不会低，师门靠山肯定更大，不然没资格在叶芸芸身边信口开河。

一想到这个，芦鹰还真就来气了。狗日的谱牒仙师，真是一群名副其实的王八羔子，靠着山上一个个千年王八万年龟的祖师爷，下了山作威作福天经地义。

就说白龙洞那个昵称麟子的马麟士，还有白龙洞掌律祖师的嫡孙、龙门境修士尤期。这些个谱牒仙师里边的仙家后裔，哪个不骄纵异常，谁不眼高于顶？都是如此。倒是云草堂叶璇玑这个娇滴滴的小娘们，比较罕见，可惜来自蒲山，身边还跟着个远游境薛怀，芦鹰不敢染指，不然非要让她知晓几分翻云覆雨的神仙滋味。

叶芸芸一拳向后，打在姜尚真额头上，打得姜尚真瞬间后仰倒地，蹦跳了三下。

别说是叶璇玑和郭白篆，便是芦鹰都有些惊讶，就这点道行？怎么认得的叶芸芸？

叶芸芸头也不转，说道："要是没事的话，我就回老君山了。"

姜尚真赶紧挣扎起身："有事有事，机会难得，必须再和叶姐姐聊几句，就几句，保证不耽误叶姐姐忙正事。"

叶芸芸朝薛怀说道："你们继续历练就是了。"

一直没有说话的薛怀，聚音成线道："师父，福地胭脂图一事？需不需要弟子和几位相熟的姜氏祖师打个商量？"

叶芸芸说道："我自有计较。"

薛怀不敢多说，一行人转身走回螺蛳壳府邸。

姜尚真拍了拍身上青衫，抖了抖袖子："颜面无存，斯文扫地，叶姐姐害苦了我。"

叶芸芸走到栏杆处，说道："姜尚真，你觉得金顶观和白龙洞如何？能否真正帮到桐叶洲？"

姜尚真笑道："杜含灵还算是一方枭雄吧，山中君猛大虫的作风，被誉为山上君主，倒还有几分贴切，既有大泉王朝相助，又与宝瓶洲大人物搭上线了，连韦滢那边都事先打过招呼,为人处世八面玲珑滴水不漏,所以肯定是会崛起的。至于白龙洞嘛,就差远了,算不得什么蛟龙,就像一条浑水中的锦鲤,只会左右逢源,借势游弋,一旦出水上岸,就要现出原形。"

叶芸芸忧心忡忡,问道:"云草堂和他们牵扯过深,是不是错了?"

姜尚真趴在栏杆上,懒洋洋道:"一地有一地的机缘,一时有一时的形势,昨日对未必是今日对,今日错未必是明日错。"

叶芸芸说道:"姜尚真,你给句准话,我不是你们修道之人,不喜欢拐弯抹角说些云雾话。"

叶芸芸此次主动来到姜氏福地,是为了三件事,祭拜老宗主荀渊,让云窟福地好好珍惜一座花神山,最后就是向姜尚真请教此事。

姜尚真双手负后,远观山河,缓缓道:"叶芸芸,你有没有想过,我为什么非要把你从老君山带来这黄鹤矶?"

叶芸芸说道:"愿闻其详。"

姜尚真指了指远处,再以手指轻轻敲击白玉栏杆,道:"欲穷千里目,更上一层楼。十境三重楼,气盛、归真、神到。登高远眺,俯瞰人间,气壮山河,是谓气盛。你和皑皑洲雷公庙沛阿香,北俱芦洲老匹夫王赴愬,虽然都侥幸站在了第二楼,但是气盛的底子打得实在太差,你算是跟跟跄跄走到了归真一境,沛阿香最不济事,等于是身形佝偻爬到了此处,所以神到一境已成奢望了。沛阿香有苦自知,所以才会缩在一座雷公庙。

"你回头再看邻居吴殳,他就很聪明,早早遍览天下武学秘籍,再着重筛选、整理浩然数百种枪术,这是另外一种意义上的问拳修行,既要让自己眼界更广,还要气魄更大,想要为天下武道的学枪之人开辟出一条登顶道路。你呢,得了亦武亦玄的一幅仙人面壁图,就心不定了,想要重新拾起修道一事,试图从金丹境连破两境,跻身上五境,他山之石可以攻玉,试图借此打破归真瓶颈?

"忘记荀老儿对你说的话了吗?武夫不纯粹,哪怕祖师爷赏饭吃,也只会碗中饭粒越吃越少,武道越走越窄。方才你叶芸芸还有脸问那曹沫,是不是纯粹武夫,怎么跻身的止境。说句实话,也就是他不在,没听见你这话,不然你能把他笑死,就当你叶芸芸问拳大胜而归了。"

叶芸芸听到这番言语,非但没有丝毫动怒,反而越发神色凝重,一字一句都听在耳中、记在心里。

姜尚真微笑道:"与虎谋皮,是火中取栗之举。但是君子之交,才是天高月白。我的好叶姐姐唉,昨日人事是昨日人事,至于明天如何,也要好好思量一番啊。荀老儿对你寄予厚望,很希望一座武运稀松平常的桐叶洲能够走出一个比吴殳更高的人,若是一位拳好看人更好看的女子,那就最好了。当年我们三人最后一次同游云笈峰,荀老儿握着你的手,语重心长,说了好些醉话的,比如让你一定要比裴杯在武道上走得更远。那是荀老儿的醉酒话,也是真心话啊。"

叶芸芸皱眉道:"有说过这些?"

叶芸芸还真记不住了,实在是那位荀老宗主在她这边说话太多。而且叶芸芸是为尊者讳,所以才在姜尚真这边一直没好意思埋怨那位老前辈的为老不尊。

荀渊说了什么话,叶芸芸没印象,当时他假装醉眼蒙眬握着自己的手,叶芸芸倒是没忘记。

老宗主荀渊除了费尽心思将她"请到"福地的花神山,每次相遇,瞧她的视线总让她觉得眼神不正,不怀好意。老头子喜欢大献殷勤,絮絮叨叨个不停,视线游弋不定,眼睛更忙,就像个情窦初开胆子还大的毛头小子。姜尚真先前冤枉芦鹰的那番论调,搁在荀老头身上就半点不冤枉了。一大把年纪了,还喜欢看镜花水月,还给自己取了个不堪入耳的绰号,四处撒钱,也就亏得神篆峰祖师堂之外,没几个桐叶洲修士知晓此事。云草堂每次开启镜花水月,都会有个绰号一尺枪的家伙一边砸钱,一边嚷着黄衣芸仙子呢,一枚谷雨钱就在我手里攥着呢,只要叶山主赏脸,露个面儿,哪怕露一片裙角都成,这枚谷雨钱就不算打了个水漂,叶山主若是舍得说句话,我便是砸锅卖铁,冒着从山水谱牒上边被除名的风险,去祖师堂偷钱,也要拼了一条小命不要,多凑出几枚谷雨钱……

你荀渊一个玉圭宗宗主,谁敢将你从神篆峰谱牒上边除名?

姜尚真眯起眼,又忍不住想起了那个老家伙。好酒往往醉不倒善饮之人,美人却能让善饮之人醉死。

"荀老儿,握着美人的小手儿,滋味如何?"

"极好极好,只是先前心情紧张,光顾着腼腆了,只敢握手没敢捏,亏大发了。少年情怯,还是太过少年了啊。"

叶芸芸瞥了眼姜尚真,知道他肯定在想一些风花雪月的事情,绝对是她不愿意听的。

叶芸芸问道:"与周肥一样,曹沫、郑钱,都是假名吧?"

姜尚真笑道:"等你和曹沫真正认识之后,就会知道他其实很以诚待人。至于行走江湖,有几个化名没什么,跟修道之士施展障眼法,下山嬉戏人间,是一样的道理。"

叶芸芸皱眉道:"你还没有说故意带我来见那曹沫,到底为何。"

姜尚真笑道:"结善缘。万事开头难,只要有了个好开头,万事再不难。"

叶芸芸摇头说道:"如果是打定主意要在桐叶洲攫取利益的别洲山头势力,我不会结交,大不了我蒲山云草堂和他们老死不相往来。"

姜尚真笑呵呵道:"叶姐姐不着急下定论。说不定以后你们双方打交道的机会,会越来越多。"

叶芸芸点头道:"那就拭目以待。"

如果只将姜尚真视为一个插科打诨、油嘴滑舌之辈,那就滑天下之大稽、荒天下之大谬了。

姜尚真曾经嬉皮笑脸说了一番言语:关于入山修道一事,我的看法,跟很多山上神仙都不太一样,我一直觉得离人群越近,就离自己越近。山中修行,求真忘我,看似返璞,反而不真。

荀渊更是曾经对玉圭宗掌律老祖说过一句笑言:"趁着姜尚真还未跻身上五境的时候,在祖师堂那边,多打多骂多摔椅子,不然以后就没机会了。"

言下之意,就是姜尚真只要成为玉璞境,意在"求真"的仙人境唾手可得,不存在什么瓶颈。而一旦姜尚真跻身仙人境,神篆峰祖师堂里边,任由外人打骂依旧,结果却是打也打不过,骂更骂不赢了。

神篆峰上,曾经的每次聚头,其实就三件事:商议宗门大事,对荀宗主溜须拍马,人人合伙大骂姜尚真。

叶芸芸突然有些伤感,眼前这个男人,好像有些孤零零的,有几分可怜,以后大概只会更加道心寂寥吧?

姜尚真突然说道:"叶姐姐,今年的胭脂图正册榜首,就你了吧?不然山上争议太大,不管我选谁,都难以服众。"

叶芸芸大为后悔自己的那点怜悯之心,冷笑道:"若敢有我,我就打碎那座花神山作为回礼。"

姜尚真哀叹一声,喃喃自语道:"饭了沿山看蜡梅,不见梅花遇云草,佳人亭亭立,仙官道家妆,仿佛菩萨面,浑疑在月宫,草动人也动,云去心也去。"

叶芸芸冷笑道:"好文采,可以骗一骗璇玑这样的小姑娘。"

姜尚真却岔开话题:"在那幅老君山画卷当中,你就没发现点什么?"

叶芸芸点头道:"天之象,地之形,金顶观以七座山头作为北斗七星,杜含灵是要法天象地,打造一座山水大阵,野心极大。"

姜尚真拊掌而笑:"叶姐姐慧眼,只是还不够看得远,是那七现二隐才对,九炉烹日月,铁尺敕雷霆,晓炼五湖水,夜煎北斗星。以金顶观作为天枢,以精心挑选出来的三座储君之山作为辅佐,再让其余藩属势力暗中布局,构建阵法,为他一人作嫁衣裳,所以如今就只差太平山和天阙峰了,一旦这座北斗大阵开启,咱们桐叶洲的北方地界,杜含灵要谁生就生,要谁死就死,如何?杜观主是不是很豪杰?远古北斗谓帝车,以主号令,建四时均五行,移节度定诸纪,皆系于北斗。这么一说,我替杜含灵取的那个绰号山上君主,是不是就更加名副其实了?"

叶芸芸内心震动不已："杜含灵才是元婴境境界，如何做得成这等大手笔？"

姜尚真笑道："正因为只是个元婴境，有此心思才让我钦佩嘛。"

何况天底下又不是只有他姜尚真擅长压境。

此阵一起，哪怕不曾囊括太平山和天阙峰，换取其他两地作为替代，依旧是一座完整的北斗阵，到时候玉璞境杜含灵坐镇其中，就等于是一位横空出世的仙人境。

一旦让杜含灵成功完成七现二隐，说不定数百年后的将来，就可以让一位仙人境老观主变成大半个飞升境。

金顶观是结楼观星的道家一脉旁支出身，只是观主杜含灵有意隐瞒了法统。所以说仙人境韩玉树也好，暂时是元婴境的杜含灵也罢，都是深谋远虑的聪明人。

可惜碰上了自己，和将来极有可能将落魄山下宗选址在桐叶洲北方的陈平安。只要陈平安离开云笈峰的第一件事是去老君山走一趟万里山河图，那么就不是极有可能，而是必然了。

姜尚真问道："那幅仙人面壁图，你从哪里得手的？"

叶芸芸说道："我小心勘验过真伪和画卷的来龙去脉，并无任何问题。"

姜尚真眯眼说道："相信我，那就一定是大有问题了。接下来你要尤其小心蒲山客卿，甚至是某位嫡传。记住一事，千万千万，不要轻易跟吴殳切磋，不是说吴殳有问题，而是问拳过后，以吴殳一贯出手不含糊的习惯，你肯定受伤不轻，到时候蒲山就会有大问题。到时候吴殳没有问题，也都成了有问题了，那就不是一举两得了，一举三四五六七得，都有可能。我本来是打算曹沫和你问拳一场过后，先向他解释清楚事情缘由，再偷偷跟随你去往蒲山。在你养伤的时候，帮你盯着点云草堂。"

叶芸芸沉声问道："当真如此凶险？"

姜尚真点点头："天下远远没有真正太平，接下来的百年光阴，才是真正豪杰与枭雄并起的峥嵘岁月。"

去往云笈峰路途中，关于那九位剑仙坯子在落魄山的安置，崔东山大致说了些自己的看法：他来教虞青章剑法；朱敛这个老厨子收取小厨子程朝露，厨艺也教，拳法也教；掌律长命收取纳兰玉牒作为嫡传；米裕传授何宰剑术；隋右边收取姚小妍为开山大弟子；于斜回跟随崔嵬去往拜剑台练剑；将白玄丢给曹晴朗；再将贺乡亭丢给夫子种秋。总而言之，这拨孩子，最好不要年纪太小却辈分太高，一到落魄山就成为陈平安这位山主的嫡传，他们应该以霁色峰祖师堂三代弟子的谱牒身份在山上修行。

陈平安听过之后，点头说道："暂定如此，具体成不成，也要看双方是否投缘，拜师收徒一事，从来不是一厢情愿的事情。"

崔东山大为佩服："先生高见。"

得知裴钱收了个尚未真正记名的开山大弟子,陈平安笑问道:"教拳好教吗?"

裴钱有些羞赧:"小阿瞒大概比我当年学拳抄书要稍稍用心些。"

崔东山竖起大拇指:"只说大师姐这份自知之明,让旁人着实难以匹敌!"

裴钱笑了笑,等着,大白鹅是少数几个不是一本账簿能写完的,跟陈灵均差不多,如今那家伙,都敢扬言家乡除外,放眼整个北岳地界,没谁能一拳撂倒他了。只是想到这里,裴钱有些神色黯然,龙泉剑宗不知为何搬出了龙州地界,去了大骊京畿北边。

到了云篦峰那座位置隐蔽的姜氏私宅,崔东山打开山水禁制,三人过门而入,陈平安发现原来别有洞天,和自己那一处掩映在竹海中的住处还不是一个地方。

白玄几个蹲地上正在对着一座小山翻翻捡捡,帮着纳兰玉牒掌眼挑选砚石。

崔东山一现身,白玄立即小跑过来:"东山老哥,大半夜的,让小弟好等,赶紧竹椅上躺着去,千万别累着了。"

屋檐下有两张竹编长椅,是崔东山先前无聊,为先生和自己准备的,其余几张小竹椅小竹凳,则是程朝露、姚小妍几个帮忙打造的,手工粗糙,惨不忍睹。

崔东山大袖一挥:"去去去,都睡觉去。"

纳兰玉牒蹲在原地,不情不愿:"这些名砚石材,可难分出好坏,可难可难了,瞧得我们眼睛都发酸了。"

裴钱笑道:"回头我帮你分出个三六九等。"

纳兰玉牒咧嘴笑了起来。裴钱看着那个小财迷,也有些笑意。

陈平安补充道:"回头我们再走一趟砚山。"

纳兰玉牒立即起身:"曹师傅?"

陈平安立即会意,笑道:"砚石都算你的。"

纳兰玉牒眼睛一亮,却故意打着哈欠,拉上姚小妍回屋子说悄悄话去了。

程朝露挪步慢了几分,脑袋不但挨了白玄一巴掌,还挨了一句"小胖子你以往学拳的机灵劲儿呢,瞎耽误曹师傅和东山哥的休息不是"。

孩子们都离开后,陈平安搬了一张小竹椅,搁在竹躺椅中间,对裴钱和崔东山说道:"你们躺着便是,最好睡一觉。接下来事情会比较多,但是不着急,先休息。"

裴钱刚要说话,崔东山却使了个眼色,最终和裴钱一左一右躺在长竹椅上。

陈平安坐在居中的小竹椅上。崔东山跷起二郎腿,瞪大眼睛看着天上那轮圆圆月。裴钱则双手轻轻叠放身上,轻声道:"师父,一觉醒来,你还在的吧?"

陈平安嗯了一声。

裴钱小声道:"不骗人?"

陈平安笑道:"想吃栗暴了?"

裴钱闭上眼睛,缓缓睡去,沉沉睡去。

崔东山也很快酣睡过去。

陈平安双手笼袖，久违的守夜。

那位老篙师说得很对，人间最难是个今日无事。既然已经如此幸运了，正好明天继续练剑练拳。

图书在版编目(CIP)数据

剑来27：风雪夜归人/烽火戏诸侯著.—杭州：
浙江文艺出版社，2021.10（2025.1重印）
ISBN 978-7-5339-6622-5

Ⅰ.①剑… Ⅱ.①烽… Ⅲ.①长篇小说—中国—当代 Ⅳ.①I247.5

中国版本图书馆CIP数据核字（2021）第184842号

选题策划	柳明晔
责任编辑	关俊红
营销编辑	宋佳音
封面绘图	温十澈
责任印制	吴春娟

剑来27：风雪夜归人
烽火戏诸侯 著

出版	浙江文艺出版社
地址	杭州市环城北路177号
邮编	310003
电话	0571-85176953（总编办）
	0571-85152727（市场部）
制版	浙江新华图文制作有限公司
印刷	杭州杭新印务有限公司
开本	710毫米×1000毫米 1/16
字数	332千字
印张	16.5
插页	2
版次	2021年10月第1版
印次	2025年1月第9次印刷
书号	ISBN 978-7-5339-6622-5
定价	48.00元

版权所有　侵权必究
（如有印装质量问题，影响阅读，请与市场部联系调换）